网络文学名家名作导读丛书

林海听涛

与

《冠军教父》

第二辑

枫椤 著

肖惊鸿 主编

作家出版社

网络文学名家名作导读丛书

主　　编：肖惊鸿

第二辑编委：马文运　桫椤　庄　庸　周志雄

薛　静　林庭锋　侯庆辰　杨　晨

杨　沾　翟笑叶

序

20世纪90年代以来，文学与这个伟大的时代一道，经历了巨大的发展变化，其中一个标志性的现象，就是网络文学的兴起。以通俗大众文学之魂，托互联网与媒介新革命之体，网络文学如同一个婴儿，转眼已成为青年。网络作家们朝气勃发，具有汪洋恣肆的创造力，架构了种种可能的和不可能的世界。科技与商业裹挟着巨大变革中释放的青春、激情和梦想奔腾向前。时至今日，作者是有的，作者群体大到过千万人；作品是有的，作品总量已逾两千万部；读者就更多了，读者群体数以亿计。

网络文学是新生事物，也是一片充满活力的文化热土，是中国特色社会主义文学生机勃勃的组成部分。习近平总书记高度重视包括网络文学在内的网络文艺的发展，勉励广大网络作家加强精品创作，以充沛的正能量满足人民群众特别是青年一代对美好精神文化生活的新期待。

所以，这套《网络文学名家名作导读丛书》生逢其时，它将有助于探索网络文学艺术规律，凸显网络文学的艺术价值和社会价值，推动网络文学的主流化、精品化；同时，它也是精确的导航，通过这套丛书，我们将能够比较清晰地认识网络文学的重要作家和重要作品，比较准确地把握网络文学的发展历程和发展前景。

这套书的入选作者是目前公认的网络文学名家，入选作品是经过一段时间检验的代表作，而导读部分由目前活跃的网络文学青年评论家群体担纲。预计这套丛书的体量将达到10辑至20辑、全套50册至100册。无疑，这是一项浩大的工程，但也是值得耐心地、持续地做下去的工作。网络文学必须证明自己不是即时的快消品，它需要沉淀、甄别、整理，需要积累经验，逐步形成自身的传统谱系，需要展开自身的经典化过程。这套丛书就是向着经典化做出的努力。

这套丛书的主编肖惊鸿长期从事网络文学相关的研究和组织工作，她的眼光和能力值得信赖。尽管网络文学的理论建设近年来已经取得重大进展，但是，将理论落实为面对作品的、具体的分析和判断，实际上仍然是艰巨的课题，也是网络文学理论评论工作的薄弱环节。希望肖惊鸿和其他评论家们深入学习贯彻习近平新时代中国特色社会主义思想，以习近平总书记关于文艺工作和网络文艺的重要论述为指导，自觉运用历史的、人民的、艺术的、美学的观点评判和鉴赏作品，向现在的读者，也向未来的读者交出一份令人信服的答卷。

李敬泽

2019年3月7日

于北京

目　录

导读

第一章
林海听涛及其创作

一、创作经历

林海听涛，原名张琳韬，四川自贡人，2003 年毕业于中国科技大学。从小爱好足球，高中时多次参加足球比赛，并创作足球漫画；大学期间根据踢球经历开始创作足球竞技小说《我踢球你在意吗》，在此之前也曾尝试进行过同类题材的小说创作。[①] 2003 年 4 月，《我踢球你在意吗》在起点中文网上线连载，2003 年 8 月完结。2004 年 1 月，该书由中国青年出版社出版为同名实体书，在读者自发组织下，作者到成都和西安进行签售活动。该书在线上和线下同时获得成功后，作者迅速进入第二部同题材作品《我们是冠军》的创作，并在起点中文网上线。

由于不断受到读者和市场的鼓励，林海听涛开始坚定自己的网络小说创作道路。就创作动机而言，强烈的表达愿望仍然是作者走进网络开始小说创作的内因。在第一部作品上线前夕，作者说："在还没有发书的时候就把预告文先发上来，迫不及待地想要把我心中的故事和你们分享。" 2004 年欧洲杯赛事期间，他辞去工作专事写作，成为一名全职网络小说作家。林海听涛迅速攀升的读者数量和较为成熟的创作手法使其在网络文学界有了较大影响，不断受到关注。2015 年 6 月，四川省网络作家协会召开第一届常务理事会会议，林海听涛当选为常

---

① 赵凌河、王纯菲：《中国体育文学研究》，辽宁大学出版社 2011 年版，第 280 页。

务理事、副秘书长。

林海听涛具有旺盛的创作热情，在15年间写了10部小说，总字数超过3000万字；除了第一部作品之外，其他在起点中文网连载完结的作品都超过250万字。在写作过程中，这些作品几乎是前一部作品刚刚完结，即迅速进入下一部作品的创作和连载之中，保持了旺盛的创作势头，而且每一部作品都受到读者的关注。在这一点上，得益于作者有效地利用了网络媒介的传播规律，不断更帖，及时为读者提供新章，频繁在读者中间"露面"，保持了大众粉丝的黏性。

二、创作成就概述

林海听涛是一位在足球竞技小说中极有建树的网络作家，他的作品深受读者喜爱，在多种大众和专业榜单中长期位居同类型首位，被网民称作"网络竞技小说第一人"，他的第二部作品《我们是冠军》无论从技巧还是风格上都较第一部更成熟，因此被称作"国内足球竞技类小说的开创之作"。他的另一部作品《冠军之心》入选中国作家协会主办的2016年"中国网络小说排行榜"半年榜，被评为2017年度四川省网络小说"十大影响力作品"。在业界有较大影响力的2018年第三届"橙瓜网络文学奖"评选中，林海听涛进入"百强大神"之列，并被评为"年度最受欢迎作家"之"年度体育作家"称号。在起点中文网的作者个人主页上，林海听涛被称为"著名网络体育竞技文作家、原创竞技小说第一人、足球竞技小说旗帜"。

从2003年至2018年的15年间，包括目前正在连载的《绿茵峥嵘》，林海听涛创作的10部小说全部为足球竞技题材，其中9部在起点中文网上线，累计3074.28万字[①]；1部在17K小说网连载。以创作和连载时间为顺序，作品的基本情况为：

（一）《我踢球你在意吗》。创作于2003年，当年4月14日上线连载，8月26日完结，共计101章，计40.93万字。阅文总点击量84.03

---

① 以下与作品相关的数据截至2019年1月10日。

万次，4.98 万次总推荐。小说塑造了足球少年张俊、杨樊等人物形象，描写他们对足球的热爱和绿茵场上动人心魄的故事，将体育和校园生活结合在一起，既展现了青少年学生的蓬勃朝气，传递了积极向上的励志精神和团队观念，也向青少年读者普及了足球知识。

（二）《我们是冠军》。该作品仍然以《我踢球你在意吗》一书中的人物张俊作为主人公，因此被视为该作品的续作。这部小说于 2005 年 3 月 3 日上线连载，2006 年 9 月 25 日完结，计 254.63 万字，阅文总点击量 1055.11 万次，379.14 万次总推荐。小说以张俊从步入职业足坛开始到退役的生涯为主线，伴随着人物的命运起伏，为中国足球发展勾画出了一幅想象图景。在中国足球不景气的背景下，这部作品饱含着对中国足球的深情期望，反映了社会对中国足球的期待。这部书由北京修正文库策划，北方文艺出版社出版为实体书。

（三）《冠军教父》。这部作品于 2007 年 7 月 27 日上线连载，2009 年 10 月 16 日完结，总计 461.59 万字，阅文总点击量 764.51 万次，总推荐 184.91 万次。小说描写穿越到英国的中国足球爱好者唐恩变身为足球教练，通过个人拼搏率领球队一路征战，不断取得胜利，最终成就"冠军教父"的故事。小说通过赋予主人公穿越时空的身份，拓展了叙事的空间，使作品带有鲜明的网络特质，本书将尝试对这部作品进行深度分析。

（四）《冠军传奇》。小说以一个曾经被迫放弃了足球的中国留学生楚中天为主角，讲述他的人生经历。从他在英格兰的业余足球联赛中重新踢球开始，描写他在赛场上拼搏奋进再圆绿茵之梦，于风起云涌的足球赛事上留下自己矫健身影，也为自己的留学生涯留下浓墨重彩的华章，使人生的价值得到体现的全过程。该作品于 2009 年 12 月 2 日上线连载，2011 年 8 月 15 日完结，总字数 455.58 万，阅文总点击量 513.71 万次，总推荐 92.45 万次。这部作品与《我们是冠军》《冠军教父》被合称为"冠军三部曲"。

（五）《禁区之雄》。2011 年 8 月 23 日上线，2012 年 12 月 31 日完结。全书共计 496.59 万字，阅文总点击量 594.54 万次，59.7 万次总推荐。小说通过描写足球前锋陈英雄卓越的足球技能和勇往直前的进取精神，塑造了一个性格鲜明、在赛场禁区内"富有争议"的足球运动员形象。

（六）《胜者为王》。这是继《冠军教父》之后的又一部足球教练题材小说，描写具有穿越身份的主人公常胜执教球队，转战四方，横扫欧洲赛场的故事。小说 2013 年 1 月 20 日上架，当年 12 月 31 日完结，共计 460.09 万字，520.23 万次点击量，96.81 万次总推荐。

（七）《冠军之光》。这部小说延续其一贯的风格，写了一位名叫荣光的中国少年，因为跑步神速而被一位巴西教练看中，并将他带到圣保罗去学习踢足球，最终成为国际一流足球运动员的故事。小说以贴近现实的文字描述热情洋溢的足球风采，在讲述传奇球王成长经历的同时，将足球文化、成长小说、跨国文化熔于一炉，精神励志、价值观积极向上，都是引人注目之处。小说 2014 年 2 月 7 日上线连载，2015 年 8 月 26 日完结，共计 429.98 万字，447.15 万次总点击量，5.58 万次总推荐。这部作品曾入选 2015 年第三季度中国网络小说排行榜精品榜，上榜评语中称赞这作品"叙事语言干净流畅，细节丰富真实，可读性强，是一篇立意鲜明的足球竞技文"。该小说已经被改编为漫画出版。

（八）《冠军之心》。小说讲述了一个普通高中生在从小涉猎过的诸种文体项目中选择足球，之后一步步成为笑傲欧洲足坛的传奇球王的故事。作品 2015 年 10 月 18 日上线，2017 年 10 月 31 日完结，总字数 364.75 万，总点击量 395.88 万次，总推荐 156.37 万次。这部作品长期位列网络小说热搜 TOP50，跻身起点月票榜、起点 24 小时热销榜等榜单。

（九）《绿茵峥嵘》。这部作品仍然是一部关于足球运动员征战赛场的故事，15 岁就加盟意甲豪门的高峥寄托了无数中国球迷的所有期待，在经历人生低谷之后，重回绿茵场逆转人生。该作品 2018 年 5 月 28 日上线，目前仍在连载过程中，但已经显示出在阅读市场的热度，至本文写作时的 2019 年 1 月 10 日，点击量已经达到 648.35 万次。

除上述 9 部在起点中文网连载的作品之外，林海听涛还曾在 17K 小说网连载过一部穿越题材足球小说《天生废柴》，该作品总字数 92.68 万，点击量超过 170 万次，讲述"极品废材"布挺遭遇到从宋朝穿越而来的蹴鞠高手，一改颓废之姿，参加了热血沸腾的足球队，一路奋战到底，用汗水和不屈的意志打败一个又一个强敌而扬名天下的故事。

三、总体评价

林海听涛专注于足球竞技小说的创作，凭借独特的题材选择、开拓性的类型创造、典型的网络写作手法、"正能量"的主题价值导向和丰富的作品积累等，在网络上聚拢了较高的人气，奠定了个人在网络文学史中的地位。通过以上作品来看，他的创作表现出以下特征：

（一）选择大众喜爱的题材和日常化的语言风格。足球是大众最为关注的体育运动项目之一，拥有广泛的群众基础，而且这种爱好是不分年龄、学历、职业等身份阶层的，为正面描写足球运动的文学作品准备了潜在的"专业"读者群。林海听涛本人是一名皇家马德里队的忠实球迷，喜欢下场踢球，熟悉足球知识，这也成为他选择足球题材的主要原因。作者一方面出于表达自我的需要，另一方面则迎合了社会的阅读心理，选取了大众热情关注的题材进行创作。从语言上看，作者的语言具有质朴的美感，句子和用词接近日常用语，直白、通俗、顺畅，有口语的韵味和趣味，不乏带有幽默感的俗语、俚语和网络用语，少有臃肿、拖沓、干巴的表述，读者无需进行"烧脑"的思考即能直接明了地理解所表达的内容。

（二）具有积极向上的主题价值。林海听涛的小说受到读者欢迎，一个很重要的原因是他的作品具有积极、健康、正向的主题意义和精神价值。他笔下的主要人物富有家国情怀和人道主义精神，善良正直、忠诚守信、感情真挚；在训练和比赛过程中具有团结协作、勇往直前、目标坚定、吃苦耐劳、胜不骄败不馁、敢于追求最大的胜利等优秀品质，符合普通读者对成功者的想象。他的文笔干净，几乎没有隐晦的书写和负面情绪的传达，作品通过比赛情景所营造的拼搏进取、勇攀高峰的热血精神能够激荡人心，激励读者。

（三）通过营造代入感和制造"爽点"吸引读者。作者以足球训练和竞技比赛为主要表现内容，通过描写刻苦训练和激烈比赛过程营造氛围，以球队在比赛中的晋级与制胜为主要目标，通过强大的"主角光环"使读者在不知不觉中将自己代入小说情节中，跟随人物（主要是主角）体验从失败到成功的快乐，从而产生"爽"感。读者在紧张繁忙的工作和生活之余，通过阅读这些作品能够消解沉闷，获得轻松、愉悦的感觉，同时受到团结、励志、拼搏、向上等正向价值观的熏陶。

（四）丰富了体育竞技小说的叙事类型。在近现代以来的传统文学中，体育题材创作以建国以来的报告文学为主，将体育运动项目作为直接书写对象的小说并不多见，且大部分作品以体育作为展开故事和人物性格的道具，体育比赛只作为背景出现，较少将比赛过程和结果作为叙事的直接目标和情节推进的主要目的。在网络文学中，自林海听涛起，体育竞技小说的类型特征逐渐明晰，更形成了足球竞技小说的模式化、套路化特征，成为这一类型的标志性作品，丰富了体育竞技小说的类型资源。虽然作品所创设的比赛模式、比赛过程有重复之感，但由于人物性格、背景地域、赛制、对手等的不同，读者仍能在不同作品中获得新鲜感。

第二章

体育与体育小说

在进入《冠军教父》文本之前，我们先对体育运动本身及体育与文学之间的关系做简要分析，以利于将足球小说《冠军教父》放在体育文学的大序列中进行欣赏和评鉴，从中可以看到体育如何进入文学的审美之中，又具有怎样的异同之处。

一、以身体为基础的体育

若按照字面意思理解"体育"二字，"体"指的是身体；"育"有"教育"和"育成"之义，是指人类个体自主对身体的育成，意即通过有意识的锻炼提高或保持身体的运动机能，以及在这一基础上衍生出的群体性的竞技活动。从"体育"活动的目标和过程来看，它与"教育"的原理有共通之处。据毕世明考证，汉语"体育"二字是从日本引入的，"1898 年春天上海大同书局出版的康有为辑录的《日本书目志》中，第一次把日文的《体育学》移入中文。这是中国最早使用'体育'一词"，并指出，"这个观点是张天白在《体育文史》杂志1988 年第 6 期的文章《'体育'一词引入考》提出的"。① 由此可见，体育运动虽然在中国有着悠久的历史，但"体育"作为一个概念在中国普及的时间并不长。

人的身体是体育活动赖以进行的物质基础，同时也是体育活动

---

① 赵凌河、王纯菲：《中国体育文学研究》，辽宁大学出版社2011年版，第16页。

"育成"功能的具体目标。从最基础的意义上看，我们通过身体进行体育锻炼，锻炼的目的也是使身体的功能得到提升和保持。因此，身体是体育活动的出发点也是落脚点，是体育活动的根本目标。无论是个人还是群体性的竞技体育运动，都是以此为基础的。从哲学中关于人的属性看，身体具有双重意义，一方面，生物意义上的身体是人类一切属性的基本物质构成，是大自然进化的物质结晶，没有身体就没有人类，身体是"人"的唯一客观实在；另一方面，身体又是人类对抗和超越自然的物质基础和精神载体。因此，身体有一体两面的双重性质。

人对于身体的关注，首先是对生物学意义上的生命的关注，是敬畏自然、珍爱生命的表现，人类对精神活动和社会活动的重视是在关注身体和生命的基础上展开的。人类的主体意识依附于身体而存在，同时也包含身体意识的觉醒。

二、竞技体育源于游戏

《冠军教父》中的足球运动属于竞技体育。在人类个体进化和社会发展过程中，创造形成了丰富多彩的体育活动项目。依据参加人员、评价目标、功能和规则等方面的不同，对体育的分类有多种方法，并可以分为多种类型，比如有人认为可以分为"学校体育、群众体育和竞技体育"，也有人认为可以分为"学校体育、群众体育、竞技体育、娱乐体育、休闲体育、康复体育等部分"。[①] 这些划分各有依据，但就当前体育活动的目标而言，可以简单划分为竞技体育和非竞技体育两类。竞技体育"是指在全面发展身体，最大限度地挖掘和发挥人（个人或群体）在体力、心理、智力等方面的潜力的基础上，以攀登运动技术高峰和创造优异运动成绩为主要目的的一种运动活动过程"。竞技体育以在竞争中获胜为基本目标，是制度化的、群体性的、专业性的、对抗性的体育运动。非竞技体育是指竞技体育以外的体育活动，这些活动以教育、健身、康复、娱乐、休闲等为主要目标，可以是个人性

---

① 赵凌河、王纯菲：《中国体育文学研究》，辽宁大学出版社2011年版，第18页。

的，也可以是群体性的。

从文化意义上说，体育活动的本质是游戏，每种体育项目都是游戏的一种。只有理解了人类对游戏的喜好，才能从根本上理解人们为什么热衷于参加和欣赏体育比赛。

游戏不是人类独有的行为，一些高等级动物的行为中，也存在游戏活动，因此游戏"是各种动物熟悉生存环境、彼此相互了解、习练竞争技能、进而获得'天择'的一种本领活动"。柏拉图就将游戏定义为："游戏是一切幼子（动物的和人的）生活和能力跳跃需要而产生的有意识的模拟活动。"我们经常在动物界中看到嬉戏、玩耍的景象，这其中既有娱乐成分，也伴随着对生存技能的传授。因此尽管游戏属于人类精神层面的活动，但也是生物本能的激活和显现。由于游戏对于生活的模拟需要身体的参与，因此与身体相关的体育活动自然发生。

随着人类的智力进化和社会生活的复杂化，游戏的仿生性、智慧性、技术性成分不断增加，这在竞技体育中表现得最明显。虽然是游戏的一类，但由于对活动的组织、评判、奖惩等不断严肃和严格，使之日趋科学和规范，体育已经变成人类复杂的社会活动，其承载的功能已大大超越了游戏的娱乐化内涵。比如，强烈的竞争性、对抗性是对古老战争形式的模仿，由于身体是体育的基础，在体育竞争中获得胜利，其隐含的意义是对对方身体的征服和俘获，这与战争最原始的方式是一致的，可谓是古老战争形式的游戏化再现。《冠军教父》中所描写的足球运动是一项需要对立的双方队员群体共同完成的比赛，而且在比赛过程中互有身体的碰撞，其实质仍然是在进攻中对对方队员体能的压制和征服。

三、身体审美与体育审美

在美学领域，身体美学是一个重要分支，"所谓身体美学就是人类以身体美的塑造、欣赏和展现为中心的审美实践"[①]。这一定义产

---

① 方英敏：《什么是身体美学——基于身体美学定义的批判与发展性考察》，载《贵州大学学报（社会科学版）》，2016 年第 1 期。

生的前提是，人类的身体可以作为审美的对象。在与自然界搏斗的过程中，远古人类逐渐认识到强健、雄壮、有利于种族繁衍的体魄所具有的明显优势，并将之与当时无法解释的神秘现象结合在一起，形成宗教崇拜，并为那些想象中的神赋予人类的躯体和容貌，从那时起身体就开始作为审美对象，以之为范本创造的人体造型被以岩画、泥塑、雕塑等形式保存下来，其中多与女性相关，这多半与原始的宗教相关。

　　古希腊时期，以男性的宙斯为众神之首，雕塑中组成身体的各部分对力量的展现成为身体审美的主要追求。由于古希腊城邦之间不断争战，孔武有力的男性在战斗和竞技中获得成功的可能性更大，更符合社会的期待，于是"体育竞技，加上航海活动是古代希腊人生活的一个重要内容。而且，这些运动锻炼与培养战士是一致的。有的城邦公民从小在运动场上锻炼，长大了就能上战场打仗，他的一生都是在'竞技'中度过"①。这种情况集中表现在古代奥林匹克运动会中，除了集体运动所带来的对荣誉、感奋的审美享乐外，运动"促进了人们对自身机体的认识与把握。再也没有一个民族像古代希腊人一样谙熟自身的结构，所以，也没有一个民族能够像古代希腊人那样自如地透过自己的身躯来表达感情的了"②。

　　体育审美最初是以身体审美为主要内容的，并与宗教相结合。古代奥林匹克运动会最初只有长跑一个项目，而且规定每四年在宙斯祭坛举行一次，后来项目逐渐增多，但运动员都是裸体上场，并且禁止女性参加。这显然有向神展示健康、强劲、优美体魄的意味，"裸体竞技是出于一种宗教上的需要，那是一种神圣的裸裎。在那个年代，也许是一种敬神、娱神的最好方式"③。

　　与古代相比，现代奥林匹克运动的宗旨已有了根本性改变。"作为奥林匹克运动的创始人，顾拜旦把体育看成是美丽、正义、勇气、乐趣、培育、进步和和平的化身，这样体育就成为奥林匹克运动所追求的人类真、善、美最高境界的重要手段，它以更快、更高、更强的

---

① 　陈醉：《裸体艺术论》，中国文联出版公司 1987 年版，第 87 页。
② 　同上，第 96 页。
③ 　同上，第 109 页。

不断进取精神，促进人类的团结、进步与和平，这是体育发展的动力因。"① 分析这种变化，一个明显特征是身体审美不再是体育审美最重要的元素，体育被赋予了其他的心性、道德和社会的期待。按照现在的话语分析，在身体美学元素之外，体育审美至少还包含有团结协作、拼搏进取、集体主义、爱国主义、公平正义、进步和平等方面的含义。

此外，商业化是当今竞技体育的重要倾向，像《冠军教父》里面写到的球员转会、商业转播、比赛竞猜、广告赞助、广告代言、竞赛奖金等，都与商业利益密不可分，甚至一些比赛的过程和结果都受到了商业利益的影响。从这一点来看，竞技体育的商业化倾向是一柄"双刃剑"。但在商业消费时代，竞技体育赛场已经不可避免地变成了一个巨大的资本市场；而从另外的角度看，从最初的身体审美到体育审美，再到现在的体育经济，竞技体育运动在某种程度上已经与世界范围内的经济活动合流，成为经济领域中的一个分支，同时也是全球范围内社会世俗化的一个表征。

四、体育审美的文学表达——体育文学

身体和体育活动作为审美对象，除了在造型艺术中得到表现之外，文学也是基础性的、最为重要的表达方式之一。

从读者角度来看，体育与文学在审美意义上具有相似性，即文学提供的文本及其通过文本塑造的形象，与体育活动所呈现的动作和场景都可以被读者阅读或被观众观赏，由此得到愉悦、振奋、感动等审美体验，并在读者精神和心灵中产生实践性效应，潜移默化地影响到受众的人生观、世界观和价值观。也就是说，对文学的阅读和对体育的观赏，符合同样的美育原理，这就天然决定了文学审美与体育审美具有相结合的前提条件，因而体育被文学表达顺理成章。

进一步分析体育审美与文学审美的差异。从审美经验上而论，康德曾认为审美判断是凭借愉快或不愉快的情感对象所下的判断，审

---

① 赵凌河、王纯菲：《中国体育文学研究》，辽宁大学出版社2011年版，第19页。

美愉快是判断美丑的依据。虽然这一观念被后来的美学家认为过于狭隘，但是却适用于体育审美，观看体育比赛的确能够给人带来愉悦的享受。但在对文学作品的审美上，却不是这样简单。"审美情感不仅包含各种各样的情感，远非愉快一种形式，而且覆盖感受的全部领域，既包含生理的感受，也包含心理的感受，还包含精神的感受，而远非康德所说的一种感受形式。"①从对体育的欣赏本身来看，它之所以能够带来愉快，所激发的感受主要在观众的生理和心理层面，即能够伴随赛场上紧张、激烈、刺激的比赛过程和运动员的出色表现，使自己产生血脉偾张的激情和心理上的亢奋感。而对文学审美而言就相对复杂，严肃写作（即所谓的"纯文学"）与通俗文学、大众文学因其不同的语言表达和叙事方式，为读者提供着不同的审美感受，引起差异性的审美情感。

从创作原理上看，传统通俗文学和后来的网络文学共同遵循的"快感奖赏机制和美感诱导策略"②，事实上就是引起读者的生理和心理快感。大众文学书写让读者产生快感的故事，"与深思熟虑的写作不同，快感支配下的写作，想象力更为飘忽，故事情节更趋向于奇异瑰丽，感受性更强，更诉诸读者的生命体验，而不是令读者陷入思考"③。这是严肃写作与通俗写作最重要的区别。很显然，对于引起读者审美情感的层次上，大众文学的审美方式与体育审美更加吻合。归根结底，这是一种处于浅表层次的快感，可以短暂地为读者提供消遣性、娱乐性的审美享受——这是网络体育类型小说流行的文本内在原因。

体育文学古已有之。中国古代自先秦文学开始，就有对体育活动的反映，《吴越春秋》中的《弹歌》，《诗经》中的《齐风·猗嗟》对射箭动作的描写；《楚辞·招魂》中对象棋的描写；南朝的《行行游且猎篇》对骑马和狩猎活动的描写等。据研究："先秦两汉魏晋南北朝时期，体育活动更为广泛，球类运动、投掷运动、骑射运动、武术运动、

① 彭锋：《美学导论》，复旦大学出版社 2016 年版，第 69 页。
② 王祥：《网络文学创作原理》，中国人民大学出版社 2015 年版，第 9 页。
③ 同上，第 14 页。

舞蹈运动、马术运动、水上运动、冰上运动、垂钓运动、棋类运动、相扑运动、技巧运动、游戏运动以及具有中国特色的养生运动等，这些活动都反映于文学中。"①这种情况一直在整个古代文学史中延续，并且随着社会体育运动项目、形式和活动的日渐丰富，文学对体育的反映也不断增加。进入现当代文学史，从谋求改变"东亚病夫"懦弱形象开始，体育被提高到了图存强国的高度，事关国家和民族的生死存亡，一批反映体育运动的现代文艺作品出现，包括毛泽东发表在《新青年》上的《体育之研究》、梁实秋描写体育活动的散文《下棋》《忆清华》等，还有体育无声电影《体育皇后》、讲述足球的故事片《二对一》等。"十七年"时期，除了脍炙人口的《女篮五号》《冰上姐妹》《大李小李和老李》等体育电影之外，有关体育的报告文学《登上地球之巅》（郭超人）、《乒乓运动的春天》（徐寅生等）、《世界冠军容国团》（华新文），以及小说《一个车间团队的体育工作》《邮局不收的包裹》《高山上的篮球场》等大量出现，掀起了体育文学的新高潮。进入新时期，《扬眉剑出鞘》《中国姑娘》《跳水女皇》《百年沉浮——走进中国体育界》等体育报告文学有着极高的读者关注度。②

　　分析文学史上的体育题材作品，就对体育活动的反映来看，可以分为两种情况，一是正面描写体育活动和赛事，主要以报告文学为主。《登上地球之巅》描写 1960 年中国登山队员从北坡成功登上珠穆朗玛峰顶峰的故事，生动记述了登山队员突击登顶的全过程；《扬眉剑出鞘》讲述在 1978 年世界青年击剑锦标赛上，中国运动员栾菊杰在负伤的情况下夺得银牌的经过；《中国姑娘》则极为生动细致地描写了女排的成长史和拼搏史；《乒乓球运动的春天》讲述中国乒乓球队在第二十八届世锦赛上的故事。这些作品全面描写活动或比赛过程，场面激动人心，扣人心弦，引人入胜。在注重凝聚和阐发文章主旨精神的同时，为读者提供了新奇的阅读感受。二是不以描写体育活动本身为

---

① 　路今铧、金磊：《中国古代体育诗歌选报》，天津人民出版社 2008 年版。转引自赵凌河、王纯菲的《中国体育文学研究》，辽宁大学出版社 2011 年版，第103 页。

② 　参见赵凌河、王纯菲的《中国体育文学研究》，辽宁大学出版社 2011 年版。

主，而将体育活动作为背景或人物的活动环境，作为塑造人物形象与彰显人物性情、襟怀和精神，显现作品所要表达的社会思想价值的工具材料而出现，甚至有些描写体育生活的作品中，主要人物也不是职业体育人物，所从事活动也不是竞技体育运动，如《一个团队的体育工作》等。这是一种将体育作为工具的"外视角"叙事，与大众文学中的体育竞技类型小说有着明显的不同。

在体育竞技类型小说中，叙事尽管也要贴着人物进行，但主要通过以职业体育人物为主角塑造形象，并且体育比赛被作为正面描写的对象，进入体育比赛本身展开故事，详细、反复描写不同场次的体育比赛过程，是体育的"内视角"。在这类作品中，读者可以随着作者的眼睛去欣赏体育比赛，甚至可以以运动员的视角参与体育比赛，过程和场景为读者提供了身临其境的想象，因而更容易引起热爱体育的读者的喜爱。从这一点上说，体育竞技小说受到了早期体育报告文学的启发。

体育竞技小说主要以网络小说为滥觞，既有像林海听涛创作的足球系列小说，也有像《三步上篮》《篮坛锋霸》《篮球之完美人生》等描写篮球运动的小说，还有描写围棋运动的《围棋的故事》《我本寂寞》，描写游泳的《重生之泳将》，反映短跑运动的《跑出我的人生》等，几乎涵盖了所有体育竞技比赛门类。体育竞技小说由于反映体育比赛本身，人物主要以职业运动员为主，因此也可以归入职业或行业类型小说之中，这类作品需要专业的知识体系支撑才能完成，因此在创作上是有一定难度的，但是专业知识也是吸引读者的重要因素。以《冠军教父》为例，小说一方面对足球比赛规则有着清晰的交代，在读者中普及了足球知识；另一方面，小说的地理背景是欧洲，详细梳理了欧洲足球的历史知识，使读者了解了源远流长的欧洲足球文化及其在社会中的影响。中国是足球运动的发源地，古代的"蹴鞠"就是足球的雏形，但现代中国足球长期在世界上处于弱势地位，小说中对欧洲足球历史、文化和精神的梳理与此形成了鲜明的对照，可以使中国读者反思当前中国足球的现状，增加了小说的现实意义。

第三章

《冠军教父》中的世界设定

在小说家似乎有魔力的语言引导下进入作品中，读者首先接触到的是关于小说中人物生活的世界。除了玄幻、异界小说等需要集中交代世界体系的组成和运行规律外（否则就不能令人理解那里的生活），由于人物的生存空间和生活环境、生活方式等并不是小说的主要描写对象，因此大部分小说里的世界作为故事发生之地，隐藏在繁复的形象化叙述中。《冠军教父》是一部带有现实主义精神、却又靠虚构和想象创作的网络小说，其建构虚构世界的基底是写实的，但是又带有鲜明的"变形"特征——现实世界的客观逻辑在小说中产生了一定程度的变形，这可以归入网络小说批评话语中的"金手指"之列——这一点为小说增添了明显的网络叙事特色。

一、客观真实与文学真实

生活是文艺创作的唯一源泉。作为人类精神活动的审美表达，无论是严肃写作还是像《冠军教父》这样的网络文学，也无论是以现实生活为题材的作品还是那些虚构类小说，都是对客观现实世界的反映，只不过反映的角度和内容、程度，以及表现的方法和表达出的倾向不同罢了。而从文学创作角度来看，尽管文学中虚构的世界与现实生活有着直接的对应关系，但是客观现实世界并不能原样不动地挪移到小说中来，必然要经过作者按照自己的意愿进行选择和加工。世界的相貌如何，与人物有着怎样的关系，又如何为人物性格形成提供基础，体现的是一个作家的世界观和文学观。

在传统观念中，我们用"反映论"概括文学世界与客观世界的关系，即虚构世界与现实中的世界是反映与被反映的关系。不仅书写现实题材的作品如此，就是像儒勒·凡尔纳的科幻小说，像《西游记》这样的神魔小说，《哈利·波特》这样的魔幻小说，它们中的世界设定也遵从现实世界的逻辑。在传统写作中，虚构世界与客观世界之间有着某种真实性的契约关系，因此小说才具有文学真实性，所讲的故事才能够令人信服，即所谓"一部小说可以是虚拟的，但它所用的材料必须是真实的"。[①]也正是在这个意义上，才有"小说比历史更真实"的说法，因为历史记载具体的事件，这样的记载未必是事实的真相，但是小说里所描写的人物的生活、动作习惯、情感表达和思维方式却必须是无可辩驳的。

网络小说作为一种新兴的文学形态，虽然与传统小说存在差异，但在叙事目标上，仍然以对客观真实的反映形成文学真实的效果，从而达到取信于读者、征服读者的目的。但是，与传统小说不同，网络小说中的客观真实与文学真实之间存在着更为疏离的距离，二者之间不是直接的反映与被反映的关系，而给作家和读者留下了共同的实践空间，其中想象是最主要的媒介。作者通过想象建构起自我对世界的看法，归根结底，玄幻、仙侠、奇幻、魔幻、科幻、灵异等表现为一种对世界的结构性的理解，但这种结构与客观世界的结构相比，显然是变形了的。作者以什么为依据建构出结构性的变形世界，从而获得能够被读者接受的文学真实性效果？这个依据就是人类千百年来世界观自身的文化脉络，它们主要体现在口传文学时代的传说、神话，文字出现以来的书面小说以及其他叙事性作品中，当然也存在于绘画、雕塑等造型艺术和音乐等的抽象艺术中。读者正是通过将小说中的世界还原为想象的图景，从而理解小说。假如小说能够提供过去所无而又能被理解的世界和生活的想象，并且得到大多数读者的集体认同，这就将是创新。很显然，通过网络类型小说表达出来的人对世界细部

---

① 谢友顺：《成为小说家》，北岳文艺出版社 2018 年版，第 25 页。

结构的想象是有新意的，这是网络小说的贡献之一。

二、文学反映现实的三种模式

当然，这只是就文学与生活的基本关系而论。而从具体作品分析，小说中的虚构世界反映现实世界的方式，大致可以有这样几种情况：

（一）写实的小说，即小说中的环境背景和人物行为严格遵循客观现实世界中的逻辑，反映现实生活的自然情况。这在小说创作中最为常见，即小说所描写的自然环境、人文环境、人物行为等与人类身在的现实生活没有本质上的差别，尊重客观世界的逻辑规律，虚构的生活可以在现实中找得到直接对应的原型。这其中既包括反映距离现在较短时间段内的现实生活的现实题材写作，也包括反映历史生活的作品，历史作为过去的现实，也是现实的一种。这类作品不胜枚举，大部分现实主义作品都是这种写法。以新时期以来的中国当代小说而论，《平凡的世界》《穆斯林的葬礼》《古船》《白鹿原》，以及在大众读者中有众多拥趸的《白门柳》（刘斯奋）、《康熙大帝》（二月河）等。这还可以一直上溯至从古至今的中国文学史，"写实"一直是主流传统，西方式的幻想的和浪漫风格的文学在中国不如写实的风格发达。值得注意的是，写实的文学与虚构的文学并没有高下之分，只是民族文化心理结构引起的思维方式的差别在文学中的显现。在这类作品中，网络小说和传统小说（包括严肃文学，也包括通俗文学）没有多少差别。

（二）部分写实的小说，小说中的世界和人物的生活逻辑基本遵循客观世界的法则，但是为了表现人物和展开故事，虚构世界的运行规律不再严格遵循客观逻辑，而发生了某种变形。这种变形最常见的是时间和空间规律的改变，小说里的时间不再是线性的、一直向前的，而是可以倒流、交错或者循环往复；在空间规律的改变中，人可以不借助物理装置从一个空间快速出现在另一个空间中。目前已在网络小说中几乎泛滥的"穿越"莫不以此而起，《冠军教父》中就有典型的"穿越"情节。另一种对自然规律的改变，是人作为自然之物的生命状态发生变化，常见的有两种情况，一是"生命不死"，人物因为某种原因死去但是又在另外的时空中"重生"，从而开始新的生活，这与一些宗教教义中描绘的"生死轮回"的图景是一致的；二是人通过外部刺激或自身修炼而出现能力提升，从而突破人作为生物体的生理和能力极限，即出现"异能"，像《黄金瞳》中的主角，因为意外事件而具有了透视古物包浆中的历史信息的能力。"异能"是网络小说中普遍的"金手指"。

（三）为幻想世界塑型。区别于现实题材和主要以书写现实（历史）生活为主的小说，为网络小说赢得声誉，同时也曾长期在阅读市场占据最大份额的是以玄幻小说为代表的幻想类作品。尽管加强现实题材写作已成当前文艺创作的指导方针，但幻想类作品一直长盛不衰。这类小说反映现实的方式是将作者头脑中的幻想世界具象化，角色（有的是非人类或被异化了的人）活动的世界是一个完全独立于现实存在的虚拟空间（大陆、星球等），这一空间的运行规则、角色活动规律等不遵循人类习见的逻辑准则，比如不一定有日升月落、四季更替，角色可以不是纯粹意义上的生物体，其所从事的任务也未必与社会理想有关等。幻想小说之所以流行，是因为它使现实世界中不存在的自由想象落地赋形，从而为读者提供寄托情绪和情感的家园。"幻想类小说创作一直在中国网络文学总体格局中占有重要地位。中国网络文学 20 年，最大的特征和贡献就是解放了想象力，拓展出一个广阔无垠的第二人生、虚拟现实和幻想空间。"[1]

透过分析上述三种反映现实世界的模式，我们可以知道，传统小说和网络小说中的现实题材创作主要是第一种模式；传统类型小说、网络文学中的科幻小说、修真小说等以第二种模式居多；玄幻小说、奇幻小说、魔幻小说、异界大陆小说等类型主要是第三种模式。

三、《冠军教父》中的三重世界

恩格斯在致玛·哈克奈斯的信中说："现实主义的意思是，除细节

---

[1]　中国作协网络文学中心：《2017 中国网络文学蓝皮书》。

的真实外，还要再现典型环境中的典型人物。"①就是要把人物"置身于一个政治、社会、经济的具体的总体现实中刻画才能达到'充分的现实主义'的高度"。按照这一批评观念，《冠军教父》尽管是一场关于足球的"白日梦"式的想象，但无疑也有这现实精神的光泽，因为作品提供了一个关于故事和人物活动的"总体性"世界，而且小说中创造的世界与现实世界存在一定的联系。如果是这样，《冠军教父》只是一部通常意义上的大众小说。但深入文本内部我们会发现，在传统写实方法的基础上，作者没有沿着处理现实经验的路子一直走下去，而是为小说设计了充满网络特性的世界属性和人物命运，使小说中的世界具有了多重特征，将其与传统意义上的写实的大众通俗小说区别开来。

（一）写实的世界。林海听涛在小说中描绘的足球世界，首先建立在与客观世界具有相同功能和属性的写实空间中，是读者可以凭借个人经验能够理解的、符合自然逻辑的客观世界。为支撑小说叙述时间的长度和刻画复杂的人物及情节，小说里的写实世界具有这样的特征：一是时间跨度大，小说正面叙事时间从主人公托尼·唐恩的青年时代直到他步入"知天命"之年，讲述他执教生涯的开始、高潮和决心淡出足坛的全过程。二是空间跨度广，小说里的地理空间从中国到英国再扩展至整个欧洲，又伴随人物的行动远及南美巴西等地，作者可谓有着"世界眼光"。三是人物形象生动传神，小说塑造了一大批各具性格的人物形象，教练托尼·唐恩、球员乔治·伍德是被着力刻画的人物，其他还有"足球教父"克劳夫，球员迈克尔·道森、安迪·里德、马龙·海尔伍德，诺丁汉森林俱乐部主席父子尼格尔·多格蒂和埃文·多格蒂，以及迈克尔的儿子、在球迷骚乱中死去的小球迷加文·伯纳德，托尼·唐恩的女友仙妮娅，乔治·伍德的母亲索菲娅等。其他还有队医、新闻记者、律师等与足球相关的人物。这些人物共同支撑起一个符合逻辑的完整世界。四是世界赖以维系的法则明晰而丰富，小说建构起一个庞大的足球帝国，围绕足球运动构建出立体化的世界

---

① 中国作家协会，中央编译局：《马克思、恩格斯、列宁、斯大林论文艺》，中国作家出版社 2010 年版，第 139 页。

面貌，有足球训练、比赛过程，以及球员转会、球队管理、球迷运动等与足球行业相关的生活，也有球员的亲情、友情、爱情等情感故事，绘出的是一幅以足球为核心的生活图景。故事推进虽然主要以托尼·唐恩的教练生涯为主线，但是并没有只把小说当作教练日记来写，而通过生活化的叙述给读者提供"沉浸式"的体验，让读者感觉他们所看到的足球运动是生活中的一种实践活动，而非"机械式"的足球游戏，这在很大程度上减弱了对频繁竞技过程的描写带来的枯燥感。

（二）变形的世界。在写实的世界之外，《冠军教父》同时存在一个逻辑变形的世界，通过托尼·唐恩的穿越身份来体现。"穿越"虽然在文本中仅仅表现为人物的某种特殊遭遇，但它隐含的意义是巨大的，第一位的作用就是使小说中的时空发生物理的改变，而不只是人物主体感觉的幻象。在客观物质世界里，目前的科技发展水平还不足以实现时空穿梭，但是在《冠军教父》中，作者的想象超越了客观现实，摆脱了物质世界的局限性。对于一部大体上应用写实手法创作的作品来说，出现玄幻般的"穿越"情节，这在传统小说创作中是不允许的。从想象力而论，这也是网络文学超越传统写作手法的典型特征。《冠军教父》中的主角托尼·唐恩充任诺丁汉森林队的代理教练，在对阵沃尔萨尔队的比赛中——这也是他第一次以主教练（虽然是代理的）身份执教一线队——自家的主力前锋大卫·约翰奔跑中冲撞了教练席，将教练托尼·唐恩撞昏失忆。而在地球另一端的中国，一个四川人唐恩在看球过程中喝酒打架，被一记闷棍击在后脑上昏迷，醒来后感觉大脑被撕裂，里面一会儿是自己，一会儿却是英国诺丁汉森林队的代理主教练托尼·唐恩。在这一时间点上，托尼34岁，唐恩只有26岁。我们分析这次穿越"事故"，一是由于受到外力的作用发生短暂的昏迷，从而形成失忆或记忆倒错，因为记忆互换从而发生身份转换。二是从穿越者的视角上来看穿越的时间方向，对于教练托尼·唐恩来说，时间并没有发生位移，他在比赛中被冲撞的时间是2003年，这成为以教练托尼·唐恩为主的叙事时间，即文本中的时间；但对于四川人唐恩来说，被打伤的时间是2007年，他的记忆附身在了2003年的托尼身上，可见穿越的方向是向后方穿越，即对于唐恩而言，小说描述的是一个过去的时间段里发生在异域的故事。但是作者并没有完全割断原身份与穿越身份之间的关联，比如当托尼·唐恩接受了穿越的事实之后，早餐时拿起报纸来看，"身为一个普通中国老百姓，他原本是没有在吃早饭的时候看报纸这种习惯。这完全是身体内的英国基因在起作用。看来自己这具身体还要长期适应这种分裂的生活习惯"（第一卷第十一章）。在后文中，他的穿越身份也不断被提起。

在作者笔下的变形世界里，除了人可以在时间涡流中自由穿梭之外，还存在"时间折叠"现象，即小说中的前与后的两个时间段可以像纸一样发生弯曲后折叠在一起，从而使曾经身处两个时空中的人物相遇。我们在小说中看到作者大胆奇诡的想象，托尼·唐恩来到中国探望自己记忆中的父母，与自己互换记忆和身份的唐恩见面，并与他结拜为兄弟，认唐恩的父母为自己的义父母，后来还将唐恩带往自己的球队担任助理教练；当托尼·唐恩退出足坛时，将诺丁汉森林队主教练的职位交给了唐恩。小说中的"时间折叠"还有一个例证，即穿越后的托尼在诺丁汉大学遇到了自己的前女友杨燕，但自己的穿越身份已经不能被她认出。托尼·唐恩借口学习汉语让杨燕到家中，成为他生活中的朋友，尽管杨燕也发现了一些蛛丝马迹，但是却无法说破两人的前世今生。

小说中的变形世界极大地拓展了故事的叙述空间，不仅增加了故事的复杂程度，也使人物性格得到更完全的发育。增加"穿越"情节，虽然使故事复杂了，但却有利于降低创作的难度，小说的主要情节发生在英国和欧洲，等同于现实中的"异域"，欧洲的环境、场景、文化对于作者来讲也许不是难事，但是摹画一个欧洲足球教练的心理结构却是极为困难的。而赋予主角一个中国人的穿越身份，就将他变成了一个有着欧洲人外表的中国人，他的言行举止就可以按照中国人的思维方式进行书写了。在这一点上，作者是独具匠心的。当然，"穿越"表现在阅读接受上，就是使小说更好看，更适合网络阅读。

（三）科幻的世界。在《冠军教父》中，另外一个非写实的世界是作者借助科幻小说的手法为托尼·唐恩治疗心脏病。由于长期紧张的比赛和巨大的职业压力，托尼·唐恩的心脏不堪重负，为了能够保证他的身体不出现问题，医生斯坦利·迈耶尔建议为他加装心脏起搏器，托尼·唐恩和仙妮娅同意了这个方案。在选择起搏器类型时，作者大胆地设想了使用"核动力"电池为起搏器供电，小说写道：

> "现在在英国已经有一百三十六位患者安装了核电池的心脏起搏器，最长的一位患者，他的起搏器已经连续无故障地工作了三十四年，而且电量一点要枯竭的迹象都没有。要知道大部分患者平均两到三年就要来医院做一次更换起搏器电池的手术。这么看起来，核电池非常划算。"托尼接受了植入手术，从此他拥有了"一颗核动力的心脏"。（第六卷第四十八章）

这次手术彻底解决了他的病症："这颗'核心'在未来的日子里动力十足，一次问题都没出过。而唐恩也因此被人们称为'核动力的唐恩'。"以现有的科技发展水平来看，"核动力心脏起搏器"只是一个科幻装置，在现实中还没有出现，因为核能发电装置尚没有小型化到这个程度。一般心脏起搏器电池维持时间在五到七年，到期需要更换。目前正在研发一种压电效应起搏器，即将心脏跳动的动能转化为电能为起搏器供电，可以免去更换电池的手术之苦，尚处在研究阶段，并没有大规模投入临床应用。小说中这一情节的设计是科幻叙事，因为作者的想象并不是没有现实根据，是在现有科技基础上进行的合理想象。同时，这一情节非常符合文学逻辑，因为在赛场上无往不胜的"冠军教父"与强大的"核动力"之间形成某种对照，使托尼·唐恩的形象更加高大。

《冠军教父》里的世界设定具有"现实的"和"变形的""科幻的"三重属性，从而使小说在现实逻辑的基础上借助非现实的手段抬升了想象的地位，使小说产生了新的面貌。故事和人物在既实且虚的空间中运行，不再拘泥于逻辑规律的桎梏，且又不乏合理的想象，这使得作者和读者都通过网络小说获得了自由的体验。

第四章

《冠军教父》的主角光环效应

　　传统文学中有"文学是人学"[①]的观念，通俗地说，文学是写给人看的，也是关于人的，描写的是世道人心，表现的是人的情感。因此，在小说中，人物是第一位的。无论小说里的世界是写实的还是变形的，也无论世界结构体系设置得多么精巧和奥妙无穷，都是为了给人物创设活动的空间，没有人的虚构世界是不能称其为"世界"的。人物除了作为小说世界的有机组成部分，还必须是小说里的灵魂和核心，一部小说正是因为其中的那些人物角色而存在。因此，无论是严肃小说还是网络小说，能否贴着人物写，是一部作品成败的关键。曲折的故事、跌宕的情节，无不是为塑造人物性格和形象而存在。相比较而言，严肃小说中的人物多"自述性"，即作者往往在人物身上寄寓自己对生活和生命的感受，惯于通过内心独白式的叙述呈现心理和精神世界。而曾经是中国古典小说主流的白话小说传统由于脱胎于口传文学，其中的人物多"讲述性"，是作者讲述给读者听的人物故事，为了吸引读者，作者力求用通俗的语言通过动人的故事塑造逼真的形象，讲故事的方法只是为了让读者信以为真的手段，未必一定直接关联作者的思想情感，但却反映着作者对生活的理解。在很多时候，读者是通过理解塑造（讲述）人物的方法和人物身上所体现出的意义来理解小说的。网络文学是白话小说传统的延续，遵循着大众通俗小说的创作规律，《冠军教父》中人物众多，性格各有千秋，集中体现出小说的

[①]　周作人：《艺术与生活》，北京十月文艺出版社2011年版，第9页。

内涵和价值。

　　教练托尼·唐恩是全书的主角，小说主要描绘他以穿越而来的中国四川一个普通球迷的记忆身份，成长为一个带领球队拿遍欧洲所有赛事冠军的足球教练的故事。凭借优秀的意志品质和在理想信念的引领下拼搏进取的精神，他成为"一分耕耘、一分收获""有付出就会有回报"的励志哲理的形象化再现，成为大众读者眼里一个优秀成功者和人生赢家，人物形象头上具有了耀眼的"主角光环"，在读者阅读过程中形成了强烈的代入感，不自觉地将个人代入人物身上，跟随人物的经历体验到成功的快感。这就是小说深受读者喜爱、拥有大批拥趸的内在原因。也不只是这部作品，成功的网络小说作者莫不想方设法使主角形象更加高大，使环绕在主角身上的光环更加明亮，这是大众文艺创作中的普遍规律。分析作者使托尼这个形象形成"主角光环效应"的方法，主要有以下特点：

一、"屌丝逆袭"的命运安排

　　托尼·唐恩是双重身份合一的人，他有着原诺丁汉森林队代理主教练的身体和姓名，却有着中国球迷唐恩的灵魂和记忆。穿越前的唐恩是一个人生失意的小人物，作者这样给定他的前世：

　　　　从小学开始就被老师列为最难管教的差生，在大学因为不讨人喜欢，入党、留校什么好事都没有他的份，毕业了出来工作处处受人排挤，至今女朋友都还没有一个……总之，是相当失败的二十六年人生。（第一卷第一章）

　　就是这样一个一事无成的"屌丝"，在经历"穿越事故"之后突然开窍："既然'前世'相当糟糕，为什么不利用这次机会来一次不同以往的人生？虽然他从来没有做过足球教练，但是足球他也看了十几年，足球经理游戏每代都玩过，多少了解一些教练的工作性质，这不是一次挑战的好机会吗？"在第四章中，作者又继续写他的内心独白："既然自己来到了这里，成了一个球队的代理主教练，那么总要干出点什么，留下点什么吧。这既是挑战，也是机会。"自此开始，他踏上了训练球员、带领球队征战四方的职业足球之路。在遍获欧洲足球最高荣誉之后，又获得世界杯冠军，之后急流勇退宣布退休，但难舍足球情缘，再度执教森林队并获得佳绩。十五年教练生涯，十六座冠军奖杯，为自己赢得了广泛的社会声誉，并得到英国王室尊重被授勋（尽管他拒绝接受）。同时，在训练和比赛过程中，托尼·唐恩也收获了爱情，与仙妮娅结婚成家，在事业的巅峰急流勇退，安享个人生活的乐趣。"屌丝青年"经过十五年的奋斗，逆袭为"冠军教父"，达到了人生的巅峰，实现了个人的价值，小说揭示的是一个小人物如何通过自我奋斗获得成功的"秘诀"，对大众读者有重要的激励和启迪作用，它告诉读者："吃得苦中苦，方为人上人。"只有通过坚持不懈的努力，才能获得成功，成功向来与奋斗画着等号。

二、"打怪升级"的奋斗历程

"打怪升级"是通俗小说中表现人物常用的故事手法。在玄幻和修仙小说中，角色通过打败"怪物"获得能力，从而升入更高的修炼层级、武功境界或生命阶段。放大来看，"打怪升级"可以用于一切通过不断克服困难实现人生目标的行为，是人物应对生活的一种积极态度。"打怪升级"不仅有着通过奋斗获得成功的社会实践根据，同时，这一成功之路能够给人带来生理上的快感，这是有着生命科学根据的，它源自大脑中多巴胺分泌所引起的"奖赏效应"。"'奖赏效应'是一种正性强化效应，与中脑边缘多巴胺系统密切相关。多巴胺是一种与欣快和兴奋情绪有关的神经递质，人在高兴时有关奖赏通路上的神经元就发出较多的兴奋性冲动，并释放一定量的多巴胺。"因为"打怪升级"能够给人带来快感，从而激发人不断从成功中获得快乐，"打怪升级"会不断攀升更高的目标。

上文已提到过，有研究者在这个基础上将"快感奖赏机制"看作大众文学重要的创作原理。①在《冠军教父》中，"打怪升级"作为一种故事套路被作者娴熟运用，当然，这里的"怪"不是什么怪物，而是球队面临的一场场重大赛事及其面临的诸种困难。作者通过让托尼·唐恩带领球队不断取得胜利，从而一步步筑牢他在足坛上的地位。小说采取"低开高走"的路子，在第一个赛季中，第一场比赛由于裁判不公，森林队输给了西汉姆联队；在接下来的比赛中，客场对战考文垂队赢得胜利，随后又多次取胜，开始显出教练的天赋。在第二卷中，森林队首战战胜水晶宫队，托尼手下的球员人人成为英雄；在联赛杯中，对战米德尔斯堡队，点球险胜捧杯则显示了胜利来之不易；在英联赛中战胜西布罗姆维奇队，在经历低谷之后球队获得晋级，重新回到了顶级赛事中。在第三卷，他的新目标是"欧洲冠军杯"，但却输给了巴塞罗那队，获得银牌的托尼·唐恩拒绝上台领奖，显示出独特的性格。从比分落后到化险为夷，从对手的强大到自我的失误，从俱乐部、新闻媒体的干扰到自己的教练思想得到贯彻，小说中的人物正是在一场场"打怪升级"式的比赛过程中，不断走向职业生涯的更高峰。在一系列紧张的比赛中，读者会看到，托尼的每次胜利都来之不易，赛前要做大量的准备工作，协调球员的关系，更要相机处理比赛过程中突然出现的变故，读者也在阅读中伴随着教练全身心投入，球队获得胜利后带来的快感也极为强烈。

三、"更高更强"的激情信念

在阅读《冠军教父》的过程中，从始至终都会感受到文字背后蕴含着强大的精神力量，它使我们如同身在赛场，耳畔回荡着球迷们山呼海啸般的呐喊声，从而使我们神经亢奋、血脉贲张、热血沸腾。形成这种强大感染力的，正是人物自身显现出的性格精神。托尼·唐恩作为教练，是球队的灵魂，他不仅通过个人的天赋和足球经验指导球队训练，更重要的是，他极善于通过思想工作调动球员的积极性，给

---

① 参看王祥：《网络文学创作原理》，中国人民大学出版社 2015 年 4 月版。

球员树立信心，鼓舞球员的士气。而在这其中，他的信念和信心显然是制胜的关键因素。前文提到，托尼在穿越后"开窍"，立志要"留下点什么"，森林队的球员和俱乐部主席也感觉到了这一点。在以后的训练和比赛过程中，他将取胜作为唯一目标，不满足于取得的小成绩，而心怀更高更远大的目标，不断谋求更辉煌的战绩。托尼的胜利，与其说是技术的胜利，倒不如说是精神的胜利。比如，他教育球员如何用小把戏刺激对方球员以获得机会，他问安迪·里德："你知道职业球员最高追求是什么吗？"里德回答说是："呃……更多地进球。"但是托尼马上纠正说："是胜利！"（第一卷第九章）他明白无误地向球队宣示了自己的职业信念，那就是"胜利"。他在酒吧里对球员和球迷发表自己的"胜利宣言"："我无门无派。我唯胜利论。我只追求胜利，只要能够获胜，全攻全守还是防守反击我都不在乎。"（第一卷第十八章）在他的理解中，职业足球的本质和终极目标就是追求胜利，"向纪录创造者致敬的最好方式，就是击败他们，创造一个新的纪录"（第三卷第十六章）。"足球世界就是这样现实，有成绩你就是神，没成绩你连人都不算。"（第七卷第九十九章）。在他的观念里，只有"冠军"才属于自己，在"冠军杯"赛中输给巴塞罗那队后获得银牌，他先是不想上台领奖，后来将拿到的银牌顺手就挂到了一个球童的脖子上，毫不在意这份不是冠军的荣誉。这类关于胜利的言行也多次出现在托尼的赛前动员中，正是秉持着敢于自信的勇气和激情，他的球队才在赛场上保持了旺盛的斗志，一次次搅动起足坛风云，同时也形成了小说中巨大的感染力，令读者受到精神上的振奋和鼓舞。对于普通人来说，这无疑是一种可以激励人生的高亢精神。

四、"万能男神"的丰富性格

托尼·唐恩在小说中是一位叱咤欧洲足坛"教父级"的风云人物，虽然他曾对仙妮娅说"你的托尼叔叔是一个很无能的人，除了做主教练其他什么都做不好，什么都不会"（第六卷第四十八章）。这只不过是他自谦的说法——作者并没有将他塑造成一个只会教球员练球和比赛的机器人物，而赋予了他丰富的性格和精神世界。稍加总结，就不难发现他思想和性格中的诸多闪光点，可以略举几点：

一是惜老怜贫、扶危济困的善良本性。托尼被作者塑造成了一个人道主义者，最典型的体现在对待两个人物的态度上。首先是与乔治·伍德的关系，托尼·唐恩被小偷偷走了钱包，住在贫民窟里的小男孩乔治·伍德前来送还，并毛遂自荐要踢球。托尼·唐恩在了解到他的身世并通过穿越前的经验，决定留下他到青年队接受训练，此后一路将他带入一线队，并成为主力队员，他也通过踢球改善了生活并改变了命运。最初乔治·伍德引起托尼·唐恩注意的是他优秀的品质，以后随着了解的深入，他知道了伍德的母亲是牙买加人，爱上了英国水手后来到英国却被抛弃，生下孩子后靠出卖肉体为生。乔治·伍德的悲苦身世引起了托尼的同情，使他像对待自己的孩子那样对待乔治·伍德。他的母亲索菲娅同样受到托尼·唐恩的细心关照，并发展出亲密的感情（为此还遭到乔治的敌视）。当然，母子二人就像托尼·唐恩的家人一样，也给他提供了生活中欠缺的温暖。其次是对待加文·伯纳德的态度上，小加文是球迷头子迈克尔·伯纳德的儿子，是乔治·伍德的第一个球迷，但这个可爱的孩子在故事开始不久的足球流氓引起的骚乱中死去（第一卷第三十四章），他的死强烈地刺激了托尼·唐恩，他深为这个孩子悲痛和惋惜。从此后，他经常去小加文的墓地，森林队重大比赛前他都会去这个孩子的墓前烧一张球票，也经常用这个孩子对森林队的热爱来激励球员；小加文的事迹也贯穿在整部书中，每次夺冠之后，托尼·唐恩总会想："如果加文还在，脸上是什么表情呢？"通过对索菲娅与乔治母子、小加文的态度，表现的正是托尼·唐恩性格中温暖、善良和柔软的一面。

二是托尼·唐恩还具有坚持自我、特立独行、无所畏惧的英雄气概。从一个普通中国球迷穿越成为森林队代理主教练，他首先面对的就是一个自己不熟悉的环境，但是这反倒激起了他的斗志。在训练中他百无禁忌，过去的规章制度和习惯在他眼里都成了"陈规陋习"，只要需要都可以被打破。比如球队的更衣室是私密之地，比赛期间不会让外人进入，但是为了激励球员，他破天荒地让球迷涌入更衣室；在第一场比赛中遭遇"黑哨"，在接受记者采访时，他口无遮拦地一句"我们被裁判强奸了"引起了轩然大波，甚至闹到"足总"举行听证会也毫不畏惧。第二卷开始，埃文·多格蒂宣布解除托尼·唐恩的教练职务，想让他做新任主教练的助手，他说："我唐恩永远都不会做任何人的助手，也没人配让我给他做助手。"在英格兰足球顶级联赛中，有人质疑让老贝克汉姆首发出场是受到了上层的压力，托尼·唐恩回应道："扯淡！让谁出场不让谁出场我说了算！什么俱乐部高层压力？就算是女王和首相，在我面前也没有对球队阵容指手画脚的份！"（第五卷第十二章）他略有些"狂妄"地说："在我创造的这个世界里，我就是神，可以控制很多事情，包括地壳运动。"（第五卷第九十二章）他不允许任何人干涉自己的训练安排，甚至可以以自己的职业生涯为代价，当他的教练聘约到期后，艾伦·亚当斯、埃文·多格蒂想让他继续续约，但他认为他们对待乔治·伍德的态度使自己的权威受到挑战，因此终止了合约。（第七卷第五十八章）个性鲜明、战功卓著的托尼·唐恩在英格兰的声望甚至有压过英国首相的趋势，当他得知女王将向他授勋后，他拒绝接受，明确表示"我就是我，我是托尼·唐恩"，言外之意是不靠勋爵的身份来确认自我，证明自己的是那"十五年教练生涯，十六座冠军奖杯"。（第八卷第三十章）这些都显示了托尼·唐恩豪气冲天、无所畏惧的王者气概。

三是表现托尼性格特点的还有他面对生活时狡黠幽默、生动风趣的态度。尽管训练工作充满艰辛，但是托尼从未将其搞得过于沉重，而是举重若轻，让球员放下包袱，轻装上阵。他通过一些让人忍俊不禁的"小把戏"，成功化解掉一些难题，处处透出他的狡黠和聪明。例如，在森林青年队与阿森纳青年队比赛前，他在观看球员雨中训练的过程中得到启发，叮嘱草皮工人安德鲁"如果明天不下雨的话，你们在比赛开始前一个小时往这块场地上多浇水"，将比赛当天的草皮弄得像泥泞的沼泽地。他的小计谋给对方场上发挥造成了极大的麻烦，并借助乔治·伍德的关键作用最终取得了比赛的胜利。（第二卷第十一章）当然，他的"阴谋"也被其他人学了去，在与纽卡斯尔队的比赛中，森林队打客场，就遭遇了对方请君入瓮的招数。（第三卷第三十四章）再如，在联赛杯开赛前，按照"南方球队用南更衣室，北方球队用北更衣室"的惯例，比诺丁汉还要靠北的米德尔斯堡被分配使用北更衣室，诺丁汉森林只能使用南更衣室。而在球队和球迷的心中有一个"千年更衣室魔咒"，因为根据统计，在这里举行的总共十七场比赛中，使用北更衣室的球队有十四次夺冠，而使用南更衣室的只有三次夺冠，这一前因此赛前就给森林队造成了心理压力。托尼·唐恩为了给球员减轻精神负担，别出心裁地自封"精通中国风水"，身着汉服、手持罗盘出现在赛场上，不仅"有效破解"了压在球员心上的"魔咒"，而且制造了轰动效应，为森林队赚足了目光；还有将"好人"称号送给输球的对方主教练科佩尔（第一卷第二十七章）、于赛前与对手教练打赌"吃桌子"的事件等（第七卷第三十八章），这些有悖常理的方法将托尼幽默、风趣的性格表现得淋漓尽致。

作者展示给读者的托尼·唐恩，不仅是一位能够在赛场上临机决断的优秀教练，几乎没有他解决不掉的难题，没有他化解不掉的危机，而且他还是一位有情有义、心思细腻、感情热烈、风趣幽默的"暖男"，成为大众读者心目中的"男神"。

五、"英雄美人"的欲望叙事

在《冠军教父》中，托尼·唐恩固然是足球中的英雄教练，但是他同样有着七情六欲，有着人生中的喜怒哀乐。因此，作者在通过与球员和社会的关系来表现托尼的足球思想、天赋和能力的同时，也创设了一条情感线索，即他与仙妮娅的关系，来表现他的个人情感和私人生活。小说中最早出现的女性并非仙妮娅，而是乔治·伍德的母亲索菲娅以及唐恩穿越前的女友杨燕，她们成为第一卷中平衡男性世界的异性力量。仙妮娅出现在第二卷的开头，在第一章中，一个寻找姑妈（后来知道这只是个借口）的小女孩打听的地址却是托尼的家，二人因此相识，这个女孩就是仙妮娅。这是一个只有十三岁的孩子，有着天使般漂亮的容貌，托尼·唐恩想将其赶走，却未能如愿。第二章中女孩病了，他只得照顾她。当女孩的父母从巴西赶来才揭开真相，原来女孩因为逆反模特训练出走来到英国。虽然仙妮娅被父母带走了，但此后她不断以各种形式出现在托尼·唐恩的生活中。面对尚未成年的女孩，他只是百般呵护，并未有男女之情，女孩伴随他的职业发展而日渐长大，最终成为生活伴侣。小说对托尼和仙妮娅关系的书写有几个特点：一是仍然围绕"主角光环效应"设定人物关系，托尼·唐恩处在被仙妮娅崇拜的位置上，这种崇拜随着他的不断成功而与日俱增，仙妮娅也起着突出托尼·唐恩形象的作用。二是对二人关系的描写是周期性的，一般在一个赛季或一场重大赛事结束后，第一次出现在第一个赛季结束后，正值托尼·唐恩休假期间；圣诞节收到仙妮娅的信是在与水晶宫队比赛后；仙妮娅再度来访是英联赛森林队胜西布罗维奇获得晋级后。体育竞技小说由于需要用较多篇幅描写比赛场景，而每一场比赛与每一场比赛从过程看上并无多大差别，因此非常容易引起审美疲劳，对赛场外的生活场景的书写可以有效地起到调剂作用。三是用白描手法刺激读者感官，作者常常对仙妮娅的身体部位、肢体活动和与托尼·唐恩的亲昵动作的细节进行直白的描写，尽管没有超出法律和道德许可的正常范围，但是明显带有刺激感官的倾向。托尼·唐恩和仙妮娅到巴西度假，正逢里约热内卢的"狂欢节"，小说对仙妮娅在海滩上身着"三点式"比基尼的身材进行细节描写，刺激读者眼球。（第三卷第七十章）此外，在森林队红色大巴经过的时候，作者描写两个青春靓丽的金发美女打着标语，上边写着："托尼，我们爱你"，托尼·唐恩则隔着一层车窗向她们挥手，两个少女回应的则是飞吻。（第一卷第二十五章《别小看了……足球》）这都是网络小说通过欲望叙事刺激读者，为读者提供娱乐性、消遣性审美的表现。

第五章

《冠军教父》中的情感表达

　　一部文学作品能够被读者喜欢，它的知识架构、世界体系和人物关系设定等只是作为建立故事的基础而存在。如果把一部小说当成一个生命体，这些基础性条件只提供了骨骼、血肉、毛发这些材料，而将材料组合起来并使这个生命体活起来的，是贯穿于小说中的情感。阅读一部小说，如果只看到其中的构成之物，却看不到生命的活力，是倚重了小说的外部功能，即具有实用目的的认识论功能、政治宣教功能、心理疗愈功能等，而窄化了小说的审美功能。西方文学批评家韦勒克认为，文学的本质是一种具有想象性、虚构性或创造性的艺术品，是一种具有某种审美目的的审美结构，它就必然激发某种审美体验，从而给人以"娱乐和教益"①，这种体验就是情感的体验。小说能够打动人，就是因为它能够激发读者的审美情感，而不是小说传达的知识和思想。别林斯基说："艺术并不容纳抽象的哲学思想，更不要容纳理性的思想：它只容纳诗的思想，而这诗的思想——不是三段论法，不是教条，不是格言，而是活的激情，是热情……什么是热情呢？……这意味着有一种强烈的力量、一种不能抑制的激情在推动他，怂恿他。这种力量，这种激情就是热情。"②阿来也曾说："小说的深度不是思想的深度，而是情感。"

---

① ［美］勒内·韦勒克、奥斯汀·沃伦：《文学理论》（修订版），刘象愚等译，江苏教育出版社 2005 年版，第 25 页。

② ［俄］别林斯基：《别林斯基论文学》，梁真译，新文艺出版社 1958 年版，第 52-53 页。

这些都是文学的普遍规律，同样适用于网络文学。在网络小说中，曲折动人的故事自然是最诱人的部分，因为唤起了读者的情感共鸣，因此它才会被读者接受。"人在读小说时内心会唤起某种情景，并在这种情景中产生一种情感。在这种情感的主导下，读者开始津津有味进入小说的叙事。情感是娱乐性书籍的灵魂。一本小说，其中的情感一旦被读者分享，读者就有了动力继续阅读；如果情感未被唤起，其中的文字对读者来说就是干巴巴的。"[①]在这部小说中，情感的表达具有以下特点：

一、通过团队精神激发荣誉感

足球是一项团体运动，需要团队的协作才能完成，而团队合作的水平直接决定了比赛的胜负。因此，团队如果想赢得集体荣誉，必须形成步调一致的团队精神，在比赛中获胜就是对团队精神的最大褒奖。团队中的每一名成员都是集体的一部分，他们的个人荣誉，都是靠团队获得的。在《冠军教父》中，托尼·唐恩能够依托骨干球员，率领不同的球队（前期主要是诺丁汉森林队）驰骋赛场，一步步走向胜利的巅峰，单凭他个人是无法完成的，他的成功在于通过日常训练形成了一支技术高超、配合默契、临场发挥出色、能征惯战的优秀队伍。小说中对托尼执教的技术细节描写并不多——这也是小说规避因为过多的专业技术描写带来的枯燥感的方式——而是用大量篇幅反映他对球员进行思想教育，贯彻职业足球精神，形成团队意志，以此来激发球员斗志的过程。

第一，作者在开篇的前几章就交代了托尼·唐恩对足球的感情，延续了他穿越前叫"唐恩"时对足球的热爱，并因为教练的新身份而对职业足球心怀赤诚，他对职业足球的理解是"足球无关生死，足球高于生死"（第一卷第四章），将对足球热爱提高到比生死还高的位置上，球队取胜的过程就是他贯彻自己足球信仰的过程。第二，将激发

---

① 谢文郁：《如何阅读哲学经典著作？》，载《南方周末》，2019年2月21日。

球员斗志的思想工作作为重点情节加以描写，第二卷第五十章点球决胜前的临场演讲，托尼的赛前动员不拘泥于形式，无论是违反常规让球迷进入更衣室，还是以"装神弄鬼"的方式破解南更衣室"魔咒"，甚至在酒吧喝酒都不忘向球员鼓劲，这都是他向球队传达教练思想的方式。第三，为了维护球队的集体利益在所不惜，遭遇"黑哨"之后在接受记者采访口无遮拦；在与巴塞罗那队的比赛中，诺丁汉森林的反击被判越位无效，但巴塞罗那的反击却进球有效，托尼·唐恩"怒怼"主教练和第四官员，以此替球队鸣不平，表现了一个教练的责任担当。

正是凭借着个人思想形成的团队精神，他使自己曾经执教过的诺丁汉森林队、英格兰国家队在欧洲乃至世界足坛上取得辉煌战绩，球队的每一场胜利都会让读者因荣誉的来之不易而心生感动。

二、通过生活实践激发道德感

恩格斯在谈到民间故事书的作用时曾说："民间故事书还有这样的使命：同圣经一样培养他的道德感，使他认清自己的力量、自己的权力、自己的自由，激起他的勇气，唤起他对祖国的热爱。"[①] 这说明教育意义是文学作品本就该有的功能。在《冠军教父》中，托尼·唐恩带领球队不断取得胜利是主线，推进这条主线的情节是一场场比赛，可以说比赛是叙事的核心任务，读者从中获得娱乐的快感，但在描写比赛的同时，作者并没有放弃教化作用。通过人物在日常生活中的言行，弘扬善良、宽容、尊重、同情等人性的基本构成和人类社会基本道德规范是作品的基本立场，使读者在消遣的潜移默化中获得道德教益，让小说有了较高的现实意义。

在小说中，托尼·唐恩不仅是足球的"冠军教父"，同时也被塑造成了道德的标杆，是一个近乎完美的人，我们在分析环绕在他身上的"主角光环效应"时已有提及。除此之外，他还有很多"尊老爱幼"的

---

① ［德］恩格斯：《德国的民间故事书》，载《马克思恩格斯论艺术》（四），人民
　　文学出版社 1966 年版，第 401 页。

"优秀事迹"，比如与小加文的感情，对待足球前辈克劳夫的谦恭态度；另外，他十分注重保持与转会或被租借出去的球员的联络，每次比赛前都会给他们寄去球票，大打"感情牌"；他还以磊落的胸襟处理与对手的关系，遵循着"场上是对手、场外是朋友"的处事法则，令对手折服。在男女关系上，尽管托尼的身边先后出现了几个异性，但他恪守了忠贞信义的传统道德。除了托尼·唐恩，其他被正面描写的人物也莫不是"先进模范"，乔治·伍德堪称贯穿全书的第二个重要角色，他是以"拾金不昧"的方式出场的，因为送还托尼·唐恩丢失的钱包而进入教练视野，作者首先刻画出的就是一个品德优良的好少年形象；乔治想踢球的主要目的是通过当球员挣钱为自己的母亲治病，反映了他对母亲的关心和自己的责任感。从托尼·唐恩到乔治再到中国球员陈坚，都关心和尊重父母，重视亲情。在这些人物身上，体现着人性之美，寄托着作者对人性的期待。

莱辛曾说："一个人物如果没有教育意义，那他也就没有目的性。"[①]正是人物内在的思想和道德驱动了托尼·唐恩和乔治等这些人物的行动，形象的丰满度进一步提升。

三、通过男女情爱激发归属感

在人类的情感中，有一种生发自生命本能的与身体和灵魂都相关的欲望情感，那就是男女情爱。爱情是人类最美好的情感，它所缔造的人类的精神世界无限甜美，成为古今中外文学作品反映和歌颂的主要精神活动之一。从中国古代《诗经》中的"关关雎鸠，在河之洲，窈窕淑女，君子好逑"，到古代罗马神话中的小爱神丘比特的故事，再到柏拉图《会饮篇》中阿里斯托芬对失去的一半进行幸运的或不幸的探寻，关于爱情的作品浩如烟海。叙事性的文学作品关涉人物爱情的书写占很大比例，有的以爱情为题材，也有的用爱情呈现人物的性格形象，爱情叙事成为文学史上一曲浩浩洪流。在《冠军教父》中，作

---

① ［德］莱辛：《汉堡剧评》，载《西方文论选》（上卷），上海译文出版社 1979 年版，第 429 页。

为与足球比赛相对的活动，爱情也是塑造人物的重要方法；也因为爱情的存在，令小说充满生活气息，故事因爱而温馨，人物因爱情表现出柔美的一面。

总体上看，托尼·唐恩的情感经历既有与仙妮娅逐渐萌生并开花结果的爱情，也有对杨燕和索菲娅两个女性发生的略有些暧昧的隐秘情感。仙妮娅从少女时代就对他产生了极度的信任，这也是未来萌发爱情的种子。二人从陌生到熟悉的过程也是共同成长的过程：托尼·唐恩是职业的成长，仙妮娅则是青春和情爱的成长，他们之间的感情时而表现为父女般的庄严，时而又呈现出兄妹般的率真，但最终都合为爱情的甜蜜。托尼·唐恩与杨燕在穿越前本就是恋人关系，穿越后杨燕借当汉语教师的机会与托尼·唐恩重新走到一起，二人虽然各自发现了对方身上曾经熟悉的痕迹，但是因为时空穿越阻隔不能相认。这固然是一种残忍，但他们仍然对对方表现出纯真的感情，杨燕也竭尽全力打理他的个人生活。与索菲娅的感情也是这样，托尼·唐恩对索菲娅是有好感的，并有滑向爱情的趋势，比如在圣诞节时二人心照不宣地都选择围巾作为礼物送给对方；索菲娅到球场看球时遇到下雨，他细心地让乔治去给妈妈送伞。索菲娅也因为得到情感的慰藉而使人生有了活力。出于对乔治·伍德的尊重和对他职业生涯的呵护，他与索菲娅的情感没有继续发展下去，但她直到病逝都一直得到托尼·唐恩的关照。

爱情能够打动人和吸引人，归根结底是能够通过心与心的交融为人带来灵魂的归属感，使人产生安全感和幸福感。《冠军教父》中的男女情感，使人物的生命在枯燥的足球生活之外有了温暖的亮色。由于爱情更多地关涉人作为生命体的欲望和本能，因此一方面令人类感受到爱情的甜蜜，一方面也有可能会给人带来痛苦，《冠军教父》由于并非爱情小说，因此没有特意表现这一点。小说能够获得喜欢足球的网友青睐，既是因为所描写的足球比赛、足球生活乃至足球文化本身，对这些读者产生吸引力，而且人们对体育活动本身的热爱，是可以将情感的审美上升为精神的信仰的，足球因此聚拢着一大批忠实的观众，社会将其称为"球迷"；也因为小说对情感的表达形成了一个丰富的场域，读者进入这个场域中，会不自觉地受到荣誉感、道德感和归属感的影响，使个人的情感和情绪伴随着人物命运的演进和情节的进程而起伏，从而形成阅读快感。

当然，读者受到小说中不同情感的感染，并不表现为直接的现实作用，而是作用于人的精神上，提供的是一种宁静的心灵美感享受。关于这一点，韦勒克注意到从亚里士多德的《诗学》中引入的"净化"这个概念，以此来谈论文学的某种功能，尽管这种功能有可能并不是文学本来的职能，但它仍然肯定了这一功能的存在："有人说，文学的功用在于松懈我们（既包括作者，也包括读者）被压抑的情感；情感的表现就是从情感中解脱，据说歌德就是借写作《少年维特之烦恼》而从世界性的痛苦中脱身的；而观看一出悲剧或阅读一部小说，也被认为是心灵所经历的放松和解脱的过程，因为观众或读者的情感集中于作品上，在美感享受之余，留下了'心灵的平静'。"[①]无论是帮助我们宣泄了情感，还是激发了情感，总之《冠军教父》丰沛而蓬勃的情感表达为我们带来了感动。

---

① ［美］勒内·韦勒克、奥斯汀·沃伦：《文学理论》（修订版），刘象愚等译，江苏教育出版社 2005 年版，第 28-29 页。

第六章

《冠军教父》中的主题价值

　　对小说的主题价值进行单独分析，是基于一种结构主义的方法，即将结构看作"一种关系组合。一方面，结构是由相互联系的、相互依存的部分组合而成的；另一方面，部分受制于整体，部分只能在整体中获得意义"①。但是，文学不是将语言连缀在一起而形成的机械式表达，一个成功的文本其形式和内容是有机的统一。这种"有机的统一"还表现为"部分之和大于整体"，恩格斯认为："一和多是不能分离的、相互渗透的两个概念，而且多包含于一中，正如一包含于多中一样。"②表现在文学中，就是通过阅读文本会感受到文字背后所隐含的情感和思想，即文学研究中所说的"格式塔质"——"文学的整体性结构关系生成的新质"。③小说是通过形象化的语言来表情达意的，其主题价值溶解于语言和形象之中，并不直接显现在文本中，是"格式塔质"审美内容的组成部分。法国批评家马利坦在谈论诗的主题时曾说："主题一词意味着某种被摆出来或提出来的事物。文学专家们告诉我们，主题不能同题材混淆，主题是表现在一首诗里的'基本思想'或'一般思想'……'主题恰恰不在于诗歌本身，而在于诗歌的意图或目的，在于诗歌的意愿'"，"……主题是一个用来描述动作的专门术语，是动作的意义……主题是诗歌的内在生命，因为它是动作的

---

① 童庆炳：《文学的"格式塔质"和文学研究的主视角》，载《童庆炳文集》第一卷，北京师范大学出版社 2016 年版，第 515 页。

② ［德］恩格斯：《自然辩证法》，人民出版社 1971 年版，第 238 页。

③ 同上，第 531 页。

意义。"①可见"主题"才是一切文学作品创作的意图，而且对主题的表达隐含在人物的"动作"之内，即小说对人物行动的描写隐喻了某种道德和价值立场，这很好地说明了主题价值的潜隐性。

对主题的表达方式是网络文学与传统文学的重大区别之一。传统文学由于繁复的语言修辞和表现手法的使用，特别是伴随着现代主义和后现代主义艺术思潮的涌起，陌生化、寓言化、意识流、荒诞化等写作方法使主题被遮蔽得更深，而网络文学由于顾及大众读者的阅读能力和审美水平，其主题价值相对直白和浅显。《冠军教父》作为大众文学作品，为网络时代的读者提供着娱乐化的阅读文本。但是，作为文学的一种新形态，网络文学又绝非仅仅只提供娱乐化的、消遣性的阅读体验，一部好的网络小说不仅要具有大众审美功能和认识功能，更要有对社会的教化功能。有学者在回顾中国现代通俗小说史时说："有一个观点必须更正，那就是通俗小说仅仅是一种休闲、娱乐的文学，仅仅是写那些社会时尚、颓废文化、家庭伦理、日常生活的'软性生活'的小说。不错，休闲、娱乐是通俗小说重要的美学原则，'软性生活'是通俗小说重要的创作素材。但是通俗小说所表现的美学原则和素材绝不仅仅是这些，它还是中国近百年来重大社会问题和历史事件的记录者和文学的表述者。"②这也是网络小说应有的意义指向和价值承载，"应该肯定，无论网络文学多么另类甚或叛逆，不管其媒介载体、写作技能、传播途径和阅读方式与传统文学有多么不同，只要它还是文学，只要它还属于精神产品，它就应该具有作为精神产品所必需的基本特点，都需要蕴含精神产品特有的精神品质，如能满足人的某种精神需求，产生认知、体验、情感、信念等方面的影响或感染力量，抑或能够以正确的舆论、高尚的精神来引导人、鼓舞人、塑造人"③。因此，我们衡量一部网络小说的优劣，不能只看它的点击率

① ［法］雅克·马利坦：《艺术与诗中的创造性直觉》，刘有元、罗选民等译，三联书店1991年版，第259、260页。

② 汤哲声：《中国当代通俗小说史论》，北京大学出版社2007年版，第1页。

③ 欧阳友权：《网络文艺学探析》，中国社会科学出版社2018年版，第253-254页。

和订阅数，更不应该仅看获得稿费和打赏的数额，而应该看它所蕴含的主题是否符合社会主流价值观。

在传统艺术观念中，高雅的、严肃的艺术创作追求时间上的持久性，雕刻家罗伯特·斯密森说："任何作品都带有奔腾流逝着的时间。它既沉浸在亘古洪荒之内，又蕴含于最为遥远的未来之中。"① 因此，"在艺术上，持久性要比独特性更为重要，集中的、瞬间的价值命里注定要被永久性所超越"②。但是进入网络时代，艺术生态发生重大变化，时间上的持久性已不是衡量艺术价值的主要标准，娱乐性、消费性功能上升，网络写作形成了"自娱娱人"的功能范式，一方面是表达方式上的自由，可以突破传统文体内在规范的限制；另一方面则表现为消解现实社会严肃的道德和价值观念。由于要迎合市场和读者，一些网络小说通过格调不高的描写满足一些人不健康的窥私心理，刺激感官，挑逗欲望，甚至在小说中兜售唯利是图、丛林法则、唯我独尊等不符合公共道德的价值观念。这种倾向是有害的，"误导作者在自己的文学行为中忘掉应有的信仰和敬畏、感恩和悲悯，以及深入的思考和敏锐的批判等人文性律令，从而放弃主体承担，淡化文化人的文化道义和社会责任"③。

《冠军教父》没有被流俗裹挟。在凸显大众化、消费性特征的同时，作者通过跌宕起伏的赛场故事和耀眼的主角光环，以正确的主题价值对读者产生着积极影响。

一、拼搏进取的个人意志

体育精神的核心是奥林匹克精神，作为奥林匹克最重要的格言和口号之一，"更高更快更强"反映了人类通过体育运动超越自我的愿望，也反映着社会发展和个体成功不可缺少的集体精神和个人意志。因此，描写运动员的拼搏进取精神，书写他们不断战胜自我、征服对

---

① ［法］J.德比奇：《西方艺术史》，徐庆平译，海南出版社 2000 年版，第 3 页
② 同上。
③ 欧阳友权：《网络文艺学探析》，中国社会科学出版社 2018 年版，第 247 页。

手、取得辉煌赛绩是体育文学的基本主题，作品中的人物也因为独特的性格特征和精神追求，形成了超凡的崇高人格和个人魅力，成为大众读者的人生榜样。《冠军教父》从主教练托尼·唐恩到球员乔治·伍德、伊斯特伍德、莫斯·韦甘等，无不体现着这一精神。上文分析过主教练托尼·唐恩的性格形象，他是一个不服输的人物，他有着忘我的工作热情，以至于累出心脏病。在他的教练思想中，极为重视通过鼓舞球员的斗志来激发他们的潜能。在他眼里，"不管用什么办法，只要赢了球就算踢得好"，胜利是他唯一追求的目标。乔治·伍德更是如此，他从一个贫困少年成长为球星，托尼·唐恩的引领作用固然重要，但最关键的还是他的个人付出。用托尼·唐恩的话说，他是一个"不撞南墙不回头，不见黄河泪不流，不到长城心不死的倔驴"，作者借小加文的视角观察乔治·伍德的训练：

> 总是重复做一件事情。一开始我觉得很无聊，一点也不好玩，然后我想看看他会不会也觉得无聊，不练了。就在心里和他打赌，我赌他肯定会放弃，于是我每天都来看。可是后来我发现他好像机器人一样，从来都不累……（第一卷第二十八章）

乔治在第一次上场比赛时表现不佳出现情绪低落的情况，经过托尼·唐恩的批评后重新振作起来，迅速找到自己的位置成为球队的主力。小说中的女性角色也表现出面对生活不屈不挠的意志力，仙妮娅曾经在少年时因为逃避父母严酷的教育而离家出走，但后来她仍然坚持了模特训练，并成为时尚界的名模。这些人物身上表现出共同的勤奋刻苦、坚持不懈、从不言弃、超越自我的拼搏精神，这是人在生活和职业中获得成功的必备品质，读者从他们的身上能够感受到不一般的职业激情和无限的人生热情。名为"Ariana"的读者在文后跟帖评论说："打动我的并不是足球，而是拼搏、坚持以及胜利这类永恒的信念。看得人热血沸腾，这就是竞技的魅力吗？在这些信念的驱动下，每个人的身上都闪着光。即便是一个配角身上也有突出的一点，使之与众不同。"

二、不忘故园的家国情怀

在对《冠军教父》的文化内涵进行分析时，我们已经看到小说中的中华文化元素，以中国文化的视角建构起一个想象中的西方来。作者还将自己的故乡四川自贡写进小说中，托尼·唐恩灵魂的原身唐恩的家乡就是四川自贡，托尼和仙妮娅领养的女儿也是四川人，这些都从一个侧面表现了作者爱祖国、爱家乡的感情。虽然小说的地理环境被放置在英格兰，赛事也主要在欧洲展开，但托尼·唐恩始终不忘自己有一颗"中国心"，当他回到四川老家时，小说中写：

> 唐恩现在是鬼佬外形，但是他的心永远都是中国的。这不可能有什么变化，中国、四川、老家、父母……那些人那些事情在他二十六年的生命历程中留下了非常深刻的印象，让他无法忘怀。（第四卷第二章）

托尼·唐恩没有忘记自己的中国父母，与他们的联系也经过了复杂的心路历程。穿越后不久，他在中国游客那里知道过年了，于是打电话到四川父母家里，但是却不敢说话，他自己想："不管如今附在自己身上的人是谁，只要他对二老好，唐恩就满足了。"（第一卷第二十二章）托尼·唐恩和仙妮娅到成都，不经意在街头遇见唐恩，由此产生交集，他急切地询问父母的情况，但他却无法现在去看望父母，他对中国唐恩说：

> 如果他们看到一个老外突然在他们面前叫爹妈，估计他们会被吓到的……你看。虽然我不知道是什么原因让我们两个互换了身体。我跑到了英国。你则来到了这里。但我们的未来已经完全改变了，不是吗？我觉得我已经不可能再回川南老家管二老叫"爸妈"了……（第四卷第二章）

直到再度来到中国他才与父母相认。从声音、消息再到面见的过程，作者的描写使人体会到他内心深处对父母的感情。小说中还通过托尼·唐恩关心中国足球表达家国情怀，他引入中国球员陈坚，陈坚从天津辍学来到英格兰，与诺丁汉森林签订了学徒合同。由于需要拿到劳工证才能代表球队参加正式比赛，加入英国国籍是最可行的一条途径，但是陈坚对这个办法反应激烈：

> "绝对不行，绝对不行！我从没想过这种事情。我是中国人，抛弃中国国籍的话像什么？我父母也不会同意的……"，"别说我的实力够不够得上进（中国）国家队，就算中国队的实力再弱，如果他们要招我，我也不会拒绝的。更换国籍就更不可能了，唐恩先生。您或许不了解中国人的归属感有多强……我也没办法向您解释为什么，反正我是绝对不会这么做的。只是为了踢球而放弃做一个中国公民……我做不到。"（第六卷第一百五十八章）

人物表现出的对祖国的热爱和忠诚令人感动。

三、正直善良的道德追求

从社会功能上看，文学的教化作用主要体现通过以情感人的艺术手法，唤起读者的情感共鸣，从而达到净化读者的道德观念，进而影响社会道德实践的目的。每一部成功作品中的人物都遵循社会基本的道德规范，被作者弘扬的那部分就是小说所坚持的道德立场。上文已经分析过，道德感是形成《冠军教父》主角光环效应的重要手段，作为主角的托尼·唐恩被塑造成道德标杆。那些狡黠的小把戏不过是他幽默诙谐的性格特征，并无关乎道德高下，他有着与常人不同的另类个性，但从德行上而论堪称完美。在日常生活中，他多次面临道德考验，但最终靠理智战胜了欲望，尤其是在与异性相处的过程中，始终洁身自好，面临刺激不乱方寸。除了坚守自我，托尼·唐恩常常对一些不符合自己道德判断的事件睚眦必报，大加挞伐，凸显了黑白分明、光明磊落的性格。在与米尔沃尔队的比赛中，森林队处于不利地位，米尔沃尔队的球迷在唱歌中喊出了侮辱小加文的口号,令托尼·唐恩极为恼怒。他组织球队强势反击,以大比分赢得了比赛,而他在新闻发布会上的表现,则充分展现了他的个人风格。他拿出对待球员的语气痛骂米尔沃尔俱乐部的主席,并极尽挖苦之能事,丝毫不顾及社会影响,只为表达内心的愤怒:

> "他说他没有看到自己的球队在看台上挑衅森林队球迷。他还说他没听到那些球迷唱的歌——啊,真抱歉。我刚才说他瞎了眼,实际上他不仅眼瞎,耳朵还是聋的!如果他打算说他不知道那些球迷唱的歌词是什么意思,那么我要很荣幸地宣布尊敬的帕菲蒂斯先生连脑袋都有问题了!脑残!你们听说过这个词吗?没有?很好。《大英百科全书》应该收录这个词。我发明的,然后在词条注释里面写上:头脑有残疾,范例:请参考尊敬的米尔沃尔俱乐部主席特奥·帕菲蒂斯先生!"
>
> "他的球迷用歌声侮辱我的球迷,那么大的声音。转播里都听得一清二楚。足有半分钟电视镜头对着那片看台就没有变过,他竟然说自己没有看到,也没有听到!我说他眼瞎耳聋有什么逻辑上的问题吗?我污蔑他了吗?是我在瞎说吗?他生什么气?他有什么资格生气?如果他打算装糊涂。那我现在告诉他。他的球迷用了最卑鄙无耻下流的手段嘲弄我的球队,我他妈比他还生气!"

(第二卷第二十八章)

此外,在《太阳报》污蔑森林队球员嫖妓的事件上,托尼也给予了强有力的反驳。

整体上看,《冠军教父》除了足球运动本身带给读者的澎湃激情外,正直、善良、悲悯、宽容是小说的精神底色。在当前的现实生活中,受到拜金主义、享乐主义、个人主义等的影响,社会集体道德出现滑坡现象,文学作品通过人物所描绘的图景为读者提供了道德的"桃花源",为人性保留了美好的家园。伴随对故事的阅读和对人物的"共情",诸如《冠军教父》这样的网络小说可以春风化雨般地影响到人的价值选择，从而使文学对社会影响产生实际效用。

四、直面现实的责任担当

《冠军教父》建构故事的主要方式是想象和虚构，但是作者建立小说世界的模式主要是写实的，是客观现实的投射，小说的主题充满对现实的关怀。由于以中国文化为底脉，小说中的现实事实上就是中国的现实，中国的现实生活也在小说中得到反映，例如诺丁汉市政府与宁波市政府合作举办诺丁汉大学；中国筹办奥运会；在回答网友的问题（作为网络文学独有的作者与读者的及时互动，仍然是文本的组成部分）时补充说明自己对"汶川地震"的感受，然后表达自己对国家的愿望：

> "在我创造的这个世界里，我就是神，可以控制很多的事情，包括地壳运动……"
>
> "所以，在《冠军教父》的世界里，不会有5.12汶川大地震，一切都很正常。不会死十万人，不会让数百万人流离失所、妻离子散、无家可归。四川人、甘肃人、陕西人……全中国人都不会成天担惊受怕。"（第五卷第九十二章）

作为体育竞技小说，关注现实最多的方面还是中国足球运动。中国足球长期处于低迷状态，与综合国力的提升极不匹配，不仅成为中国体育之痛，也成为全民嘲讽的对象，作者也借小说表达了自己对中国足球的批判。例如托尼·唐恩率森林队访华，将与中国国奥队举行比赛，小说写道："艾伦告诉唐恩，由于最近中国国内足球环境，中国足协希望借这场比赛重新树立形象。唐恩听到艾伦的说法，差点笑出声来：'他们还有形象？'"这一反问极尽讽刺。小说反思中国足球的管理体制，批评管理部门的失职与失能："所以他把艾伦的话都当笑话来听，其实有关中国足协的事情基本上都是笑话，有无厘头风格的，也有深沉的黑色幽默，当然还有冷笑话。"（第六卷第八章）"如果有一天你听到足协说，我们要脚踏实地，为中国足球做点实事，你就可以给精神病院打电话叫他们派车去足协拉人了。"（第六卷第十章）在批判与讽刺的背后，是对现实的无限期望。现实主义不仅仅是一种写作方法，更是一种思潮和精神，《冠军教父》虽然有超出现实逻辑规范的虚构和幻想情节，但仍有直面现实的责任担当，这是值得肯定的。

第七章

《冠军教父》的艺术特征

在网络文学发展早期，曾有人认为网络文学就是现实中的文学改换了媒介载体，就是通常意义上的文学的数字化和网络化。经过二十多年的发展，已证明这种观点是不符合实际的，至少是不全面的。"'网络'与'文学'联姻应该是'父根'与'母体'耦合后孕育的一种新的文学形态。它拥有文学的基因，又依托技术载体，但绝不是两者的简单叠加，而是涅槃中的生命化合。"①这种"生命化合"的结果，就是网络文学形成了区别于传统写作的表达方式，尤其是形成了与严肃写作不同的文体形态。作为一部成功的网络文学作品，《冠军教父》呈现出区别于传统文学的艺术特征。

一、"超文本"的文体特征

（一）何为超文本。超文本首先是一种技术产物，是电子信息技术对文字呈现形态的改变。所谓"超文本"，是指"文档中的文字包含有可以自由跳跃到其他字段或者文档的联结，读者可以从当前阅读位置直接切换到超链接所指向的任何其他位置"②。超文本对于网络文学的最大价值，在于使作品的"信息空间完全不受传统书籍二维物理空间的限制，要表达一种情感、观念，或描写某种情景，可通过一组多

---

① 欧阳友权：《网络文艺学探析》，中国社会科学出版社 2018 年版，第 5 页。
② 陈定家：《"超文本"的兴起与网络时代的文学》，载《中国社会科学》2007 年第 3 期。

维指针来进一步延伸或补充。超文本建立了一种可以用无限多的方式组合、排列和显现信息的系统"[1]。

（二）《冠军教父》的文本组成。打开《冠军教父》在起点中文网上的主页面，便会看到与传统纸质出版物不同的内容，一是界面中列出了时时变化的小说阅读点击数据，包括了总点击量、会员周点击量、总推荐量和周推荐量等信息，读者和作者可以从数据变化判断出小说的阅读情况；二是可以通过界面链接至同一作者的其他作品，既为读者提供了信息，也可以满足读者阅读同类作品的需求；三是可以查看这部小说的粉丝阅读同类作品的情况；四是读者对作品和作者的意见以跟帖的形式即时进入讨论区，包括作者在内的任何人都可以查看和回复。这其中既有肯定也有批评意见，也有读者热心指出作品的不足之处，为作者创作出谋划策，比如名为"君忧臣劳"的读者跟帖说（原文为繁体字，已校正错字）：

> 写得十分好，不管是场内还是场外，人物或是布局都是同类作品中的第一。
>
> 唯一不足之处是在战术上，主角号称为了胜利什么战术都会尝试，可400万字最少有350万以上都是在防反。整部书改名作《防反教父》可能更贴切。
>
> 在作者笔下战术根本没有互相克制，只要铁桶加反击就能以弱胜强、以强凌弱以至吃遍天下。
>
> 可是只要有长时间留意足球的人都会知道防反绝不像作者说的那么万能。足球主流战术会随时间转变，面对不同球队会有不同的合适战术。
>
> 可能在作者眼中这就是无敌战术吧？虽然他这是错了，但以文章质素来说却是无懈可击的强大，最好看的足球竞技文。

这些内容是小说不可分割的部分，我们可以从中看到读者对小说

---

[1] 金振邦：《网络文学的新媒体艺术特征》，载欧阳友权编著，《网络文学评论100》，中央编译出版社2014年版。

的评价和作者对重要问题的回复意见，也可以看到以数字形式标识出的作品热度。特别是"讨论区"的设定，体现了网络文学区别于传统文学的交互性特质。这部小说创作时经历了汶川大地震，有书友提出为什么没有在书中看到汶川地震的情节，作者回应道：

> 对于生在现实世界中的那场大灾难，我一个普通人是无能为力，毫无办法的，那段日子到现在还深刻我心。有人说我忘了？那是绝对不可能的，这样的事情根本不可能忘，就算想忘都不行。

这段话出现在文本中，使作者的情感与小说中所要表达的情感连接在一起，既让读者了解了作者的想法，也使之成为作品中情感的延伸，对小说是有益的补充。

（三）超文本的意义。超文本改变了小说文本的面貌，在传统小说中，文本是作者创作的唯一的文本，但是在《冠军教父》中，排布在主文本之外的辅助性文本消解了唯一性，不仅使文本结构发生了改变，小说也变成了作者和读者共同的创作，这也在很大程度上消解了传统文学中的神圣性和庄严性，人人都可以参与到作品的创作中来。"这种存在一个'主神'的虚拟空间里的多文本互动是对传统小说文本的颠覆，这种主文本和外围文本先后产生并共存的新型叙事可形成一种多种声音交叉、渗透和对话，共建一个'多声部'的'小说狂欢'世界。"[1]超文本的技术使辅助性的外围文本与主文本共存，这也体现了《冠军教父》与民间口传文学的集体创作有某种相似之处，民间口传文学在传播过程中经过不同讲述者的补充和改编，其故事和内容不断丰富，无论是职业说书人还是向他人转述故事的普通读者都可能成为作者。《水浒传》《西游记》《三国演义》都曾经得到过口传文学的滋养，直到它们成书之前。《冠军教父》不断更新的点击量、推荐票，以及时而浮现的跟帖意见，都说明主文本虽然已经完结，但外围辅助文本一

---

① 刘克敌：《网络文学新论》，凤凰出版社 2011 年版，第 92 页。

直是活动的，它们从不同角度为主文本提供解释和证明。

二、雅俗共赏的语言表达

语言是文学的第一要素，文学就是用语言塑造形象，以反映社会生活、表达作者思想感情的艺术，从本质上说，文学就是运用语言的艺术。"语言是文学的材料，就像石头和铜是雕刻的材料，颜料是绘画的材料或声音是音乐的材料一样。但是，我们还必须认识到，语言不像石头一样仅仅是惰性的东西，而是人的创造物，故带有某一语种的文化传统。"①无论是《荷马史诗》中波诡云谲的史诗故事，还是巴尔扎克《人间喜剧》里反映的纷繁复杂的俗世社会生活，又或者是中国"四大名著"里被雕塑得栩栩如生的人物形象，只不过是通过语言文字的不同组合诱发的想象图景，"小说人物不过是由作者描写他的句子和让他发表的言辞所塑造的"②。严肃文学与通俗文学表现形式的差别，归根结底是对语言的运用方式不同。严肃文学的语言讲究修辞，大量使用隐喻、象征等修辞方式，形成了诗性的表达，诗性语言具有多义性、模糊性和不确定性，这就使得文学语言与日常语言区别开来。按照俄国形式主义批评理论，文学语言就是对日常语言的偏离和扭曲；我们日常所谓的"文艺腔"，就是不按照生活中的语言方式说话和写作。文学是对现实生活的反映，由于语言的遮蔽，现实世界不同程度上被文学陌生化，文学与现实之间需要专门的"编码"和"解码"能力才能建立对应关系。

在《冠军教父》中，语言呈现出雅俗共赏的特点：

一是将书面表达和口语表达混合使用，使小说的语言风格别具一格。由于面对的读者群体和预设的功能不同，网络文学在语言运用上并不相同。网络小说是写给大众看的，需要照顾到普通读者而非专业读者的接受能力和审美习惯，而且主要通过消遣性的阅读为读者带来

---

① ［美］勒内·韦勒克、奥斯汀·沃伦：《文学理论》，刘象愚、邢培明等译，浙江人民出版社 2017 年版，第 10 页。

② 同上，第 13 页。

"爽感"，并不以引起阅读后的回味和思考为主。换句话说，网络小说更加注重读者"在场"的体验，而较少考虑"离场"后是否具有持久的效应。《冠军教父》在语言表达上的第一特点，就是既按照日常说话的方式表情达意，又注重语言的美感。例如在小说开篇对托尼·唐恩被球员撞到身上后的场景进行了细节描写：

> 哗啦！他们砸翻了放在身后的一箱水瓶。两个人的重量压在那些可怜的塑料瓶子身上，它们不堪重负宣告瓦解。白花花的水喷溅而出，甚至有一道水柱从某瓶口中射出，直接飙到了后面的"池鱼"脸上，其他"池鱼"仿佛受惊的麻雀冲天而起。（第一卷第一章）

这段描写生动传神地将托尼被撞的场景表现出来了，也并不缺少修辞，"可怜"和"不堪重负""宣告"都是拟人化的词语；此外对"池鱼"意象的使用也很讲究，表面上看是在借用"城门失火、殃及池鱼"的典故表现周围观众受到惊扰，其实意在展现两人相撞的力道，为后文的穿越做铺垫。这样的表达读来颇具诗意，但雅致的美感中又嵌入了"砸翻""某瓶口""飙"等日常口头用语，呈现出一种俗世的韵味。贴近日常语言的特点也体现在章节的标题上，《一定要赢》《别放弃，小子！》《捡回来的麻烦》《要打赌吗？》《赢不了我就跳海》《足球要从娃娃抓起》《有种就来试试》《上面有人》等这些小标题用通俗易懂、符合中国读者日常说话习惯的方式准确表达了章节的核心内容。在对比赛场景的描写中，作者大量使用足球比赛术语使叙述极为精准，使读者在了解足球知识之后有身临其境之感：

> 诺丁汉森林的角球并没有直接开到门前，而是打了个战术配合。贝尔开短角球把足球踢给了上前接应他的费尔南德兹，接着费尔南德兹斜线带球，摆脱了一名防守球员之后，又沿着禁区线横向带球。就在皇马球员以为他要直接远射的时候，他却突然传了一脚直塞球，足球以和自己前进方向呈九十度的路线滚进了禁

区。刚才角球的贝尔出现在那里，接球之后直接往里扫。（第七卷第五十五章）

相对于一些过于表达直白和随意的作品，林海听涛非常讲究语言艺术，重视语言的准确性和艺术性，《冠军教父》的叙述性语言语义准确，表述洗练，既通过艺术的修辞使日常语言呈现出雅化的诗意美感，又通过大量的日常用语消解掉书面语言的严肃性，形成了自己的语言风格。这在他创作的其他作品中也有体现，使作品真正具有了雅俗共赏的效果，也可以看作是对雅俗二元对立式结构的消解。

二是大量使用对话来推进故事情节、表现人物性格。从说话者的身份角度看，文学中的语言可以大致分为两种，一种是由作者或其代言者即作品的叙述者说出的语言，用以站在人物之外进行描写、陈述或议论；另一种是作品中人物的现场对话，包括与他人的对话和与自己的对话。对话是直接表现人物性格的最佳方法，由于网络小说的交互性特征和对场景描写的重视，对话具有重要作用。在第一次使网络小说成为社会阅读热点（并不是第一部网络小说作品）的《第一次的亲密接触》（痞子蔡）中，大量使用网络用语和网络符号的同时，较短的叙述性语言中不断夹杂着人物的对话，情节在人物之间频繁的"网聊式"语言中展开，这对后来的网络小说创作产生了较大影响，《悟空传》《数字美人》《那小子真帅》等作品都沿袭了这种语言风格。

《冠军教父》中的对话也是小说最重要的"亮点"和"看点"之一，成为辨识人物的重要标志。托尼·唐恩的"冠军教父"之路，很多时候是通过有鼓动性和煽动性的对话来铺就的，他的独特性格通过对话得到了充分展示。托尼·唐恩被塑造成一个有着绝好语言天赋的人，极善于面对公众说话，每一次赛前动员和面对新闻媒体，或正面陈述利害，或通过讽刺挖苦说服，甚至为反击对手恶语相加，都会是一场酣畅淋漓的、感染力极强的演说。例如，托尼刚刚穿越入行，在对阵西汉姆联队的比赛中对球员的场上表现不满意，他打破禁忌违规让球迷进入更衣室，当球迷离开后，他进行了这样一番"思想教育"：

"我头一次如此痛恨足球规则的制定者。如果当初规定一场正式比赛可以换十一个人的话，我现在就会把你们全部换下来！"唐恩激动地挥舞着手臂，和之前那个阴沉的托尼·唐恩判若两人，"你们的表现就是狗屎……错了，不是狗屎，是十坨狗屎！那些球迷是我让他们来的，因为他们说想来给你们鼓鼓劲，下半场好好干，还有机会，落后三个球也没什么大不了的……但是！"

　　唐恩顿了一下，然后叹了口气："但是你们让他们失望。兴冲冲的他们看到的是一支什么样的球队啊？我又错了，你们还能被称之为'球队'吗？你们是一、二、三、四……十四坨狗屎！"唐恩左手比一，右手比四："我告诉你们，如果我不是这球队的教练，现在我也很想对你做这个……"他收起左手，右手的四根指头缩回去了三根，只剩下一根中指高高竖起。"外面看台上这样的中指还有两万七千根呢！"（第一卷第七章）

　　这段演说夹枪带棒，再辅以手势动作，使球员感受到强大的压力。诸如此类的对话在不同章节中反复出现，球员和球迷的狂欢与作者语言的狂欢巧妙地统一在一起。对话一方面使读者对托尼·唐恩的性格和教练方式产生深刻印象，另一方面，这也成为小说宣泄情绪，制造快感和爽感的方式。穆卡洛夫斯基在分析"对话"的语言模型时指出："谈话参加者之间的相互关系似乎是一种张力，它并非来自两个谈话者之一，而确实存在于两个谈话者'之间'，具体地说是一种谈话的'心理情境'。也许大家都有这样的体验：对话双方中的一方，他的心情、情绪往往会迅速感染参加谈话的另一个人，并给整个对话过程蒙上情绪色彩。"[1]在上述托尼·唐恩与球员的对话中，唐恩的愤怒、不满和球员内心的羞愧都从语态和动作中表现出来，双方的情绪也会蔓延到读者身上；读者也能够从托尼·唐恩滔滔不绝的话语中感受到爆发的情绪，体会到宣泄的快感。

　　与"五四"新文学运动以来的严肃写作相比，语言之变是网络文

---

① ［捷］穆卡洛夫斯基：《对话与独白》，载《世界文论（7）•布拉格学派及其他》，社科文献出版社1995年版，第30页。

学带来的最显著的特征之一，随心所欲、自由自在的语言形式是网络写作的重要特征。随着网络文学的发展，早期"网聊式"的语言风格逐渐向传统通俗文学的语言方式回归，一些体现网络交互式、数字化、媒介化特征的表情符号、拼音或外文简写等减少了，语法规范、语序顺畅、句子和段落规整的叙述性语言不断增加，这一方面源于商业化带来的影响，另一方面则是文体日渐规范的结果。

三是通过戏谑"搞笑"的语言使小说变得风趣和幽默。传统文学以严肃见长，以艺术化的方式将时代生活历史化，注重确认和呈现生活的严肃意义和价值。在一些"宏大叙事"作品中，将人放在历史大背景中加以观察，探查生命与时间、人性与道德、命运与现实的复杂关系，这都是人类面临的严肃命题。网络文学产生于虚拟的网络世界中，网络小说中的叙事首先摆脱了高雅艺术中崇高感的束缚，以"草根"的和平民化的视角观察俗世生活，力图以大众喜闻乐见的写作方式，表现社会生活中普通人的喜怒哀乐和理想愿望。因此，网络小说的出发点就是消解生活的沉重和严肃，让人在烦琐、沉闷、忙乱的生活之余得到精神的愉悦。好的网络小说是能够给读者带来"爽感"的"爽文"，"爽文"也是网络类型小说的基本模式。①

网络文学给读者提供"爽感"，除了在故事情节中制造"爽点"外，还通过以戏谑的方式解构历史和现实，以风趣、幽默的语言表达来消解生活中的严肃和崇高，从而使阅读过程变成轻松愉悦的消遣式体验。例如《悟空传》《此间的少年》对原著的解构和建构、《回到明朝当王爷》《后宫·甄嬛传》等对历史的"戏说"等。在《冠军教父》中，风趣幽默的语言使情节产生喜剧效果，同时也是消解球队频繁比赛所带来的紧张感、枯燥感的方法。在林海听涛笔下，无论是轻松的调侃还是煞有介事的述说，叙述性语言和对话语言都不乏幽默感。托尼·唐恩被撞伤本来是一场给球队带来影响的事故，但作者写道：

---

① 邵燕君、猫腻：《以"爽文"写"情怀"——专访著名网络文学作家猫腻》，载《南方文坛》2015年第5期。

看着球员们因为激动而颤抖的面部肌肉和他们眼中那团火，德斯·沃克发现后脑勺被撞了也不见得就是坏事，最起码上帝给了他们一个像样的主教练。（第一卷第八章）

通过对助理教练德斯·沃克的心理活动，借助"上帝"成功地扭转了事件的性质，将这场事故描述成了一件好事。在森林队与博尔顿队的比赛中，上半场森林队在落后的情况下将比分扳平，现场的球迷掀起了欢呼的狂潮，场上的球员们也抑制不住兴奋，将教练托尼·唐恩扑倒在地，在他身上垒起了"人形金字塔"，这差点给托尼·唐恩造成致命的伤害。小说描写他和现场人员的反应：

"见鬼！"唐恩喘着粗气挥挥手，"我要在球队守则里面添上这一条：禁止在进球之后用压倒主教练堆金字塔的方式庆祝！我的衣服！"他摊开双手向沃克展示自己的"惨状"。却惹来教练席和替补席上更大的笑声。

和他有着一样看法的还有解说席上的马丁·泰勒，他笑着说："我认为唐恩先生应该建议国际足联禁止球员们在进球之后用这种方式来庆祝。尤其是压在最下面的那个人是主教练的时候……"（第二卷第四十一章）

在规则中加入"禁止在进球之后用压倒主教练堆金字塔的方式庆祝"本是一件不可能的事，但经人物在此情此景中一本正经地说出来，令人忍俊不禁，很快消除了现场的紧张感和意外伤害的沉重感。"数字化文艺的创作者敢于打破一切表达禁忌和题材禁忌，各种戏说、大话、角色反串、无厘头风格的网络作品俯拾即是，追求的是一种符号化的能指狂欢和话语嬉戏。"[1]《冠军教父》的语言表达亦庄亦谐，艺术语言的庄重感被民间语言中的调侃、戏谑、诙谐、俏皮话语部分拆解，新生成的轻松、愉快的语言韵味致使作品有了独特的风格。

---

[1] 欧阳友权：《数字媒介下的文艺转型》，中国社会科学出版社 2011 年版，第265 页。

三、跌宕起伏的故事情节

朱光潜在谈到诗的语言时曾说，语言可以划分为"写的语言"和"说的语言"，"'写的语言'比'说的语言'守旧，因为说的是流动的，写的就成为固定的。'写的语言'常有不肯放弃陈规的倾向，这是一种毛病，也是一种方便。它是一种毛病，因为它容易僵硬化，失去语言的活性；它也是一种便利，因为它在流动变化中抓住一个固定的基础"①。我们可以将严肃文学的语言看作是"写的语言"，即书面语，它关注语言本身的表达方式及其所引起的形式美感，即"怎样说"的问题；网络文学的语言直白平实，贴近日常生活，它在意的是语言表示出的意思，重在"说什么"的问题。改革开放之际，中国文学受到西方现代派、后现代派思潮的影响，"现代派""先锋派""新写实派"等文学潮流，从小说的文体变化而言，它们与之前的现实主义创作相比，最大的改变在于表达方式的改变。以"先锋派小说"为例，通过语言的陌生化、荒诞化等形成了"叙事的圈套"，将"怎么写"推到了极致②，但却严重消解了故事的完整性。改革开放初期的这些文学探索极大地影响了当代文学的发展。

网络文学与由中国古典白话小说演变而来的现代通俗文学一脉相承，与严肃文学相比，故事在网络文学中的位置明显上升，尤其是2003 年起点收费制度建立、网络文学进入商业化时代之后，故事成为网络文学最大的"卖点"；实体书出版，影视、游戏、动漫、有声读物等的改编商从网络文学中选取作品进行 IP 开发，看重的也是好看的故事。按照西方文学理论家艾布拉姆斯的说法，文学艺术作品不过是以"镜"或"灯"的方式将对现实世界的模仿或表现呈现出来，"宇宙"是一个"由人物和行动、思想和情感、物质和事件或者超越感觉的本质所构成的"，与现实生活有着天然的联系。从叙事的角度看，"故事是叙述按时间顺序排列的事件——午餐跟在早餐之后，星期二在星期一之后，腐烂在死亡之后，等等。作为故事，只能有一个优点，那就

---

① 朱光潜：《诗论》，安徽教育出版社 1987 年版，第 103-104 页。

② 吴亮：《马原的叙述圈套》，载《当代作家评论》1987 年第 3 期。

是使听众想要知道接下去会发生什么事情。反过来说，故事也只能有一个缺点，那就是使听众不想知道接下去会发生什么事情了……故事是最低级、最简单的文学有机体"①。在这个基本的文学构成中，人类在时间框架内依据实践经验建构起象的模型，通过故事传递生存和生活的智慧。人类对故事的偏好是与生俱来的，新颖的，带有传奇色彩的故事总会令人沉浸其中，孩童一直以来都是在故事的熏陶下长大成人的。

我们通常将"故事"和"情节"合并起来说，事实上从叙事学角度细分析，情节和故事是有区别的。作为小说的基本面，故事是将事件按照时间顺序排列起来，是简单的事件累加，若干个小故事串联成为一个完整的大故事，任何事件都是由更小的事件组成的。这并没有考虑到其中的因果关系。而情节是故事的高级形式，是在故事基础上进行的叙述，但情节的重点在于事件中的因果关系，即情节是有着因果关系的故事。福斯特曾经举例说："国王死了，然后王后也去世了。"这是故事；"国王死了，王后因悲伤过度也去世了。"这就是情节。②但情节仍不脱故事的外形和基础。《冠军教父》是一个复杂的故事体系，它之所以能够引起读者的兴趣，在于它通过螺旋式前进的脉络、剧烈的矛盾冲突、具有视角冲击效果的画面感聚合形成的跌宕起伏的情节，激发起了读者"想要知道接下去会发生什么事情"的好奇心，并耽于通过故事内容产生的情感亢奋的快感中。

从整体走向上看，《冠军教父》的故事是随着时间的推移线性发展的，即以托尼·唐恩的生命时间为方向，从他二十三岁时接手主教练的工作，直到暮年辞去教练职务，小说主要在这一段时间内展开。前文已经分析过情感表达、主题价值和文化环境给读者带来的潜移默化的影响，这都依赖于作者选择的故事的讲法。《冠军教父》整个故事的推进不是直线式的和突发式的，人物命运、事件发展及其所构成的情节螺旋式前进，呈现出一波三折、循环徘徊、直到柳暗花明的起伏感。

① ［美］福斯特：《小说面面观》，苏希亚译，台湾商周出版公司 2009 年版，第50 页。

② 同上，第 114 页。

作者依照事物发展规律建立情节，在可被读者理解的逻辑框架内展开故事，从而在小说中形成艺术的真实。在实际生活中，我们并不相信托尼·唐恩这样的人物有出现的可能，正是作者通过故事和情节的推演使人在想象中生出真实的感觉。

我们仍然沿着人物的经历来分析，托尼·唐恩的职业生涯取得了骄人的成绩，几乎拿到了所有足球赛事的冠军，获得了十六座奖杯，功成名就之后急流勇退，与娇妻和两个女儿安享天伦之乐，一生堪称辉煌圆满。但假如他的成功一路顺风顺水，胜利得来得太容易，便让读者感到缺乏挑战性。因此在小说中，他的"教父"之路是坎坷而曲折的，在他赢得职业生涯起步阶段的胜利，正在春风得意之时，超级联赛赛季收尾的一场比赛却输给了谢菲尔德联队，此后的赛场上也不断经历失败。而在赛场之外，他也算"命途多舛"，先是被撞后大脑受伤，有了一个穿越者的身份，时时遭受身与心的撕裂；接着因不当言论遭遇禁赛并被足总调查，之后又因诺丁汉森林俱乐部主席的不信任而被解除了教练职务，且因巨大压力导致心脏受损，不得不安装起搏器工作。人物每遇到一次困难，就会让读者产生一次如何解决问题的期待。而托尼·唐恩强大的个人能力和心理素质，使他每临险境就会化险为夷；而每次克服一个困难，就让读者获得一次心灵的"爽感"，如此循环往复，人物在读者的陪伴和情节的助推下，不断在时间的轴线上接近个人的理想。

当然，小说最核心的情节还是足球比赛的过程。围绕足球比赛，作者设置多重矛盾形成故事冲突，而且每一场比赛都有不同的冲突点，使读者每看一场比赛的情节都有新鲜感，这种方法有效地规避了重复和单调之感。以乔治·伍德在比赛中的表现为例，在联赛杯比赛中，森林队对阵米德尔斯堡队，对手主场进攻，森林队靠着"墙式防守"苦撑局面，但乔治·伍德是这个防守阵容的核心，"伍德虽然年纪轻轻，一线队正式比赛都没有打多少场，但他是这套防守战术的核心，他不知疲倦的奔跑和粗野的防守是威慑对方的重要存在"（第二卷第四十八章）。因为他防守动作过大，米德尔斯堡队的球员认为他应该被罚下，但裁判只判给了他们一个角球，这就使森林队的防守阵形没有因为缺员被打乱，从而赢得了比赛。从乔治·伍德的触球到对方的角球，看似一个不经意的环节，但其中却暗藏着巨大的危机，使读者的心也跟着托尼·唐恩的感觉悬到了半空中。而在英超联赛森林队对曼联队的比赛中，乔治·伍德与对方球员基恩一个进攻一个防守，二人就成为全场瞩目的对象，森林队上半场暂时落后。下半场开始伍德就采取黏人战术，令基恩无法施展，就连名将罗纳尔多都难以摆脱伍德。在比赛的最后阶段，森林队球员已经精疲力尽的时候，伍德凭着超强的体力断球后射门成功，全场为之欢呼。（第三卷第四十三章）在这些不同的比赛场景中，不同的矛盾形成不同的焦点，比赛双方的力量和优势瞬间变化，强烈地吸引着读者的注意力。跌宕起伏的情节有效地增强了小说的表现力和感染力。

故事和情节作为主干，是小说的骨架，支撑起人物活动的空间，也使虚构的人物获得了鲜活的生活滋养。但这一切必须通过具体的和细节的描写使之完整和丰满，才能让作品充满血肉和神韵；也只有细节才能呈现出传神的画面感，给读者理解作品和记忆故事提供形象。"想要人物活起来，具有百读不厌的魅力，细节的描写是十分重要的。精彩的细节描写可以使人物熠熠生辉。"[①]网络文学由于追求速度和效率，其讲述性的语言满足于将情节叙述完整，再加上网络阅读的"快餐式"习惯，无形之中使作者在创作时失去了精雕细琢的耐心，致使网络文学在细节描写方面一直是薄弱环节，这也是一些作品粗制滥造、缺乏基本的审美要素的重要原因。在通俗文学的经典佳作中，从《三国演义》《水浒传》到金庸的武侠小说和琼瑶的爱情小说，都不乏精致的细节描写。《冠军教父》也在通过细节描写刻画形象和场景时不遗余力，时而是激烈紧张的比赛，时而是比赛结束后教练与队友们的狂欢，其间也不乏与新闻界和比赛对手的唇枪舌剑，也可见托尼·唐恩与女友的恩爱甜蜜，这些情节在作者质朴且准确的文字下呈现出细腻的质感。例如在参加阿姆斯特丹挑战邀请赛前的新闻发布会上，《太阳报》的记者挑衅污蔑森林队的三名球员嫖妓，托尼·唐恩予以猛烈还

① 童庆炳：《文学创作的样式和技巧》，载《童庆炳文集》第六卷，北京师范大学出版社 2016 年版，第 166 页。

击后，作者写到了一个动作："唐恩口干舌燥想要喝水，当他伸手取过瓶子才发现已经空了。他将水瓶扔了出去，空瓶子准确地落入清洁工拉过来的垃圾桶内。"（第四卷第十九章）这个动作将唐恩宣泄情绪后的快感和兴奋之情表达得淋漓尽致，也透露着对媒体的不满，而将瓶子扔进垃圾桶又让人想到球员将球踢进球门，与托尼·唐恩的教练身份具有一致性。小说在写到吉卜赛球员伊斯特伍德前来报到时，特意交代托尼·唐恩安排将他的马寄养到动物园里，别人提醒他说诺丁汉并没有动物园，于是他又建议寄养到宠物店里，并给伊斯特伍德讲了这样做的好处。伊斯特伍德来时不仅开着旅行车，还拉着马匹和草料而来。（第二卷第三十二章）对车辆和马匹如何安顿的细节处理不仅保证了情节上的完整性，也表现了托尼·唐恩对球员和不同文化习惯的尊重，这也必将让伊斯特伍德全身心地为森林队效力，可谓起到了一举多得的效果。

四、一主二辅的叙事结构

网络小说的结构问题一直是一个难题，追求写作速度、随写随发、篇幅超长、涵盖的信息量大等，这些特点都影响了对结构的排布和经营。一些作品在叙事上不讲究章法，混用全知和限知视角，以事件为主而不贴着人写，叙事线索支离破碎，甚至出现写丢了人物或"死人复活"、细节经不住推敲、情节有头无尾等"挖坑不填"的现象，使文本荒诞不经，读者读起来也一头雾水。还有一些作品虽然篇幅体量超大，但结构安排过于逼仄，无法充分展开情节，乃至于"虎头蛇尾"，越往后"注水"越严重。这些问题在当下的网络小说创作中具有一定的普遍性。

按照叙事学的理论，故事是按照时间顺序讲述事件，具有因果关系的故事构成情节。因此，长篇小说叙述故事和安排情节，就需要遵循一定的结构规律，否则会出现叙事的混乱。但是结构又是小说的形式，它必然会受到内容的决定性影响。选择某种结构，归根结底是内容的需要，而非事先提供一种形式将内容填塞进去，结构是隐藏在情节中的。所以从反方向看，结构事实上就是情节的内在联系，托尔斯泰在回应他人对《安娜·卡列妮娜》的批评时曾说："结构的联系不是放在情节上和人物的关系（相识）上，而是放在内在联系上。"[①]汪曾祺曾说："小说的结构是内在的，更自然的……更精细，更复杂，更无迹可求的。"[②]林海听涛是重视小说结构的作家，他的多部作品格局开阔、叙事紧凑，以人物的成长经历为主线来展开故事，《我踢球你在意吗》《我们是冠军》《冠军传奇》等作品都有这个特点。尤其是前两部作品，围绕着张俊这一个人物来写，反映他从一个足球爱好者到职业球员的竞技生涯，人物的成长经历作为主线，情节随人物流动，故事始终不脱离人物这个中心，小说虽然篇幅较长，但却不显松散，主要得益于结构安排得当。

《冠军教父》的结构意识更加明确，小说的主要情节以托尼·唐恩的人生经历为线索，表现他从一个中国球迷穿越成为诺丁汉森林队的主教练，然后带领球队一路夺冠，他个人也登上职业巅峰，并得到社会尊重的全过程。从时间上而论，这个线索的延伸与时间的线性方向是一致的。作品将足球运动本身作为书写的对象，以紧张刺激的比赛过程为主干组成跌宕起伏的故事情节，从读者接受的角度看，故事是小说着力呈现给读者的部分。但从表现方式上看，作者叙述故事和编织情节的根据是人物的性格，即根据塑造人物性格的需要来安排情节。因此，主角托尼·唐恩的性格是《冠军教父》安排叙事结构的"内在联系"的纽结。小说中的这条主线随着人物的命运而起伏隐显，并根据塑造性格的需要伸缩收放。

小说的题材是足球竞技运动，托尼·唐恩的性格主要通过与足球相关的活动来完成。但现实生活中不存在孤立状态的人，人必须生活在一个带有总体性特征的完整世界中，性格也必须在与他人的关系中得到建构和体现。这也正是小说的魅力所在："没有一种文学样式能像

① ［俄］列夫·托尔斯泰：《致谢·阿·拉钦斯基》（1878年），尹锡康译，《文艺理论译丛》1957年第1期，人民文学出版社1957年版，第232页。
② 汪曾祺：《小说笔谈》，《汪曾祺文集·文论卷》，江苏文艺出版社1994年版，第33页。

小说那样，广泛、多面、完整、细致地表现人与人生，展示社会生活的图画。"①因此，《冠军教父》在设定主线之后，同时设定了另外两条贯穿全篇的线索，作为主线的辅助线，使叙事呈现出"一主两辅"的结构面貌。一是乔治·伍德的成长线。这条线索通过乔治·伍德的经历，首先塑造了一个主力球员的成功形象，伍德是全书最重要的角色之一，他的每一次成功都寄托着读者的热切期待，而他加盟森林队后也迅速成为球队的主力，多次在比赛中化解危机，并将形势翻转，成为炙手可热的球星。此外，这条线索更体现了托尼·唐恩的教练能力，他发现了伍德，并将其交给青年队培养，之后选拔到一线队，最后成为国家队的队长。他是托尼·唐恩最重要的教练"成果"之一，也是最重要的助手，在对具体赛事的描写中，伍德常常是焦点。

二是托尼·唐恩的情感线，这条线索主要由与索菲娅、杨燕和仙妮娅的关系共同组成。我们已经对小说中女性角色的文化表征进行过分析，虽然三个女性性格、身份各不相同，但她们在情感线中可以被看作一个整体，她们分别代表着女性在男性世界里的不同功能。与索菲娅的关系是乔治·伍德成长线索的一个旁支，索菲娅一直得到托尼·唐恩的尊重，虽然二人之间有着莫名的情愫，但索菲娅对他主要是感激，托尼·唐恩则回馈以未曾越礼的尊重。就在他礼敬有加的照顾和关心下，索菲娅走完了人生之路。杨燕是托尼·唐恩穿越前的恋人，托尼一直对她怀有好感，但由于穿越身份，这种感情已经没有办法继续，属于"想爱而不得"的人。仙妮娅在第二卷的开头即出场，彼时她是一个十三岁的未成年少女，只是作为表现托尼·唐恩的善良和同情的道德而出现。她与托尼·唐恩的关系并没有因为被父母接走而中断，而是在后来的交往中产生感情。随着年龄不断增长，她略带顽皮的率真和火一般的热情给托尼·唐恩枯燥的生活带来了激情，而后者独特的男性魅力也令她倾心。仙妮娅个人的成长、与托尼·唐恩的感情和后者的职业发展是相辅相成的，小说的叙事主要在三者之间闪转腾挪，交错前行，从而形成了繁复多姿的故事景观。读

---

① 童庆炳：《文学创作问题六章》，载《童庆炳文集》第六卷，北京师范大学出版社 2016 年版，第 162 页。

者 Ginomorales 跟帖评论道："冠军教父是唯一摆脱了足球穿越文的局限，真正能称为一本合格的小说而不是灌水文的作品，是作者真正用心构思，把足球故事讲好的作品。"

　　总之，"超文本"的文体特征、雅俗共赏的语言表达、跌宕起伏的故事情节和"一主二辅"的叙事结构等，是《冠军教父》在文本上的突出特征，而且由于篇幅较长，作者有充足的时间和空间容量展现这些特征。除以上分析之外，这部作品还具有鲜明的竞技类型小说特征，例如反复出现的比赛场景，比赛过程中的惊险刺激，获胜是比赛的终极追求，队员和团队通过比赛不断提升能力和影响力等，这些特征从不同方面满足着读者的阅读期望。

第八章
在文学的坐标系内

中国网络文学自上世纪中叶诞生以来，至今已经走过了数十年的历程。从社会角度看，网络文学的产生是中国改革开放的产物，改革开放"造就了庞大的网络作者和网民读者队伍"，"极大地激发了中国人的文化原创力"，"孕育和发展了文化产业"，"营造了良好的网络文学生态环境"，"我们可以断言，没有改革开放，就没有中国网络文学"[①]。而回到文学场域中来看，网络文学是文学在互联网时代的新变，是撬动文坛格局变化的"黑马"。在当代文学现场，有着悠久历史传统的通俗文学长期处在被遮蔽的位置上，仅有金庸、琼瑶、梁凤仪等港台作家的武侠、言情、商战等小说等支撑大众阅读市场，国内原创通俗文学作品少之又少，可供普通读者阅读的消遣性、娱乐性资源严重短缺。上世纪 80 年代末至 90 年代，商品经济大潮对文学造成了冲击，传统文学面临何去何从的问题。在这个背景下，网络文学诞生了，由于存在巨大的读者买方市场，在经历了初期的探索之后，2003年，起点中文网完善了由其他网站开创的 VIP 收费阅读制度获得成功，使文学作品与读者付费阅读和作家收益直接挂钩，网络文学进入了商业化时代。

被资本裹挟的网络文学又借助资本的无孔不入"攻城略地"，依靠流行文化的"粉丝效应"不断扩充阅读市场，读者数量已成天文数字。据中国互联网信息中心统计，截至 2018 年底，网络文学用户已达 4.32

[①] 陈崎嵘：《漫论改革开放宏阔背景下的中国网络文学 20 年》，载《网络文学评论》2018 年第 2 期。

亿人。[①] 有一种精英化的观点认为大部分网络小说粗制滥造、格调低下，但是这种观点无法解释网络小说为何有如此庞大的读者群。事实上，经过数十年的发展，网络文学形成了一套与严肃文学不同的表达体系，诸多迎合读者的写作策略、受到互联网平台技术影响的生产机制等，通过异质性的功能和原理，为读者提供着区别于传统文学的新的审美感受。但是，网络文学仍旧在文学的范畴内，在学界的研究中，被称作"印刷文明的'遗腹子'"[②]，与传统文学有着不可分割的关系。梳理网络文学的历史脉络，它的表现方法和受众群体存在明显的大众文学和通俗文学特征，由此可以看出网络文学与中国古典白话小说和"五四"新文化运动以来的通俗文学有着"隔代遗传"的关系。因此，研究和评价网络小说，在关注到新的社会经验、新的思想观念、新的传播手段、新的文学实践的同时，也离不开文学的基本常识，离不开通俗文学的理论基础，这些共同构成了网络文学的坐标系。

综合上述对题材、主题、技法等的分析，将《冠军教父》放在文学的坐标系内观察，在处理类型、功能、经验、视角等方面既显示出网络文学的特质，也彰显着强大的传统力量。

一、类型与反类型

类型化在中国古典白话小说中早已出现，在现当代通俗小说中得到进一步发育。在严肃文学的遮蔽下，类型仿佛成为文学创作中的禁忌，这不是文学的正常生态。网络文学出现后——尤其是商业化之后——类型写作的能量才被重新激活。"通常我们可以把小说类型中那些具备相当的历史时段，具有稳定的叙事或者内涵样貌，具有一系列典范性作品，同时又在读者心目中能引起比较固定的阅读期待的小说样式叫作'类型小说'。"[③] 小说类型化的背后是社会阶层的分化，"社

---

① 中国互联网信息中心：《中国互联网络发展状况统计报告》（2019 年 2 月）。

② 邵燕君：《中国网络文学的繁荣在世界上是个特例》。

③ 葛红兵：《小说类型学的基本理论问题》，上海大学出版社 2012 年版，第 110 页。

会的阶层化导致了文学审美趣味的阶层化，而审美趣味的阶层分化是小说创作类型化的直接动力"[①]。从故事情节上看，类型化意味着有可能会在一定程度上出现遵守相似成规的程式化现象。在严肃文学培养起来的阅读习惯里，我们通常认为遵守"成规"的模式化书写对于"文学性"是有害的。其实，这缘自外来的文学观念的影响，在形式主义者那里，"陌生化"是艺术的首要规则，按照什克洛夫斯基的说法，"艺术的目的是要使人恢复对生活的感觉，就是为了使人感受事物，而不是仅仅知道事物。艺术的技巧就是使对象陌生，使形式变得困难，增加感觉的难度和时间的长度，因为感觉过程本身就是审美目的，必须设法延长"[②]。但是，这种艺术手法却忽略了另外一个问题，即读者对作品的审美接受是需要阅读经验的，"而所谓的阅读经验实际上就是对'小说成规'的把握和理解，读者是靠成规来奠定'熟悉'的技能和基础的"[③]。

在《冠军教父》中，我们可以看到网络小说对体育竞技叙事规范的遵守，例如在激烈的足球比赛场景中，攻防双方的穿梭往来，控球与断球的瞬息之变，裁判执法的公正与偏颇，射门与防守的惊险刺激，点球和角球的得球与失球，理解和感受这些情节一是要靠对足球知识的了解，二是读者存在着心理期待，当这些场景出现的时候，会满足他们的阅读预期，无形之中就迎合了读者的审美心理，这是林海听涛的足球竞技小说广受读者欢迎的重要基础。但是，遵守一定的创作"成规"，并不等于设置完全重复的情节，在这部小说中我们也看到其"反成规"的特征。例如大量的细节描写，每场足球比赛的环节、场景、规则等并无大差别，但是细节一定会截然不同，每一场比赛的胜负原因也不会相同。《冠军教父》对每场比赛都深入到细节中来表现，在呼应读者阅读经验的同时也带来新鲜感，并没有单调的重复；此外，这部作品尽管以足球为题材，但存在大量反映人物日常生活的内容，而社会生活远比一项体育运动丰富和鲜活，这也使读者对小说的关注

① 葛红兵：《小说类型学的基本理论问题》，上海大学出版社 2012 年版，第 2 页。
② 同上，第 111 页。
③ 同上，第 113 页。

点不再局限于足球本身，例如有的读者可能会注意到人物的感情问题，从而将其读成爱情小说，这就使小说冲破了"成规"的约束，因为真正的现实生活是不可能按照某种程式发生的。

二、反传统与续传统

毫无疑问，网络文学是一种"反传统"的文学形态，曾一度被认为是当代写作中的"洪水猛兽"。但是，网络文学所"反"的"传统"是什么？从传播形式上说，"反"的是印刷文学传统，即以印刷书籍和纸质杂志为载体的静态文学形式，形成了动态的、即时的、数字化的、多媒体化的电子文学。从表现方式上说，"反"的则是"五四"新文化运动以来形成的新文学传统，由于我们在讨论网络文学时将新文学传统下的严肃文学（纯文学）作为了参照系，因此"新文学"被当作了"传统文学"，这里的"传统"与白话文运动以前的中国古典文学传统并不是一回事。新文学传统表达的是从作者自身出发的主观感受，它的要义在于引起主体的反思，所期待的理想读者需要与作者具有相似的主体意识和审美能力。从风格上来说，"反"的是"雅文学"的传统，民间俗文化以质朴的语言直抒胸臆，力主面向普通读者，反映世俗里的日常生活，使创作符合普罗大众的阅读和审美习惯；而诗词歌赋、文言小说、"纯文学"等是文人雅化审美情趣的体现，这样的表达重视艺术的纯粹性，以富于艺术手法的修辞表现个人感受。

网络小说有着"反传统"的强大力量。所谓"矫枉必须过正"，社会对新生事物向来有着肯定和否定两种态度，对网络小说也不例外。但是，肯定和否定双方所依据的标准却惊人的一致，那就是网络文学显现出来的新质——即其"反传统"性。在一定程度上，我们对网络文学的确认遵循了"延异"的方法，即网络文学之所以是网络文学，是因为它不是传统文学。其实，我们似乎忽视了传统的力量，夸大了网络文学与传统文学的差别，因为网络文学"续传统"的特征也非常明显。网络小说接续的传统至少包括两个方面，一是新文学的传统，网络小说中的现代性思想主要是从严肃文学那里传承来的；二是通俗文学的传统，网络文学的创作原理、叙事方式、功能价值等延续的是通俗文学的传统。从这个意义上说，历史上的严肃文学与通俗文学和当下的网络文学之间虽然在某些方面存在差异，但这种差异并不是绝对的，反而存在着相当普遍的借鉴、渗透、融合现象。没有哪一种文学形态没有受到过传统的影响。以中国古典小说为例，中国古典小说也存在两种分野，一是文言小说，至晚清以后，这一支脉随着白话文的推行而消亡；另一支是宋元话本、明清传奇小说等为代表的古典白话小说，晚清之后演变为供大众阅读的现代通俗小说，直到今天的网络小说，其中潜藏着难以割断的联系。在《冠军教父》中，作者以说书人的口吻向读者讲述跌宕起伏的传奇故事，尽管追求雅俗共赏的语言风格，但总体上看，语言中直白、平实、质朴的"俗"成分要大于对"雅"化修辞的追求，在主题表现方式上"与神话、民间故事、明清小说、大众小说、大众电影电视剧具有显著共性"[①]。而通过足球比赛反映出的现代体育职业体系、人物的主体意识、道德伦理，又与新文学传统的价值追求相契合。

三、娱乐性与意义感

娱乐性以及由娱乐性引发的消费性是通俗文学的重要属性，这一属性在网络文学商业化之后达到顶峰。由于网络文学独特的传播和阅读接受渠道，导致它与资本形成了直接转换的通道。受到利益的驱使，消费因素反过来影响网络文学的创作方法和审美表达，从而影响到网络文学的文本。在传统观念里，文学艺术与商业消费是敌对的，二者之间往往成反比，作家艺术家耻于与金钱发生关系。但进入商业消费时代，社会观念发生急剧变化，获取经济利益是网络作家重要的写作动力。为了赚取更多的货币利益，网络文学向市场臣服，通过取悦读者的写作方法聚拢"粉丝"，以获得更多的点击付费和"打赏"机会。司时，有意识按照 IP 改编开发的规范进行创作，以求得影视、游戏、

---

① 王祥：《网络文学创作原理》，中国人民大学出版社 2015 年版，第 1 页。

线下出版、漫画、有声读物等制造商的青睐，使文本的效益最大化，《冠军教父》就被改编为同名网络游戏。网络文学已经成为文化经济中的重要产业，"文学"被作为商品进行"公司化"运营。2016年，包括数字阅读在内的网络文学版权额约90亿元人民币；[①]2017年，阅文集团"网络文学第一股"在香港联交所上市，当天市值达到816亿港元。[②]

将网络文学作为文学形态来观察，经济效益显然不是首先要考虑的问题，文学必然是精神活动的产物，网络文学的价值主要在于对人的精神生活产生怎样的影响。分析《冠军教父》，频繁的比赛情节带给人的快感集中而强烈，这也是作者影响读者的主要手段。喜爱体育尤其是热爱足球的读者，在紧张繁忙的工作和生活之余读一段《冠军教父》，使自己暂时忘却现实，就如同亲临赛场，感受到比赛带来的快感和爽感，使自己的身心得到休息，也使自己的闲暇时间快乐度过。读者"少林钟神秀"这样表达自己读这部小说时感受："林海就是爽度第一，而这本教父作为林海的巅峰之作，在爽度上几乎做到了教练文的极致，而人物塑造和环境塑造也趋近于完美。我想象不出还能有更爽（不是更好）的教练文出现。这本书让我记住了诺丁汉森林，以至于后来买足彩看见这个队都有一种亲切感。仙草无疑。"

消闲性是文学固有的功能之一，无论是严肃写作还是通俗写作，都可供读者消遣闲暇时光，并在这一过程中确认文本和生活的意义。所不同的只在于，严肃小说注重所描写的生活和反映的价值观念的普遍的和历史的意义，而网络小说重视的是"在场"的意义，即阅读小说时"此时此刻"的娱乐化的情感体验。从心理学层面上看，由娱乐而来的快感表现为一种生理性的感官反应，它直接作用于人的情绪和情感，而不是经过理性思索以后得出的认知结果。娱乐化的阅读快感事实上接近心理学上的"高峰体验"，这种体验带有某种神秘的色彩，马斯洛说："我发现高峰体验有一点与神秘主义、特别是与东方的神

① 白烨：《中国文情报告》（2016—2017），社科文献出版社2017年版，第156页。

② 同上，第166页。

秘主义相反，即所有的高峰体验都是转瞬即逝的，而非永存不变的。虽然其影响和作用可能长期存在，但是体验出现的一刹那却是短暂的。"①对历史意义的追求会给人带来沉重感，而娱乐性快感是私人化的，并不负载社会的责任，无疑会让人轻松。严肃小说对自我的情感和思想深度的表达，要借助通过文本的精致性和经典性来实现；网络小说并非不关注人类命运中的永恒命题，但网络小说则以娱乐化的快感来承载价值传播。

四、本土经验、世界意识与文化自信

文学是一种生活方式的反映，它所呈现的现实一定会带有由某种文化生成的"总体性"面貌，即文化传统下的地域、族群或国别的生活，人的文化心理结构和社会的集体意识是其中的重要内涵。所以由地方知识、地方文化、地方景观、地方历史等构成的地域性是小说潜在的属性，无论是严肃小说还是网络小说，那种没有文化属性的、"放之四海而皆准"的作品是可疑的。一些网络小说只立足于讲述情节曲折的故事，作品中不出现自然景观，没有社会的典章制度，也不显示历史信息，人物没有立足的土壤和生存的具体环境，这样的人和故事都是虚假的，作品是站不住脚的。换言之，小说中的人物必须"有来历"，必须是自然的、社会的、文化的和历史的产物，否则就难以存在。

《冠军教父》在这一点上显示出作者的深思熟虑和老到娴熟。首先，作者的视野宏阔，具有世界性眼光和全球化思维。从四川到宁波，从中国到欧洲，从欧洲到巴西，从巴西到澳大利亚，通过小小的足球将世界连接在一起，小说中的地方知识同时也是世界知识，作者是站在全球化的视点上思考问题的。其次，小说有着中国文化的底脉，虽然以英格兰为主要故事的发生地，但人物却是中国文化传统的产物，言行举止有着中国风度，人与人之间的关系也表现出中国式的道德和

---

① ［美］马斯洛等：《人的潜能和价值》，林方编译，华夏出版社1987年版，第374页。

伦理特征，比如对待爱情、对待异性和对待老人的态度等。最后，小说充满中华文化的自信，托尼·唐恩以一个穿越的中国人的灵魂和精神，在欧洲足球赛场上叱咤风云，成为当之无愧的"冠军教父"；在小说结尾，与他交换灵魂的中国人唐恩居然也成为欧洲足球队的主教练，中国人成了欧洲足坛的"救世主"，小说里的这种文化倾向是建立在中华文化自信的基础上的。当然，在中国足球水平仍然十分落后的情况下，这种写法带有"YY"色彩，而恰恰是这种"YY"情节下的白日梦，使小说完成了对大众的取悦和征服，"创造超越现实可能性、突破现实障碍的愿望达成的故事，是自神话产生以来的大众文艺常用创作方法，大众文艺与人类的白日梦是同源同构的，是把人类的白日梦更集中更有美学意味地表达出来，可以说，大众文艺的创作方法就是白日梦愿望达成的创作方法"①。

① 王祥：《网络文学创作原理》，中国人民大学出版社 2015 年版，第 16 页。

选文

第一卷

卷一　沉睡的森林

第一章

托尼·唐恩？

巨大的喧嚣声刺激着脑部神经，分贝大得能致人耳聋。一道刺眼的白光射入眼眸，太阳穴鼓鼓生疼。

唐恩情不自禁地眯上了眼，但是那白光并没有消失，反而扩散到了整个世界。

这他妈是怎么回事？我置身摇滚会现场吗？

唐恩心中咒骂着睁开了眼，冲入他眼帘的却是一张大得吓人的脸。一张布满了汗水黑色的脸，宽鼻翼下两个黑洞喷出来的热气似乎已经沾到了他脸上。咧开的大嘴中森白的牙齿仿佛野生动物一样令人恐惧，当然还有从那里面喷出来的口臭。

接下来就是一次激烈的、正面的冲撞。唐恩觉得自己好像被一记重拳击中了下巴，整个人向后倒去。

哗啦！他们砸翻了放在身后的一箱水瓶。两个人的重量压在那些可怜的塑料瓶子身上，它们不堪重负宣告瓦解。白花花的水喷溅而出，甚至有一道水柱从某瓶口中射出，直接飙到了后面的"池鱼"脸上，其他"池鱼"仿佛受惊的麻雀冲天而起。

"该死！"

"真他妈见鬼！"

"这是怎么回事？！"

"队医，队医！"

"你怎么踢的？"

"我是被那该死的 14 号推过来的……我不是有意的……"

唐恩躺在地上，呆呆地看着围在他身边的陌生面孔，他们中有人一脸焦急，有人则幸灾乐祸，还有人捂着脸看不到表情。四周依然很喧闹，但是刚才巨大的喧嚣声已经变了调子，那里面透着嘘声和笑声。

这是哪里？他们是谁？这是怎么回事？

"噢噢！等等，让我们看看场边发生了什么？"现场直播的解说员突然变得亢奋起来，他站起身探头从顶层看台向下望去，"森林队的主力前锋大卫•约翰森（David Johnson）在和对方球员的拼抢中被撞向了场边教练席，可怜的托尼•唐恩教练正好站在场边指挥比赛……噢！看看地上的惨状，这真是一次火星撞地球的冲撞！这可比沉闷的比赛有意思多了！"

唐恩躺在地上，他的浅灰色西服已经湿透，皱巴巴地沾着草屑和泥土，看上去就好像刚被用过的抹布。

一个大鼻子黑胡子，长得有些像超级马里奥的男人出现在他的视野里，他麻利地从随身携带的皮包中掏出白色手套戴上，然后开始检查唐恩的身体。

"肋部，有明显的疼痛感吗？"他双手按在唐恩的胸部用力下压，"下巴……嗯，有些瘀青，牙齿松动吗？"他又掰开唐恩的嘴，歪着头观察了一下。尽管他嘴巴上在不停地问着问题，但他显然并没有指望自己会得到回答，这些不过是他习惯的自言自语："然后是……眼睛。"他把目光落在了唐恩的眼部，他发现了一个问题：唐恩的眼珠子好像没有转动过，眼皮也没眨过一次，而且表情呆滞，既不皱眉，也不喊痛，沉默得就像一个死人……

死人！

见鬼，他好像是后脑着地的！

"嘿，托尼，托尼？能听到我说话吗？"他伸出手在唐恩眼前晃了晃，语气明显比刚才焦急了许多。

唐恩的眼珠子终于转动了，他把视线的焦点落在这个人脸上，陌生，但又有些熟悉……

"裁判鸣哨暂停了比赛，他跑向场边……我解说了三十一年的足球比赛，还是第一次看到主教练被自己球员撞伤的情况！我打赌托尼•唐恩教练一定会成为新闻人物，尽管他自己也许并不喜欢以这样的方式出名……"BBC的解说员约翰·莫特森（John Motson）继续他的喋喋不休，"森林队真是倒霉透了，球队两球落后，现在他们的代理主教练托尼·唐恩又被自己的球员撞伤了。要知道，这可是他们的主场！在他们的主场！"

同时电视屏幕上开始反复播放刚才的一幕。大卫·约翰森在和对方14号的一次激烈拼抢中被对方用力推了一把，随后这个黑大个斜着身体冲向了站在场边的托尼·唐恩。但是奇怪的是唐恩原本可以躲开的，他有充足的时间，此时却仿佛木偶一样呆站在场边，眼睁睁看着自己的队员撞向自己。然后就是让解说员都忍不住要眯上眼睛，偏开头，咧着嘴说"哦，上帝！"的一幕了。

森林队的球员们焦急地围在教练席旁，人群中心自然是躺在地上的唐恩，犯了错的黑人前锋大卫·约翰森更是跪在地上不停祈祷。如果自己的教练有个什么三长两短，他可要成为第一个在球场上杀死自己主教练的球员了。

和森林队球员的紧张不同，他们的对手大多站在球场内，环抱双臂看戏，也有好奇心重的人担负起做全队探子的职责，不停跑来看热闹，然后再跑回去把人群中的情况和他们的队友分享。

看台上的森林队球迷似乎并不担心他们主教练的生死，他们在借此机会大声咒骂自己球队的糟糕表现，各种以"F"或者"S"开头的词语从他们嘴中迸出，无数根高高竖起的中指更是把大屏幕上"0∶2"衬托得格外刺眼。

森林队的队医加里·弗莱明（Gary Fleming）还在尽自己的努力，他刚才明明看到托尼的眼珠子动了一下，怎么接下来又没反应了？

他拍拍托尼·唐恩的脸，依然没有反应。球队的代理主教练就好像蜡像一样躺在地上，嘴巴微张，双眼圆瞪，仿佛看到了什么很吃惊的事情。

蓝色的天幕，棉花糖一样的白云，肤色各异表情也各异的脸，喧闹的环境，这一切都很熟悉，却又那么陌生，仿佛距离自己万里之遥。

这……他妈到底是怎么回事啊？！

主裁判示意队医自己看着处理，他不能因为场外的受伤事件让比赛无休止地暂停下去。他鸣哨让球员们都回到场上，比赛还要继续，尽管森林队球员们已经无心恋战了。

　　"可他甚至可能有生命危险！"弗莱明对主裁判的冷漠很愤怒，他指着还躺在地上的唐恩冲裁判吼道。

　　"那你就叫救护车来，我只是裁判！"主裁判毫不示弱地顶了回去，"而且，他看上似乎并没有你说的那么危险。"他指指弗莱明身后，然后跑回了球场。

　　弗莱明转身回去看到唐恩摸着后脑勺慢吞吞地站了起来，他连忙上去扶住他："你感觉怎么样，托尼？"

　　唐恩茫然地反问："这是在哪儿？"

　　弗莱明转身骂了一句脏话，最近这段时间真是倒霉透了。"德斯，德斯，你过来！"他招手让教练席上一个金发男子过来。

　　被叫做"德斯"的男人跑了过来。"托尼怎么样？"他小声问道。

　　"糟糕透顶。他刚才甚至问我这是在哪儿？"

　　德斯的反应和刚才的弗莱明如出一辙，他扭头骂了一句脏话。

　　"我怀疑这是他刚才倒地，后脑受到了撞击造成的结果。"

　　"情况很坏吗，加里？"德斯咬着嘴唇，一脸凝重。

　　"我不知道，也许好，也许坏。"弗莱明摇摇头。

　　"那是什么意思？"

　　"好的情况他只是短暂失忆，休息一下就会缓过来。坏的情况……你还需要我说吗？"

　　德斯挥挥手，示意他明白了。"那你看现在怎么办？送他去医院吗？可是现在比赛还在进行，而且我们落后，需要他来指挥比赛……"说着他扭头看了一眼旁边的托尼·唐恩，可是他惊讶地发现唐恩正在一个人慢慢向球员通道挪。

　　"嘿！"德斯连忙扔下弗莱明，跑上前去拉住了他的同事。"托尼，你要去哪儿？"在喧闹的环境中，德斯张牙舞爪的大喊实际上起到的效果只是"低语"。

　　唐恩回头茫然地看了看德斯，这个眼神让德斯看得心寒，现在他们头顶夕阳的余晖金光灿烂，但是他完全看不到那对眼眸中有任何光彩流转。

"托尼，你要去哪儿？"德斯又重复了一句。

"我……我不知道，也许……是回家……"唐恩喃喃道，还想挣脱德斯的手。

弗莱明也从一边跑了过来："托尼，你现在不能回家。我们在比赛，你是主教练，你要指挥球队！"

三个人在通道口的拉扯引起了两队替补席，以及看台上的注意，甚至包括场上的球员们也时不时地会向这里瞟来几眼。

唐恩突然笑了："我是教练？"这太荒唐了，我怎么可能是教练呢……虽然我是球迷，也经常玩玩足球经理游戏，但是我怎么可能是教练呢？这一定是梦，还是该死的噩梦！"好……好吧，你是……"他看着德斯说。

弗莱明在旁边像介绍初次见面的两人那样说道："他是德斯，德斯·沃克（Des Walker）。前英格兰国脚，场上司职中后卫，上个赛季才从队里退役，如今他是你的同事，你的助手。"

唐恩点点头，然后对德斯说："好的，现在你代我指挥比赛，我要去休息了。"说完，挣开德斯的手，再也不管身后巨大的嘘声和两个目瞪口呆的人，走进了通道。

弗莱明看看唐恩的背影，又看看德斯·沃克。

沃克重重叹口气，转身走了回去。"这比赛没法踢了！"

唐恩坐在通道里面，背靠墙壁，茫然地看着周围的环境。在他对面白色的墙壁上是一枚巨大的标志，红色的大"蘑菇"下面是三道波浪形曲线，再下面则是一个英文单词：Forest。

我这是到了哪儿？究竟是怎么回事？我他妈不过多喝了一点酒，然后和两个兔崽子打架，被偷袭了。然后……我怎么会来到这里？看看外面那些高鼻梁、蓝眼珠、说着一口鸟语的人，我在做梦？还是看电影？

唐恩摸摸自己的后脑勺，那里还隐隐作疼。

狗日的，偷袭老子，打老子后面！

他龇牙咧嘴地咒骂着。

他本是一个球迷，没事喜欢喝点小酒，在人多的地方看看比赛，比如酒吧……最近这段时间，他喜欢的球队连续不胜，非平即负。心情本来就不好的他被两个对立球迷一激，酒劲加上火气，双方就动上了手，他以一敌二，毫不畏惧。无奈对方耍阴的，一个在前面吸引他的注意力，另外一个偷偷绕到他后面给了他一记闷棍。

再然后他睁开眼却发现自己正身处一个喧闹的环境，紧接着被一个黑人撞倒在地。其他人说着他听不明白的话——他能听懂他们所说的每一个字，每一个词，但是就是无法理解他们的意思。他觉得自己的大脑似乎被撕裂了，分裂成两部分，一部分对这种环境很熟悉，另一部分则不知所措，惶惶不安。

"我叫什么？"他喃喃自语，却又突然捂住了自己的嘴。直到这个时候他才发现原来自己一直说的都是鸟语——英语。

"狗日的，这是怎么搞得？"这次冒出来又成了他的家乡话了。

唐恩快疯了，他发现自己的头脑里面似乎有两个完全不同的思维。一会儿让他相信自己是一个名叫"托尼·唐恩"（Tony Twain）的英格兰人，一会儿他又认为自己是个名叫"唐恩"（Tang En）的中国四川人。

使劲撞撞墙，终于让自己的发热的头脑稍微冷静了下来。他开始闭上眼睛仔细搜索。接着他发现自己身处的地方是球场，城市体育场（City Ground）。而此时正在外面进行的比赛则是一场普通的英格兰甲级联赛的比赛，由他所代理执教的诺丁汉森林（Nottingham Forest）对阵沃尔萨尔（Walsall）。

终于了解到自己身处何方的唐恩却再次呆了，这太匪夷所思了，以至于他的大脑在超负荷运转之后停止响应了。他瘫坐在球员通道里面，对面就是诺丁汉森林队的会徽，外面响起了巨大的嘘声。而这一切看上去似乎和他已经没什么关系了。

"……以上就是今天下午在城市体育场发生的一幕，森林队的代理主教练托尼·唐恩站在场边被他的队员撞倒，随后似乎陷入了短暂的昏迷。当他重新起身之后却径直走进了球员通道。德斯·沃克代替他指挥完了剩下的比赛，并且出席新闻发布会。但在发布会上，沃克教练拒绝透露一切有关托尼·唐恩教练的消息。"

此时的唐恩在哪儿呢？

他正在自己的家中和镜子较劲呢。

和周围邻居的灯火通明、欢声笑语比起来，托尼·唐恩教练的家阴森得仿佛一座幽灵古堡。晚上八点，还是黑漆漆一片，一盏灯都没开。借着外面路灯的微弱光芒，唐恩站在浴室里看着镜子中的自己。一个拥有挺拔高鼻梁、深眼眶、蓝眼珠、褐色微曲头发的中年鬼佬。

而实际上来自中国四川的唐恩不过才二十六岁，此刻镜中人甚至都有了抬头纹！三十四岁！这是托尼·唐恩的年龄。在此之前唐恩已经被迫接受了另外一个事实：现在不是他和人打架的 2007 年了，而是 2003 年，2003 年 1 月 1 日。让他接受这个事实的代价是被撕成了碎片的印有诺丁汉森林队'02—'03 赛季全家福的新年挂历。

他不仅莫名其妙地附身到了一个英格兰人身上，还向前穿越了四年零三个月！

虽然他从来不觉得自己长得很帅，能够吸引多少女人的青睐。但好歹那张脸他看了二十六年，并没有觉得厌烦。现在突然要让他接受另外一个自己，另外一张脸，他只觉得心里烦躁。

"这狗日的是谁？！"他冲着镜子咆哮，然后一拳打碎了镜子。镜中的自己顿时变成了无数个碎片跌落地上，发出稀里哗啦的声音，无数张脸看着唐恩，仿佛在嘲笑他一样。

唐恩觉得有些眩晕，他后退一步，靠在光滑的墙上大口大口喘着粗气。

为什么会是自己？

在黑暗中静静待了几分钟的唐恩渐渐平复下来，他决定先不去思考那么复杂的问题。他在中国就有一个习惯，一旦遇到不顺心的事情就去找地方喝酒。成都的酒吧遍地都是，说不定还能顺便找个一夜情什么的。他在心习惯性地把诺丁汉当作了成都，决定出门找个酒吧借酒浇愁。他才不管自己现在是什么身份呢。

看了一眼外面的阴霾的天空，他披上一件厚厚的风衣走出了门。

"在自己主场 0 : 3 输给了弱旅沃尔萨尔，森林队最近确实流年不利。被寄予厚望的保罗·哈特没有为球队带来好成绩，他在上一轮比赛之后向球队主席尼格尔·多格蒂（Nigel Doughty）提交了辞职申请，并且很快得到了批准。今天是他们的代理教练托尼·唐恩头次执教一线队，没想到就在场边被自己人撞伤。让我们再来看看录像，他似乎被吓呆了，忘记了躲闪……"

固定在高架上的电视机中正在播放今天的体育新闻，重点自然是在诺丁汉森林队比赛场边所发生的一切。

嘈杂的酒吧中响起了一阵嘘声。

"我从没见过这么丢人的主教练！"一个醉醺醺的大汉对这电视机竖起了中指，"那个托尼·唐恩我知道他！以前在青年队给保罗·哈特当助手的小毛孩子。说实话，我对他印象不怎么样，沉默寡言的，看上去一副胆小怕事的样子。难道指望这样的懦夫带领森林队走出困境吗？尼格尔这老家伙也没了以前的雄心壮志，如今的森林队已经完了！已经完了，完了……"他念叨着趴在了桌子上，旁边堆满了东倒西歪的空酒瓶。

这个醉汉刚刚结束长篇大论的时候，唐恩正好推门而入。门的响动吸引了大部分在酒吧里面喝酒聊天的人注意力，大家都把目光投向门口，当他们看到进来的人是谁的时候，先是惊讶，随后脸上都浮现出了戏谑的笑容。

"嘿嘿，瞧啊！"一个典型的英国中年男人举着酒杯站了起来，高声叫着，"我们的托尼·唐恩教练驾到！"

"呜呜！"酒吧里面的人嘴中发出了"欢迎"的嘘声。

"为了他漂亮地在场外防住约翰森的突破干杯！"中年男人扬扬手中的酒杯，周围的人顿时跟着附和举起了手中的酒杯。"干杯！！"

另外一个明显喝高了的男人歪歪斜斜地站起来，走到唐恩面前，手里拿着啤酒瓶伸到他嘴边，打了个嗝问道："托尼·唐恩教练，那是一次漂亮的防守，但是主裁判和舆论显然都……都不那么认为……呃！你、你是怎么，怎么看的啊？"

问完他又扭头对着这酒吧里面的其他人哈哈大笑起来。

唐恩不想惹事，他是来喝酒消愁的。于是他阴沉着脸推开了挡在自己面前的酒瓶。然后径直走到吧台前，对里面的酒保说："请来瓶……"他习惯性地想说来瓶"小二"——小瓶二锅头，虽然是四川人，可他大学是在北方上的，从那个时候就喜欢上了这种烈性酒——但是他发现自己不会说"小二"的英文，更重要的是他很快反应过来这是在英国，不是在中国。他低头嘟囔着咒骂了一句，接着改口道："来最烈的酒。"

一直在旁边观察他的其他人听到他说要最烈的酒，都大声起哄。

"哟！胆小鬼托尼竟然也喝酒？！"

"我们有刚刚挤出来的奶，你要不要尝尝？我还是觉得奶更适合你，托尼！"一个胖子双手挤着自己下垂明显的胸部尖叫着，旁边的人则笑得趴在了桌上。

年轻的酒保面对这些亢奋的客人，也有些不知所措，他想要去拿酒却被那些酒鬼叫住了："给他拿果汁！果汁！"

"不不，还是奶，我们有最新鲜的奶汁！"

"啊哈哈！"

这家酒吧的老板被外面的吵闹声惊动，他从楼上下来，站在楼梯口，看见几乎所有还没趴在桌子上睡着的客人都围在吧台前，在他们中间坐着一个将浑身裹在黑色风衣中的男子，被那些酒鬼尽情地嘲笑着。

"伙计们，怎么回事？"他响亮的声音顿时让酒馆里面安静了下来。刚才还很嚣张的酒鬼们在看到身后站着的人时，顿时都安静了下来。

唐恩觉得奇怪，是什么人仅凭一句话就能让这群人老实下来呢？他稍稍侧过头，看见一个人从楼梯口的阴影中走了出来。

年轻的酒保连忙指着唐恩对那人说："老板，他想要一份烈酒。"

来者看清楚坐着的人是谁之后，有些吃惊，但他还是说道："拿给他就是。"

"可是……可是他们并不让……"酒保为难地看了看那些已经回到了各自座位上的酒鬼。

这人环视了一番酒吧，但凡被他视线扫到的人莫不低下他们的头，要么装睡，要么低着头使劲喝酒。唐恩对眼前这个干练的中年男人越发感兴趣起来。

"我看没人有异议，给他倒杯苏格兰威士忌，我请客。"酒吧老板转头问唐恩，"单份还是双份的？加冰加水？"

唐恩很惊讶地问："加石头？"（酒吧里面"加冰"，他们并不说"with ice"而是"with rock"）

旁边看热闹的酒鬼们大笑起来。

酒吧老板也笑了："我忘了你是什么人了……"他给玻璃杯倒上半杯金黄色的威士忌，然后加了半杯水，递到唐恩面前："这是我家乡的酒。"

唐恩喝了一口，马上咳嗽了起来，他很少喝洋酒。何况这纯正的苏格兰威士忌还有一股子浓烈的焦炭味。

酒吧里面响起了一阵幸灾乐祸的笑声。

"我所知道的托尼·唐恩从来不喝酒，过得就像一个真正的传统的清教徒。而且他也不会用现在这种眼神看我，你不知道我是谁了吗？"男人盯着唐恩看，唐恩发现自己似乎会被这个男人看穿一切。他不得不找个方法来掩饰自己。

"呃……我，"唐恩低头又喝了一口，这次他没敢让酒液在喉咙里面多停留一秒钟，直接咽了下去，那种难受的感觉果然轻了些，"我下午摔倒在了球场边……"

又是一阵哄笑声。

男人摸摸后脑勺，表示理解。

旁边有人帮唐恩解了围，一个声音高叫着："看来我们的托尼教练真的被摔坏了脑袋！坐在你身边的人是诺丁汉森林队的骄傲，两次欧洲冠军杯的功臣，1978 年斯坦利·马修斯奖的获得者肯尼·伯恩斯（Kenny Burns）先生！他可比你这头蠢驴强了百倍！蠢驴！你就是头蠢驴！"

尽管唐恩感谢这个人帮他介绍了一下眼前的大人物，而且还很详细，但是这不代表他就得接受这种侮辱。一个人初到陌生环境，本来就容易紧张焦躁不安，心头会有很多无名火。而这种无名火从他今天在球场上丢了一次大脸之后就越积越多，进入酒吧的时候那些人侮辱他，他忍了，却不代表他还可以继续忍下去。何况他本身就不是什么善茬，在中国的时候他就是一个脾气暴躁、易怒冲动的"愤怒青年"，否则也不会因为和人打架而穿越了……

身后的人纵声大笑，"蠢驴蠢驴"地叫个不停，却冷不防他嘲笑的对象猛地回手将手中仅剩的半杯酒泼了出来。金黄色的苏格兰威士忌在灯光下闪耀着灿烂的光芒，于空中画出一道漂亮的弧线，然后精准地射到了那个倒霉蛋的脸上——精准漂亮得仿佛大卫·贝克汉姆的右脚任意球。

被泼了一脸酒的倒霉鬼刚刚抹掉脸上的酒，张嘴要骂："你他妈的杂种……"

"砰！"他的脏话被一只厚实的酒杯砸了回去，唐恩以旁人想不到的迅速和酒杯一起扑到了对方身上。他这口气已经忍到不能再忍了，莫名其妙来到这个地方，莫名其妙向前穿越了四年半，莫名其妙地被人嘲笑侮辱……他现在就想找个人发泄一下，不管他是打倒别人，还是别人打倒他。

两人撞向后面的桌子，空酒瓶摔落下来，在一片脆响声中碎了一地。

笑声戛然而止，所有人都愣住了。他们没想到刚才还像个懦夫的托尼·唐恩会突然爆发。

最先反应过来的人是酒吧老板肯尼·伯恩斯，他推了一把站在吧台旁边的胖子，喊道："傻站着干什么？拉开他们！"

这声音惊醒了所有人，大家蜂拥而上，费力拉开了已经纠缠在一起的两人。除了地上的惨状，被打的人额头上已经渗出了鲜血，那儿出现了一个红色的圆圈，正是杯口的印记。除此之外，他的左脸颊挨了一拳，仿佛喝醉了酒一样红。

而唐恩呢，除了弄乱了头发和衣服，什么事都没有。被拉起来的他似乎已经发泄完了怒火，没有还要扑上去追打的架势，他整理了一下衣服和头发，然后对被同伴架住的倒霉鬼啐了口："我他妈不管你是谁，别惹我。"

然后他转身对伯恩斯说："很抱歉，把你这里弄得一团糟。今天太他妈的……"他一想起自己被穿越了就恼火。"改天……我会亲自来道歉的，赔偿也请不用担心。"

接着不等酒吧主人做出什么表示，他转身向门口走去。经过胖子的时候，他还讥讽道："你的奶还是留给自己喝吧，肥猪。"

大家看着他推门而出，却没人想到要拦住他，就这样眼睁睁看着他离开，留下一个烂摊子。

酒吧内一片寂静。这时候那喝醉的酒鬼从桌子上坐起来，看着沉默的一屋人和一片狼藉，迷茫地问："我错过什么了吗？"

唐恩失魂落魄地盲目前行，穿过一条街，又穿过一条街，自己都不知道走到了什么地方，直到他觉得累了，便在路边的长椅上坐下。刚刚打了一架，可他的心情并没有随之舒畅起来，反而更苦恼了。因为他意识到自己看来只能接受这无奈的现实了——他成了英国人，他回不去了。

这该死的天。他仰头看着天空，除了厚厚的乌云，他什么都看不到。他至今依然不明白为什么自己会是那个人，如果说这一切都是命运的安排，那么命运挑中自己有什么特殊的理由吗？还是说命运也像福彩开奖那样从一堆乒乓球里面随便抽出一个，抽到哪个是哪个，活该倒霉。

我不要做这该死的教练！我不要当鬼佬！让我回去，让我回去！唐恩能这么喊吗？不能，在唐恩二十六年的人生中从来没向任何人、任何事低过头，他就像茅坑里面的石头——又臭又硬。所以他一事无成，从小学开始就被老师列为最难管教的差生，在大学因为不讨人喜欢，入党、留校什么好事都没他的份，毕业了出来工作也处处受人排挤，至今女朋友都还没有一个……总之，是相当失败的二十六年人生。

唐恩再次把头抬起来，看着黑漆漆的夜空。他突然想通了。既然自己的"前世"相当糟糕，为什么不利用这次机会来一次不同以往的人生？虽然他从来没做过足球教练，但是足球他也看了十几年，足球经理游戏每代都玩过，多少了解一些教练的工作性质，这不是一次挑战的好机会吗？

他不再去考虑为什么老天爷选中了他这种无聊问题。他现在只需要考虑如何做得更像一个真正的职业教练，尽管这会很难，但值得尝试。

"嘿，伙计。你没有得到我的允许就擅自闯入我的家，我数十声如果你不离开我就报警！"旁边突然响起一个苍老的声音，"十，九，八……"

唐恩茫然地看了看对面站着的老头子，他怀中抱着很多很多报纸，手里拿着个被咬了一半的汉堡。

"这……是你的家？"他指指自己屁股下面的长椅。

"当然。"

"啊，对不起，打扰了……"唐恩从椅子上站起来，对方马上一屁股坐了下去，然后躺倒，把怀中的报纸盖在自己身上，再将它们牢牢压在椅子靠背和身体之间。

看着那个满足地吃着汉堡，躺在"报纸窝"中的乞丐，唐恩甚至还要感谢老天爷，没有让自己"附身"到他身上。命运待他不算差。

一辆出租车在他前面下客，他快步走上前，然后钻了进去。唐恩在车上看了躺在寒风中享受"晚餐"的乞丐最后一眼，让司机将他带回那个陌生的家。

从今天开始，一个全新的世界在唐恩眼前缓缓展开。

第二章

主席先生

整整一个晚上，唐恩都没有睡好。

离开了原来那张熟悉的床，他在更宽大的床上翻来覆去，脑海中总有莫名其妙的梦境出现。在梦中他看到自己青春焕发，提着旅行包站在城市体育场的门口；接着他又站在一片绿茵茵的球场旁边，在他旁边站着一个陌生的中年男人，几十个一脸稚气的小球员们围着他们，专心地听讲；那个中年男人在梦中出现了好几次，每次都是自己站在他旁边，一言不发，活像雕像；后来还是那片绿茵茵的球场，中年男子却不见了，这次换他被一群小球员围在中间，对他们讲着什么。再后来，场景变了，他看到了熟悉的一幕——他白天身处的球场，身边同样站着一个中年男子，西服笔挺地站在场边指挥比赛，而他继续沉默着。梦境变换，身边的男子也越来越暴躁易怒，终于有一天他身边没人了，一个老头子站在他前面，拍着他的肩膀，嘴巴说着什么，可惜他什么声音都听不到。

再然后……他就醒了。

当他睁开眼，看到外面的天空还是灰蒙蒙的，窗外传来了淅淅沥沥的声音，他起身坐在床上，眼睛逐渐适应了昏暗的房间。看着完全陌生的屋内陈设，他还有些不敢相信自己就这样来了英格兰，成为了足球教练，虽然还只是代理的……将双手在脸上搓搓，让自己更清醒一些。唐恩从床上跳了下来，然后拉开紧闭的窗帘。

屋外已是清晨，街上的行人还不多。湿漉漉的路面反射着路灯和汽车的灯光，下雨了。

这样的天气让他想到了自己的家乡，一座四川小城，那也是一个多雨的城市，不管夏天还是冬天，总是湿漉漉的。看到这样的清晨，他从心里生出一丝亲切感。

感觉到寒意的唐恩发现自己还只穿着一条裤衩，他连忙套上衣服，然后去浴室洗漱。

托尼·唐恩教练住的地方叫作布兰福德花园，是一个很普通的居住区，位于特伦特河南岸的维尔福德区。一幢在英国很常见的红砖房，一座小小的花园，仅此而已。房子对于单身的唐恩来说不算小，但是在诺丁汉绝对不能算大。房子的租金很便宜，而且最重要的一点是距离森林队的训练基地和青训营都很近。往东北方向徒步行二十多分钟就能看到掩映在树林中的训练基地大门了。

唐恩从浴室漱洗完毕，打算去厨房找点吃的。

当他走到冰箱前的时候，才发现冰箱门上贴满了纸条。打开门，找到一盒牛奶和一块面包，然后他索性站在冰箱前面，一边好奇地阅读上面的纸条，一边吃着简单的早餐。

最醒目的是一张 A4 大小的表格，唐恩看了一眼上面的内容之后，只觉得头晕。

6：30—7：00，晨跑。

7：00—7：20，早餐。

7：20—7：40，读报。

7：40—8：00，去训练场（备注：比赛日另行安排）。

这是一份非常详细的一日作息计划表，时间精确到了分钟，还有大量的备注。从早上睁开眼睛的那一秒钟开始，这计划表就被忠实地执行，一直到他重新躺回床上闭眼睡觉。

"这个该死的强迫症患者！"对于懒散的唐恩来说，把生活按照分钟划开，然后一段一段填充上具体内容的做法简直就是活受罪。每天的生活在睁开眼前都已经规定好了，几时几分要做什么，几时几分到几时几分又要做什么，甚至巴不得连上厕所的时间都写进计划表中，好统筹规划。他终于明白昨天那个肯尼·伯恩斯见到他喝酒为什么会那么惊讶了——以前的托尼·唐恩根本就是一个不折不扣的工作狂，毫无情调，完全不懂得享受生活，死板固执机械……这样的人竟然可以活上三十四年，简直是人间奇迹！

在这份白色的计划表周围还贴着一些黄色、绿色，以及红色的小纸条。上面分别写着不同内容，黄色是备忘录，提醒他某时某刻有什么会议。绿色则是随手记下的电话号码，绿色纸条并不多，看来这些电话最后都到了托尼·唐恩的私人电话簿中。红色的最多，是一天之内的重要计划安排，每天都有。唐恩在冰箱上面逐行扫描，终于让他找到了昨天早晨贴在冰箱门上的红色纸条。

除了当天日期，上面只有一句话：

"第一场以主教练身份执教的一线队比赛，一定要赢！！！"

看了那么多托尼·唐恩留下来的计划备忘录，这还是他第一次看到此人在书写的时候用上有强烈感情暗示的标点符号，而且一用就是三个。

看着红色纸扉上和以往的备忘录完全不同的潦草字迹，唐恩甚至可以想象这个人在写下这句话的时候是什么表情和动作。他一定是攥紧了拳头，紧咬牙关，充满了期待和斗志，用尽全身力气在纸条上留下这句誓言的。

可惜……唐恩想到了昨天电视新闻里面说的，森林队在自己的主场以0：3惨败给了弱旅沃尔萨尔。是突然来到的自己夺走了他的胜利吗？唐恩看着冰箱门上贴满的纸条呆呆地想。

他一定做了最周详的计划，并且在赛前一天就告诉了自己的球员们。但是有什么用？比赛还是输了。中国有句俗语：计划赶不上变化。

唐恩伸手将冰箱门上的纸条一张张揭下。最后那上面只留下了写着"一定要赢"的红色纸条。

然后他将那些纸条和牛奶盒一起扔进垃圾桶，拍拍手走出了厨房。

回到卧室，天光已经大亮，虽然雨还在下，路上的行人和车辆却已渐渐多了起来。

唐恩想到他刚才在计划表上看到了八点钟似乎要去训练场，低头看看表，刚好七点四十。

不管现实如何糟糕荒唐，自己毕竟成了托尼·唐恩，代替了这个倒霉鬼，自然就要做倒霉鬼的工作。唐恩并非不负责任的家伙。而且他看球的时候从不认为胜利会凭空而来。他披上大衣，在门口拿上一把黑色的雨伞，然后推开门，走入了雨中。

森林队的训练基地也在维尔福德区，西东流向的特伦特河在这里做了一次N字形急转弯，冲积出来一大片平坦的土地，一个世纪以前这里还是大片肥沃的农田和森林。诺丁汉只是河北岸那一小块地方。如今，城市的发展脚步跨过了特伦特河，这里已经是颇具规模的居住区了，森林队俱乐部将这里买下来兴建成自己的训练基地。

狭长的训练基地被一条名为"维尔福德巷"的小路拦腰分成两部分，北边面积稍大的一片是青年队训练基地，这是在全英格兰都能数得上号的青训营。而路南稍小的地方则是森林一线队的训练基地，也叫作"维尔福德"。

英国冬天的雨并不大，但是很烦人，因为它们始终下个不停。唐恩倒觉得无所谓，毕竟无论是他的家乡还是毕业后工作的城市成都，都是一到冬天就开始不停下雨。

基地的老门卫伊恩·麦克唐纳有些奇怪地看着裤脚都被打湿了的托尼·唐恩："托尼，你来这里做什么？"

唐恩觉得他这个问题问得莫名其妙："来训练啊。"

麦克唐纳对他道："可是托尼，今天是2003年的1月2日，球队放假了，新年假。"

唐恩拍拍脑门，他把这个给忘了。

看到他拍脑门，麦克唐纳轻轻地摇摇头。他一定是认为唐恩由于昨天的撞击，到现在脑袋还不正常。

"我说这里，怎么……怎么如此安静呢。新年快乐。"唐恩尴尬地对麦克唐纳笑笑，转身要走。这时候他看到一辆暗红色的奥迪A6停在了自己旁边。

后车门被打开，从里面下来一个发福的老头。唐恩的潜意识告诉他这人是自己的老板，球队的主席——尼格尔·多格蒂先生。随后下来的则是一个中年男人，大约和他差不了多少岁，身形挺拔干练，穿着一身合体的休闲夹克，手中撑着一把伞，大部分遮挡在主席头上。

尼格尔看到站在路边的唐恩，老人主动伸出了双臂，将唐恩抱住。"托尼，我看了昨天的新闻。原谅我没有给你打电话，我儿子刚刚从美国回来看我。你还好吧？"

唐恩对于老板的这种态度有些受宠若惊，他连忙回道："我想应该……还好吧，谢谢你，主席先生。"

尼格尔放开唐恩，然后指指站在自己身边的中年男子，对唐恩说："我的儿子，埃文。"

埃文·多格蒂主动伸出了手："你好，很高兴见到你。教练先生……"

旁边的父亲打断了儿子的话："埃文，我说过很多次了。不要叫'教练'（coach），要说'经理'（manager）。这里是英格兰，不是美国。"

埃文抱歉地对唐恩笑笑："抱歉，经理先生。"

唐恩也伸出手："呃，没关系。我也很高兴认识你，多格蒂先生。"

旁边的主席先生插了进来："我的儿子刚刚从美国回来，他从小就在那边长大的，对英格兰反而感到陌生了。他现在可是看着 NBA 长大的'美国人'了。"

对于这种讥讽，埃文无奈地笑笑，并没有进行反驳。

站在自己面前的是给自己开薪水的老板，唐恩想到了冰箱上的那张红色纸条，他觉得自己有必要解释一下昨天的失败，哪怕是撒谎。"呃，主席先生……对于昨天的失利，我很抱歉……"

没想到尼格尔把手放在他的肩上，反过来安慰起他来了。"托尼，我也不喜欢失败，但这不是你一个人应该承担的责任。这两个赛季……"说到这里，主席有些浑浊的双眼望向远方的天空，嘴中嘟囔了一句脏话，接着他收回目光，"好好干吧，别想太多，我不会给你任何压力。新年快乐，托尼。"他轻轻拍了拍唐恩的肩膀，然后转身和自己的儿子走进了球队训练基地大门。

唐恩站在门口，看到主席佝偻的背影，和搀扶着他、为他打伞的儿子埃文，心里说不出此时究竟是何种滋味。他以最快的速度接受了自己是一个足球教练的现实，却没办法在一天之内感情上也接受这支球队。他对诺丁汉森林了解不多，除了知道她曾经辉煌过之外。他也不是森林队的球迷。

但是刚才老头子在他肩膀上轻拍那两下，却让他心中升起了一股温暖。作为一个"异乡客"，这种温暖弥足珍贵。他决定好好干一场，尽自己最大的努力。不单单是为了和那群酒鬼赌口气，也为了对得起主席先生对自己的信任——尽管老头子并不知道他信任的人并非自己熟悉的那个托尼·唐恩。

"新年快乐，老头子……"

离开维尔福德训练基地的唐恩在街上闲逛，他毫无目的，不辨南北。雨已经停了，他干脆把雨伞当拐杖用。

路上的行人比之前他出门的时候又多了好几倍，今天是假期，理所当然。大家都成群结伴地出来玩耍逛街。新年了嘛。不过这样的节日气氛却不属于唐恩，现在的他没有心思去过节。

他觉得很奇怪，自己能够看懂每一个英文单词，听懂每一句英语，似乎这是一种本能，他像熟悉汉语那样熟悉这个国家的语言文字，以及一些生活技能，但是他却忘了另一些很重要的东西。记忆仿佛出现了断层，他不记得自己身为托尼·唐恩是如何训练球队，如何安排战术的。他也不太清楚自己在俱乐部的人缘、影响力、口碑如何。因此他不能理解为何主席先生会对自己那么亲切。只是有些时候那些消失的记忆又会回来，停留在他脑海中很短暂的时间，再次消失。

但是他知道以前的托尼·唐恩是一个怎么样的人。他循规蹈矩、沉默寡言、工作认真、踏实努力。在私生活方面就像一个苦行僧，不沾烟酒，没有什么恋爱经历，风月场所是从来不去的，每天除了工作就是回家休息，像伦敦桥头的大笨钟一样循规蹈矩地敲出每一声刻板的钟点。他喜欢安静，唯一算得上娱乐的活动就是在自己的房间里面戴着耳机听古典音乐。

"真他妈的！"在记忆深处调出有关托尼·唐恩的资料之后，现在的唐恩忍不住骂道，"这简直就是活在中世纪的人，太无趣了！人世间为什么会有这样的人？！"

唐恩给自己总结了一下。现在这副躯体并不是自己的，它属于一个叫作"托尼·唐恩"的中世纪古代人，所以自己拥有一个熟悉英格兰生活的身体本能。同时他唐恩的心在这副躯体中跳动着，所以他又拥有了和这身体本能完全不同的性格。

现在想起来，他还要感谢昨天那次出丑的经历呢。让所有人都知道他脑部受到了撞击，就不用担心会有人怀疑托尼·唐恩为何性格大变了。

走累的唐恩坐在街边的长椅上休息，然后开始认真考虑他要如何做一个成功的教练，不辜负老主席对自己的信任。

他埋着头想了半天，毫无头绪。他不知道如何训练球队，他也不知道如何让球队取胜。以前玩的足球经理游戏，在此刻完全派不上用场。对于森林队每个球员他也并不熟悉，最起码现在的他并不熟悉。他不能像看电视转播比赛那样指手画脚地说："主教练应该派这个人上，让那个人打左边，让那个人积极助攻……"面对一支完全陌生的球队，唐恩就算看的球再多也无从下手。

更糟糕的是，现在他没有太多时间来进行准备了。今天球队放假一天，明天就要重新集结，然后准备 4 号的足总杯第三轮比赛，他们的对手是来自超级联赛的西汉姆（West Ham）联队。

如今的森林队在联赛中经历了三连败，刚刚更换的新任主教练就在电视转播中出了一个天大的丑，士气极其低落。虽然西汉姆联队在超级联赛中的日子也不好过，但怎么也比森林队强啊。

唐恩苦笑道："真是屋漏偏逢连阴雨……如果这也是命运的安排，那我只能说：你他妈真是狗屎！"

烦恼的唐恩抬起头，他看到街对面拐角有一家规模不小的酒吧。看着上面的 Pub 字样，他决定去里面喝一杯，暂时把烦恼都抛在一边。

"穿越到英国也不是一无是处，最起码遍地开花的酒吧就是好东西。"唐恩自言自语地穿过马路，推开了那道红棕色的沉重大门。

"对不起，现在还不到开业时间，我忘了把牌子挂在门口……"听到门响，正在吧台后面擦杯子的一位中年男子抬头说道，但是当他看清楚进来的人是谁的时候，却愣住了。

唐恩也愣住了，因为他认出来眼前这个叼着烟卷的男人就是昨天晚上请他喝酒的那个人——肯尼·伯恩斯。昨天的他肝火旺盛，把人家的酒吧打得一团糟，没想到竟然又走到这里来了！

唐恩接下来的反应是倒退出去，抬头看看酒吧的招牌，然后走进来环顾一番。"我这一路是他妈怎么走的啊？"他情不自禁地骂了一句。

伯恩斯饶有兴趣地看着他："看来昨天那次冲撞让我们的托尼·唐恩性格大变啊。"

这是一个不错的台阶，唐恩顺势就下："我知道，以前的他……呃，我从不说脏话，文静得就像一个女人。还没有开门吗？那我换一家……"他转身要走，伯恩斯爽朗的笑声在身后响起。

"不用白费功夫了，中午十一点半之前，是不会有酒吧开业的。"

唐恩不好意思地转过身来："我……我很少来，所以不知道。"

"不是很少来，今天才是你第二次来酒吧。我说过，你以前过得就像一个最纯正的清教徒。不介意我这么说你吧？"

唐恩摇摇头，他是无神论者，他不信教，他不在乎别人把他划分到何种宗教阵营里面。

伯恩斯从吧台后面走了出来，然后对门口的唐恩招招手："既然来了就别走，反正我现在一个人也很无聊，陪我聊聊天怎么样？当然，我请你喝酒。"

现在的唐恩也正想找个人聊聊呢，他眨巴眨巴眼睛："最纯正的苏格兰威士忌？"

伯恩斯哈哈大笑："没错，来自我家乡的，最正宗的苏格兰威士忌！不过你可千万别把酒杯按在我脸上。"

"啊！那件事……我要郑重向您道歉。"

"没什么，酒吧里面打架是常事。大家喝多了就会比较亢奋，尤其在有球赛的时候……"伯恩斯点头表示理解。

第三章

托尼·唐恩的过去

因为没有正式营业，酒吧里面并没有开灯。窗户外面的卷帘半掩着，光线从那里斜射进来，给昏暗的室内带来了一些光明，室内的微尘在光线下翻腾着，仿佛舞台上做特效用的水汽。这样的环境并不适合看书读报，实际上酒吧中间的两人也不需要读书看报。一个在吧台内，一个则坐在吧台外面的高脚凳子上。在他们面前，摆着两只厚重的玻璃杯，里面盛着金黄色的酒液。

这种安静昏暗的环境却正适合聊天。

"托尼，你知道吗？昨天晚上你的表现真让我大开眼界，也大为吃惊。"伯恩斯给空了的酒杯续酒。

"哦？"连着灌下五杯烈性威士忌，就算唐恩这样的酒鬼，也有些微醉了。

"你在这里七年了，我看着你来的，那时候你还很年轻。从来没见你和什么人起冲突，你脾气不错，尽管有些孤僻，但总是微笑着面对别人。昨天那群老家伙都是喝醉了，如果他们清醒的话，看到你也绝对不会做出那种过分的事情来的。但是没想到你的反应那么强烈……身手矫健得不像足球教练。"

唐恩苦笑了一下，没想到以前的自己在别人眼中还是一个好人。"也许你说得不错……可我记不大起来了……"唐恩装模作样地摸摸后脑勺，表情痛苦，"我……忘记了很多事情。"他发现自己真有表演天赋。"我不记得我是如何训练球队的了，对森林队也觉得很陌生。后天就是比赛了，我却不知道应该怎么带领他们……"

唐恩痛苦地把头埋在双臂间。他发现自己已经入戏了，不仅仅入了当前这一场戏，还入了森林队代理主教练托尼·唐恩这出戏。

　　看到唐恩趴在台子上的痛苦样，伯恩斯也觉得事情比他想象的严重。"这么说……你等于忘记了一切作为教练的能力？"

　　"可以这么说……"唐恩低着头说。

　　"那可真糟糕。多格蒂那个老家伙知道你的情况吗？"

　　"我没告诉他。"唐恩摇摇头。

　　伯恩斯把手指在吧台上轻轻敲击着，似乎在思索着对策。

　　唐恩则抬起头看着他："肯尼，你能给我讲讲我以前是怎么做教练的吗？"

　　伯恩斯拍拍手："这是一个好办法，也许你能通过以前的自己想起一些事情。嗯，让我想想，你是七年前来到森林队的……"

　　对于一个球迷来说，他们总是习惯用足球来衡量时间，用足球在这道光尺上刻下独特的印记。日后他们回忆起某某年的时候，不会说当时自己在干什么，因为也许他们根本就不记得自己在做什么了。但是他们会很清楚地告诉你在某某年世界足坛发生了什么，举行了什么重要赛事，哪些球员横空出世，哪些球员黯然离去，哪些球员功成名就，还会顺便附送你一些趣闻八卦。

　　唐恩也是如此。2003年的他还未满二十三岁，刚刚从大学毕业。从这里上溯七年，1996年的他还是一个初中生。他不记得那一年自己做了些什么，但是直到现在他都记得那年的夏天。因为第九届欧洲杯就在1996年的夏天轰轰烈烈地进行着，这次的主办地正是英格兰。他偷偷熬夜看球，第二天用零花钱买体育报纸，反复翻看有关昨天比赛的报道和各种消息。

　　在那个网络还不普及，中国电视直播起步不久的年代，他了解讯息的渠道非常贫乏，这却不能阻止他从那个时候起开始彻底热爱上足球。他认识了加斯科因，尽管他早就成名了。他还认识了比埃尔霍夫，尽管他已经二十八岁了还被人称为"新秀"。齐达内在那一年走进大家的视线，后来他成为了欧洲足球世纪最佳……他还认识了很多很多人，那些人在以后陪他走过了十年时光，陪他从初中到高中，再到大学，到走上社会。他们中有些人退役了，有些人还在奋斗。当年的新秀已经垂垂老矣，当年的巨星已经远离他的视线，当年的默默无名之辈都成了如今的当家花旦。他们承载了唐恩全部的青春时光，他们就像唐恩的朋友一样，每个周末都准时出现陪伴他。

他不知道应该如何形容那种感情。这个在人前总是很不讨喜，又臭又硬的人，却可以因为一个球星的退役而流泪——当然，在流泪的时候他不会让别人看到的。

所以，2003年的七年前，他第一次收看到世界性的大型足球赛事，第一次被足球的魅力所吸引，从而成了它的信徒，这也是唯一陪伴着他的兴趣爱好了。

在地球的另一端，一个名字发音和他相同的年轻人却迎来了人生中的一个转折点。来自伊斯特伍德小镇的年轻人托尼·唐恩走出了自己的家乡。他和另一个唐恩一样热爱足球，但是遭遇家庭变故的他性格发生了巨大的改变，他不想再留在那个让自己伤心的家乡，决定出来闯荡一番。

沉默寡言的托尼能做什么呢？他走到哪儿似乎就能带起一阵阴风，他并不被人喜欢。何况他什么也不会，除了对足球的热情。最终上帝给了他一个机会。

1996年夏天的英格兰融化在了足球热潮中，这个一度被封锁的国度终于度过了最艰难黑暗的时光，重新走向世界，被世人瞩目。位于英格兰中部的诺丁汉同样如此，森林队在经历了'92—'93赛季从英格兰超级联赛降级的痛苦之后，次年重返英超，随后他们拥有一个梦幻般的赛季，在'94—'95赛季，他们令人振奋地获得了联赛第三，取得了参加欧洲联盟杯的资格，时隔十一年后，森林队重返欧洲赛场。

还在重温昔日欧洲赛场荣耀的森林队却面临着所有中小球会都会遇到的问题。在大球会的金钱诱惑下，他们将球队的当家球星斯坦·科利莫尔（Stan Collymore）以八百五十万英镑的价格卖给了豪门利物浦，同时从意大利都灵队引进了新国脚安德烈·西伦济，这笔交易花了俱乐部一百八十万英镑。这位高大的意大利人在都灵队一个赛季打进十七球，还成了国脚。但是没想到他后来成为了森林队这个赛季最大的笑话。

托尼·唐恩就是在这个时候来到森林队的，俱乐部对他们的青训营做出了新的人事安排，需要招聘一些工作人员。热爱足球的托尼就这样走进了森林队训练基地的大门。他最初的工作是球场清洁工。但是托尼知道自己真正的岗位在哪儿，在平时他就很留心教练们的工作，他在场边仔细倾听他们和球员谈些什么，如何做，然后自己开始思考、学习。这一年他仅仅二十七岁。

森林队在这年夏天的所有努力最后都化为乌有。十一年后，他们已经跟不上欧洲赛场的节奏了，他们虽然闯入了联盟杯八强，却被强大的拜仁慕尼黑以7：2的总比分羞辱，淘汰出局。同时因为两线作战，他们在国内联赛的成绩也不尽如人意，赛季结束之后他们仅名列第九。

失望的董事会炒掉了带领球队重返英超的富兰克·克拉克教练，球队的队长，已经三十四岁的左后卫斯图亚特·皮尔斯（Stuart Pearce）成为了球队的代理教练。也是在这一年，托尼碰到了他生命最重要的一个人，保罗·哈特。森林队将他从利兹联青年队挖来，就任森林青年队的主教练。他就是在唐恩梦中反复出现了好几次的人。

保罗·哈特是很有名望的青年队教练，他在利兹俱乐部工作的时候，为球队培养了一批至宝：乔纳森·伍德盖特（Jonathan Woodgate）、阿兰·史密斯（Alan Smith）、保罗·罗宾逊（Paul Robinson）、哈里·科威尔（Harry Kewell）……看看这些现在星光闪耀的名字，这都是保罗·哈特教练的杰作。

哈特的到来改变了托尼的人生轨迹。新到球队的哈特缺少一个信得过的助手，这个时候他看上了好学上进的托尼·唐恩，于是向俱乐部建议给唐恩一个新合同，从此托尼成为了哈特的助理教练，森林青年队四个助理教练之一。他也正式踏上了教练之途。

哈特很器重认真好学、从不废话喋喋不休的托尼，无论什么场合都带着他，托尼从这位成功的青年队教练身上学到了很多东西。

森林队的青训水平在英格兰一直处于前列，保罗·哈特的到来则让森林队青训水平更上一层楼。他为森林队带出了一支优秀的青年军，而在这支球队里面最出色的是一个名叫杰梅恩·耶纳斯（Jermaine

Jenas）的小伙子。

球队在这个赛季的前半段表现出色，皮尔斯体现了他作为一个教练的才能。但是球队董事会再次犯下愚蠢错误，他们没有扶正皮尔斯，而是请来了巴塞特和他共同执教。权力分割导致球队战斗力受损，球队在这个赛季终于不可避免地降到了甲级。

降级后的森林队被现在的俱乐部主席尼格尔·多格蒂接手，他选择相信巴塞特，巴塞特也不负众望，降级一年后森林队再次升级成功。但是美梦只做了一年，1999—2000赛季，森林队再次降级，巴塞特被解职。多格蒂找到了大卫·普拉特担任球队主教练。但是球队从此一蹶不振，始终无法重返英超联赛，反而在年复一年的甲级联赛征战中消耗掉了曾经的豪情与锐气。

2001年夏天，英格兰足总任命普拉特为英格兰青年队的主教练，普拉特将自己在森林队主教练的位置让给了保罗·哈特。而保罗·哈特则把自己在青年队主教练的位置留给了托尼·唐恩——是哈特向多格蒂推荐的，他认为托尼·唐恩有成为一名成功教练的才华。

而哈特非常器重的耶纳斯也跟着他一起升入一线队，为森林队征战英甲。

托尼·唐恩这人确实有些水平，尽管他后来在青年队的成就是建立在保罗·哈特留下的基础上的。在他担任青年队主教练的时候，有几名球员开始在青年队冒头，他们很快成为了青年队中引人注目的焦点。比如左边前卫安迪·里德（Andy Reid），以及青年队的队长中后卫迈克尔·道森（Michael Dawson）。

托尼·唐恩希望自己能够成为保罗·哈特那样成功的青年队教练，他喜欢在一大群小孩子中发现一两个瑰宝的那种乐趣，看到稚嫩的小草在自己手下成长为参天大树的成就感，丝毫不亚于带领球队获得欧洲冠军杯。

然而他平静的生活在三天前被改变了。

保罗·哈特不是一个没有水平的教练，2001年夏天，球队让他当主教练，就是希望能够成功升上超级，为此多格蒂投入了大把大把的资金，还从银行借贷，用于球队建设。从媒体到球迷，都对这支球队的前途充满了信心。用《诺丁汉晚邮报》的话来说，"这是一支不应该待在甲级联赛中的英超球队"，他们实力超群，他们目标远大……这一切却因为一次足球场外的灾难发生了根本性的变化。

此前为了对抗转播英超联赛的天空电视台，英格兰独立电视数码台（ITV）花天价购入了英超以外所有英格兰联赛的转播权。但是甲级联赛的吸引力比不过超级联赛，电视台花了大价钱却没有收到相应的回报，公司财务负担加剧，终于不堪重负，宣布破产。

城门失火，殃及池鱼。无数低级联赛的球队老板和教练们发现他们一夜之间无钱可用，负债累累。原来花大价钱签入的球星这个时候成了球队最大的包袱。森林队在赛季初的投入最大，在这次经济危机中所受到的影响自然最大。一个失败的赛季之后，他们为了缓解经济危机，不得不抛售球队内的高薪球员。这其中就包括被称为英格兰青训水平代言人的杰梅恩·耶纳斯，他以五百万英镑转会纽卡斯尔，创下了英格兰足球历史上最昂贵的青年球员身价。

耶纳斯转会并非出于他和教练的意愿，而是为了缓解球队经济危机，迫不得已的行为。所以尽管有利物浦、阿森纳、曼联这样的球队对他开价，他最后仍然选择了去开价最高的纽卡斯尔。手下爱将被抛售也让保罗·哈特大受打击，他原来的雄心壮志随着耶纳斯的离去而消失殆尽。

球队内部具有实力的球员走得差不多，留下来的也都人心惶惶，不知道自己会不会成为下一个被抛售的对象。有能耐的人则开始忙着给自己找下家，心思全不在比赛上。这样一支球队的成绩可想而知。'02—'03赛季前半段，森林队排名中游，对于一支曾经拥有辉煌传统，以及前几年还在英超踢球的球队来说，这样的成绩并不能让球迷们满意。

终于在圣诞节后的第三天，背负着沉重压力的保罗·哈特主动向尼格尔·多格蒂主席请辞，两人交谈了很久，主席同意了哈特辞职的要求，作为对自己主动辞职的补偿，哈特为球队推荐托尼·唐恩出任一线队主教练，成为他的接替者。

多格蒂对于托尼并不陌生，印象也不错，毕竟在这支球队工作了七年，勤勤恳恳，兢兢业业。他这两年在青年队的执教成绩也有目共睹。于是，在 2002 年 12 月 29 日，森林队官方宣布他们的青年队主教练托尼·唐恩成为一线队代理主教练，直到赛季结束。

媒体和球迷对于托尼的第一场一线队比赛很是关注，但没想到唐恩却在赛场边上闹出了一个巨大的笑话，0:3 的比分更是成为了别人攻击他的把柄。

"……托尼，输球没什么，任何一个教练都会输球。"话题谈到了昨天结束的比赛，伯恩斯安慰道，"你在青年队一直干得不错，已经向别人证明了你的能力。"

唐恩也想到了昨天在场边发生的一幕，以及晚上他在这家酒吧遇到的那些人。他在电视上被人嘲笑，他在电视外还要被人嘲笑，最根本的原因并不是他被自己球员撞伤离场，而是因为他输了球。只要输了球就会被人骂，被人笑话，被人看不起，其他方面微不足道的错误都会因为比赛失利而被放大、放大、再放大。

"肯尼，我知道你是对的……但我就是……如此地痛恨失败！"唐恩一口气灌下杯中的酒，然后将玻璃杯重重放回桌面。他看上去已经喝醉了。

伯恩斯没有为唐恩继续倒酒："我也痛恨失败，踢球的没有人喜欢失败。但有些事情你必须经历，一线队和青年队有很大的不同，我想就算你这个赛季一无所获，也不会有人埋怨你什么的。我知道你缺乏准备，我们还有下个赛季呢……"

他的话被门响打断了，酒吧的大门被推开，几颗头探了进来。

"嘿，肯尼！你的酒吧还没有开门吗？"

伯恩斯这才低头看了一眼手表："哦，该死，已经十一点四十了。我得做生意了。"

"进来吧，伙计们！"他向门口的人招招手，然后转身去开灯。

大门敞开，七八个人相拥走了进来。刚才还很冷清昏暗的酒吧顿时变得热闹起来，人的生气甚至让室内都随之变得光明。他们一起聊着各种各样的话题，然后走向吧台要酒喝。

这个时候，蜷缩在吧台一角的唐恩才被人看到。有人很快认出了他。"哟哟！瞧瞧这是谁？昨天在球场被自己人撞翻的托尼·唐恩叔叔！哟哟！现在他却缩在森林酒吧里面喝得烂醉如泥！哟哟！难道这就是森林队下一场足总杯比赛的获胜秘籍吗？！"一个年轻小伙子手舞足蹈，动作和说话的腔调都好像在唱黑人饶舌歌。他的样子逗乐了周围的人。

唐恩听到背后的聒噪，他缓缓转过身，眯着眼睛打量着这个人，他对这年轻人没有任何印象，但是听他的话，昨天晚上他应该也在。

"你这个毛都没有长齐的小兔崽子……"唐恩挣扎着想要站起来。尽管他内心真实年龄也才二十六，不过这副躯体可是三十四岁了，所以他可以毫不客气地占对方便宜。

看到唐恩想要站起来，来者不善的样子，旁边还在哈哈大笑的人顿时警戒起来。他们昨天可是看着唐恩如何迅速地击倒了高大的迈克尔，带着血迹的迈克尔回家就被自己的老婆教训，现在连酒吧都不敢来了，只能在家哄老婆。只有没见识过唐恩厉害的小伙子不当回事，他摆出一副拳击手的架势，蹦蹦跳跳的，嘴里不停叫着："来吧，宝贝儿！别以为我怕你！"

"咚"的一声，这不是谁的鼻子被正面击中，而是沉重的啤酒杯砸在桌子上的声音。

"谁的爱尔兰黑啤？"伯恩斯把脸放在了两人中间问道。

那个年轻人马上收回自己的拳头，然后去拿酒："呃，我的……"

伯恩斯把酒杯在他手前晃了晃："别在我的地方闹事。"听到这句话，所有人都老实了下来。

唐恩一点都不喜欢这群人，看着他们充斥着酒吧，他也觉得自己应该走了。

伯恩斯亲自将他送出酒吧，然后拉住他，对他说："托尼，我想，如果你暂时不知道如何训练球队，以及指挥他们比赛的话……你可以把这些都交给你的助手。直到你认为自己情况好一点了为止。"

唐恩抬头看着他："谢谢你，肯尼。"

伯恩斯笑笑："不用客气。另外，迈克尔他们不是坏人。他们是最忠实的森林队球迷。只是这些年球队的表现实在太糟糕了，他们太心痛了而已。我希望你别放在心上，后天的比赛，你就会看到他们可爱的一面了。"

唐恩点点，没说什么。

"好好干吧。新年快乐，托尼。"

"你也是，新年快乐，肯尼……"唐恩向伯恩斯挥挥手，然后转身歪歪斜斜地拐过了街角。

伯恩斯看着他的背影，轻轻摇摇头，也转身走回了酒吧。

"我真不明白，肯尼你为什么对那个白痴那么好……"昨天晚上嘲笑唐恩吃奶的胖子看到伯恩斯走回来，忍不住抱怨道。

伯恩斯想到了唐恩趴在桌子上说自己痛恨失败时的表情，那确实是发自内心，没有丝毫掩饰的"痛恨"。他扭头看着那胖子说："约翰，你要是再废话，我就不让你来这里喝酒了。"

"哇，我再也不敢了！"

酒吧里面顿时响起了男人们的笑声。

就算隔着一道墙，唐恩还是可以听见从酒吧里面传出来的大笑。这个时候的他走路不是歪歪扭扭的，腰杆挺得笔直，看起来一点都不像是喝醉了酒的模样。

他站在路边，等着人行横道的绿灯亮起，同时在脑海中回忆刚才伯恩斯对自己的建议。

"让助理教练来做吗？这真是一个不错的主意。"

第四章

训练课

冬天诺丁汉的早晨，天亮得比较晚，但是路上的行人已经多了起来，大家都要忙着上班，那些留学的学生们也得出门去学校。这是一座既古老又年轻的城市，处处都充满了活力，并不像曼彻斯特和利物浦那样的老工业城市，暮气沉沉。

唐恩一边打着呵欠，一边行走在人行道上。年轻人成群结队从他身边跑过，与他的无精打采形成鲜明对比。

看着那些充满了青春活力的背影，唐恩只能在心里抱怨这身体前任留下来的可怕惯性。就仿佛那张死板的计划表，他今天早上六点半准时睁开了眼，然后就怎么也睡不着了。他知道那是托尼晨跑的时间，无奈自己就是不想大清早地去跑步，那样的日子自从他高考体育达标之后就再也没有干过了。

在床上看着天花板发呆到七点，然后起身随便弄了一些吃的，接着又发呆到七点四十，终于坐不住了，他决定去"上班"。

睡眠不足的直接后果就是他到现在不停地打呵欠，加之冬天的早晨下着淅沥的小雨，温度很低，将全身裹在黑色大衣中的他缩着脖子活像个瘾君子。

二十分钟的路程之后，当唐恩站在训练基地的大门口时，却有些吃惊。他看了看表，确认现在是八点过三分。"怎么这么安静？新年假还没有结束吗？"唐恩有些不解，训练基地的门口真正冷清到了"门可罗雀"的地步，他来的时候看到大门前面停了几只麻雀，听到他的脚步声才猛地飞起来。

比他更吃惊的是门卫伊恩·麦克唐纳："托尼，现在还不到训练开始的时间呢。"

"啊……哦。训练是几点钟开始？"唐恩知道自己又无知了。他现在只能把一切原因都推给后脑勺着地的事故了。

"上午九点。"麦克唐纳同情地看着唐恩说，当然他有十足的理由这么做。

但是唐恩不喜欢被人当精神病患者看，他瞪了对方一眼："很好，那我提前来训练基地没错吧？"

"呃，当然……"麦克唐纳打开了大门。

唐恩信步走了进去，这可是他第一次来到职业球队的训练基地啊，心情多少有些激动。但是一个声音在后面坏了他的好心情："托尼，你的办公室在前面左转，那个白色的平房第三间，有一扇巨大落地窗的……"

唐恩回头没好气地对热心的老门卫致谢："多谢，伊恩，但是我知道怎么走。"

没错，他知道。托尼·唐恩的记忆还残存在他脑海中，他对这里是如此熟悉，完全没有陌生感。

进入自己的办公室，打开日光灯，昏暗的房间中顿时被明亮的灯光占据，这种从黑暗到光明的急剧变化让唐恩不禁眯上了眼。

首先映入眼帘的是一条巨大的暗红色老板桌。桌子上面有一台电脑，一个笔架，一部电话，几本书，除此之外没有别的东西了。桌子后面则是一张宽大的转椅，这应该就是自己的位置了。只是桌子和椅子看上去都有些破旧了，很有历史感。

唐恩耸耸肩，英格兰足球都这样，强调他们的历史。

他走过去，一屁股坐在椅子上，然后前后左右转了转，看着这个被收拾得井井有条的办公室，以及背后那片空无一人的训练场，就一个感觉：爽！

哇哈哈！没想到老子也有当职业球队主教练的这一天！那些成天在茶馆酒吧里面嘲笑我的人，如果知道了唐恩坐在诺丁汉森林队主教练的位置上，真不知道他们会是什么表情……唐恩摸着下巴嘿嘿地笑着。

唐恩突然收敛起笑容，一本正经地对着大门的方向，用很低沉的声音说道："主席先生，我保证在赛季结束的时候给您带来一座闪闪发光的奖杯。是的，我保证……"

然后他起身，转向训练场，捏着下巴，紧皱眉头："唔唔，我觉得那个7号似乎不在状态，我们要不要把他扔到预备队去？"

紧接着，他突然提高了音量，挥舞着手臂："笨蛋！内切，不要一味下底！你中午没睡觉吗？内切射门，从敌人的肋部插入……狠狠地插进去！搅乱他们的防线，把他们精心组织的防守撕成碎片，出乎意料地快速地解决战斗！白痴！"

吼完他放下双臂，觉得索然无味。自己虽然名为主教练，但实为菜鸟。他连自己的球队都不了解，这是他第一天训练，他内心惶恐，忐忑不安。不知道自己的球员们会如何看待自己这个刚刚出了洋相的主教练。他们会嘲笑自己吗？会瞧不起自己吗？会在内心鄙视自己吗？

唐恩就仿佛一个等待领导面试的应届毕业生，这关系着他能否顺利找到工作，这是终身大事！

他重新坐下来，斜靠在椅背上，出神地看着训练场。他不知道自己能在这个位置上待多久，也许一个星期，也许两个星期？或者待到赛季末？那是很好的结局了。一个毫无经验、一无所知的菜鸟主教练，面临着巨大的挑战，他能成功吗？

一阵敲门声惊醒了唐恩，他转过身，不知道这个时候会有谁来找他。他整整仪容，摆出自认为最合适的表情，然后清清嗓子："请进。"

门被推开，呼啦啦一下子拥进来十几个人。本来还算宽敞的办公室立马变得拥挤起来。

"你们这是……"唐恩摸不着头脑，不明白这是怎么一回事。

那天在赛场旁边拉着唐恩劝他回来指挥比赛的年轻人站了出来："托尼，多格蒂主席认为有必要重新向你介绍一下你的同事们。"

唐恩想到了昨天在训练基地大门口，那个老头子轻轻拍着肩膀对他说"我不会给你压力的，托尼"的情形。这老头子想得挺周全，但是这场面……是不是有点太正式了？

"呃，我谢谢主席先生的好意。但实际上我并不需要……"唐恩说这话的时候在观察人群的反应，他发现有些人露出了嘲笑的表情，虽然一闪即逝但还是被他捕捉在了眼里，"你们回去工作吧，训练快开始了。"他指指手表。

人群犹豫了一下，散去了。但那个年轻人被留了下来。

看到最后一个人走出办公室，唐恩将门关上，然后对那个年轻人说："德斯，我知道你为了我好。但是你这样做会让我很为难。"

德斯·沃克有些奇怪："为什么？"

"我是球队的教练，是经理。在他们，以及球员面前，我得保留我的权威和尊严。说实话，我现在很讨厌人们拿看神经病的眼神看我，同情、嘲讽……都有。这样下去，我怎么带领球队？球员们不会听一个什么事都要别人当面提醒的主教练的话。"

德斯·沃克不是傻瓜，他明白了唐恩的意思："对不起，托尼，我没有想那么多……"

"我说了我不怪你。我现在能够相信的人只有你一个，他们……"唐恩看向门口，"他们心里都在等着看我的笑话呢。你要帮我。"

德斯·沃克上个赛季结束的时候宣布退役，如今三十七岁的他就成了一线队的助理教练，这全都是因为托尼·唐恩的恩师保罗·哈特的提拔和栽培——是哈特建议他退役之后成为一名助理教练的。沃克是很重感情的人，对他有知遇之恩的哈特辞职了，哈特最推崇的唐恩成了主教练，他希望唐恩能够取得成功，那样就能证明哈特的眼光没错。而且帮唐恩就是帮自己，他刚刚退役，在教练界毫无名气，毫无经验，跟着唐恩是积累经验的好途径。这年头，退役之后能找到一份说得过去的工作不容易。

沃克点点头："没问题，你需要什么帮助？"

唐恩指指自己的头："我这里还有些不太灵，有时候会突然短路，你在我身边，及时提醒我，但是稍微讲究一下方法。"

沃克表示自己知道了，接着他又问道："那么今天的训练计划……"

"你安排。"

听到这个回答，沃克有些错愕，不过他很快反应过来："那就按照平时的计划来吧。"

"唔唔，就是这样。"唐恩嘿嘿笑了起来，"我们会配合得很默契的。"

沃克耸耸肩："我总有种在欺骗别人的感觉。"

"啊，不要把那种感觉放在心上。欺骗有时候也是好事，比如当你为了一个好的目的而去欺骗别人的时候。那不叫'欺骗'，那叫'善意的谎言'。训练的时候，我就在场边看着，除非特别必要，我不会说什么，一切由你来做。你去准备吧，快九点了，他们要来了。"

沃克看到唐恩非常准确地说出了训练开始的时间，相信他是真的恢复了一些。于是他点点头放心出去了。

看到沃克将办公室的门轻轻带上，唐恩这才长出一口气。欺骗确实不好，被别人揭穿还算好的，他担心哪天昏头了自己供出来，那可就糟了。

大家印象中的托尼·唐恩是以前那个古板的中世纪人，他不希望为了迎合别人的印象就去改变自己。他唐恩就是一个脾气有点暴躁，性格有点固执，没什么教养的土包子。他希望通过自己的努力，告诉他们，这才是真正的唐恩，至于以前的托尼·唐恩……唔，就让他随着那场边一撞消失吧。我可没有那份闲情逸致关心他去了哪儿，也不会因此而内疚什么，要知道老子也损失了很多东西呢！这该死的老天！

他目光瞟向外面，发现雨竟然停了。刚才还空无一人的训练场上已经有草皮维护人员在检查今天草皮的情况了。

新一天的训练开始了。

球员们在训练场上按照平日的计划表进行着训练，但是他们的心思却都在场边的主教练托尼·唐恩身上。总会有人在训练的时候不停向这边瞟。

不光是球员们这么反常，就算是在场上场边忙碌的教练们也都没法抑制住自己的好奇心。

他们的主教练唐恩现在的造型，任谁看了都会觉得奇怪的，并且再多看几眼的。

唐恩戴着一副墨镜，加之一身黑衣黑裤黑皮鞋，从头黑到脚。站在场边，脸上不苟言笑，显得格外阴沉。再衬托着阴霾的天空，每个人从他旁边经过仿佛都能感受到一阵阴风。

就连沃克都没有想到唐恩会用这种造型出现在训练场边。以前的唐恩可是一身干练运动服，脖子上挂一个哨子，穿着运动鞋和球员们一起跑圈的教练啊。现在这么一整，倒更像俱乐部主席了。指望他下来示范动作什么的，别想了。

其实这正是唐恩希望达到的效果。他担心的就是教练组会有人让他下场示范动作之类身体力行的事情，他压根儿不会。看球看了那么多年，踢球那叫一个臭。干脆打扮成这个样子，明确告诉某些别有用心的人——老子今天不下场。另外戴着墨镜也能让别人看不到他的眼睛，自然也就不知道他心里在想什么了。

沃克很照顾他，在训练的时候嗓门比平时大了很多，而且尽量喊出球员的名字来。相比他，另外一个助理教练伊安·鲍耶（Ian Bowyer）可就没那么积极了。刚才在唐恩办公室里面露出嘲笑表情的人中就有他一个。据沃克说鲍耶是球队的元老了，在球队效力多年，然后退役，接着成为一名教练。资历很老。

沃克这么一说，唐恩就明白过来了。肯定是这次保罗·哈特被解职，鲍耶那老头子以为俱乐部会让他当主教练，没想到保罗·哈特推荐了亲信唐恩，让这老头嫉妒了。

人之常情，对此唐恩表示理解。但是不代表自己就要服软，唐恩可从来没在谁面前认输过。

鲍耶不爽，自己还不爽呢。

要是两天前，有人要让自己退位的话，他会很高兴得到解脱。但现在情况不同了，既然自己来到了这里，成了一个球队的代理主教练，那么总要干出点什么，留下点什么吧。这既是挑战，也是机会。反正他以前看球也没少在心里 YY 如果是自己做主教练会做出什么安排，足球经理游戏也玩了不少。

现在他站在场边，表面上看活像一根木桩子，实际上他在努力地将沃克喊出来的名字和场上球员对上号。

那个一头小辫，发型很像里杰卡尔德（Rijkaard）的黑人就是那天在场边撞伤自己的前锋大卫·约翰森。看他在训练场上的表现……速度挺快的，爆发力不错。目前只能得出这样直观的印象，具体的需要深入观察，通过比赛吧……

刚刚踢了一脚漂亮传中的小个子球员就是安迪·里德（Andy Reid），是唐恩自己培养出来的优秀青年球员，新年前刚刚随着他一起升到了一线队。唐恩对这小子多看了几眼，以他的记忆，印象中这个人后来出现在了托特纳姆热刺队（Tottenham Hotspur）。没想到竟然是从森林队转会过去的，从这次转会中就可以看出来他的能力了，没有实力的球员会被英超老牌球队看上吗？

既然提到了里德，那么另外一个人不能不提，唐恩把视线转向后场。正在做头球练习的一群人中，有个高个子一下就吸引住了唐恩的目光。很精神的金色短发，稚气未脱的脸，眉清目秀，表现得却很有大将风范。就连教练组的防守训练都以他为核心安排。这就是被称为诺丁汉未来希望的中后卫迈克尔·道森（Michael Dawson），和安迪·里德一起从青年队跟随他们的恩师来到一线队。前天的那场比赛是他的英甲处子战，可惜球队大败，他的表现也不怎么样。但这没有影响到他的情绪，他的脸上还是洋溢着乐观的笑容。

道森是和里德一起升上诺丁汉一线队的，两年之后，也是和里德一起离开诺丁汉，转投托特纳姆热刺的。唐恩看了几场后来他在托特纳姆热刺的比赛，小伙子表现得不错，和莱德利·金在后防线上配合默契，小小年纪就敢指挥整条后防线了。他也一直是英格兰青年队的主力后卫，后来更是有进入国家队的可能，不过那都是2007年的事了。如今的道森只是一个青涩的小伙子，对未来充满了希望和憧憬。

一想到这个人竟然会是自己培养出来的，唐恩心中就升起一股成就感——他才不管是哪个"唐恩"的功劳呢，现在都归他了。

他仔细观察球队训练，不仅要记住这些球员的名字和相貌，以及各自的技术特点，还要记住球队训练的方法和风格。他不能过多地询问别人，否则就会暴露他其实是一个菜鸟的事实，更惨的是他可能会被当作失忆症患者而被送到医院去……

根据他观察的结果，诺丁汉森林队的实力绝对不能说弱，很多球员都有非常突出的特点，这样一支球队放在英格兰第二级别联赛里面是有实力冲上超级的。但是联赛进行了一半，诺丁汉森林队却排在第十名，位列中游。对于赛季前有希望争夺甲级联赛冠军的球队来说，这成绩自然算是糟糕了。更糟糕的还有俱乐部的经济情况，在把耶纳斯卖给纽卡斯尔之后，转会费大部分收入都用来还债，留给当时的主教练保罗·哈特的转会费寥寥无几，而哈特自己也已经没有信心带领这支球队完成主席的目标了。球队在本赛季上半程二十七轮联赛里面，十胜八平九负。

虽然没有看过保罗·哈特带队打比赛，但是唐恩相信这个人的能力，能够带出那么多优秀球员的教练不应该受到怀疑。就算卖走了一些人，比如耶纳斯那样的明星，球队的实力也不应该下降到如此地步。球队球员实力不成问题，那么如今这个成绩究竟是哪儿出了问题呢？

唐恩注意到球员们还在看他，虽然沃克才是带领他们训练的教练，但是大家的注意力似乎都放在自己这个场外人身上。他从那些眼神中看到了这两天熟悉得不能再熟悉的东西，他不喜欢这种被人当怪物看的感觉。

于是他的声音在训练场上突然响起。

"喂！你们在参观动物园吗？！眼睛朝哪儿看？把注意力放在训练上！看我做什么！"

他这下真成了动物园中的动物了，大家全都把目光投向了生气的主教练。原本以为是木桩子的教练突然大吼大叫起来，是人都会吃惊。但是让他们更吃惊的是，性格内敛，从来都不大声嚷嚷，说话总是井井有条的托尼·唐恩竟然会说出这样感情强烈的话来。

也许，他们的托尼·唐恩教练和以前有了很大不一样呢。

因为明天就是比赛日，所以这天的训练强度不大，一天两练这种强度的训练只在周内进行，而且还要是在非一周双赛的情况下。上午的训练结束之后，沃克就让球员们回家了。工作人员和球员们一样在训练结束之后陆陆续续地离开，德斯·沃克则跟着唐恩回到了他的办公室。

"看了上午的训练，有什么想法？"没等唐恩示意，沃克进门就坐在了一张椅子上，随口问道。他发现这个唐恩似乎要比以前的唐恩更好相处，因为他不再沉默寡言，会笑会大吼，这种感觉很不错。

唐恩当然不能把自己内心的诸多疑惑如实说出来。因为他的身份不是第一次观看球队训练、之前对森林队一无所知的外来户，而是真真正正从球队内部走出来的教练，他对这里的一切都应该了如指掌。就算脑部受到了撞击，也不应该忘得这么干净。"除了精力不集中之外，还不错。"

沃克这才注意到唐恩手上没有平时他随身携带的笔记本。"你没记些什么吗？你那个笔记本呢？"他指指唐恩的双手问。

而唐恩则指着自己的脑袋回答："我记在了这里。"关于这一点他没说谎，唐恩从小记忆力就很好，因此尽管他一直不讨老师喜欢，成绩却很不错。

沃克摇摇头笑道："看来变化真大，我都要怀疑现在站在我面前的人是不是托尼·唐恩了。"

唐恩觉得这是一个让别人逐步接受他的机会，但是他不能很直白地表现出来，而需要委婉一些。他故作惊讶地说道："啊？有些事情我也没办法解释清楚，但它就是发生了。这样不好吗？那我改回去好了……"

"不不。"沃克连忙打断了他的话，"这样很好，这样很好，最好不过了。现在的你可比以前的你好相处多了。"

唐恩在心里偷笑，这就是他要的结果。他需要有人把全新的他介绍给其他人，没人比在球队效力了十几年的德斯·沃克更合适的了。

送走了沃克，唐恩开始在办公室里面翻箱倒柜。沃克提到了"笔记本"，他决定找出来看看，也许能够帮助到他。

在办公桌的第三层抽屉里，他终于找到了那本有些破旧的笔记本。只比战术板小一点，但是很厚，黑色的皮质外套边缘已经被磨破了，页边泛黄发毛，封皮上面的烫金字"Notebook"也因为摩擦过多而斑驳不堪，真有些年头了。

唐恩小心翼翼地翻开这本厚厚的笔记本，生怕会有脱页从里面掉出来，或者这本看上去就像古董的笔记本会从中断裂。

"还真是中世纪的人。"唐恩略带嘲讽地啧啧道。如今都电脑网络时代了，还有人拿着纸质的笔记本记录东西，抱一台笔记本电脑不就行了？又方便又潇洒，还可以用来把妹。想想吧，去星巴克这样的地方，点上一杯咖啡，独自一人坐在靠窗的位置，将笔记本打开，无视周围喧嚣的环境，手指在键盘上灵活地跳跃，咖啡散发着缕缕浓稠的芬芳……

唐恩摇摇头，打断了这种不知所谓的幻想。他从来没去过星巴克，像他这样在温饱线上挣扎的打工族是没有经济实力，也没有那份闲心去咖啡馆的，要去也是那种能够看球的酒吧或者成都遍地开花的茶馆。

翻开封皮，扉页上有一句字迹工整的话，尽管墨水的颜色已经变淡，这句话依然清晰可辨：

足球无关生死，足球高于生死。

看到这句话，唐恩脸上不屑的笑容慢慢消失了。

作为一个球迷，他当然知道这是什么话，也知道这句话的分量。也只有球迷才能体会到这句话的含义。足球已经不再仅仅是一项体育运动，或者街头玩耍的游戏，而是一种宗教、信仰，它融化于球迷的生命、生活、血脉中……

以前的托尼竟然会把这句话写在扉页，足见他对这句话的推崇，将之说成是他的足球座右铭也不会过分。真没想到那个外表木讷、沉默寡言的"中世纪古人"，竟然也会喜欢这种感情强烈甚至有些不够理智的名言。

也许真正的他并非人们印象中的那样阴沉，也许他的内心深处也有一团永不熄灭的火焰呢。

他大致翻了一下笔记本，和家中冰箱门上那张死板固执的时间表比起来，这本子中的内容凌乱了许多。如果没有标注时间的话，根本不知道它们的先后顺序，有些甚至直接写在了页边空白处，字迹大多潦草凌乱，可以看得出来有些东西一定是随时想起就随时记上的，所以才会不分地方，见缝插针。

第一条是在 1998 年 3 月 21 日写下的，最后一条的时间停在了 2002 年 12 月 31 日。再翻一页，这本厚厚的笔记本就到了尽头。2002 年 12 月 31 日的地方写了很多东西，全都是关于后面一个对手沃尔萨尔的信息，以及自己的对策。他演算了很多种可能以及对策，但就是没有算到自己会被另外一个唐恩附体。

唐恩叹了口气。他不打算在这笔记本上再记录任何东西了。一是因为地方不够，二是因为他不愿意破坏这个人的心血，不愿意在上面多添一笔。将笔记本拿在手中，唐恩感受到了它沉甸甸的分量。

第五章
这就是职业足球

这天晚上，唐恩又失眠了。自从他来到诺丁汉之后，连续三个晚上都陷入了失眠中，前两次是因为对未来的不可预知所产生的些许恐慌，而这次失眠却和那些无聊的事情毫无关系。当这个夜晚过去之后，他就要面临自己真正执教的第一场职业比赛了。

一个以前只能在电视前面兴奋地看别人踢球比赛的普通球迷，一个只能通过电脑游戏发泄自己心中对足球狂热感情的可怜宅男，一个毫无女人缘所以只能把全部精神寄托在足球上面的可悲处男，竟然也有机会站在职业足球的赛场上，指挥平时看起来很了不起、很牛的职业球员比赛。享受现场山呼海啸般的欢呼，赛后接受众多媒体的采访，不管说什么，都会在公众中形成影响力……

这样的事情在唐恩看来就好像在做梦，这不是 FM，或者 CM，这是真真正正发生在他身上的奇迹！一想到明天的比赛，他就紧张兴奋得睡不着觉。他就那样瞪大了眼睛，死死盯住天花板，然后幻想明天他要怎么表现自己。

他不知道自己是几点钟睡着的，但是他知道自己睡眠不够充足，从他起床之后就一直在打呵欠，穿衣服打，洗漱打，吃早饭也打，走路去训练基地的路上还在打。

维尔福德训练基地的门卫伊恩·麦克唐纳已经是第三次为在大清早看到球队主教练而吃惊了："托尼……"他张了张嘴，唐恩打断了他。

"我知道，比赛要下午才进行，上午不会训练。我只是想从现在开始我的工作，不行吗——呵——！"唐恩又打了一个呵欠。

"呃，当然可以。"麦克唐纳出来拉开了铁质大门。

当唐恩从他身边经过的时候，听到他说："祝你好运，托尼。"于是他停下脚步，回头看着麦克唐纳。

这个满头白发的老头子有一个稳定的收入来源——退休后政府提供的福利，但他依然来这里工作，坚持拿象征性的一百英镑月薪。在俱乐部陷入经济危机之后，他甚至连那一百英镑都不再拿了。做这些只是因为他热爱俱乐部，热爱球队，所以把在俱乐部工作视为荣耀。他对每个人都彬彬有礼，总是怀着敬意看每天从这里进进出出的球员和教练们，以及偶尔会出现的主席先生。就算球队成绩糟糕，也没有谁听见过他的抱怨和叹气。

麦克唐纳被唐恩现在的眼神吓住了。以前的托尼·唐恩虽然沉默寡言，但是对所有人都很温和，他总是先礼貌地注视你的脸部一下，然后就微微低头问好，接着转身离去。哪会像现在这样……用非常炙热，让人觉得有些不安的眼神盯着你看呢？

麦克唐纳不知道，在中国的时候，唐恩就是因为总用这种"很不礼貌"的眼神看别人，而遭人鄙视。但唐恩从来没想过要改改自己的德行。

就在麦克唐纳被唐恩注视得有些局促不安的时候，唐恩突然咧嘴一笑："伊恩，你喜欢胜利吗？"

麦克唐纳愣了一下，随后反应过来，他点头道："当然，没有人会喜欢输球吧？"

唐恩笑容更灿烂了，他的嘴角似乎都要咧到了耳根。他说："我也是。比赛的时候你会在哪儿看？"

麦克唐纳指指身后的门卫室："我在这儿听收音机，和在城市体育场一样。"

唐恩点点头："我希望你能够在收音机里不断听到我们进球的消息。再见，也祝你好运，伊恩。"

"再见……"看着唐恩转身离去的背影，麦克唐纳愣在原地。他还没有从刚才的对话中回过神来，他从来没见过托尼·唐恩如此健谈，如此充满了活力，脸上露出这么明显的笑容。

这儿被撞了真的可能导致人性格大变吗？疑惑的他伸手摸摸自己的后脑勺。

尽管上一场联赛刚刚经历了三球败北的惨剧，但是森林队的球迷们还是对这场足总杯表现了极大的热情。比赛要等到下午三点钟以后才能开始，吃完午饭后，人们就已经开始从四面八方向特伦特河畔的城市体育场集结了。在城市体育场的对面，也有一座球场和他们隔河相望，那是森林队同城死敌诺兹郡队的主场麦德巷球场（Meadow Lane），两座球场相距仅仅三百码，这恐怕是世界上距离最近的两座同城死敌球场了。

和英格兰大多数城市一样，诺丁汉有两支职业球队。而且这两支球队在历史上还算是颇有名气。森林队（1865 年成立）和他们在诺丁汉的死对头诺兹郡队（Notts County Football Club，1862 年成立）是这个世界上公认历史最古老的四支球队之一，另外两支是斯托克城队（1863 年成立）和切斯特菲尔德队（1866 年成立）。

顺带一提，当今足坛赫赫有名的尤文图斯和阿森纳的球衣就分别源自诺丁汉的这两支球队。尤文图斯的黑白剑条衫是因为诺兹郡将自己球队的球衣赠送给了这支意大利球队。而阿森纳干脆从成立的那一天起就和诺丁汉森林息息相关——他们的俱乐部创始人就是两个来自森林队的球员：弗莱迪·比尔兹利和莫里斯·贝茨。在球队正式比赛前，比尔兹利利用自己的关系，向诺丁汉森林要来了一批球衣，于是阿森纳的球衣主色为红，和诺丁汉森林一样。直到 1925 年他们才改成现在的红衣白袖经典款式。

在英格兰足球的早期历史，诺丁汉的这两支球队是非常成功的，他们都曾经获得过足总杯的冠军。但是在后来的发展中，两队的轨迹逐渐发生了偏转，扎根于矿工阶层的诺兹郡因为缺乏大量经济支援，成绩始终低迷。而作为城市中产阶级代表的诺丁汉森林队却在 70 年代末期迎来了他们俱乐部最辉煌的一页。

在传奇教练布莱恩·克劳夫（Brian Clough）的带领下，球队经历了火箭式的飞跃。

凯泽斯劳滕神话很牛吧？球队从乙级联赛升上甲级联赛的第一年就夺得了甲级联赛冠军。这样的事情克劳夫的球队在二十年前就做到了，他们以乙级第三的成绩升上甲级（当时的英格兰最高级别联赛，相当于现在的英超），随后开始了统治英格兰足坛的传奇。在升上甲级联赛的第一个赛季森林队就以全赛季二十五胜十四平仅三负积六十四分（那个时候世界足坛还是两分制的时代，既赢一场得两分，平一场一分，输得零分）的骄人战绩成为了联赛的冠军。

70 年代的英格兰足球和欧洲足球霸主是属于利物浦的，当时唯一有资格和利物浦叫板，唯一能在一年内三次战胜利物浦的，唯一能让利物浦感到恐惧的球队只有同样一身红色的诺丁汉森林。在成功获得了甲级联赛冠军之后，森林队在接下来的赛季中，冠军杯首场比赛就击败了卫冕冠军利物浦，最终他们战胜了霍顿执教的大黑马瑞典马尔默队，成为了那个赛季的欧洲之王。1979—1980 赛季，森林队又成功卫冕了欧洲冠军，这次他们在决赛中击败的是拥有当年欧洲足球先生、英格兰代表队头号射手凯文·基冈的德国汉堡队。

在此期间，更令人咋舌的是：从 1977 年 11 月 26 日 0：0 战平西布罗姆维奇队开始，一直到 1978 年 12 月 9 日 0：2 输给利物浦为止，克劳夫的森林队创造了连续四十二场英格兰顶级联赛不败纪录。这项纪录直到二十六年后的新世纪才被温格的阿森纳四十九场不败打破。

当然，历史总是辉煌的，尤其是英国这种现代足球的发源地，有多么辉煌的历史都不足为奇。和辉煌的过去相比，现在的森林队和诺兹郡的处境只能用"心痛"来形容了。诺兹郡多次面临经济危机，甚至在新世纪初还经历了被托管十八个月的黑暗岁月，最后一个财团，和一场与切尔西的足总杯比赛拯救了球队——那场比赛前切尔西同意将门票收入全部拿出来给诺兹郡，以拯救这个世界上最古老的足球俱乐部。森林队比他们的同城对手好一点，无奈球队过去的历史太过灿烂，球迷们总会对这种过去辉煌如今落魄的事实产生幻觉，觉得他们理应取得和过去一样的成绩，而不是苟安于低级别联赛，像诺兹郡那样堕落下去。

如今的森林队在面临西汉姆的时候都显得底气不足，要知道西汉姆的历史成就远没有森林队来的高。

这是英格兰足总杯第三轮的一场比赛，本来不在电视直播计划中的，但是因为参赛球队的现状都不怎么好，都迫切需要一场胜利，所以 BBC 选择进行现场直播，他们认为这场比赛有足够的热点。托尼·唐恩当然也是热点之一，因为他刚刚成了英格兰足球历史上第一个被本队球员在比赛中伤害到的主教练。

今天的天气不错，阳光灿烂得让人感觉不到这是冬天，和前两天阴雨连绵的天气截然相反。唐恩从球队大巴上下来的时候，看到外面明亮的阳光，还不禁眯住了眼睛，有些晃眼呢。

身为主教练，他是第二个从车上跳下来的，第一个下来的助理教练德斯·沃克受到了围观球迷的热烈欢迎，他们高呼着沃克的名字，向他鼓掌。沃克在诺丁汉森林效力多年，也是当初诺丁汉最后辉煌的见证人之一，他在球迷中受到这种尊敬是可以理解的。

但是当唐恩双脚刚刚落地，迎接他的却是刺耳的嘘声。他抬起头发现带头嘘他的人很熟悉——就是在伯恩斯酒吧里面和他正面冲突过的那几个中年人。他能够一眼认出来，是因为他们的带头人额头上有块纱布，看起来很滑稽，非常引人注目。

沃克显然也没想到主教练会面临这样的局面，他站在那儿有些不知所措。和他一样不知所措的还有正准备下车的队员迈克尔·道森，他一只脚都探出了车门，听到突如其来的嘘声就悬在了半空，一脸错愕地抬头看着球迷们，他还以为自己被嘘了。

还是唐恩伸手把他从车上拉了下来，看到球队的新希望，嘘声戛然而止。然后球迷中发生了令他们尴尬万分的分裂——迈克尔·道森是球队的未来希望，在球迷中人气颇高，这样的球员出场必须而且应该获得欢呼和掌声。但是拉着他的人却是他们刚刚嘘了的代理主教练唐恩，如果欢呼的话，会不会被认为是对唐恩的称赞呢？

唐恩很满意球迷们的表现，他就知道会这样。他拍拍道森的肩膀，示意他去更衣室。球迷们看到道森终于离开唐恩了，又准备对还在车门前的唐恩报以嘘声。这个时候唐恩走上车，拉下来了另外一个人安迪·里德，和道森一样的青年才俊，一样的球队希望之星。他们刚刚把手放进嘴巴，又不得不放下来。

唐恩看着那些人尴尬的面部表情，得意地咧嘴笑了起来。

身边的里德有些奇怪，他第一次见主教练这么热情地亲自把他们从车上接下来："老板，你笑什么？"

唐恩看着旁边的球迷们对他说："没什么，我想也许我们可以获得一场胜利。"

这一次他没有再离开里德，两人一起走进了通往更衣室的狭窄通道。球迷们几次把手指放在嘴边最后还是没有办法嘘出来。

"这个狡猾的狐狸！"带头的迈克尔懊恼地放下手，一拳打在前面的铁栏杆上。

唐恩最近两天的表现有些反常，严格来说是最近四天——自从1月1日比赛中被大卫·约翰森撞倒在地就很不正常，和之前那个沉默寡言的有些阴沉的托尼·唐恩简直判若两人。球员们对此很担心，不知道他是不是脑部神经受到了损伤，会不会有什么可怕的后遗症，比如痴呆、健忘、精神分裂……

所以在更衣室里，滔滔不绝对他们布置战术的人不是主教练，而是助理教练之一的德斯·沃克，大家都没有觉得奇怪。倒是旁边那个一言不发，比托尼·唐恩更阴沉的老头子伊安·鲍耶，显得更另类，平常这些都是他来做的，如今却成了小字辈沃克的工作。傻子都能看出来自从托尼·唐恩从青年队升为一线队主教练之后，鲍耶很失望。

这也很正常，虽然鲍耶在球队里面工作了相当长时间，今年已经五十一岁了，是教练组中年纪最大的，还曾经在森林队效力两次，是森林队两夺欧洲冠军杯的主力球员，但他和托尼·唐恩的交集少得可怜，唐恩之前一直跟着保罗·哈特，带青年队训练和比赛，在保罗·哈特成为一线队主教练之后，他成了青年队主管。而伊安·鲍耶一直就是一线队的助理教练，他辅佐过很多教练，布莱恩·克劳夫的继任者弗兰克·克拉克，弗兰克·克拉克的继任者斯图亚特·皮尔斯，皮尔斯的继任者戴夫·巴塞特、隆·阿特金森、大卫·普拉特、保罗·哈特。这里面就是没有托尼·唐恩的名字。

两个人虽然在一个俱乐部里面，却不在同一块训练场，青年队和一线队的训练基地隔着一条不足五米宽的小巷，却仿佛隔了半个诺丁汉市。沉默寡言的托尼·唐恩对于各种各样的社交和聚会活动都不热心，他和鲍耶几乎没有任何交流，他们顶多会在训练基地碰到的时候互相点头致意，然后各自走开。

现在在更衣室里面就是这样一种形同陌路人的气氛。托尼·唐恩的得力助手德斯·沃克在给球员们安排接下来的比赛，另外一个助理教练伊安·鲍耶则坐在墙边看热闹。

真正的主角托尼·唐恩呢？

他不在更衣室里，他在厕所。

除了两个更衣室内的卫生间，城市球场还有十间大小不一的厕所。大部分面向球迷开放，VIP包厢外的休息走廊有两个，还剩下最小的那个是属于主队工作人员专用的，主队的教练可以在这里抽根烟，缓解一下赛前的压力。

唐恩如今就在这么干。

本来过了一个上午他觉得自己已经没有那么紧张了。但是当他看到更衣室内被工作人员提前摆放好的球衣球鞋时，他的心脏开始无法抑制地狂跳起来。于是他找了一个内急的借口把一切都甩给沃克，自己溜到了这里。

工作人员专用卫生间在球场主看台下面一个很偏僻的角落，这里很少会有人来。透过卫生间外面的一扇玻璃窗，还可以看到球场，在阳光下被晒得发亮的绿草皮，以及逐渐坐满了球迷的看台。

唐恩习惯性地想从口袋里面掏烟出来，伸手抓了一个空才想起来托尼·唐恩是不抽烟也不喝酒的。

他嘟囔了一声，重新靠在墙上。

这可不是他玩过很多次的足球经理游戏，不是冠军足球经理（CM），不是足球经理（FM）……是真实存在于这个星球上的职业联赛、职业球队。输了球不能重新读档，也没法通过添加新经理来战胜难缠的对手。输了就输了，也许会输掉一生中最重要的比赛。在这场游戏里面，你没法中途退出，就算Alt+F4都不行……

其实生活不都是如此吗？大家总会抱怨"如果当初自己如何如何，就不会像现在这样如何如何"了。这么看唐恩还要感谢命运呢，给了他一个重新读档的机会。尽管只重来了四年，而且读的还是别人的存档。

但那又怎么样呢？既然现在这副身体属于他了，就好生努力一次，别再让时光虚度了。从另外一个角度来说，也算对得起这身体的前主人了。

这个时候外面隐约响起了歌声，那感觉颇像唐恩在电视转播里面看到的，除了声音小一些。他决定侧耳倾听，弄清楚他们在唱什么。但是很快这歌声就被嘘声打断了。唐恩收回头，无奈地笑笑。

如此真实啊，这就是职业足球。

他发现心中的紧张已经在不知不觉间消退了，剩下来的是对未来的期待。再看了一眼绿茵场和看台，他转身走向球队的更衣室。

职业足球，老子来了。

第六章
三球落后

维尔福德训练基地的老门卫伊恩·麦克唐纳在比赛开始之前就打开了收音机,将音量开到最大,坐在门卫室里面安心听比赛。这个时候入选了球队大名单的球员们都在城市球场,没有入选的也都在家里或者其他什么地方。训练基地静悄悄的,只有从门卫室内传出的解说声音。

他还记得托尼·唐恩上午给他的笑容和承诺:"你会在收音机里听到我们一个接一个进球的消息的。"这让他充满了期待。

比赛开始不久,他果然听到了一个接一个进球的消息从收音机中传出。但这不是森林队的进球,而是客队西汉姆的。比赛才进行了半个小时,他所喜爱的球队就被做客的西汉姆灌了三个球。

他愣愣地坐在椅子上,不敢相信自己听到的声音。

"杰梅恩·迪福,迪福,射门!球进了!真是一次漂亮的突袭!"

"迪福在禁区外面拿球……他突然启动,过了!会是2:0吗?Yes!杰梅恩·迪福,他梅开二度!西汉姆2:0领先诺丁汉森林!"

"Unbelievable!Unbelievable!!一脚禁区外围的凌空抽射!来自乔·科尔!真难相信他才二十一岁!他是英格兰足球未来的至宝!这是西汉姆本场比赛的第三个进球,他们完全控制了比赛,森林队毫无机会!3:0,比赛提前结束!"

提前结束?你这个混蛋解说员,你在说什么?比赛只开始了三十分钟,我们还有六十分钟可以扳回来呢!麦克唐纳从来没有这么信任过代理主教练托尼·唐恩,此时此刻他相信这个男人可以兑现承诺。

他对着收音机挥挥拳头，就好像他也站在城市球场的看台上和身边的同伴们一起向客队示威。自从做了训练基地的看门人，他已经有些年月没去过城市球场看球了。

城市球场几乎被嘘声淹没了。唐恩对这嘘声再熟悉不过了，三天前他睁开眼睛看到这个世界时，围绕在自己耳边的就是这些嘘声。来自主队球迷的嘘声，发泄不满的对象不是客队西汉姆，而是主队诺丁汉森林。

在球场的一个角落，一群身穿西汉姆联队球衣的球员们簇拥着他们的队长，正在庆祝进球，庆祝他们本场比赛的第三个进球。

德斯·沃克懊恼地抱着头坐在唐恩身边，这场比赛从赛前准备到战术都是他安排的。唐恩说相信他，他很想用胜利来回报主教练对自己的信任，没想到上半场还没有结束，得到的却是一次被屠杀。

电子记分板上的0∶3比分是红色的，鲜血淋漓。而向教练席上竖起的中指仿佛诺丁汉东北舍伍德森林中茂密的参天大树。让主队球迷愤怒的不单单是这个比分，还有场上球员们的表现。

唐恩在场下看得很清楚，如果他是森林队的铁杆球迷，面对这样的上半场三十分钟，他也只能用脏话和中指来表达自己的感情。他甚至怀疑场上的十一个人和自己一样，没有睡好觉。他们晚上集体出去嫖妓了吗？这群混蛋！他皱着眉头，咬牙切齿地想着。

唐恩不知道的是，这个时候对面场边一架摄像机对准了他，将他的面部表情用特写镜头放在了转播屏幕中。负责解说这场比赛的人还是解说森林队上一场联赛的英格兰BBC著名足球解说员约翰·莫特森，他以言辞犀利、充满激情的解说风格出名。他刚刚用一系列溢美之词赞叹完了西汉姆年轻队长乔·科尔（Joe Cole）的进球，这也是西汉姆联队在本场比赛中的第三个进球。他甚至下了这样的结论："这场比赛已经结束了！尽管森林队拥有非常辉煌的历史，但是如今的他们却像可怜虫一样在乔·科尔脚下苟延残喘，担心着不知道什么时候又会来到的下一波攻势！看看这样的森林队，看看他们身上的红色球衣，这真令人心痛！

"托尼·唐恩教练似乎也对球队的表现相当不满。那么就请拿出点什么办法来吧！别总是在教练席上龇牙皱眉，你牙痛吗？事实上，这场比赛我们只看到他的助理教练德斯·沃克频繁起身指挥比赛，到底谁才是主教练？但有谁指望一个刚刚从球员位置上退下来的菜鸟新丁能够指挥甲级球队打败一支超级球队？赛前人们关于森林队代理主教练水平不够的质疑并非空穴来风。托尼·唐恩到目前为止仍然没有给球队带来丝毫改变，他甚至还不如他的前任保罗·哈特——据说唐恩教练的上任就是因为保罗·哈特向主席多格蒂力荐。我要说的是，保罗你看球员的眼光一向很准，但在看教练方面还有待提高！"

如果唐恩听到他被这么贬低的话，不知道会不会当场和这位著名的解说员吵起来呢……但是现在的他没心思去考虑别人如何评价他。他必须要改变场上的颓势。他知道西汉姆很厉害，只是看看这些人的名字，就知道他们有多厉害了。但这不是森林队应该失败的理由。

"失败只有一个原因，那就是我们做得还不够好！"

唐恩低声嘟囔着这句话。

沃克把头偏向他，他似乎听到了，但是又没有听清。"什么？"他问。

"没什么。"唐恩摇摇头。

"托尼，你得想个什么办法了，这样下去不行。"沃克把嘴凑到唐恩耳边，低声对他说，"鲍耶是打定主意看戏了，我觉得他巴不得这场比赛输掉！"

"你说得不错，那个老头子确实这么想的。但现在我也毫无办法。"

沃克对唐恩的回答很失望，主教练不能做出这样的事情来：当他对一件事失去控制的时候，往往也就是走到末路的时候。

"你认为凭我们的防守球员能够防住乔·科尔、李·鲍耶（Lee Bowyer）、迪卡尼奥（Di Canio）和杰梅恩·迪福（Jermain Defoe）吗？"

沃克摇摇头，实事求是地讲，他的球队确实没法和这样一支超级球队抗衡。听听这些人的名字，要么是成名许久的老牌球星，要么就是全英格兰的新秀。

"还有，你认为就凭我们的前锋、前卫能够穿越卡里克（Michael

Carrick）、伊安・皮尔斯（Ian Pearce）、托马斯・雷普卡（Tamos Repka）、大卫・詹姆斯（David James）的防守，然后破门得分吗？"

沃克继续摇头，这条防线是国家队级别的，詹姆斯是英格兰国门，托马斯・雷普卡是捷克国家队成员，卡里克还在三年之后的夏天转会去了曼联。整个上半场森林队的两个主力前锋只有三次射门的机会，他们射出去的球甚至让詹姆斯没机会热身。

西汉姆联队凭借他们队中一群天才球员轻松控制了比赛节奏，接管了场上的控球权，森林队只能跟着他们踢出去的足球来回奔波，在这种毫无意义的跑动中消耗体力和斗志。别看西汉姆在英超混得极惨，上半赛季二十一轮才得到了十六分，位列联赛倒数第一。但是在甲级球队面前还是能够耍耍威风，发泄一下被人欺负的郁闷。

比赛刚刚开始十七分钟西汉姆联队就取得了领先，速度奇快的年轻前锋杰梅恩・迪福轻松突破了森林队笨拙的后防线，为球队带来了第一个进球。五分钟之后，迪福卷土重来，再次利用速度突破防线梅开二度。看着这个后来入选了英格兰代表队的新秀在场上卖力表现自己，唐恩有种时空交错的感觉。他知道日后这个年轻人取得的成就。让唐恩觉得很无力的是，今天这支西汉姆联队中不乏天才和强人，自己的森林队要和这样的对手比赛，可真是辛苦。

看着西汉姆联队的球员在场上闲庭信步一样把球传来传去，乔・科尔更是在寥寥可数的客队球迷前面表演起来了脚后跟传球与过人。听着不时从西汉姆球迷看台上传来的笑声和其他看台上的嘘声，唐恩有种错觉：这究竟是谁的主场啊？

这样的情况让他很愤怒。虽然他没有亲自在场上被乔・科尔等人过了一遍又一遍，但他还是觉得自己被侮辱了。因为他是这支球队的主教练，他的球队在场上被人欺负，责任肯定在主教练，这和他自己被欺负了是一样的。

迈克尔・道森是森林队目前为止最努力的球员，无奈他一个人根本无力阻挡西汉姆潮水般的攻势。三个失球他的责任不大，是球队整体太差。看了这三十多分钟的比赛，唐恩决定下场比赛的时候把队长袖标交给这位年轻人。既然二十一岁的乔・科尔能做"铁锤帮"（西汉姆联的绰号）的队长，为什么十九岁的迈克尔·道森不行？一个充满了斗志，从森林青训体系走出来的天才，还有谁比他更适合带领目前这支球队？

在城市球场靠近特伦特河畔的北看台是森林队球迷的主看台，那上面最顶层有一排被玻璃窗封闭起来的长廊，两派陈旧但是整洁的座椅，两个电视机，这就是城市球场的包厢了。和那些豪门球队的球场包厢比起来，森林队的主场包厢只能用寒碜来形容。

这样糟糕的比赛，自然不会有人坐在这里看球。如今包厢中只有两个人，他们没有坐在椅子上，而是选择了站立的姿势——站在落地玻璃窗前看着球场。

他们就是这支球队的主席先生尼格尔·多格蒂和他的儿子埃文·多格蒂。

埃文·多格蒂瞟了一眼角落中的那台电视机，然后把目光投向了球场。"这就是你所热爱的球队，曾经拥有无限辉煌的诺丁汉森林队？"他语气中带着明显的奚落，和那天唐恩所见的彬彬有礼的肯尼完全不同。

他这话是说给他父亲听的。老多格蒂却并不在意儿子对他的奚落，自顾自说着自己的话，他说话的时候头总是在不停地轻点。"中场休息的时候你和我去更衣室，我需要让你和球员们见个面。"

埃文知道他的话又被自己的父亲忽视了。"可我觉得没有这个必要，何况现在也不是大家见面的好时机。"他还是劝道，希望父亲打消让自己和那些球员、教练集体见面的打算。

尼格尔·多格蒂没有回答他儿子的话，只是很投入地看比赛。

埃文看到自己父亲的模样，只好耸耸肩，叹口气。对于场上无聊乏味一边倒的比赛，他没有丝毫兴趣。他干脆坐下来，跷起二郎腿，喝着球场供应的可乐，百无聊赖地打量着身处之地。

这简陋的包厢，简陋的球场，水平低劣的赛事，毫无吸引力的球队……真不明白自己的父亲为什么会喜欢这样的球队，并甘愿为她投入上千万英镑——他可从来没在自己的儿子身上投资这么多钱。

他在 NBA 看球的时候，最早是芝加哥公牛的球迷，随后又成了洛杉矶湖人的球迷，最近一年他有成为圣安东尼奥马刺 FANS 的迹象，尽管他本人的家和公司所在地都在休斯顿。频繁更换喜欢球队的唯一理由就是上一支球队缺乏有足够号召力的球星和冠军。在他看来，喜欢那些毫不出名，没有球星，甚至在第五级别联赛里面厮混的球队是难以理解，不可思议的。他们能从对这种球队的追捧迷恋中得到什么快感和利益吗？不能享受球星带来的精彩表演，没有一个接一个的冠军奖杯作为整个夏天的快乐回忆，没有辉煌的战绩让他们在茶余饭后津津乐道……

他看了看脚下和对面看台上密密麻麻的人头，还有无数双伸出来挥舞的手臂，这么烂的比赛竟然都满座了。他轻轻摇摇头。

这成千上万个像我父亲那样的人究竟图个什么呢？每个周末的下午，就这样坐在简陋的球场看台上虚度光阴，然后一点点老去。真可悲。

让莫特森疑惑的是，唐恩在和沃克说完话之后，却压根没有任何表示。就连之前很活跃的沃克都仿佛把屁股粘在座椅上一样，两人只是静静地看着球场，什么都没说，什么都不做。

这很奇怪，看到自己的球队输成这种惨样，他们不着急吗？他们不生气吗？他们总要表现点什么情绪出来吧？但是没有。特写镜头在唐恩和沃克脸上扫过来扫过去，这两人出神地看着球场，连眉头都没有皱一下。

觉得没面子的莫特森只好嘟囔道："他们是从杜莎夫人蜡像馆跑出来的吗？"

西汉姆联队的主教练格伦·罗德很满意自己球队的表现，上半赛季的不堪似乎已经被这群小伙子甩到了脑后。他和托尼·唐恩有着相同的执教经历，他们都是因为前任战绩不佳，而从青年队抽调上来救急的。在两个教练的较量中，他尽占上风。这是他执教的第一场比赛，这开局很不错，他相信只要球队在后半赛季打出今天上半场这种水平，保级不成问题。

他站在场边，踌躇满志地开始考虑下一场英超联赛了。

唐恩瞟了眼站在场边指挥比赛的罗德，白白净净的脸上，架着一副金丝眼镜，看起来风度翩翩。这个人他认识，在来之前就认识了。此人后来成了纽卡斯尔的主教练，不过在成为纽卡斯尔主教练之前是喜鹊青年军的主管，索内斯因为战绩不佳被解职之后，他顶替上来。坐在了"这世界上最有吸引力的位置"上，但成绩并不怎么样，他比前任运气好一点的地方在于，当他成绩不好的时候他还有球队面临大面积伤病做借口，球队内部都支持他。但最后他还是辞职了，因为成绩实在太差，他的球队更是创造了一项纽卡斯尔自1951年以来的历史纪录——连续主场不进球纪录：五百分钟。

唐恩因为知道罗德的这番经历，所以他了解罗德没什么好怕的，西汉姆现在打得好，和那个绅士模样的教练没什么关系。只是因为他们拥有一批才华横溢的球员而已。

不管场上的那些球员，我们只需看看西汉姆替补席上坐的那些人，就知道这支球队的实力了：英格兰2002年世界杯国脚辛克莱尔（Trevor Sinclair）；马里国脚，后来成了西甲著名射手，帮助塞维利亚两夺欧洲联盟杯的，成为'06—'07赛季西甲双冠王的功臣卡努特（Kanoute）。看看这些名字，然后再看看赛季结束之后这支球队的排名：倒数第三，他们降级了。

在球队0：5被埃弗顿，1：7被布莱克本屠杀之后，这位主教练声称球队成绩差不是他的责任，而是因为他的前任老雷德克纳普买的人太差劲。但他的水平低劣不是一两个人戴着有色眼镜得出的"谬论"，整个英格兰媒体对于他的批评和质疑就没停过。就唐恩观察的这上半场来看，也对此坚信不疑了。

唐恩耸耸肩，他已经找到了对付这支球队的办法。但现在不是调整的时候，反正距离中场休息只有五分钟了，等到了更衣室他要好好敲打敲打这些没睡醒的球员。

他突然听到从自己身后传来了非常刺耳清晰的嘘声，嘘声之后就是一连串的骂声。他觉得很奇怪，之前身后还很安静的，怎么突然热闹起来了？

他回头去看声音的源头，结果看到了在身后看台上对他扮鬼脸比中指的迈克尔等人。那人头上的纱布实在太显眼了……

"滚回你的青年队吧！这是成年队，不是你这种小孩子该来的地方，回妈咪身边撒娇吧！哇哈哈！！"

"喔——喔——"身边的人跟着起哄。这些人大多数都是那天在酒吧里面嘲笑他的，另外还有一些人很陌生，但肯定和迈克尔他们是一伙儿的。

沃克也被后面的骂声吸引了注意力。他站起身高声呵斥那些人："迈克尔，你们在干什么？！"

迈克尔毫不理会沃克，他偏偏头："德斯，你最好别插手，这是我们和主教练先生之间的私人恩怨。"

"私人恩怨？你们一群人和一个人的私人恩怨？"沃克哼道。

"好了，别理他们。"唐恩把沃克拉了下来。

"托尼，这是怎么回事？我记得你从不和任何人闹矛盾、吵架的。而且迈克尔也是忠实的森林队球迷，为什么他们会那么讨厌你？"

"没什么，我在伯恩斯的酒吧泼了那个领头的一脸酒，接着和他打了一架——很短暂就结束了，我一拳把他击倒在地，然后又管左边那个胖子叫'肥猪'。"唐恩说得轻描淡写，沃克听得嘴巴张得可以吞下一只皮球。他印象中的唐恩厌恶喝酒、抽烟，而且从不会和别人动气，更别说直接动手打人了。这是怎么了？

唐恩知道沃克很诧异，只要熟悉他的人听到上面那些话都会觉得诧异。"以后我再给你解释，现在我们先看球，我找到对付他们的办法了。"

沃克又回头看了一眼还在后面看台上闹腾的迈克尔等人，然后安心看球。

英格兰球场有一个特点，教练席很少会设在球场和看台之间的空白地带，和我们所熟知的大多数球场不一样，他们的教练席是设在看台上的，周围都是普通球迷的座位，球员通道两侧被隔出来做教练席、替补席。除非指挥比赛，教练员都是坐在看台上的。森林队的主场城市球场以前并不是这样的，他们的教练席在看台下面，场边，甚至比球场水平线还低——教练席仿佛在场边挖的一个坑，上面罩个水泥顶棚遮阳挡雨。后来因为1996年英格兰欧锦赛，才改建成大多数英国球场那样，教练席和球迷看台非常近。这样拉近了球迷们的距离，有利有弊。唐恩现在就在忍受着"弊"的一面。坐在教练席后面的迈克尔等人一刻不停地用嘘声和各种花样的骂声来羞辱着他，挑战他的忍耐力。

就连球队的替补球员都忍不住好几次站起身回头瞪他们了，唐恩依然头也不回地看球。

"你这个懦夫，不折不扣的胆小鬼！你看到没有，我在骂你，骂你全家！有本事你就再过来给我一拳啊！当初你揍我的勇气去哪儿了？废物！你这个杂种！狗娘养的！他妈的混蛋！"迈克尔高声骂着，甚至吸引了电视转播的镜头。

于是他在看台上方手舞足蹈地叫骂，而唐恩在他下面不足三米的位置上抱胸安坐的画面进了无数人的电视。在自己酒吧帮忙的伯恩斯也看到了这一幕，酒吧里面响起了一阵为迈克尔叫好的声音，而伯恩斯看着一屋子人头，也只能轻轻摇摇头。

也许真像迈克尔他们骂得那样，唐恩是"不折不扣的胆小鬼""懦夫"，连回击都不敢。他的表现让不少球员有些失望。老实说迈克尔骂得太难听了，就算是和这个球迷头子认识的球员都听不下去。但唐恩教练还是坐在位置上，挪都没挪一下，仿佛完全听不到那些人的骂声一样。

莫特森看到场边这一幕，又兴奋起来。"我发现了一个有趣的现象，只要托尼·唐恩教练出场，那么最精彩的时刻肯定不是在场上，而是他的教练席周围十码的范围。现在他教练席后面发生了一些骚动，似乎有球迷在对他说些什么，看他们情绪激动的样子，无论如何不会是好话。我想明天晚上的《今日比赛》(*Match of the Day*)节目，我们可以请来唇语专家解读一番他们在说些什么。如果这场比赛西汉姆客场3：0击败对手，那没有丝毫值得报道的地方，因为他们理应获胜。倒是这场边的突发事件值得我们大家关注关注。"

比赛的时间在一分一秒流逝，场上形势依然对诺丁汉森林不利，但是西汉姆在三球领先之后也放慢了进攻的脚步，他们宁肯在场上悠闲地捣脚，也不愿意把足球向前踢了。也许球员们和主教练一样，都开始考虑下一场英超比赛了。

主队教练席后面的骂声也依然没有消停过，不少球员甚至不得不主动请求去场边热身，逃离那令人难堪的替补席。唐恩没有对他们的请求做出任何表示，沃克只能叹叹气，让所有替补球员都去热身。顿时替补席上空了一半，只剩教练组的成员了。

德斯·沃克有些担心地看了看唐恩，他觉得唐恩一直有些不对劲。脸色似乎很不好看，阴沉得就像前两天的天气。

眼光下移的时候他看到唐恩的双手紧紧攥成拳，因为过于用力，指关节甚至都发白了……

裁判的哨音给所有人一个解脱，这令人难受的上半场结束了。

唐恩第一个站起来走下教练席，把那些还在对他进行辱骂的球迷抛在身后，率先走进了通道。沃克瞪了迈克尔他们一眼，然后站在场边安慰下场的球员，拍拍这个，拍拍那个，摇摇头，叹口气。告诉他们和超级球队打输三个球也是正常的。

反正我们是甲级球队嘛……

第七章
更衣室里的一出戏

德斯·沃克是最后一个进更衣室的，他要保证所有球员都在他前面进去，外面没落下任何一个人。但是当他走进更衣室的时候还是吃了一惊——托尼·唐恩并不在这里。更衣室的气氛很乱，唉声叹气，互相抱怨，甚至还有人在交流如何趁冬季转会期离开这座"地狱森林"。连续几场惨败和动荡的经济条件让球队人心涣散。怎么看都没法把这里面的人和职业球员联系起来，如果换成了森林队的球迷来门口看到这一幕，肯定会对他们大失所望的，不知道得气成什么样呢？

伊安·鲍耶坐在角落里面，仿佛局外人一样。沃克心头一股无名火起。球队表现这么差，甚至有非常不合时宜的言论出现，他这个老资格助理教练却袖手旁观。就算再怎么不希望唐恩当上代理主教练，工作的时候还是要把那些私人恩怨抛开吧？球队输球了对自己的前途有什么好处吗？

就在他打算上去和鲍耶摊牌的时候，他听到后面走廊传来一阵急促的脚步声，而且从声音判断，急匆匆赶路的肯定不止一个人……

他奇怪地扭回头，然后看到了让他把嘴巴张开合不拢的一幕。

一群脖子上围着森林队围巾，穿着森林队红色球衣的球迷正匆匆向更衣室门口跑来！沃克没数，但是他一眼扫去，这群人已经多得把更衣室外的通道堵住了。

这……这是怎么回事？谁允许他们进来的？更衣室是绝对私密的地方，任何人得不到允许都不能踏足半步……保安，保安呢？！

他刚刚想张嘴制止这群看上去情绪有些激动的球迷，就已经被挤到了一边，然后眼睁睁看着一大群最少十个球迷拥进了不大的更衣室……

他刚才还在担忧这样的更衣室气氛让球迷们看到，心里会怎么想，现在就实现了。

他被隔在外面，看不到里面发生了什么。但是他能听见刚才还喧闹得仿佛街头酒馆的更衣室顿时安静了下来。

这种令人尴尬的安静被一个从容的脚步声打破。沃克看到唐恩正从刚才球迷们过来的方向慢慢踱来，瞧他的样子，优哉游哉仿佛在散步。已经顾不上担心更衣室里发生了什么，他快步迎了上去，将唐恩扯到一边，压低了声音问他："托尼，那些球迷……"

"嗯，我让他们进来参观的。"

"你？！"沃克眼眼睛瞪得溜圆。

唐恩很满意助手的反应："嗯，我离开球场之后顺便去了一趟前面商店，打算买包烟。然后听到他们在谈论上半场的比赛，说是很想给那群拿着薪水却不干活的混账鼓鼓劲，于是我就让他们来了。"

"托尼！你疯了？你知道这是什么地方吗？更衣室！主席先生都不会不打招呼随便闯的禁地！你脑袋……你脑袋真……"沃克是真生气了。

唐恩却笑了："别担心，德斯。陪我在这里看好戏吧。"他拉住了沃克，没让他冲进更衣室。随后两个人听到更衣室方向传来了一个惊诧的声音。

"你……你们是谁？怎么进来的？"老鲍耶的声音惊讶中透着一些惶恐，声线发颤。

也不能笑话鲍耶心理素质不过关，任谁看到一群怒气冲冲的球迷杀进更衣室，都无法保持镇定。短暂不正常的沉默之后，就是爆发。

领头一个很胖很高的球迷，一把扯下了围在脖子上的森林队红色围巾，然后用力甩到了上半场表现很不好的前锋杰克·莱斯特脸上。

"我们在看台上卖力给你们加油，你们就这样回报我们！"他大声吼道，声震全场，"我们掏钱买票，找你们要签名，崇拜你们，支持你们……把你们当作这城市的英雄。不管成绩多差，我们都不抱怨。但是看看现在的你们！你们哪一点像职业球员？刚才是谁说要走的？现在就可以滚！森林队不需要这样的垃圾！"

"我告诉你们，下半场我们都会接着看。我们要看看你们这群混蛋是怎么被东伦敦人羞辱的！反正丢的不是我们的脸！呸！"狠狠啐了一口，胖子转身挤出了更衣室，其他球迷也纷纷把脖子上的围巾扯下来扔在地上，然后转身走了出去。

看着一大群人从自己身前经过，唐恩还有兴致跟他们打招呼："干得不错，伙计们。"

可惜没有人理会他，大家都低着头脚步匆匆，一言不发地离开了通道。

德斯·沃克也低着头。他是刚刚从球员位置上退下来的，有时候还没办法把助理教练和球员这两个完全不同的身份分开。刚才球迷愤怒地指责球员们没有尽力，他觉得仿佛也在指责自己这个做教练的没有担负起责任来一样。做球员的时候他和森林队的球迷关系很好，就算当初在足总杯决赛中打进一粒乌龙球，导致球队输给托特纳姆热刺的时候，都没有球迷指责他。现在他觉得那些球迷仿佛在指着鼻子骂他："你不配领导森林队！你不配接受我们的尊敬！"

就在他自责的时候，唐恩猛地拍拍他的背："德斯，跟我来。"说实话，这个时候的沃克已经失去了具体思考能力，他只是机械地跟着唐恩走进了一片死寂的更衣室。接下来他所看到的一切让他很老很老的时候都还记忆犹新。

唐恩大步走进更衣室，站在门口扫视了一下众人，然后把目光停在了地上的围巾。看来那帮球迷真的很愤怒，他在心里耸耸肩。

听到脚步声戛然而止，所有人都抬起头，看着失踪归来的代理主教练，谁也无法看到他脸上的表情，因为那儿什么都没有。但是他们知道这些球迷肯定是他故意放进来的。没有主教练的允许，谁也不能进入更衣室。现在这教练打算说什么？

不少人都还记得上一场英甲联赛，半场赛结束前他们就两球落后了。中场休息的时候这个主教练说了一些东西，却没办法让大家记住。因为他的声音太小了，根本压不住从外面传来的歌声、嘘声和起哄声。

反正所有人看到他在战术板画来画去，却毫无头绪。就这样，他们最后输了一个 0∶3，和今天这上半场一样的比分。

唐恩并没有开口说话，他低头从地上捡起被球迷抛弃的球队围巾，掸掉上面的灰，然后全都交给站在自己身后的沃克。接着他抬头看着全队球员。

"杰克·莱斯特、马龙·海尔伍德、马休·路易斯－让。"他语速缓慢，一个个报着上半场表现不好的球员名字，"加雷斯·威廉姆斯、欧根·波普、安迪·里德、达伦·沃德。我现在非常严肃地问你们一个问题……你们昨天晚上集体出去嫖妓了吗？"

所有人都没想到他们的主教练会问出这样的问题来，全张大了嘴巴愣愣地看着他，不知道该作何回答。

"回答我，有，还是没有？！"唐恩猛地提高音量吼道，更衣室内的所有人都被他吓到了。根本没人敢出声作答。

"我头一次如此痛恨足球规则的制定者。如果当初规定一场正式比赛可以换十一个人的话，我现在就会把你们全部换下来！"唐恩激动地挥舞着手臂，和之前那个阴沉的托尼·唐恩判若两人，"你们的表现就是狗屎……错了，不是狗屎，是十坨狗屎！那些球迷是我让他们来的，因为他们说想来给你们鼓鼓劲，下半场好好干，还有机会，落后三个球也没什么大不了的……但是！"

唐恩顿了一下，然后叹了口气："但是你们让他们失望。兴冲冲的他们看到的是一支什么样的球队啊？我又错了，你们还能被称之为'球队'吗？你们是一、二、三、四……十四坨狗屎！"唐恩左手比一，右手比四："我告诉你们，如果我不是这球队的教练，现在我也很想对你做这个……"他收起左手，右手的四根指头缩回去了三根，只剩下一根中指高高竖起。"外面看台上这样的中指还有两万七千根呢！"

球员们谁也没想到托尼·唐恩教练张嘴就是一顿痛骂，言辞恶毒、吐字清晰、情绪激动，完全颠覆了这个人在他们心中的印象。他们被唐恩骂傻了，一个个呆坐在自己的位置上，不知道该表示些什么。

在去更衣室的路上，埃文·多格蒂还是在努力劝说自己的父亲放弃带他去和球队见面的想法。"中场休息这种宝贵的时候，唐恩经理一定很忙碌，球队和他大概都没有时间和我们见面的。我看还是算了吧。"

"只是见个面，打声招呼。完了我们就走，不会超过半分钟的。"尼格尔继续坚持己见。埃文耸耸肩，在父亲后面轻摇着头。

就在两人走到通往更衣室的岔路口的时候，从拐角突然冲出来一群人，将他们吓了一跳。埃文急忙伸手拉住了自己的父亲，他怕和这群人撞上。自己的老父亲可经不起什么折腾了。

"这是怎么回事？"尼格尔发现这群从自己身边匆匆而过的人是从更衣室方向来的，他奇怪地看了看那边，自言自语道。

让过这群人，两人来到了更衣室门口。尼格尔回头看看自己的儿子，发现他的领带松了，于是让他动手系好："埃文，记住。更衣室是很神圣的地方，我们必须保持自己的形象。"

看到自己的儿子还算听话，他满意地点点头，然后转身准备敲门。手刚放到门上，就听到从里面传来了托尼·唐恩的咆哮：

"两万七千根中指！就像舍伍德森林那样茂盛！"

稍微休息了一下，借机观察了番球员们的表情，唐恩继续说："我知道这球队里面有人想走已经不是一天两天了，对于有些人来说，森林队不过是大号取款机，不管表现怎么样，每月的薪水照发。但是我要提醒你们这些傻瓜，没有哪个俱乐部会掏钱来买一堆狗屎，如果你们继续在场上表现得像狗屎一样，你们不要指望会有人为这种表现买单！我不会阻止你们离开，我也不会挽留那些心不在这里的人。但你们必须明白，你们未来什么样，不在我这儿，在于你们自己的表现！你们以为你们在为谁踢球？球迷？俱乐部主席？还是我这个不知道什么时候就会下课的代理主教练？白痴，你们在为自己踢球！！"

不少人看着唐恩的眼神都变了，诧异、激动、思索什么情绪都有。唐恩知道这番攻心术成功了，这种时候你和那些铁定了心要走的人说什么球队荣誉，屁用都没。就说他们最关心的——个人前途。保证直指人心，让那些原本还心不在焉的人都必须集中注意力听他要说什么。

至于另外一部分人嘛……

唐恩从沃克手中抽了一条叠好的围巾出来，抖开，举在所有人眼前。

"一条印有自己喜爱球队的徽章和名字的围巾，对于球迷来说意味着什么？有人不明白的话，我可以再把刚才的那群人叫回来给你们解释解释。你们以为他们是因为天冷才围在脖子上的吗？德斯。"

沃克听到唐恩在叫他，连忙站了出来。

"看看你手上的围巾，觉得眼熟不？"

被唐恩这么一提醒，他才发现自己手中的那些围巾款式、大小、图案、颜色上都有区分，并不是同一条。

"德斯，我手上的是哪一年款的？"唐恩头也不回地问道。

沃克仔细看了一会儿，随后很肯定地回答道："'91—'92赛季。"

"很好。"随后唐恩一条一条从沃克手中抽出来问，沃克也一条条回答，完全正确。这让旁边的伊安·鲍耶也暗暗吃惊，就算他这样的球队老球员兼老教练，都没办法准确地报出这一条条围巾款式推出的年代。

"最后这条。"唐恩拿起最后一条窄窄的围巾，和其他几条比起来，这条围巾格外老旧，颜色暗淡脱色，边缘还有被磨破的痕迹。这一次半天他都没听到声音，奇怪的他回头看沃克，这才发现沃克盯着那条围巾的眼神有些奇怪。

"德斯？"

"对不起……这、这是'79—'80赛季款，是森林队卫冕欧洲冠军杯时候出现在伯纳乌的那款！"德斯·沃克情绪激动地说。这条围巾让他回想起了森林队曾经的辉煌。虽然他是一个伦敦人，虽然他是在森林队最辉煌过了的1983年才加盟球队，但是两次效力森林队总计长达十二年，为森林队踢了三百二十一场比赛，他早就成了彻彻底底的森林球迷，诺丁汉人。

听到沃克报出这条破烂的围巾来历，更衣室里不少人都吸了一口气。欧洲冠军杯，这里在座不少人是想都不敢想的荣誉，但是他们胸前的球徽却和大耳朵杯亲密接触过两次，这支俱乐部虽然现在落魄，但是以前却是连续两次欧洲俱乐部最高荣誉的获得者。

唐恩也没想到自己运气这么好，在球迷们扔下来的围巾中还有这样的老古董，真不知道是哪个过于激动的球迷扔的，当他冷静下来之后会不会感到很懊悔呢？这围巾在普通人看来和破抹布没什么两样，但在铁杆森林球迷心中，价值连城啊！

他也禁不住认真端详了手中的围巾，仿佛能从这条破旧的围巾上看到历史一样。伯纳乌球场上空的欢呼声声不息，烟花照耀下是闪闪发光的银色奖杯，那是多少人的梦想啊……

他稳定了一下心神，然后重新看向球员，情况已经和刚才有所区别了。

迈克尔·道森是地道的诺丁汉森林人，对于森林队过往的辉煌他如数家珍。当看到这条围巾的时候，早就激动得不能自已了。他猛地站了起来："老板、老板……"

"干什么？"唐恩不明白他要做什么。

"能、能让我摸摸那条围巾吗？"道森伸出手指向唐恩手中的围巾道。

唐恩将围巾递了过去，道森郑重地双手接过，然后拉开举过头顶，那样子就好像举着欧洲冠军杯一样。白色明亮的灯光透过围巾射下来，照在他眼睛上，他却没有因此移开盯着围巾的目光，声音有些颤抖地自言自语道："我四岁的时候就跟着爸爸一起来城市球场看球，就是这样学着他们拉开围巾，喊'Forest！''Forest！'梦想着自己长大之后也能为森林队踢球，为看台上成千上万个像爸爸那样的人赢得比赛。"

更衣室内一片安静，所有人的目光都看着道森手上的围巾，就连门外的两个人也在侧耳倾听。

"小时候我如果让爸爸给我讲故事，他永远都会讲森林队夺得两个欧洲冠军杯冠军和四十二场连续不败的故事，可我也永远都听不厌。每当讲到那两场冠军杯决赛，他就会模仿着收音机里的解说员那样高喊：'特雷沃·弗朗西斯！''约翰·罗伯特森！''森林队是冠军，欧洲冠军！'"道森叹口气，"这条围巾比我年龄还要大。但是当我十岁那年终于如愿进入森林少年队的时候，森林队却降级了……"

道森仿佛呓语的讲述，让德斯·沃克有些触景生情了。他并没有经历森林队降级的悲痛时刻，但是他经历了森林队最后的辉煌，他至今还记得自己在城市球场的一幕幕，他甚至还记得因为自己踢进一个乌龙球，导致克劳夫教练的足总杯冠军梦想成了泡影，那时他面对教父式的布莱恩·克劳夫教练，哭成了泪人。

他和斯图亚特·皮尔斯组成了英格兰国家队级别的后防，固若金汤。那个时候他们的球队里面充满了才华横溢的球员，弗兰兹·卡尔、尼尔·韦伯、伊安·鲍耶、尼格尔·克劳夫、约翰·罗伯特森、斯蒂夫·斯通、特迪·谢林汉姆、罗伊·基恩……他们在一起无所畏惧，就算五夺欧洲冠军杯的利物浦在他们面前都要感到战栗。

同样被触动的还有一个躲在角落，满头白发的人。

"……我不知道森林队在甲级联赛里面待了多久，我没数过。每年新赛季开始之前他们都说我们不应该待在甲级，我们应该去超级。但是赛季结束我们还在甲级。不少人失去了信心，他们走了，因为这样那样的原因。我也知道大家在这个赛季结束之后一定会有人走，然后我们再等来一批新队友，重新开始一个赛季。我们的队友换了一批又一批，教练换了一个，唯一不变得就是我们还在甲级。我真的很想去踢超级联赛，我觉得只要给我们一个机会，我们也能证明自己能够踢超级联赛！"说到这里，道森语气加重，情绪有些激动起来，"我现在等不及下个赛季或者下下个赛季这样的事情了，我现在就想证明我们也能打超级联赛！西汉姆联队不是超级球队吗？和他们比赛也可以算作踢超级联赛了吧？我们就这样以为吧！战胜他们，证明我们的实力确实胜任超级联赛！我恳请大家，帮我一次，让我踢一场超级联赛吧！"

看着这个才十九岁的孩子脸上放射出来的光芒，唐恩突然觉得自己让他做队长的想法是多么的正确。还有人比他更合适吗？自己后面费心准备的话也已经不用再说了，这孩子做的可比自己这个蹩脚的演员棒多了。

他举起手臂，提高音量说道："现在我有一个办法能够在下半场挽回局势。但是我需要真心想踢球、想比赛的人来实施这个计划。我不需要没睡醒的梦游者和认为我们已经输定了的懦夫。我需要的是战士，关键时刻可以为了胜利抛弃一切的战士！你们有谁愿意做的这样的人？站起来！"

哗啦啦，更衣室内所有人同时站了起来。

唐恩笑了："很好，士兵们。"

门外倾听的两个人。尼格尔·多格蒂压低了声音喊着他儿子的名字："埃文。"

"我在，父亲。"

"你说得对，这个时候确实不适合我们走进去和他们打招呼。走吧，我会另外找时间安排你和那群战士见面的。"说完他先转身慢悠悠地走了回去。

埃文回头看看更衣室的门，紧步跟上自己的父亲。

此时此刻的更衣室内，唐恩正在抓紧最后的时间给球员们讲下半场的战术。他没有时间做什么自我谦虚或者客套寒暄了，中场休息只剩五分钟不到。这还是沃克提醒他才知道的。此时此刻的他自然也没闲心去感叹自己的命运就这样凭空转了一个大弯，四天前还是一个默默无闻、混日子的普通中国男人，四天之后的自己竟然可以在职业球队的更衣室内看到这么一出好戏，还给一帮子职业球员讲战术。

他在战术板上飞快地画出了西汉姆联队的阵容，这套阵容是他自己从上半场比赛中观察出来的。

"西汉姆联队的核心是他们的队长乔·科尔，拥有多名高水平的球员，球队技术细腻，配合默契。这样的球队打起来有些困难，但并非不可战胜。他们的球队看起来踢得漂亮，但是有很大的隐患。上半场赢了我们一个3：0，我们又是甲级球队，比他们低一个级别。对于西汉姆来说，这个时候最重要的比赛已经不是和我们的足总杯第三轮了，而是英超第二十三轮他们主场打纽卡斯尔的比赛。我这么说你们明白了吧？"唐恩抬头问道，给自己也给正在倾听的球员们缓缓劲，一口气灌输太多东西不好。

球员们也许还在迷茫，两个助理教练心里却都明白了。

虽然赛季才过半，但西汉姆联队的保级形势已经很严峻了。留在英超的资格远比一场足总杯重要。在三球领先的情况下，对方必定会有所保留，无论是战术还是球员表现上都是这样，另外还有……他们肯定会轻敌。而相比之下，森林队有什么优势呢？虽然球队近期表现不尽人意，但是总没有保级之忧，他们可以把全部精力都投入到这下半场中来，全情投入和心不在焉，这结果可就差多了……

果然，唐恩接下来的话证实了他们的推测。

"西汉姆联队肯定没法在接下来的四十五分钟内随时保持注意力集中和上半场那样出色的状态。我们就利用这一点，杀他们一个措手不及！另外，西汉姆的配合以细腻的脚下配合为主，我们不和他们玩技术。我要求你们每一个人……注意，是每一个人，从前锋到门将都要忠实地执行我接下来的战术——把踢球的动作放粗野一些，动作再大一些。如果乔·科尔拿球就上去贴身逼抢，动作狠一点！我不在乎你们犯规，只要不是在我们自己禁区里面，都随你们便，如果能够把他们的人弄下去一两个就更完美了！记住，一定要凶，一定要狠！这不是足球比赛，这是战争！那些双方各占一半机会的球你们就拼命去抢！不要担心你们会因此受伤，对方肯定会放弃这种球的，那就是我们的机会！要想把场上的局势扭转过来，就要多利用这种身体碰撞，当对方害怕了的时候就是我们反败为胜的时候！

"让我来告诉你们，西汉姆和我们之间的关系。他们就是那些高高在上，成天灯红酒绿，吃香喝辣的贵族，而我们是什么？我们是掀翻他们这些贵族老爷的罗宾汉！我们本来就一无所有，我们不用担心失去任何东西。相反，应该害怕失去的人是他们。这里是诺丁汉，这里周围是茂密的舍伍德森林，这里是我们最熟悉的地方，是我们的地盘！在森林里，侠盗们从不空手而回。抢回一分，我们就只差他们两分。抢回两分，只差一分……抢到四分，我们就赢！！"

唐恩攥紧拳头，狠狠砸在了战术板上。

第八章

以胜利的名义

　　此时此刻的更衣室气氛是如此的好，以至于沃克都不忍心提醒大家他们应该立刻上场了。自从球队降入甲级之后，球队的士气就一天不如一天，很多人甚至都认为他们就该在低级别联赛厮混了，对未来毫无信心。大卫·普拉特没有改变这种低沉的士气，保罗·哈特也没做到。谁能想到，竟然让一个原本阴沉低调的代理主教练扭转了乾坤呢？

　　看着球员们因为激动而颤抖的面部肌肉和他们眼中那团火，德斯·沃克发现后脑勺被撞了也不见得就是坏事，最起码上帝给了他们一个像样的主教练。

　　"好了！现在出场！"唐恩站在门口拍着巴掌，催促球员们出去。第一个从他身边经过的是上半场表现不好的杰克·莱斯特，他也许还在为上半场的表现懊恼，低着头打算出门，却冷不防让唐恩一巴掌拍在背上。

　　"抬起头来，都给我把头抬起来！"他的声音又在更衣室内响了起来，"我们还没输，低着头做什么？别让那些东伦敦人以为我们怕了他们！"

　　他这么一吼，所有球员都不自觉地昂起了头，挺起胸膛走出了更衣室。

　　直到最后一个球员从更衣室离开，唐恩扭头看还站在身后的沃克，紧绷的脸上这才露出了一丝笑意。

　　沃克看着他额头上的汗珠也笑了："托尼，你真的让我看到了一出好戏啊。"

唐恩咧开嘴笑："我们走吧，德斯。效果怎么样，还要通过比赛的检验。"

当两人回到教练席的时候，双方球员已经站在了场上，等待开球。唐恩看了眼看台，让他失望的是，中场休息刚过，看台上就已经空了一片，不知道他们是还没有回座呢，还是因为对森林队太失望了，不想看了。如果你们提前退场了，我敢打赌你们会后悔的！

身后又响起了和上半场一样的骂声。唐恩连头都没回，他现在不想搭理他们，等到比赛进行之后，再看看他们的表情吧。沃克似乎还想和对方理论，被唐恩按在了椅子上。

"别管他们，看球吧。比赛马上就要开始了。"

这场比赛的首发阵容是德斯·沃克排的，基本上都是球队的主力，没伤没病。这套阵容在英甲联赛来说不能说弱，但是最近几轮比赛都打得不好，和精神状态低迷有很大关系。主教练更换的流言，个人前途未卜，经济危机的阴影，球员怎么会有心思踢好球，教练组也怎么可能有心思钻研战术呢？

唐恩只是把他们埋藏在心底的斗志和信心重新激发了出来。对手是超级球队？很好，打这样的球队才更来劲呢，赢下超级球队才更能证明我们的实力！不管是闹着要转会的，还是已经打算在这种低级别联赛厮混终生的球员，此时此刻都激起了一股斗志——赢下眼前的西汉姆联队，为了自己！不管我们出于什么目的，在以前有什么分歧，这次我们的目标是一样的，那就是赢球，胜利！

迈克尔·道森在后防线上观察了一下西汉姆联队的球员，发现自己的主教练果然料事如神。他们的对手心不在焉，眼神飘忽，站没站相。完全没有意识到他们的对手已经变成了多么可怕的野兽。

他知道，自己今天这场比赛赢定了！

主裁判一声哨响，下半场比赛开始。电视转播席上的约翰·莫特森喝了口水，清清嗓子，扭开了话筒，也开始了他的工作。

"这是'02—'03赛季英格兰足总杯第三轮的一场比赛，上半场做客的西汉姆联队以3：0领先主队诺丁汉森林。下半场比赛我们会看到什么……噢，犯规！"他准备好的台词还没说完不得不中途换了。

主裁判示意开球的哨音刚刚响完，又再次响起。这次是因为森林队有人犯规。安迪·里德在拼抢中推倒了西汉姆联队的队长乔·科尔。

唐恩知道乔·科尔的技术特点和以后的星途。这个英格兰最近几年脚法最华丽，最具灵性的球员却并没有达到人们期望的高度，除了自身特点不符合英格兰足球传统之外，那容易受伤的身体也是束缚他前进脚步的重要原因。

现代足球对于身体素质的要求非常高，一个具备马拉多纳和贝利合体技术的球员，如果拥有的是一副玻璃躯体，那基本上就等于和任何荣誉成就无缘。乔·科尔大抵也是如此。他脚法出众，却容易受伤。

天才小子，就让我在这里教你如何面对野蛮的防守。唐恩在心里如是说。过得了我这一关，你就是世界巨星，过不了……那你就认命吧！

西汉姆获得了一个任意球，安迪·里德的这个犯规依然没有为他们敲响警钟，他们怎么看都是一次普通的犯规而已。说实话，对于乔·科尔这种声名在外的少年英雄，在场上被人侵犯简直就是家常便饭了，没什么，反正我们领先三个球。

这个任意球开出去，很快就落到了森林队球员脚下。迪福一脚漫不经心的停球直接把球送给了对方。对于这个失误，无论是场边的格伦·罗德教练还是场上的西汉姆球员，都没放在心上。他们认为自己已经赢定了。罗德更是在中场休息的时候提前表示了对球队的祝贺。看了一眼森林队拿球的队员，那个稚气未脱的小孩子中卫，罗德把头扭回了教练席，准备和自己的助手商量十一日的英超了，他们将在主场迎战纽卡斯尔，这可是很棘手的队伍。纽卡斯尔排在联赛第四，而他们自己倒数第一。

唐恩看见道森拿到了球，他知道这是一次机会。西汉姆联队因为刚才这次进攻，大部分球员还没有回去，慢条斯理地在场上散步。得给他们一个教训。

他起身从教练席上走了下去。

转播席上的莫特森看到了这一幕："托尼·唐恩教练站了起来，他走了下去。这是本场比赛他第一次出现在场边，难道下半场的森林队会有什么值得期待的东西吗？不过我还是希望他得小心自己的球员，别再被撞倒在地了！哈哈！"

道森也注意到了唐恩出现在场边，他把眼神投过去，看到唐恩右手食指在胸前画了一道抛物线。长传吗？

其实他已经看到西汉姆的阵型很乱，后防线上漏洞一堆一堆的。杰克·莱斯特在最前面。但是上半场犹如梦游的他值得信赖吗？

道森咬咬牙，抢脚把球踢向前方。

唐恩看着足球飞起，在下午的阳光下闪烁着耀眼的光芒，直坠西汉姆防线后面。

出现在那里的人是——杰克·莱斯特！

唐恩攥紧了拳头。"射门！混蛋！"他高声吼道。可此时的莱斯特还在禁区外面呢……唐恩看到了，对方的门将大卫·詹姆斯站位有些靠前，也许他也没想到森林队的进攻会这么快打到自己的禁区前沿。

唐恩看到了，莱斯特看到了吗？

这个来自谢菲尔德的二十六岁射手，此时眼中只有足球。他看到西汉姆队中那个捷克中卫托马斯·雷普卡高高跃起，却并没有顶到道森传来的球，他冒顶了！

足球向他飞来，他挺起胸膛将之漂亮地卸下。在全场森林球迷的欢呼声中他似乎听到一个声音在高喊："射门！"

于是他还来不及看对方门将的站位就起脚抽射，在大禁区线上直接凌空抽射！

上半场西汉姆疯狂的围攻最大的受益者就是门将詹姆斯，中场休息的时候他身上甚至都没有出汗。这事还让他拿到更衣室里面去炫耀。现在他知道其实自己是那个上半场所造成的最倒霉的人……

因为当他打算扑这脚射门的时候，却发现自己因为热身不足，身体无法舒展开……

足球从他手边飞过，旋入了身后球门！

"杰克·莱斯特……What a great Goal！！"莫特森猛地从座位上跳了起来，在道森传出去这脚球的时候，他可没想到自己会看到这么漂亮的一个进球。

城市球场顿时被莱斯特这个进球点燃了，所有身穿红衣的球迷都从他们的座位上跳起来了。挥舞着手臂，这次是真的舍伍德森林了，可比两万七千根中指壮观多了！

进球后的莱斯特看了眼球门里面的足球，然后猛地转身跑向教练席，这个球他要感谢一个人。那个人就是……正在场边振臂高呼的托尼·唐恩！是他让自己重燃斗志和信心，是他告诉自己要挺胸抬头面对一切，他确定刚才那声"射门"也肯定是唐恩喊出来的。

在这一瞬间，教练席后面的骂声消失了。球员们，教练们能够听到的只有一个声音："Forest！Forest！Nottingham Forest！！"最多可以容纳三万两千人的城市球场终于恢复到了她森林队主场的身份。

唐恩正好抓着这个机会给围拢在他身边庆祝进球的森林队球员们上课："看看这看台，这才是我们的主场！看到没有？这是我们的球迷！好好干！现在回到场上继续教训那群伦敦佬！"

送走了兴奋的球员们，他回到教练席，德斯·沃克站起来，和他击掌庆祝："干得漂亮，托尼！"

"不是我，是莱斯特和道森干得漂亮。"唐恩谦虚了一下。

"你们都干得漂亮！"沃克笑着说。

和沃克庆祝完，唐恩抬头看到了教练席正上方的迈克尔一群人。他很高兴地看到对方脸色很尴尬，想要庆祝又不愿意在他眼皮子下表现得太高兴。于是看着这群不知所措的可怜人，唐恩咧开嘴笑了。

迈克尔马上沉下脸对他喊道："不要高兴得太早，我们还落后两个球！有本事你让我们反败为胜，晚上我就请你喝酒！"

唐恩指着他大声回问："这可是你说的？"

"是我说的！"

"等着掏钱吧！"

唐恩回身坐下，然后对旁边的沃克说："德斯，晚上去伯恩斯的酒吧喝酒，有人请客。"

沃克笑着点点头。

"诺丁汉森林最近的一次在主场和西汉姆交锋是1998年的9月19日，那也是森林队在英超的最后一个赛季，他们主场和对方战成0：0平。"莫特森开始交代两队的交锋史，这是非常典型的英式解说。但是在这之后，莫特森话锋一转，开始大肆赞扬刚才杰克·莱斯特的那个进球，"杰克·莱斯特（Jack Lester）上半场的表现简直就是一个大'笑话'（Joke），但是下半场这个进球却可以被选入本轮足总杯最佳进球的前三！我不知道中场休息的时候森林队的更衣室内发生了什么，但很明显如今的森林队和上半场完全不同。西汉姆联队有些挡不住了！也许托尼·唐恩在更衣室里说了些什么吧，森林队现在士气高涨，而西汉姆显然被打蒙了！"

这位英格兰名嘴说得不错，西汉姆确实被打蒙了。他们没想到下半场刚刚开始两分钟，自己就丢了一个球。而且对方这球进得如此漂亮，足够让原本昏昏欲睡的球迷从座位上一跃而起，也可以让自己沮丧地抱着头。

足球比赛就是这么奇妙，一个进球就能打破场上的平衡，让胜利的天平发生偏斜。

莱斯特这个进球点燃了森林队球迷的热情，也点燃了森林队球员的激情，他们逼抢更积极，抢断更凶狠，进攻更快速。

唐恩知道西汉姆中场的强大，卡里克和埃杜瓦多·西塞在中路的防守相当成功。如果和西汉姆互拼中场，只能让比赛节奏回到对方脚下。因为就目前的森林队来说，论技术他们肯定不如西汉姆。没理由拿自己的弱点去迎合对方的优点。现代足球比赛说白了就是互相制约的较量，如何破坏对方的技战术体系是头等大事，无论如何不能让对手把他们最擅长的东西打出来，这点在弱队打强队的时候尤为重要。

既然我中场控球比不过你西汉姆，我就不通过中场。平行站位的四中场百分之七十的用处是防守，像砍树一样对待乔·科尔和李·鲍耶，只要他们两个拿球，最少一个，一般两个森林队球员围上去，就是一通乱抢。最后的结果要么是森林队犯规，要么就是两人丢球，绝对不会出现他们带球从森林队防守阵中绕出来的情况。

掌握了控球的森林队进攻打得很简单，简单到可以说粗糙的地步——大脚长传。以前英格兰最传统最擅长的足球风格，唐恩决定这么打，也是因为森林队的前面有一个强力前锋，到目前为止还没什么发挥的马龙·海尔伍德（Marlon Harewood），一米八六的身高，强壮的身体竟然还拥有出色的脚下技术，虽然射门技术方面让唐恩不满意，但是这身板放在球场上还是很有冲击力的。用来对付心不在焉的西汉姆防线是最好不过了。

西汉姆的中场被森林队完全压制，上半场梅开二度的迪福这个时候反而显得有些多余了，和他一样缺乏运动的还有老将迪卡尼奥。这场比赛之前意大利人身上就有轻伤，要不是球队锋线实在无人可用，他也不会让三十四岁的老将顶上去啊。卡努特虽然坐在替补席上，但是罗德从心里就没准备让马里人上场，他是来充数的。看着前锋在前面碌碌无为，而中场和后防开始频频吃紧。罗德心里寻思着应该换人调整了。

如果换下迪卡尼奥，换上谁好呢？他扫了一眼替补席。边锋特雷沃·辛克莱尔、攻击型中场唐·霍奇森（Don Hutchison）、中后卫加里·布林（Gary Breen），再加上前锋卡努特和替补门将范德胡。

真让人头疼，他挠了挠头。

就在这个时候他听到看台上传来了巨大的欢呼声！

怎么回事？

连忙转身向球场上看去。

他看到那个森林队的 18 号前锋飞快地穿过了自己平行站位的后防线，而安迪·里德的传球也恰到好处地送到他脚下。就这么轻易地破掉了自己的越位陷阱……

"这他妈是哪个混蛋的失误……"看起来风度翩翩的"绅士"也禁不住爆粗口了。

他刚才背对球场，没有看到自己的队长乔·科尔因为过于黏球而被对方的加里斯·威廉姆斯断球成功，直接横传转移给了球场另一侧的安迪·里德，里德一脚漂亮的直塞，和马龙·海尔伍德心有灵犀的斜线跑位，就这样轻松地撕开了英超级的防线。

唐恩从教练席上站了起来，身体前倾关注着场上的这次进攻。身边的人也陆陆续续从座位上站起来，准备等待欢庆进球的那一刻。

海尔伍德……我知道你射术不精，但是如果这种球你都进不了，明天就给老子去预备队！唐恩在心里咬牙切齿道。

安静的维尔福德训练基地，铁质雕花大门紧闭，门右侧有间小屋开了条缝，一个清晰的声音从里面传出来。

"这是单刀！海尔伍德不会浪费这种机会！他射门……It's Goal！！"

小屋的门被猛地撞开，白发苍苍的老头子麦克唐纳从屋子中跳了出来，高举双臂站在门口大喊："Goal！！"那气势把地上的落叶都震得飘飞起来。

和他一样激动的还有在城市球场看台上的两万七千名森林队球迷，他们同样高喊："Gooooooooal！！！ Forest Go！Go！Go！"

收音机里继续传出解说员的声音："这是森林队在十三分钟内的第二个进球！他们气势如虹——！！西汉姆联队没有想到下半场的森林队会给他们如此沉重的打击，三球优势转瞬间变成一球领先，他们岌岌可危！瞧森林队的劲头，他们说不定可以扳成平局呢！"

麦克唐纳冲着屋子喊："狗屎！我们可以反败为胜！"

那个年轻人兑现了他的承诺，我们进球的消息一个接一个从收音机里传了出来。干得漂亮，托尼！加油，森林队！

城市球场的看台彻底沸腾了，比上一个进球温度还要高。海尔伍德冲向了场边，森林队的主看台，他在那里受到了球迷们的顶礼膜拜。身后一群队友很快将他压在身下。

这一次在场边的唐恩也抑制不住内心的激动，一蹦老高，然后和德斯·沃克紧紧拥抱在了一起。这真是……没法让人保持冷静的下半场十五分钟啊！这群人真的做到了，自己这个狸猫换太子的主教练所布置的战术真的成功了！我们还差一球！我要反败为胜！

"托尼！托尼！你真他妈太棒了！我爱你！"沃克在他耳边疯狂地吼叫着，此时此刻他是彻底服了这个代理主教练。

"我他妈也爱你……"唐恩顾不上这么说会不会有些不对劲了，他就想宣泄自己内心的情绪，"……我他妈爱你们所有人！"

在转播席上看到沸腾的球场，以及和助理教练紧紧拥抱在一起的托尼·唐恩，约翰·莫特森不停地摇头："难以置信，难以置信……这真是令人难以置信的下半场十五分钟！上半场的森林队毫无斗志，一盘散沙，现在的他们却连扳两球，看上去随时都会吃掉西汉姆联队。究竟在中场休息的时候那个代理主教练给球员们施加了什么魔法？究竟是什么让他们重新焕发活力？我想，等比赛结束之后一定会有无数人关心这一点！但是……现在！请大家继续关注这场足总杯第三轮的比赛，让我们看看诺丁汉森林队是不是能够反败为胜！让我们看看这场森林奇迹能不能成功上演！"

当森林队的球员们在主裁判的催促下重新回到球场，准备继续比赛的时候，看台上的热浪也稍微缓解了一下，但是紧跟着城市球场的上空响起了久违的歌声。

唐恩听出来了，这是他在赛前曾经听到的，但是很快就被嘘声打断了的歌声。

"We've got the whole world in our hands！世界在我们手中！我们是英格兰最好的球队！我们战无不胜，攻无不克！我们无所畏惧！因为我们是最好的球队！因为世界在我们手中！！"

这种骄傲自豪的歌词，如今球迷们终于可以理直气壮地唱出来了。

唐恩站在场边，环视千万条手臂和围巾晃动的看台。诺丁汉球迷发出巨大的歌声冲击着他的耳膜，脑中嗡嗡作响。以前只能在电视转播中才能看到的场景，如今自己就真实地置身于此，这不是梦！这不是梦！

我爱这种声音，我爱这里的味道，我爱这激动人心的场面！

感谢老天爷，你让我来到这里成了一个教练。是的，我找到了最适合我的事业和位置，我不会再彷徨，也不会再犹豫。因为这里是我注定应该停留下来的地方！

他张开双臂，身体后扬，高昂起头，闭上眼睛，尽情享受着围绕在自己身边的欢呼声。

第九章

裁判是主角（上）

"We've got the whole world in our hands！"的歌声还在城市球场上空飘荡回响，森林队的球员们又有了主场作战的感觉：周围都是支持他们的人，他们的每一个动作都可以获得球迷们毫无保留的喝彩。是的，就是这样的感觉，他们已经有段时间没有感受到了。

来吧，来吧！来多一点吧！我们永远都不会觉得厌烦的！

在球迷的助威声中，森林队向西汉姆联队的球门发动了持续的攻势，一时间詹姆斯的门前风声鹤唳。似乎森林队随便射一脚门都能进球似的。

格伦·罗德回头看了一眼替补席，他发现替补中后卫加里·布林还在座椅上。

"见鬼！布林你怎么还在这里？我不是让你去热身了吗？"

加里·布林一头雾水，主教练什么时候让自己去热身了？但他清楚现在不是和气急败坏的罗德争辩的时候，他连忙脱下套在身上的外套，跳下了替补席。

西汉姆联替补席上的变化也吸引了唐恩的注意。那个热身的人他有些面生，于是扭头问沃克："德斯，去热身的人是谁？"

沃克看了一会儿，随后告诉唐恩："加里·布林，爱尔兰国脚，一个防空能力很出色的中后卫。"

"看来我们的对手已经放弃比赛了。"唐恩笑道，"换上一个中后卫……五后卫就想阻止我们的进攻吗？把杰斯（Jess）叫回来吧，我想他也应该热身够了。"

沃克起身走去森林队热身的区域，大声吼叫着让伊恩·杰斯回来。

西汉姆联队想要守，这其实正合唐恩的心意。如果罗德有点魄力，让球队压出来攻的话，唐恩恐怕会觉得很难办。但是对方要守，这比赛就简单了。不就是密集防守吗？他相信随着比赛的进行，西汉姆球员的心态会从不屑变成焦躁，脚下动作会逐渐增大，犯规次数也会变多。自己能够得到的前场定位球一定不会少。

三十一岁的前苏格兰国脚伊恩·杰斯，拥有一脚漂亮的任意球绝活。十八次入选苏格兰代表队，收获两个进球。在比赛前一天的定位球演练上，唐恩在场边亲眼见识了这个老家伙的任意球水平，十脚里面能进六个！

他不要再多了，在这场比赛能够用任意球对西汉姆构成威胁就行，让西汉姆清楚死守是没用的。

趁着沃克去叫杰斯的空当，唐恩看了看球场，在靠近自己这一侧的是安迪·里德，而西汉姆联队在这一侧活动的则是另外一个颇有些名气，曾经的天才中场李·鲍耶。看着这个长脸短发的西汉姆球员，他突然想到了西汉姆还有一个弱点可供自己利用。

鲍耶在查尔顿出道，却在利兹联彻底成名。

'01—'02赛季的利兹联被称为青年近卫军，他们在欧洲冠军杯中淘汰了强大的AC米兰杀入四强。队中担纲主力的多是年轻球员，二十一岁的乔纳森·伍德盖特、二十二岁的哈里·科威尔、二十一岁的保罗·罗宾逊、二十二岁的里奥·费迪南德、二十三岁的伊安·哈特、二十岁的阿兰·史密斯、二十五岁的马克·维杜卡、二十四岁的丹尼·米尔斯、二十一岁的罗比·基恩、二十六岁的罗比·福勒……那一个个星光闪耀的名字，当时的他们都还很年轻。后来因为利兹的经济危机，这些球员各奔东西。顺带一提，后来成为英格兰国家队新秀的伦农（Aaron Lennon）当时还在利兹联的青年队，才十四岁。

鲍耶是这个赛季的冬歇期刚刚转会西汉姆的，这是他代表球队踢的第一场比赛。

唐恩不否认鲍耶是一个天才，但是这个天才的性格缺陷嘛……就有些严重了。谁都知道他是英格兰的坏小子，甚至还有媒体公开称鲍耶是不折不扣的"人渣"。最近几年英格兰足坛著名的丑闻大多都有他的名字。

比如和伍德盖特殴打亚裔青年案，最后赔偿十七万英镑才被免除起诉；联盟杯脚踩对方球员杰拉多面部，赛后被西班牙媒体评论"几乎把杰拉多眼珠子踩出来"，被欧足联禁赛六场；辱骂自己的女友是猴子，因为女友有一半印度血统，他说"我不想让我的孩子返祖"，涉嫌种族歧视；强奸少女案，目前还没有定论，但是嫌疑人中有他和代尔；与自己的队友代尔在比赛中斗殴，随后被主裁判双双罚下，这件事情被载入了英超历史……

后面有几件事情都是2003年之后发生的。这让唐恩很清楚，鲍耶的劣性是根深蒂固，是发自内心和灵魂深处的，绝对不是一时冲动，也不会得到消除。只要利用好这一点，就能再把西汉姆往失败的深渊推一把。

第四官员在场边举起了换人的牌子，率先做出调整的是西汉姆。罗德换场上的果然是中后卫加里·布林，而他换下的则是碌碌无为的迪卡尼奥。一次很普通的，普通到傻子都能猜测出来的换人调整。

趁着这个时候，唐恩一把拉过了在边线附近的安迪·里德："安迪，看住鲍耶。"他指着不远处背对他们的坏小子。

"我整场比赛都在看他，老板。"

"不不，我是说换种方式。只要鲍耶拿球，你就上去不断地用小动作骚扰他，必要的时候可以使用犯规。但是小心掌握尺度，别被罚下。一两句的言语刺激也可以。总之……激怒他，让他失去冷静，剩下的……你知道怎么做了吧？"

里德很惊讶地看了看唐恩："以前的托尼·唐恩教练可从来不允许我们做这种事情！"

"以前你是小孩子，是青年球员。现在你是职业球员，是成人了！"唐恩随便找了一个借口，"你知道职业球员最高追求是什么吗？"

"呃……更多地进球？"

"是胜利！"唐恩吼道，"不能获取胜利的足球是失败的！好了，现在以胜利的名义，把鲍耶那个人渣给我弄下场！"他用力拍了里德一下，将他推上了场。

里德还有些犹豫地回头看看唐恩，唐恩却给他做了一个抹脖子的动作。他背后顿时起了一身冷汗——这真的是他所熟悉的那个托尼·唐恩教练吗？

"别管那么多，安迪！胜利，胜利！"唐恩的声音在背后响起来。

"好的，老板。我听你的……"里德回答道。

唐恩转身回教练席，发现杰斯已经在脱外套了。

"杰斯，你上场打波普那一边，有定位球都是你的。给我把球轰进他们的球门！"唐恩用力捣了一下拳头。

老将杰斯点点头："放心，老板。不会让你失望的。"

"嘿嘿。我知道你从不让人失望。上去狠狠地干他们！"唐恩鼓励了一番杰斯，将他推到了场边，第四官员再次举起换人的牌子，16 号欧根·波普下，22 号伊恩·杰斯上。

"两队同时做出调整。罗德换上了一名后卫，而唐恩则换上一个中场，继续加强进攻。看来他对于这场比赛的要求只有一个——胜利！伊恩·杰斯，苏格兰国脚，出场十八次，两个进球，擅长任意球，是苏格兰队的首席定位球专家。相信森林队接下来的所有任意球都将由他来主罚！"

"托尼，你刚才和里德讲了什么？我看他似乎有些困惑。"沃克真的很细心，这些细节都能观察到。唐恩觉得他会成为一个出色的助理教练。

"没什么，我让他尽量激怒鲍耶。"

沃克笑了起来："这主意真棒！以前的托尼·唐恩可想不出来。"

唐恩知道还有一段时间，他必须面对这种被人诧异的和以前相比的现状。他摸摸后脑勺："感谢上帝，我脑袋开窍了……德斯，距离比赛结束还有多久？"

"不算伤停补时，还有二十四分钟。"

"下半场还有一半，两个球。唔……德斯，你不觉得我们身后安静很多了吗？"唐恩突然问。

沃克回头看了一眼，随后就笑了。实际上坐在教练席上根本没有安静和不安静的分别，周围都是球迷的呼喊声，他们两个人说话都要把头凑到很近，才能听到对方在说什么。唐恩的"安静"意思是之前那些辱骂声统统消失了，沃克回头看到带头骂人的迈克尔此时此刻正和自己的伙计们卖力地给森林队球员加油呢，他们伸出双臂，高呼"Forest"的样子可比对唐恩竖中指的时候好看多了。

回过头沃克对唐恩说："托尼，我想晚上就算请一酒吧的人喝酒，他也会心甘情愿的。"

双方做出了各自的调整，而且很快在比赛中反映出来。但是最引人注目的并不是这两个调整，而是安迪·里德和李·鲍耶之间的"对抗"。唐恩觉得把"对抗"换成"冲突"会更形象一些。

里德很听话地执行了自己的指示。唐恩回忆了一下，在青年队的时候，里德就很听自己的话，因为自己是把他挖掘出来的那个人。森林队青年队、少年队无数人，能够从中脱颖而出，效力于自己热爱的森林一线队的人却少之又少。里德今年才二十岁，虽然是出生于都柏林的爱尔兰人，却从小就在森林队接受足球训练。

刚刚鲍耶拿到球，里德冲上去，又拉又推的，虽然主裁判及时鸣哨吹了他犯规，还是把鲍耶搅得满头火。

唐恩在下面很仔细地观察鲍耶的表情变化。这黄毛小子放在街头，喝点小酒就是一个典型的足球流氓了。里德做得还不够，鲍耶显然在压抑火气。

他在利兹效力了六个半赛季，最初光芒四射，星途无限，随后就被无穷的丑闻缠身，加上自身伤病原因，状态一落千丈。上个赛季才随利兹重新崛起，帮助球队战胜 AC 米兰，进军冠军杯四强。本赛季他选择转会西汉姆联队，就是希望在一个新环境从头开始，向世人证明那个天才鲍耶还没死。

但是可惜……

你不死，我就死了。唐恩在心里说。

在唐恩所熟知的那段历史中，2003 年的鲍耶只在西汉姆效力了短暂的半个赛季，出场十次，屈指可数。随后就自由转会去了纽卡斯尔，然后混得一直都不好。不知道是否和这场比赛有直接关系……总之，曾经被人寄予厚望，又多次失望的天才坏小子李·鲍耶彻底沉沦了，再也不复当年之勇。

乔·科尔已经被彻底冻结，面对森林队这种不要命的防守，他退缩了。毕竟只是一场足总杯，十一天后他们有更重要的英超比赛呢，如果在这场比赛被踢伤了，无疑会给球队保级道路蒙上一层阴影。有些球，能让就让，能躲就躲了。

于是西汉姆在反击中把重心转移到了球场另一侧的李·鲍耶。他们希望这位曾经的天才可以帮助球队摆脱目前尴尬的局面。偏偏他们挑错了对手和日子。

连续第三次！里德用犯规阻挡了鲍耶的突破，对此他付出的代价不过是裁判的口头警告。而鲍耶脸色越发难看了。

随后一次进攻中，鲍耶接到乔·科尔的传球，本该选择传给位置更好的迪福，让后者突破。他却自己带了几步之后，射了一脚很泄士气的高射炮。

"其实鲍耶这脚射门的目标是城市球场的看台顶棚！"莫特森毫不留情地讥讽着。上半场森林队表现失常，他讥讽森林队。如今轮到西汉姆联队了。

唐恩攥起拳头猛地摆了一下："成了！"

看台上的森林队球迷开始现场编歌来嘲讽鲍耶的这脚射门："李·鲍耶是一个出色的橄榄球手！他踢出去的球直冲云霄！噢耶！"

听懂了这歌词的意思，唐恩很开心地哈哈大笑。英格兰的球迷一定是全世界最有才，最棒的，他喜欢这种环境。

看到鲍耶把球射向天空，罗德懊恼地摆摆手，而球场上的迪福则有些不满，他冲鲍耶喊："嘿！我在这里！不在天上！"

"我管你去死！"鲍耶很不友好地回应了自己的队友，然后转身跑走了。

身后的迪福十分委屈地向乔·科尔耸耸肩，年轻的队长显然也没有办法制约这个桀骜不驯的新队友，他只能摇摇头，无可奈何。

本来唐恩计划中应该是里德激怒鲍耶，鲍耶试图报复，然后里德很夸张地倒地，主裁判给里德一张黄牌，给鲍耶一张红牌。这是一个很不错的计划，让对方少一个人，少一个进攻点，还大损士气。

没想到场上风云突变，完全出乎他的预料。

第九章
裁判是主角（下）

被鲍耶很不友好回应了的迪福似乎也有些火气了，西汉姆接下来的一次进攻，乔·科尔把球传给迪福，鲍耶在伸手要求，迪福却埋着头带，最后被道森一脚铲掉，始终没有搭理一下鲍耶的呼应。

看着足球被森林队的球员轻松得到，然后打反击，位于中场的鲍耶不是第一个上去阻挡，而是径直跑向了刚刚从地上爬起来的迪福。

"你他妈眼瞎了？看不到我在找你要球吗？"他对着比自己小六岁的迪福一通怒吼。

迪福也不甘示弱："那我找你要球的时候你怎么做的？"

两人在球场上对骂，完全无视比赛正在进行的现实。

"你这个婊子养的黑鬼！"鲍耶一巴掌扇在了迪福的脸上，直接将他抽倒在地。看台上顿时发出了巨大的嘘声，这不代表不满，而是起哄。森林队的球迷在为两人起哄。

就在两人身边不远处的道森连忙冲过去将怒气冲冲的鲍耶拉开，才避免了他接下来对迪福的拳打脚踢。主裁判尖锐刺耳的哨音紧接着响起，西汉姆联队的场上球员在短暂的错愕之后也冲向了事发地点，森林队除了道森，其他人则都在看戏。里德更是先看了场下主教练的反应。

没想到他看见主教练非常吃惊。

唐恩吃惊是因为：他记忆中鲍耶和自己的队友在比赛进行中发生斗殴是在 2005 年 4 月 2 日，纽卡斯尔对阿斯顿维拉的英超比赛中。在此之前，从来没有听说过这家伙还在场上打过自己的队友。唐恩相信今天比赛结束之后，这件事情经过媒体的炒作，会在一夜间家喻户晓的。那么纽卡斯尔的那次事情还会不会存在了呢……他从来没有觉得自己出现在这里会给以后带来什么影响，但现在他切身感受到了。

未来……并不像他以为得那样有把握了。

不管唐恩心里怎么想，森林队的球迷们则是乐翻了。他们马上将刚才的歌又改了词："李·鲍耶是一个出色的拳击手，漂亮的左勾拳，迪福倒地了！裁判在读秒，噢耶耶！"

罗德在场边将一瓶水狠狠砸在地上："这个该死的白痴！"本来球队目前形势就很紧张，再被罚下去一个人，那就更困难了。

莫特森在解说席上尖声叫道："鲍耶出拳，他漂亮地击倒了迪福！但他似乎忘记了这是足球比赛，而不是拳击。那个令人厌恶的鲍耶又回来了，他完全搞不清现在的状况，西汉姆将为此付出代价，他们肯定会少一人了。这真是令人难以置信的一幕，我相信赛后他的这一拳会让他登上各大报纸的头版头条，这是我第一次看到有球员在比赛中攻击自己的队友！李·鲍耶创造了历史，他会因此而被人们永远'铭记'！"

唐恩很快把对未来的恐惧甩在了脑后，他站起身走到场边，向造成这一幕的"隐形英雄"里德竖起了大拇指。接着他让球队适当前压，乔·科尔被冻结，没了鲍耶的西汉姆中场不再可怕，迪福在这次斗殴中虽然是一个纯粹的受害者，并不会受到什么惩罚，但是他的心态和状态也必将受到影响，如果罗德足够聪明的话，迪福就不会在场上多待几分钟了。

西汉姆的进攻已经毫无威胁。剩下的时间，就看森林队如何一个球一个球地把失去的分数全都抢回来。

主裁判向动手打人的李·鲍耶出示了一张红牌，毫无悬念。看台上发出了巨大的哄笑声和嘘声，鲍耶一脸愤怒地转身走向场边，对西汉姆的队友们不理不睬。罗德也很不满鲍耶的举动，他站在场边，任由鲍耶从自己身边经过，走进了空无一人的球员甬道。这一刻，刚刚从利兹联转会过来的鲍耶是孤独的一个人。

迪福被队医搀扶到了场边接受检查和治疗。主裁判示意双方球员去中场附近争球。

这场比赛的场上局势基本已定，但是唐恩没有回教练席。他站在场边，双手环胸，等着随时庆祝进球。

他相信这场比赛的最终胜利肯定属于自己的球队，因为下半场到目前为止都按照他的计划在进行，不可能再发生什么意外了。

少一人作战的西汉姆不得不全面回收，打出状态的森林队球员在他们眼中也变得格外难防，很多时候不得不借助犯规才能阻止对方疯狂的攻势。而这又正好给了下半场替补出场的杰斯表现机会。两个直接任意球都质量极高，一个贴着横梁飞出，一个则被詹姆斯很狼狈地扑出底线。

看到这两个任意球，唐恩在场边也情不自禁地抱住了头，叹息不止。用《大腕》里面傅彪的那句话来说："就差一点，就差那么一点啊！"

当比赛进行到全场第八十分钟的时候，森林队终于获得了一次绝杀的机会。

里德在边路的带球突破传中，被下半场换上来的加里·布林顶出底线，森林队获得一个角球。

只要杰斯在场上，定位球肯定都是他的特权。他抱着足球放在角旗区，然后后退，紧紧靠在广告牌上，身后就是森林队的球迷看台。无数双手拍着他的肩膀，给他鼓劲。球迷们兴奋地吼着："杰斯！把球直接送进去！你能做到的！"

杰斯回头微笑地看了看这么喊的球迷。球迷们总会把很难的事情说得仿佛三岁小孩儿都会做一样，其实这是他们表达情感的一种方式，对于他们喜欢的球员，他们总是期望甚高。球迷们这么喊，说明他们已经放下对森林队球员的隔阂了。

道森本来在禁区外面游弋，但是他很快听到唐恩在场下大喊："迈克尔，你在外面做什么？给我进去！到门前去！"

道森身材高大，头球出色。十九岁就长了一米九的身高，在对方门前确实是一个来自空中的威胁。他听话地跑了进去，顿时让詹姆斯紧张起来。

"看住他！看住他！别让他跳起来……该死！"詹姆斯还没把话说完，就听到主裁判已经吹响了哨子。而杰斯也把球发了出来。

负责防守道森的是西汉姆的首发中卫伊安·皮尔斯，同样身高一米九，只有他能在身高上和道森抗衡。

但是在弹跳方面他就差多了，道森在两个人的包夹下依然高高跃起，一个漂亮的甩头攻门！

詹姆斯面对近在咫尺的射门毫无办法，他眼睁睁看着足球飞进了球门！

"轰！"城市球场再次沸腾。

"迈克尔·道森！这是他在森林队的第一个进球！年仅十九岁的中后卫！"

"干得漂亮！"唐恩看到足球飞进球网之后，狠狠挥了挥拳头。

森林队的球员们也跑向兴奋的道森，准备庆贺进球。但就在这个时候，所有人都听到主裁判的急促的哨音，他站在门前，手指向脚下，那里躺着伊安·皮尔斯！

"进球无效！真是令人意外的局面……迈克尔·道森的进球被判无效。主裁判认为他在起跳争顶的时候压住了伊安·皮尔斯。但是显然……嗯，场边似乎发生了什么？"随着莫特森的声音，电视镜头切向场边，森林队的教练席。

唐恩一脚踢飞了放在场边的水瓶，非常愤怒。在他看来，这是一个好到不能再好的进球了，却被主裁判莫名其妙地吹了出来。这个发泄动作给他招来了第四官员的"关照"。

"唐恩先生，你最好约束一下自己的行为。我不想让主裁判过来给你一张红牌，我想你也不希望如此吧？"第四官员走到唐恩面前，对他严厉斥责道。

这个时候的唐恩很想骂脏话，但是他被沃克给拉了回去。

"真抱歉，我保证不会再出现这样的事情了……"沃克一边费力地往回拖着唐恩，一边扭头向第四官员道歉。

"放开我，德斯！那个该死的裁判是在找平衡……"唐恩还不甘休。这次沃克干脆捂住了他的嘴。

"闭嘴，托尼！你想让我们失去最重要的人吗？比赛还没有结束，我们还有机会！"这一刻，那个总是笑眯眯充老好人的德斯·沃克一脸严肃地呵斥着自己的上司，唐恩都看愣了。随后他站直了身子，挠了挠头："你说得不错，德斯。我差点误了大事。多谢你提醒我。"

然后他转身回到场边，对场内大声喊道："别放在心上，继续进攻！我们还有机会……"在最后，他还是忍不住发泄了一下心中的不满，"干死他们！！"

第四官员听到唐恩的话，侧目看了看他，最终还是没来找他的麻烦。

"迈克尔·道森看上去有些沮丧。他为森林一线队打入的第一个进球就这样消失了。不过他是一个好小伙儿，非常具有潜力的中后卫，我相信假以时日，他会成为英格兰后防线上的新星。"莫特森预言着道森的前途，就目前来说却丝毫无法安慰小伙子的心。他现在可没想什么成为英格兰后防之星这种虚无缥缈的事情，他就想帮助球队战胜西汉姆。刚才本来是一个非常好的机会……

道森可以拿他的未来前途发誓，他刚才绝对没有争顶压人。如果说皮尔斯真的是因为和自己身体接触而倒地的话，那只有一个解释——皮尔斯太会装了。

混蛋！道森攥紧了拳头，后卫也假摔！

唐恩继续站在场边，双手环胸。

到目前为止，这场比赛还算让他满意，因为帮他解决了好几个麻烦：首先他的这个新风格得到了充分展现，并且让所有人接受。其次帮助他在球队树立了足够的威望。最后让他自己找到了信心和方向。

要说唯一的遗憾嘛……

唐恩抬头看了眼西看台上的电子记分牌。

比赛还剩不到七分钟，比分仍然是2:3，下半场占尽优势的森林队还以一球的劣势落后于英超西汉姆联队。

第十章

我们被强奸了（上）

城市球场看台上的歌声还在继续，时间一分一秒地流逝。在比赛的最后阶段西汉姆稍微有了一些反击，他们也不想用这么狼狈的方式结束诺丁汉之行。

可惜换下迪福的西汉姆失去了最后一个进攻箭头，只能把乔·科尔顶上去。乔·科尔可不是做前锋的料。他在中场如鱼得水，一旦进入禁区，就不知所措了。迈克尔·道森防守这样的乔·科尔得心应手，完全不需要唐恩在场下操心什么。

反倒是压出来的西汉姆给了森林队更多反击的机会。唐恩在场边看到焦急的罗德不停地挥舞着手臂示意球队压上去，他就在心里冷笑。都这个时候了，你压上来有什么用。担心一个球优势不够了？早干吗去了？

唐恩决定使用本场比赛的第二个换人名额。他把热身的大卫·约翰森叫到身边，示意他上场替下莱斯特，和海尔伍德轮番冲击西汉姆的防线。因为唐恩发现了一个问题。西汉姆下半场换上去的中卫加里·布林在场上打的实际位置是拖后中卫，他经常拖在整条后卫线的最后面，这显然是一个可以利用来打快速反击的好机会。所以唐恩让约翰森上场给里德捎话："多直塞。不要怕越位，只要抓住一次机会，就能要他们命！"

第四官员再次举牌，约翰森换下了莱斯特。

莱斯特走到场边的时候，唐恩主动向他伸出了手："干得漂亮，杰克。去更衣室冲个澡吧。"

莱斯特伸出手却摇了摇头："不，这个时候我可不愿意回到更衣室，我得和大家在一起。"

唐恩笑着和他握了一下："那你就留在这里吧。"

到这个时候，唐恩对于拿下这场比赛还是充满了信心的。真奇怪，没有人告诉他这场比赛一定会赢，在他的记忆中，他从未听说过这场比赛，不知道最后比分是多少，结果如何，但他就是这么坚定地相信他们会赢。这信心究竟来自哪里？

也许是看台上不停歌唱的球迷，也许是场上卖力奔跑的球员，也许是坐在他身后支持他的德斯·沃克，也许……是其他什么。

他微微闭上眼，之前一直很激动的心情终于可以平复下来了。前面四十分钟，他仿佛置身梦境，脚下踩的不是坚实的土地，而是白云。自己真的带领一支甲级球队把英超球队逼得如此狼狈吗？我不是在玩足球经理游戏吧？在场上奔跑着执行自己命令不是一个个死板的数据，他们是活生生的人。自己不是在酒馆里面和一群喝高的球迷纸上谈兵，这一切真的实现了，他的那套东西能够战胜敌人。

唐恩觉得这才是他最大的收获。

重新睁开眼，看到满座的看台和在球场上来回奔跑的球员们，他的内心被成就感填满了。

约翰森的上场体现了唐恩在临场指挥方面的天赋和才华。他刚刚上场半分钟，就获得了一个绝佳的机会。可惜在面对詹姆斯的时候这个牙买加人把球射偏了。

看着足球擦着门柱滚出去，森林队的球迷发出了巨大的叹息声，比赛时间所剩无几，如果这球进了，那趁着这口气就能拿下西汉姆联队了。所有森林队的球迷都在憧憬晚上如何庆祝这场胜利。

唐恩也很惋惜，他抱着头蹲在场边唉声叹气，活似球迷，一点都没有身为主教练的沉稳冷静。

重新站起来，看了看电子记分牌，还剩三分钟了。第四官员还没有提示伤停补时会有多少分钟，但是经过鲍耶和迪福那么一闹，怎么也应该补五分钟吧。还有八分钟，要进两个球……似乎有些难度。

这个时候他再次怨恨起场上的裁判来了。如果道森那个球没被吹出来，现在只要一球他们就能淘汰西汉姆联。

还在他为此懊恼的时候，森林队再次获得绝佳机会！

又是里德，又是一次中场的斜线直塞，约翰森漂亮地启动，在禁区前面接到足球，随后起脚轰门！

足球狠狠撞上球网！

但这次不等森林队的球员球迷们欢呼庆祝，边裁成了主角。他平举旗帜，指向远端，那意思很明显——约翰森越位了。

约翰森对这个判罚很不理解，他指着自己"What""What"地问边裁，边裁没有回答他的疑问，只是平举旗子，看着前方。仿佛站在他面前的约翰森是空气一样。

其他森林队球员也围上来质问边裁的判断。看台上响起了巨大的嘘声，这次不再是针对自己球队了，球迷们不满的对象是裁判。

相反，场边的唐恩反而没有任何过激的表示。

在看到这球被主裁判和边裁判判成越位，场边的第四官员就扭头看着唐恩，这个危险人物什么都没做。他只是转身对着教练席张开双臂，无奈地摇摇头。

唐恩这么"温顺"的表现，就连他的搭档沃克都觉得奇怪。

他看到唐恩走了回来，然后一屁股坐在身边："托尼你没事吧？"

"我能有什么事……"唐恩瞄了一眼还在和边裁争论的球员们，"德斯，这场比赛我们输了。摊上这样的裁判，你什么办法都没有。"

坐在椅子上的唐恩将头埋在双臂中，显得很沮丧。

是的，我算准了对方教练的反应，我也算准了自己球员们的表现，我的战术完全压制对方，我激起了这群球员们的信心和斗志。却唯一没有算到主裁判这个因素，足球场上总有这样那样的意外，今天轮到我了。

沃克看到唐恩这么沮丧，也不知道应该说什么。下半场他们有一个美妙的开局，没想到最后却要无奈接受败局："托尼……我觉得你做得已经很出色了。中场休息之前谁能想到我们可以看见这样一支球队？有些事情是我们没法掌握的……"

主裁判坚持了他对于这个球的越位判罚。西汉姆联队主教练罗德长出一口气，和他一样的还有一千多名西汉姆联球迷。他们感觉今天的比赛简直就是一次在危机四伏的茂密丛林中的冒险，最后他们侥幸死里逃生。

这场比赛的最后结果就是如此，2∶3，森林队在自己的主场输给了超级球队西汉姆联队。

当主裁判吹响终场哨的时候，森林队的球员们显然对自己这个成绩并不甘心。唐恩甚至在场边看到了道森眼眶中的泪光。他是如此努力，却没有收获一场理所当然的胜利。

和自己的人庆祝完胜利的罗德本来想和唐恩握手说几句场面话，但是他扭头却没在教练席前找到主队的主教练。托尼·唐恩已经走向了球员甬道。

德斯·沃克本来在忙着安慰球员，发现唐恩竟然直接走向场外，没有和对方主教练握手，于是打算叫住他："托尼，你去哪儿？"

"回去。"

"你还得和对方的主教练握手！"

"你帮我握了。"唐恩头也不回，继续向里走。

"可你还要去参加新闻发布会！我不能再代替你了……"

唐恩停下脚步，转身看着沃克点了点头："好吧，我会去的。"

看着那个倔强的背影，沃克叹了口气。真拿他没办法。他发现罗德在看着自己，连忙做出抱歉的笑容，伸手走向对方。

第十章

我们被强奸了（下）

唐恩记住了沃克的话，从球员甬道径直走进了新闻发布厅。小小的发布会现场除了架好的摄像机，还没有几个人。主持人对于唐恩这么早来有些诧异。

唐恩看他的眼神不对劲，便问："我来太早了吗？"

"是的，先生。这个时候大多数记者都还在混合区采访球员们呢。"

唐恩看了看台子，在标有自己名字的位置上坐下："那我在这里等就好了。"

主持人没有表示异议。唐恩借此机会仔细观察了一番新闻发布会现场。他知道最起码自己还要经常出现在这里半年。啊，在这么多家媒体面前高谈阔论，然后让那些记者把自己说的话变成铅字，这是多么美妙的事情啊……

但现在的唐恩可没心思去想那些。他还在为球队输给"不可抗因素"而耿耿于怀。

他这么沉思着，不知不觉间新闻厅的人越来越多，声响也越来越大。等唐恩回过神来的时候才发现记者们大多已经出现在了这房间中，只是很少有人坐在自己的位置上，他们三三两两站在一起聊天。

聊什么呢……聊刚才的比赛吗？

旁边客队主教练的位置还是空的。唐恩心里涌上一丝怒火。你个混蛋罗德，赢了球还要让我等你，架子很大啊！

他敲敲话筒，音响中传出被放大的敲击声，在场的记者都扭头看着他。

"我宣布新闻发布会正式开始，你们有什么想问的就赶紧问吧。"唐恩完全把主持人抛在了一边，自己身兼数职。

记者没想到这个主教练是个急脾气，他们看了眼主持人。主持人也觉得让一方先接受采访没什么，所以他耸耸肩："可以开始了。"

记者这才纷纷落座，一个个举手提问。当然，大家最关心的还是为什么上下半场森林队差别如此巨大。

"关于这个问题……很简单。中场休息的时候我叫了一群球迷去更衣室。"唐恩很简短地回答了这个问题。下面却炸开了锅。

更衣室是什么地方，记者们很清楚。这个神秘的地方对记者来说是完全不开放的，很多记者削尖了脑袋想要探听一个球队更衣室的秘闻，都不能如愿。托尼·唐恩却让球迷们大摇大摆地走进了更衣室！

一时间无数双手举了起来，场面变得有些难以控制。主持人不知道应该怎么办了，这么多记者都要求提问，叫谁呢？

还是唐恩帮他解了围，一巴掌拍在桌子上。嘭的一声，现场安静下来了。

唐恩板着脸对下面的记者说："我知道你们想问什么。也许在所有人眼中更衣室很神圣，但是在我眼中不是。就这么简单。我拒绝再回答一切有关更衣室的问题。你们想了解情况自己去找那些球迷吧。下个问题。"他很不耐烦地看了看手表，这都十分钟了，格伦·里德还没来。超级教练就是不一样啊，架子大得很哪。如果自己不主动一点，恐怕现在还像傻瓜一样在这里干等呢。

记者们面面相觑，这个教练似乎脾气不太好啊。这样不鸟新闻界的教练很少，只有大牌经理才有资格这么做呢。比如阿列克斯·弗格森爵士……

会场沉默了一会儿，唐恩以为记者们没有问题问了，起身要走。这个时候有人举起了手："等等，托尼·唐恩教练！我是《诺丁汉晚邮报》的记者皮尔斯·布鲁斯，下半场我们有两个进球被判无效，我想听听您对此的看法。"一个戴着金丝框眼镜，白净的年轻人站起来问道。

唐恩看到这个人就想到格伦·罗德，他没好气地反问："你想听到什么？我做了最适当的战术安排，我换上了最棒的球员，我以为自己能够收获一场漂亮的胜利。但是当你发现你怎么努力都没法和一些'不可抗因素'作战时，你就能明白我现在的心情了。"顿了顿，他看了看这个被自己说得哑口无言的可怜年轻人，看上去似乎和自己年龄差不多。也许还是报纸的实习记者呢……

"你问我有什么看法？我的看法就是：我们被裁判强奸了。"

底下顿时响起了嘘声和哄声。有人大声问道："经理先生，您是说'强奸'吗？"

唐恩很肯定地点点头："没错，强奸。不是'冒犯'，也不是'侵害''强夺''侮辱'。就是'强奸'！两个毫无问题的进球都能被判无效，这不是强奸是什么？"

主持人在旁边低声提醒他："唐恩教练，我想你清楚这么说会给你带来什么后果……"

唐恩白了他一眼："随便。"接着他指着兴奋的记者们说："你们就这样写，原封不动地写。我不在乎！再见，先生们！"

他放下话筒，转身走下台，正好罗德从广告板后面转出来。看到这小子满面红光，显然在更衣室里面已经庆祝过胜利了。

唐恩主动伸出了手，在记者的闪光灯下和罗德握在了一起。

"祝贺你，但你最好祈祷你的球队别降级。"他低声说了句，然后转身离去。罗德诧异地看着唐恩的背影，以为自己听错了，这么没有风度的对手他还是第一次见到。不过他哪儿知道，唐恩只是实话实说呢，因为这个赛季结束之后，他的西汉姆联队真的就降级了……虽然西汉姆这个赛季在下半赛季疯狂抢分，最终拿到了四十一分，还是无济于事。那个时候，不知道罗德会不会认为是唐恩恶毒的诅咒才导致他的球队拿了这么高的分数还降级呢……

唐恩才不管身后喧闹的发布会现场和那个一脸惊讶的罗德，他现在心情很不好。埋头走回更衣室，发现大家都在等着他。站在门口扫视了一下，所有人和他都一样，脸色很不好看。

这可不行，他还要靠这支球队赢球吃饭呢。他连忙露出灿烂的笑容："别把这件事放在心上，你们干得不错。"球员们的表情依然没什么变化。"虽然输了比赛确实让人不高兴……不过没办法。"唐恩耸耸肩，他觉得这话太没有说服力了，因为他自己都不相信这话能让人心情好一些。于是他深呼吸一口气，大声说："好吧，比赛输了就是输了，不管是因为什么原因输掉的。愁眉苦脸的也不能让那个该死的裁判更改比分。最重要的是接下来的比赛，这里输掉的，我们就要在其他地方找回来！解散！"

球员们都回到了大巴上。停车场周围还有不少森林队的忠实球迷，为球队下半场出色的表现而高歌欢呼。球员们开始享受这样的赛后，不少人脸上也露出了笑容。就算站在车外的唐恩也没有得到丝毫嘘声。他也没在人群中看到迈克尔他们，一想起喝不到他请客的酒，他就觉得可惜。

关键不是那顿酒，一顿酒能花多少钱？唐恩现在是主教练，虽然还是代理的，可薪水也足够喝上无数顿了。他其实就想看看迈克尔请他喝酒的表情。

现在好了，酒喝不成，那精彩的表情自然也没了。

他回过神来突然发现车上还少了两个人。两个助理教练。德斯·沃克和伊安·鲍耶。

鲍耶不熟，但是沃克是很有纪律观念的人，没可能到现在还不出来。

给司机说了一声，他决定返回去找找。

森林队的更衣室很狭小，但是对于现在只有两个人的情况来说，倒也能用空荡荡来形容。

鲍耶靠在墙上，看着面前的同事，什么都没说。沃克反而一脸怒火，攥着拳头怒视对方。

两人就这么对视了半天，鲍耶终于先投降了："你叫我留下来就是为了让我们大眼瞪小眼？如果没事，我先走了……"

他刚刚起身，就被沃克猛地扑上来按了回去。

"我喜欢的那个伊安·鲍耶去哪儿了？我崇拜的那个伊安·鲍耶去哪儿了？和我并肩作战的伊安·鲍耶哪儿去了？"沃克就像吹风机一样对着鲍耶大吼。

鲍耶一脸平静："对不起，德斯。我想我不明白你在说什么。"

"你不要装糊涂！当球队一团糟的时候，你在哪儿？当球队和我都需要你的时候，你在哪儿？不要以为我不知道你心里在想什么？你为球队服务了这么多年，你对球队的感情也有变质的这一天吗？！"

面对沃克的怒火，鲍耶保持了沉默。

沃克发泄完心头怒火，却发现鲍耶像个死人那样毫无反应。沃克突然不知道下面该怎么说了，用球队荣誉来激发他吗？他获得的荣誉可比自己多多了，什么大风大浪没见过？也许他嫉妒唐恩也是应该的，毕竟他是球队的元老、功臣，换作是自己也会认为哈特的位置应该属于自己吧。他无法理解鲍耶的所作所为，但是每个人都有选择的自由和权利，不是吗？

他突然叹了口气，松开抓着鲍耶衣领的手，然后低头走了出去。

刚刚走出去，却看到把耳朵贴在墙上的托尼·唐恩。他被吓了一跳，张嘴就要打招呼，幸好唐恩眼疾手快，捂住了他的嘴。随后指着更衣室，示意他看。

沃克转过身去，两人透过半掩的门缝，看到更衣室内的鲍耶弯腰从更衣室柜子下面捡出一条红色的围巾。他有些奇怪地回头看了眼唐恩，唐恩什么都没说，只是示意他继续看。

那条红色的围巾也是诺丁汉森林球迷们扔下来的一条，但绝对不是唐恩捡起来给沃克的那些。它被遗忘在了角落里，只有鲍耶发现了它。

沃克看到鲍耶捡起围巾，仔细掸掉上面的灰。然后学着道森那样高高举起，放在灯光下端详。这时唐恩轻轻拍拍沃克，示意他该上车了。

两人这才悄悄地往回走。

"德斯，晚上陪我去伯恩斯的酒吧喝酒吧，我请客。"

"好主意，不过你怎么突然又喜欢喝酒又抽烟了？啊，我知道了！我忘了感谢上帝，虽然以前的托尼·唐恩不抽烟也不喝酒，为人谦逊有礼，不过我还是喜欢现在的托尼！"

第十一章

新闻人物唐恩（上）

上午起床后，唐恩太阳穴附近还有些痛。昨天和沃克在伯恩斯的森林酒吧喝了不少，因为心里高兴。他现在还记得当时在酒吧里面的人是如何恭喜祝贺他们的，伯恩斯也很高兴，因为昨天的酒几乎全都是他请的。

唯一可惜的是，唐恩没有看到迈克尔他们。也许他们自己觉得不好意思了，换了间酒吧聚会吧。

坐在床上发了一会儿呆，唐恩起身穿衣洗漱。随后在厨房找早餐吃的时候他又看到了冰箱门上贴的那张红色纸条。

看着上面"一定要赢"的誓言，他轻轻叹了口气。

唐恩已经接受了自己身为森林队代理主教练，并且从中国人变成英国人的事实。他拿出简单的早餐放到餐桌上，随后出门从信箱中取出今天的报纸，开始翻看起来。

身为一个普通中国老百姓，他原本是没有在吃早饭的时候看报纸这种习惯。这完全是身体内的英国基因在起作用。看来自己这具身体还要长期适应这种分裂的生活习惯。

直接将报纸翻到第九版，那是体育版面。他看到了有关昨天比赛的诸多报道。因为这是诺丁汉本地的报纸《诺丁汉晚邮报》，很多篇幅自然都是诺丁汉森林队比赛的消息了。唐恩大致扫了一下，基本上都是描述昨天那场惊心动魄的比赛，比赛过程唐恩早已熟悉，但从别人笔下描述出来的给他又是另外一种感觉。看着那些记者将自己描写得犹如名帅，唐恩心情很不错。

不过接下来的事情可就没那么好了。不知道记者们是如何找到那些曾经进入过更衣室的球迷的。媒体对于这件事褒贬不一，有人说这没什么大不了的，特殊情况特殊对待，托尼·唐恩也是为了球队成绩，为了激发球员斗志，而且效果很不错。另外一部分媒体则批评了唐恩这种不负责任的做法，他们认为更衣室是神圣的地方，不是什么阿猫阿狗都能进入的。不管以什么为理由，这种做法都不值得赞扬和提倡。

唐恩对此嗤之以鼻。他没觉得更衣室有什么好神圣的，媒体觉得神圣只是因为他们进不了，所以充满了臆测和粉饰。让他们亲眼看看昨天中场休息的森林队更衣室，傻瓜都不会认为那儿很神圣了。

他将报纸扔在一边，准备继续早餐。突然发现另外一份报纸头条很吓人，也很醒目。

"我们被强奸了！"

"强奸"（Rape）这个词被放大做了特殊处理，加黑加粗。

这话很眼熟嘛……嗯？这不就是自己昨天在新闻发布会上说的吗？再看看这话下面的照片，正是自己在新闻发布会上说这话的神态样子。

哈，成封面人物了。唐恩咧开嘴，拿起报纸仔细读。没什么实质内容，就是针对昨天裁判两次判罚。

"……托尼·唐恩有充分的理由认为他的球队被裁判和足总强奸了……"

喂喂，我可没说足总什么坏话啊！

"从赛后录像上来看，那两个判罚都有些牵强。如果说最后一个越位球还勉强说得过去，那么道森进的球被吹成进攻犯规，就有些不像话了。"

唐恩点点头：我喜欢这种口气。确实不像话，非常不像话。

"……我们的记者询问了足总专门负责裁判事务的官员约翰·贝克，他表示足总正在对此事和比赛录像进行研究，目前无法给出任何答复。但是他认为'强奸'这个词显然并不恰当。随后我们采访了当值裁判温特，他坚称自己的判罚没有任何问题……"

打了一个呵欠，唐恩将手中的报纸扔到一边。他想起来自己今天上午还有一件重要的事情要做。坐在这里看报纸实在太浪费时间了。

四十分钟之后，他站在了诺丁汉大学皇家医院对外开放的大门口。这是一幢由巨大青石砌成的六层大楼，大门口两侧矗立着两尊石像鬼雕像，让他觉得这不像医院，倒更像欧洲中世纪的黑暗修道院。

唐恩所谓的重要事情就是来一家权威可信的医院做次脑部检查。自从那天他附身这具躯体之后，他就在担心会不会有什么后遗症之类的，另外也为了以后堵住某些人的嘴方便一些，所以他选择来最权威的医院做检查。

诺丁汉大学皇家医院是为英格兰国家队和足总服务过的，唐恩相信这里的水平。

让过一辆尖啸的救护车之后，唐恩绕过花坛，踏上台阶，走进了大厅。

站在挂号处，他对里面埋头工作的胖大姐说："我想要挂一个脑外科的号，你们这里最好的脑外科专家……"他也不知道自己的问题具体应该找哪个，干脆说一个笼统的"脑外科"。

"有预约吗，先生？"

"呃，没有。"唐恩很少去医院，他讨厌那里的气氛和味道。不知道做个脑科检查也要预约。

胖大姐抬起头，随后愣住了。然后她拿起手边的电话："康斯坦丁教授。这儿有位病人需要您……"随后的话唐恩也听不清了，他觉得那个胖大姐似乎在躲着自己一样，干脆也把脸扭到外面，无聊地看着大厅中来来往往的人。

"先生，请您去四楼415号房间，康斯坦丁教授会在那儿等您。"胖大姐递了一张印有编号的纸条出来。

"谢谢。"唐恩接过纸条转身离去。胖大姐则拿起桌上的一份报纸仔细对照起来。那正是唐恩在早餐时间看到的报纸，在"我们被强奸了！"这句话下面，有他的正面大幅照片。

乘坐电梯来到四楼，按照门牌号很顺利地找到了415房间。他敲了敲门，里面响起一个略有些尖锐的声音："请进。"

唐恩推门看到正对门口有一张凌乱的办公桌，电脑后面一个年约五十岁的男子正在埋头工作。听到门响，抬起头，眼镜片下一双眯起的眼。

"托尼·唐恩先生？"

"你怎么知道？"唐恩有些诧异，他不记得自己通报过姓名的。

那个老头子从电脑旁抽出一张报纸，上面有他的大幅照片和那句熟悉到不能再熟悉的话了。

唐恩翻了个白眼。老头子却哈哈大笑起来："刚才丽莉斯女士告诉我有一个很像森林队主教练的病人来求诊，老实说我以为她认错了，因为她从不看森林队的比赛。"

唐恩点点头表示理解："女人……"

"不，她是忠实的诺兹郡球迷。"老头子从桌子后走出来，掏出一次性纸杯，"请坐。要热咖啡吗？"

"谢谢。"唐恩倒真想找一张椅子坐下，但这里几乎到处都是各种资料，他觉得站立都成问题。别说坐了。

康斯坦丁教授也看到了唐恩的窘境，他将纸杯放在桌上，然后抱起堆在沙发上的一堆杂乱的纸，再将它们随便放在另外一张沙发上。唐恩总觉得这些纸都可能压垮那张可怜的沙发。

老头子不好意思地笑了笑："抱歉，实在太乱了。"

唐恩点头表示理解："我只有一个疑问。你怎么从这些纸堆里面快速找出你需要的资料呢？"

"都在这里。"康斯坦丁指指自己的头，"那些纸……呃，实际上我拿它们来垫杯子。"

唐恩这才发现放在自己面前的咖啡杯下面就是一张写满了公式数字的纸。他对这个老头子没话说了。

"其实我大概能猜出唐恩经理你来找我是为了什么。"

"哦？"

康斯坦丁又从堆废纸中抽出一份报纸，上面有唐恩摔倒在地的照片。唐恩再次翻了一个白眼。

"是的，我这里受了撞击……"唐恩摸着自己的后脑勺说，"我发现我和以前的自己完全不一样，仿佛变了一个人。"

康斯坦丁坐在桌角，饶有兴趣地看着唐恩，示意他继续说下去。

"嗯……以前的我，不抽烟，不喝酒，生活极其有规律，没有任何夜生活，为人沉默寡言，不怎么合群。"唐恩把自己记忆中的那个托尼·唐恩性格和生活习惯说了出来，"你不会看到我在场边大声指挥比赛，也不会看到我来找你说这么多话。肯尼·伯恩斯说我就像一个清教徒，尽管我知道自己不是，但确实很像。"

"然后现在的你热情活泼，性格外向，有丰富的肢体语言，脾气火爆急躁。生活没那么有规律了，还会骂脏话，做事冲动，不计后果……总之把刚才的描述完全用反义词说出来就是现在的你了。"康斯坦丁帮唐恩补充道。

"完全正确，你怎么知道的？"

"从你的言行举止中可以很轻易地得出那些结论。嗯，你说的这个情况我以前也有听说过一些趣闻，某人经过什么刺激之后突然变成了另外一个人，可以轻易说出几千英里外的街道名称，甚至说出完全陌生的语言。当然，这些都是趣闻，是没有得到科学论证过的流言蜚语。"康斯坦丁摸着下巴咂嘴，接着他挥挥手，"来吧，让我们先给你做一个全面的脑部检查。"

半个小时之后，唐恩和康斯坦丁重新坐在了415房间中，继续这个话题。咖啡已经凉了，但没人在意，唐恩压根就没喝过一口。

"从检查来看，你的脑部神经一切正常，完好如初。仿佛没有受过任何外力的撞击……我甚至可以宣布你就是一个健康的正常人。"康斯坦丁拿着一沓电脑分析的报告对唐恩说，"当然，这只是初步分析的结果。我个人建议……我需要继续对你进行观察……"

唐恩连忙摆手："这不行，我有工作，我可不能……"

康斯坦丁把眼皮抬起来，从镜框上面看向他的病人，笑道："别担心。我的观察不是把你关在一个密室里面，成天拿仪器对着你扫描来扫描去的。"

"那你怎么观察我……"

"嗯……"康斯坦丁推推眼镜，很认真地说，"我需要经常看到你，所以你得把你的工作对我开放，包括训练、比赛。"

唐恩想到一个问题："你不会是想看免费的比赛吧？"

"咳咳！唐恩经理，不可以怀疑一个老医学教授的职业操守。"

"那可不行。我怎么知道你不会把我们训练的内容告诉那些媒体？要知道他们很想打探球队内部的消息。"

"你也不能怀疑一个祖传三代森林队球迷对球队的感情和忠诚。"

唐恩还是摇头："我觉得我头不疼不晕的，完全没有异常。我来找你只是确认一下，既然你都说了我很正常，那么我也没必要留一个脑外科兼神经专家在我身边，搞得全英国都知道我脑袋有问题。"

"唐恩经理，那只是初步分析的结果，你知道电脑这种高科技总是靠不住的……"康斯坦丁有些急。

唐恩斜眼看了看他，老家伙脸上的焦急神情马上一扫而光，他端起已经凉透的咖啡喝了一口。

这个老狐狸。唐恩在心里骂道。

"这样，我允许你在训练的时候来，但是比赛你不能出现在教练席或者替补席，我可以给你在看台上找个很好的位置，方便你对我进行'观察'。训练也不是你随时随地都能来的，只有记者不在场的情况下你才能来，而且来之前要给我打电话提前通知。"

康斯坦丁想了一会儿。"普通看台可不行。那儿太吵，不方便我工作。"他故意把"工作"咬得很重，"我要求包厢座席。"

得寸进尺啊……唐恩心里继续骂。

第十一章

新闻人物唐恩（下）

"这个……我得问问主席先生。"唐恩刚刚说完，手机就响了。他看看号码，发现正是多格蒂主席打过来的。

"抱歉，我有电话……"他指指门口，康斯坦丁点点头。

走出门的唐恩按下接听键："主席先生，您找我什么事？"

电话那头响起多格蒂苍老的声音："托尼，我还没向你祝贺昨天的比赛呢。虽然我们输了，但是你和小伙子们干得都很不错。"

"谢谢主席先生，那只是我的工作。"

"你还是那么谦逊。对了，托尼。虽然我觉得你昨天在中场休息的那一手玩得很漂亮。不过我还是要提醒你，更衣室是很特殊的地方，不要随便让球迷进入。你知道，这是足球的传统，而我们是英格兰第三古老的足球俱乐部，更要重视这种传统。"

"是的，我知道了。"

多格蒂笑了起来："昨天那场比赛真是激动人心。你知道吗？我已经有很久没有看到像那样的比赛了。你放心，你的位置在这个赛季结束前是稳固的。我还是那句话，我不会给你任何压力，按照你的想法去做。我喜欢你，托尼。"

"多谢主席先生，我受宠若惊。"唐恩想起来康斯坦丁的条件，于是他把这件事情对多格蒂说了，希望征求一下主席的意见。

"托尼，你是球队经理。我们森林俱乐部可不是曼联那样的上市公司，虽然我们也上市……不过我们还是以足球为主的。在我下面，你就是最大的。你有权力决定这些事情，不需要问我。如果你觉得合适，你就去做。"

这话给唐恩吃了定心丸。他再次向多格蒂主席致谢和问候之后，挂了电话。推开门，发现康斯坦丁还在端着那杯子喝咖啡，唐恩向他露出了笑容："好吧，我同意你的条件，康斯坦丁教授。VIP包厢，一个赛季的主场季票。"

老家伙脸上露出了灿烂的笑容。

"但是别高兴得太早，我也有我的条件。"唐恩伸出右手食指，"你们这里是最棒的医院吧？"

康斯坦丁骄傲地说："虽然不能说全英国最棒，但是前十是没有问题的。"

"那就太好了。是这样的，俱乐部一线队目前只有两个专业的医师，而你们这里最不缺的就是医生，我希望你能通过私人关系帮我联系几个医师。"

"这没问题，每年的实习医生任你挑……"

"不，我不要实习的毛头小伙子，如果让他们弄坏了我的球员，我找谁去？我需要经验丰富的老医师，运动损伤方面的专家。"

康斯坦丁皱起了眉头。

唐恩观察着他的表情变化，然后说："如果做不到那之前我们的协议全部作废。"

"哦不，不。稍等一下……我记得有几个刚刚退休的老头子，也许可以……"

"是专家吗？"

"虽然不是教授，但是……但是我保证他们的水平绝对好过你现在队内的任何一个医师！他们有丰富的临床经验。你知道的……有丰富经验的临床医师可比我这种专搞学术研究的教授赚得还多，地位还高。"康斯坦丁很肯定地说，"我可以帮你联系，我和他们是老朋友了，我相信他们也一定很乐意为喜爱的球队工作。"

唐恩嘿嘿笑了起来："那太好了。合作愉快，康斯坦丁教授。"他伸出手。

康斯坦丁也伸出手，嘴里却还有些不情愿地嘟囔着："你真是魔鬼……合作愉快！"

既然多格蒂说他可以决定俱乐部内很多事情，那么唐恩就不客气地行使这种权力了。他深知伤病对于职业球员来说意味着什么。而拥有了优秀的医师，可以将这种影响降至最低。玩游戏的都知道俱乐部有几个"神医"可以让球员减少很多受伤的概率，就算受伤也可以大大缩短疗伤时间。他打算在森林队好好干一番，自然就要在各方面都做到最好，争取让自己下个赛季也留在俱乐部任正式主教练。至于以后的路……他还没来得及规划呢，总之在这里干得好，那么以后无论去哪儿也不会太差。

两人签署了一份简明协议，握握手，这就算搞定了。

因为得到了好处，康斯坦丁亲自送唐恩下楼，毕竟他们以后还要经常合作呢。

两人一边聊一边向大门走，但是当他们走到医院大门的时候，却被吓了一跳。

大门外面围了不少记者，粗略一数大约十几个人，大多数都是报社记者，但是也有电视台记者。

"这是……"唐恩当然知道这些记者是冲谁来的。只是想不到英国的记者们嗅觉如此灵敏，消息如此神通。

"见鬼！我保证不是我叫的……"康斯坦丁急忙解释。

看到唐恩从门内走出来，记者们顿时向前拥来。一个个"唐恩经理""唐恩先生"地叫着，十几支话筒、采访笔，甚至是手机伸到他嘴边。唐恩相信只要自己一张嘴，这些东西就会一股脑地塞到他嘴里。

唐恩看到他们的嘴巴急速张合，却听不清他们在说什么。因为十几个人一起说，根本不可能分辨得出来什么话是谁说的。

康斯坦丁扭头找保安："保安呢？"

旁边一个工作人员连忙跑上来很委屈地低声解释："教授，他们说假如我们阻拦，就以妨碍新闻自由罪起诉我们……"

"真……"康斯坦丁本来想骂得难听的，但是他想起来这里到处都是新闻记者的话筒，万一自己的话给录进去，他的绅士名声可就毁了。"你们没提醒他们这里是医院，需要安静吗？"

"可是在你们出来之前，他们一直很安静……"

这个时候唐恩突然大吼："安静！都给我安静！"

这吼声把记者和康斯坦丁都吓了一跳，他可算最近距离领教到职业教练在场边大声指挥比赛的本事了。

"这里是医院，你们在这里喧哗成何体统？"唐恩开始教训那些记者来了，"我知道你们是冲着我来的，有什么问题一个个问。我时间不多，而且有权拒绝回答敏感问题。"说完，他开始看表。"十五分钟自由提问时间。"表现得比昨天赛后新闻发布会上的主持人还专业。

没人想到唐恩会公开在医院门口召开新闻发布会，变被动为主动了。还是BBC的记者最先反应过来，他们举起手："唐恩先生，我们很想听听有关您昨天在新闻发布会上对裁判那番评价的看法，现在足总正在开会研究您昨天的那番话……"

"我不会改变我对那场比赛裁判的评价。"他发现对方话筒上面的BBC标志，"你们是BBC的记者，你们可以自己回去看看昨天的比赛录像，然后以上帝的名义发誓，那两个球裁判的判罚有没有问题。我知道，有人希望超级球队晋级，而不是没钱没势的我们！"

这话又在人群中引起轩然大波。唐恩最后一句话不就是暗示足总偏袒超级球队吗？当然也许他原意不是如此，但是不妨碍我们理解成那样……这新闻可大了！这之后几天都有热闹可看了。真不知道这个托尼·唐恩是故意装傻，还是真就脑袋一根筋，这些话都敢说。

看着记者的反应，唐恩补充道："就这个话题我不想再继续回答了。下一个。"

这次站出来提问的人唐恩有点印象，就是昨天让他说出"我们被裁判强奸了"的那个什么晚邮报记者，名字很像007扮演者的年轻人。

"你好，唐恩先生。我是《诺丁汉晚邮报》的记者皮尔斯·布鲁斯。我们都知道你在五天前的1月1日英甲第二十七轮森林队和沃尔萨尔的主场比赛中，曾经被自己球员大卫·约翰森撞伤，昏迷了一段时间……"

唐恩打断了他的话："我希望你可以把自己的问题归纳总结一下再提出来，你想在这里给大家讲故事吗？"面对这群记者，唐恩刚才的好心情荡然无存，说话自然也就尖酸刻薄了许多。

康斯坦丁瞟了一眼那个可怜的年轻人，然后把目光偷偷对准唐恩。他已经开始观察工作了……

年轻人满脸通红，还是鼓起勇气问道："我……我只是想问您来到这里是否和那天场边发生的事情有关？"

唐恩把站在身边的康斯坦丁推上来，小声对他说："教授，轮到你出面了。多说点废话，十分钟很快就会过去的。"

康斯坦丁咳嗽一声，一脸讲学表情地面对诸多媒体道："事情是这样的……"

十分钟后，当原本兴奋的记者都开始打呵欠的时候。他终于说出了最具有实质性的话："根据我们的观察和全面检查，唐恩先生头部毫无异常，他和一个正常人无异。"

唐恩把头侧到康斯坦丁的后面，小声说："干得漂亮，教授。合作愉快！"随后他扬起双手，指着腕上的手表："对不起各位，时间到了，我得走了。"

记者们显然不愿意这么放走他，又有人高声叫道："唐恩先生！西汉姆联队主教练格伦·罗德声称你在赛后对他的球队发表了很不友好的言论，说你祝贺他的球队降级！请问是真的吗？"

"胡说八道。他一定听错了，我祝贺他获得胜利，并且预祝他的球队保级成功。"唐恩看到医院门口来了一辆出租车，刚刚下客，他连忙推开众人，快步走出医院大门。然后直接打开车门，钻了进去。

接着，汽车开走了。

康斯坦丁看完这一幕，脸上浮现出了笑容："真是一个有趣的人。"

"先生……您说什么？"旁边那个保安负责人问道。

"没什么。我让你把那些记者赶出去，这里是医院，不是明星豪宅。"他指指还围在门口不愿散开的记者们。

"可是……"

"如果他们再拿妨碍新闻自由来做借口，你就告诉他们，新闻发布会已经结束，他们必须离开。否则你就叫警察来，控告他们干扰医院正常工作。这里死了一个人，就找他们负责。"把烂摊子甩给那个可怜的负责人，康斯坦丁转身走了回去。

出租车已经在直道上开出去了两百米，客人还是没说要去哪儿。司机不得不开口问："唐恩先生，您要去哪儿？"

在愣神的唐恩有些奇怪一个出租车司机怎么会知道他的名字，然后就看到司机从座位边上拿起一份报纸，这份报纸唐恩今天已经看到了四次了。他突然明白过来那些记者都是谁叫来的，一定是那个诺兹郡球迷丽莉斯女士！

他警觉地问："你是诺兹郡球迷吗？"

司机指指吊在后视镜下面的红色球衣公仔："从我爷爷的爷爷开始，就是森林队的球迷了。"

唐恩长出一口气："抱歉，你也看到了，刚才那些人……都是一个诺兹郡球迷叫来的。"

司机在前面大笑起来，"谁叫我们两队是同城死敌呢。您要去哪儿，先生。"

唐恩本来想说回家，但是他担心阴魂不散的记者会跟踪这辆车，就像戴安娜王妃遭遇的情况一样。他干脆随口说："随便！反正不是回家。"

"可是没有随便这个地方。"司机也拿不定主意。

"呃，那你就带我在诺丁汉市里兜圈观光吧。"

"好的，先生。我可以问一些有关森林队的事情吗？"

唐恩把头枕在靠背上，扭头看着窗外："可以，只要别影响你开车。不过我有权不回答的哦。"他突然发现自己很喜欢这句话，当他面对那么多记者说出这话的时候，感觉真酷啊！唔，以后他得多和记者们说说这句话——他才不管那些人愿不愿意听呢。

当唐恩的出租车距离医院足够远，并且他确信后面不会再有记者跟踪的时候，他叫停了车子，付了钱下车。但是司机却并不肯收："先生，如果您能让森林队次次都打出昨天下半场那样的比赛，以后您需要用车，就打我的电话，我保证一分钱不收！"说完，他把钱和自己的名片硬塞到目瞪口呆的唐恩手中，关上车窗驶走了。

看着这辆转眼间消失在车流中的出租车，司机的话还在耳边回响。

唐恩心里不知道究竟是个什么滋味。

被主席先生欣赏，被普通球迷崇拜和尊敬，刚刚因为被记者围堵的糟糕心情稍微好了一些。自己所做的一切有人承认了，这是他到目前最大的收获。以前他在国内的时候，因为性格脾气不讨人喜欢，无论工作多努力也得不到承认。

士为知己者死，女为悦己者容啊……

他发现自己喜欢上了这座城市，喜欢上了这里的球迷。

正在唐恩感慨万千的时候，他突然被撞了一下，差一点摔到快车道上。好不容易抓住路边的消防栓，很狼狈地稳住身体，却只看到一个黑色的人影匆匆闪过，然后融入了街头来来往往的人流中。

"走路小心一些嘛……"他习惯性地去摸口袋，发现放在里面的钱包没了！

"混蛋！偷钱都偷得这么俗套！"唐恩站在街头大骂。可是这么俗套的偷钱方式也在他身上成功了呢……看来今天还真是他倒霉的一天啊，如果有老皇历，他真应该看看，是否不宜出行。

历史上，诺丁汉是出过全世界都有名气的绿林大盗罗宾汉的地方，所以几百年来这里就有了"劫富济贫"的传统，大家都把罗宾汉当偶像呢……

要知道，诺丁汉刚刚"荣膺"英格兰著名保险公司"安德斯雷"评选的"英国最危险城市"第一名，警方评选出的"英国枪支犯罪中心"……可怜的托尼·唐恩，钱包里面可是有几百镑现金和一张信用卡，以及身份证呢。

第十二章

乔治·伍德一家（上）

因为下一场英甲比赛是在十四天之后的 1 月 18 日，唐恩在足总杯之后给球队放了两天假。第一天假期唐恩浪费在了看病和记者纠缠，以及咒骂诺丁汉糟糕的治安上。

幸好身上还有些零钱，才不至于连回家的车钱都没有。

第二天唐恩一大早就去银行办信用卡挂失，接着又去警察局办身份证挂失。折腾了几乎一天，下午别人家都在喝下午茶，他才从外面拖着疲惫的身体回家。这还要感谢他脑子里面那个时灵时不灵的记忆，否则他根本不知道自己应该去什么地方找什么人。

当他走到家门口的时候，他看到那儿站了一个小孩子。

身高和自己差不多，但是一脸稚气。

唐恩不明白这个孩子站在自家门口做什么，他脸上还有些脏，褐色的头发，小麦色的皮肤，应该是一个混血儿。该不会是给小偷望风的吧？他瞟了眼自己家门，发现关得好好的，没有破坏的痕迹。

那个小孩子看到唐恩走过来，眼睛就一直盯着，却什么都不说。唐恩不喜欢这种眼神，于是他瞪了那孩子一眼，便从他身边走向自己的家。

这时候那孩子开口说话了："你是森林队的主教练托尼·唐恩吗？"

不叫先生，就这样直呼其名，也不问声好，真不懂礼貌！心里这样抱怨着，唐恩还是停下脚步，斜眼看着他说："我是。想要签名的话，我现在可没心情。"

那孩子低头从裤兜里面掏出一只黑色的皮夹："我不是来要签名

的，这是你的钱包。"

唐恩疑惑地接过去，发现里面除了那几百英镑没了，信用卡和身份证都在！

虽然今天白忙活了，但看到这些东西失而复得，唐恩心情还是马上好转了。他再看那孩子的眼神都变了，脸上也多了笑容："哦，这是你捡到的吗？真是善良的孩子……太谢谢你了！"他摸摸自己的衣服口袋，发现零钱太琐碎了，拿出来奖励对方未免寒酸。

"真是抱歉，我现在身上钱不多。明天你来，我会好好奖励……"

"不，我不要奖励。"孩子摇摇头。

唐恩脑子里面闪现出来的第一个念头就是，英格兰也有活雷锋啊！这孩子真好，虽然衣服破旧了些，脸上脏了些，但人看着很精神。一定是穷苦人家的孩子，人穷志不短，有前途，有前途！

那孩子继续说："我觉得你的球队应该签下英格兰最出色的球员。"

原来是森林队的忠实球迷，这么解释也能说得通……

唐恩堆起笑容："你是说大卫·贝克汉姆吗？真抱歉，我们是小俱乐部，大明星可看不上……"他打算伸手去摸小孩子的头，真可爱啊……虽然和自己差不多高。

没想到对方躲开了唐恩的手："那是谁？英格兰最好的球员就在这里！"

唐恩四处扭头，没发现有什么人啊……

"你在看哪儿？就在这里，在你眼前！"小孩子指着自己很严肃地说。

唐恩嘴角抽搐了一下，随后他哈哈大笑起来。然后再次伸出手，打算摸对方的头："多么可爱的小孩子啊……"

这次对方直接拍掉了唐恩的手："我不是在开玩笑！我是认真的！"

被一个小孩子拍掉自己的手，有些令人尴尬。唐恩脸上的笑容凝固了，随后他咳嗽一声："好吧，请告诉我。你如今在哪儿踢球？"

"我没踢过球。"

唐恩盯着对方看了半天："你是来寻开心的吗？"

小孩子抿着嘴，认真地说："现在没踢过，不代表以后也没踢过。

只要让我接受训练，我肯定能成为英格兰最出色的球员！"

唐恩语气有所缓和："听着……你叫什么名字？"

"乔治，乔治·伍德。"

"听着，乔治。我很感谢你把钱包给我送回来。但职业足球不像你想象的那么简单。感谢你为我送钱包，我送你回去吧。你家住哪儿？"

乔治·伍德沉默了一会儿，低下头说："斯宁顿（Sneinton）。"

唐恩在自己的头脑中搜索了一下，发现这个地方是诺丁汉有名的贫民区。黑人、印度人、其他各种有色人种后裔聚居于此，附近还有学生公寓，是治安最乱的地方。尽管距离这个区域几百米的地方就是诺丁汉最昂贵的高档住宅区。

看了看伍德身上的衣服，唐恩突然有些心软。任何一个国家地区都会有穷人和富人，英国有名的商业中心，屈指可数的工业城市诺丁汉一样没少了这两个阶层。

"好吧，不管怎么样，我送你回去。"看到前方恰好来了一辆刚刚下客的出租车，唐恩伸手招停。斯宁顿在城市东边，而他的家维尔福德则在城市西南，天知道这穷孩子是怎么来的。

车停在两人旁边，伍德没有表示反对，跟着上了车。在车上，他也不说话，气氛有些尴尬。唐恩决定找些话来说。

"乔治，你为什么一定要踢球？"

"赚钱。"

唐恩看了一眼伍德，这种回答倒也符合他的身份。

"那你可以去工作……等等，你现在应该上学吧？你多大了？"

"十七。我不想上学，上学不能赚钱。而且我有工作，但是赚钱太少了。"

"你做什么工作？"

"搬家公司的搬运工。"

在英国，做一个搬家公司的搬运工收入是每次十英镑，这数字不高，也不算低。工作很简单，就是把顾客家的东西搬出来放到卡车上，到了目的地再从卡车上搬下来。这种工作需要身体强壮的人来做。唐恩斜眼瞥了眼伍德，这小子真有干这活的本钱呢。瞧他身上的肌肉，真不像是一个十七岁孩子的。

英国法定最低时薪是四英镑五十便士，伍德的收入可要比这个高一倍有余呢。唐恩不明白他为什么还嫌钱少了。

"你要那么多钱做什么？"

伍德没有回答这个问题，车内顿时又变得有些尴尬起来。

生于红旗下、长于红旗下的唐恩从小接受的教育就是十七岁的小孩子应该在学校接受教育，而不是外出工作。于是他强调道："我觉得你还是应该回学校去。"

"我讨厌学校。"伍德冷冷地说。

唐恩发现这个小子就好像以前的自己，茅坑里面的石头——又臭又硬，完全无法沟通。他也不再说什么了，扭头看着窗外。

车窗外面的世界，阳光明媚，蓝天一碧如洗，繁华的街道，热闹的商场，游人如织。唐恩甚至还能从出租车上看到来自中国的游客。在21世纪的阳光普照下，能否想象还有贫民区这样的地方存在？

可是它确确实实在这里，在这座城市。车窗外的景色渐渐变样，从最富丽堂皇的住宅区外围驶过，唐恩还能看到铁质雕花栏杆里面那一幢幢价值百万英镑的别墅。这里曾经是诺丁汉的纺织品工厂和仓库，有着非常好听的名字——"花边市场"。

这样的地方就算是唐恩这种职业俱乐部主教练也是住不起的。唐恩现在居住的地方算是诺丁汉市内最普通的一种住宅区，普通老百姓和劳动阶层生活的地方，除了独门独院的二层小楼之外，和中国的普通住宅区没什么两样。

英国有穷人，不过在高福利的社会里面，他们的生活也不算难过。省吃俭用还可以过得很悠闲。乔治·伍德家所在的斯宁顿却不能算穷人聚居区了，说"赤贫"差不多。在英国，但凡有色人种和非法移民聚集的地方无一例外就是"贫民区"。现在曼彻斯特还有全欧洲最大的贫民区呢。白种人再穷也会比有色贫民好一些，因为这里面还涉及种族歧视。

乔治·伍德是混血儿，也算有色人种。他居住在斯宁顿这种地方自然毫不出奇。

在诺丁汉，贫民区不光是穷，还意味着"混乱"。治安是诺丁汉当地警局最头疼的问题。你可以在街边看到公开销售枪支弹药的商店，街上一群群流氓四处游荡，不怀好意地打量着每一个经过身边的人，抢劫、偷窃、毒品、妓女、暴力……就是这种地方的名片。它们是这座城市的灰色地带，是不少人希望躲得越远越好的禁区。

华丽的高档住宅区已过，出租车明显颠簸起来。窗外那些装饰得富丽堂皇的建筑也都找不到踪迹了，取而代之的是破旧的红色砖瓦房屋，爆了皮的木头窗框，墙皮掉得一片斑驳。随着车行深入，比这更破旧的房屋渐渐多了起来，而那些四处游荡的危险人物也随着多了起来。

用廉价的首饰与脂粉把自己打扮得花枝招展，却掩饰不住眼角疲倦的鱼尾纹的妓女，靠在门边吸烟揽客。身穿黑色夹克，粗壮的臂膀上露出粗俗的刺青，表情不善的男人（或者男孩），低头赶路，行色匆匆的路人。三五成群，追逐打闹的小孩子。一块沥青盖一块，补丁似坑洼不平的狭窄道路。遍地丢弃的五颜六色的塑料袋和报纸，被风一吹就打着旋地飞过人们头顶。这里的人们活得就像这些五颜六色的垃圾一样，被风吹起时就麻木地跟着飘动，最终飘落在一个臭水沟里，被人遗忘，无人悼念。

唐恩在打量车外的世界，那个世界的人们也在不怀好意地盯着他，那眼神仿佛他们看到的是一堆扎起来的英镑，或者抹了黄油的面包。

伍德指挥司机把车停在一处红砖房前，唐恩付了车钱。那司机就连忙开着车走了。就是停下来的这会儿，已经有几个小孩子在不停拍他的车窗。他生怕再多留一会儿，会发生什么意外呢。

对于唐恩也跟着自己一起下来，伍德有些意外："我以为你会直接坐车走。"

"我也以为那样。实际上……我习惯当车停了我就下车。"唐恩躲着那些小孩子脏兮兮的双手，他们在找自己要钱呢。

"先生！给一镑吧，一镑就行！"估计才五六岁的小孩子流着鼻涕大声喊道。

不是唐恩没有同情心，还给他的钱包里面一分钱现金都没有，他现在身上还有大约五十镑的零钱，那是他的路费。给了这些小孩子，自己怎么办呢？

正当他为难的时候，伍德朝那群小孩子挥挥拳头："滚！"

小孩子们向他做了一个鬼脸，竖起中指，然后散去了。

说实话，唐恩没想到同在贫民区的伍德对那些孩子如此不友善："你可真不友好。"

"他们对我也不友好。"发现唐恩站在街边左右环顾，伍德也停下脚步，"没什么好看的，这就是我住的地方。一定让你大开眼界吧？"

唐恩回头看着少年，咧嘴道："还好。能带我去你家坐坐吗？"

伍德点点头，掏出钥匙打开了门。

这是一幢二层楼的砖房。进门就是一个狭窄的走廊和楼梯，伍德径直向上走。唐恩还在门口说了句："打扰了。"

"一楼是另外一户人，我家在二楼。"伍德回头奇怪地看着唐恩，"那家人很晚才回来。"

唐恩尴尬地摸摸鼻子，跟着伍德走上楼。

听到脚步声，一个女人的声音响起："乔治？"

"我回来了，妈。"

唐恩在后面小声问："你父亲呢？"

"他死了。"走在前面的伍德头也不回道。

"呃……很抱歉……"

"有客人吗？"唐恩听到女人问。

"一个足球教练。"

问答间，唐恩他们已经走到了二楼一间房间门口，这似乎是餐厅。一个黑发女人坐在餐桌前，在削土豆。窗帘紧闭，也没有开灯，屋内有些昏暗，唐恩却觉得这女子是房间唯一一闪光的……因为很漂亮。说实话，看见乔治·伍德那张方脸，他真没想到这孩子的母亲会如此漂亮，如此年轻，这么一个弱女子在这种混乱的地方，独自抚养孩子长大，要付出多少艰辛？他有些同情起这个女子来了。

身材娇小，脸色苍白，似乎得病了。但这反而衬托出一种病态的美来。而且这女子看起来也像是混血的。该怎么形容这一切呢……唐恩自从进入这贫民区，就满目疮痍，世界仿佛都以灰色为主色调了，直到看见这位女子。她是这简陋房间里面唯一的光源，是这世界唯一的色彩……

第十二章

乔治·伍德一家（下）

唐恩就这样盯着那个女子看，走了神。直到对方起身招呼："您好，教练先生。"

"啊……啊，您好，夫人。对不起，我没想到您是如此年轻。"

乔治·伍德回头瞪了唐恩一眼，随后转身对自己的母亲解释道："他是森林队的主教练，我去找他，希望成为一个球员。不过他拒绝了，然后把我送了回来。"

唐恩看着伍德的母亲，微笑道："真抱歉，夫人。您的儿子从没有接受过正规的足球训练，而且他现在的年龄也有些大了……"

女子看了看自己的儿子，眼神中说不出的温柔和怜爱："乔治，去买点马斯卡彭奶酪好吗？好久没有做点心给你吃了，我想做些提拉米苏。"

伍德似乎并不愿意。母亲从围裙兜中拾出一张钞票，塞到伍德手中，然后在他额头上亲吻了一下："别担心，去吧。"

伍德这才向门口走去，临走的时候，他还用恶狠狠的眼神瞪着唐恩。唐恩被他瞪得有些糊涂，怎么这眼神说变就变呢？

看到自己的儿子走出门，听到他走下楼梯，关上门，女子突然快步走上来，牵住唐恩的手，然后向另外一间房间走去。

"喂，夫人……"唐恩被搞糊涂了，这是怎么回事啊？

两人走进房间，女子关上门，还不忘反锁一下。然后唐恩看到她以飞快的速度脱着身上的衣服，也许因为紧张，她的动作还有些僵硬……唐恩张着大嘴，完全看傻了，甚至忘了阻止对方。

这女子和她儿子一样有着小麦色的皮肤，臃肿的衣服下包裹的却是一副凹凸有致的美丽胴体……

她站在唐恩面前，张开了双臂，略带羞涩地说："来吧，我们时间不多。"

这话惊醒了唐恩，他看着因为寒冷而微微发抖的女人，皱起了眉头："这是做什么，夫人？"

女人走回床边，躺在上面，看着唐恩说："我希望先生能给我儿子一个机会，作为报答……"

唐恩走上前，一把扯过被子盖在女人身上："真对不起，我不是来嫖妓的，夫人。"这个女人的所作所为打碎了唐恩心中对她的美好印象，说出来的话也硬了许多，毫无感情。

这句毫不客气的话击中了女人的心，她突然伏在被子上哭了起来。原本打算转身离开的唐恩面对这女人突如其来的哭泣，也愣住了。

唐恩没有经历过恋爱，以他的性格也不懂如何安慰哄女人。他站在床边，手足无措："别哭了、别哭了……真抱歉夫人，不是我不想给您的儿子机会……这都是怎么回事啊！别哭了！"他猛地对女人大吼道，这招真灵，对方马上就不哭了。

"我不知道你为什么这么做。但这不是交易，你的儿子很抱歉我不能让他来我的球队，以足球初学者的角度来说，他年龄太大了……我也很同情你们家的状况，可职业足球不是街头游戏。我觉得你还是让他去上学，然后再出来找工作比较好。"

女人擦干脸上的泪痕，哭泣反而让她脸上多了一抹红润，更加诱人……

唐恩看着这女人的脸和那楚楚可怜的表情，想到刚才她赤身裸体站在自己面前，突然一股热血涌上头脑，他下面那活儿硬了……并非他是现代柳下惠，实在是刚才他完全没有心理准备和一个见面一分钟不到的陌生女人上床。如今冷静下来，他反而觉得这女人确实有色诱他的本钱。不过现在显然不是冲动的时候。

该死！他夹紧了双腿，转过身去。

女人看着他的样子，脸上突然露出了笑容。随后她开始平静地穿衣，仿佛什么事情都没有发生过一样："教练先生……我还不知道您的名字呢。"

"托尼·唐恩，你叫我唐恩就好了。"为了表示亲切，一般都称呼前面的名字，只是唐恩来自中国，这就是他的全名了，他还是习惯被人叫"唐恩"，而不是"托尼"。

"唐恩先生，您一定觉得我很下贱吧？"

"不，没有。"唐恩背对着她摇摇头。

女人把唐恩的回答当作了敷衍的安慰，她叹了口气："您也看到了，一个体弱多病的女人要抚养自己的孩子，在这种地方有多不容易。我不是在祈求您的可怜，事实上我很满足了，因为上帝给了我一个健康强壮的孩子……您可以转过身来了，先生。"

唐恩转过身，发现已经穿戴整齐的女人坐在床边，那双明亮的眼眸正看着自己。他被看得感觉自己反而有些心虚了。

"我能够理解……但是夫人，我们能出去说话吗？我可不想在这里被你回来的儿子撞见，虽然我们什么都没做，但有些事情说不清的。"

女人笑了："好吧。不过请放心。最近的一家有卖马斯卡彭奶酪的超市走路也要三刻钟才能来回一趟呢。"

接下来，乔治·伍德的母亲为唐恩泡上一杯红茶，两人坐在餐桌前，她继续削用来做晚餐的土豆，顺便给唐恩讲述有关自己和儿子的故事。

从交谈中，唐恩得知原来乔治·伍德有着相当坎坷的身世。他母亲索菲娅是牙买加人，本身拥有牙买加和巴西血统，一个标准的混血美女。在她十七岁的时候，爱上了一名高大英俊的英国船员。然后就是一番惊天动地的热恋，两人很快发展到要结婚的阶段，无奈索菲娅的家人并不赞同这桩婚姻，并且在牙买加已经给她找好了一个颇有些家业的公子哥。

接下来就是几乎所有俗套言情小说的情节了。索菲娅在家人和爱情之间选择了后者，跟着船员男友私奔来到陌生的英国，而此时她已经怀有三个月的身孕了。

男友并不想要这个孩子，但索菲娅坚持要生下来。为此两人还第一次吵了架。在以后的日子里面，两人为此没少争吵。最后的结果是男友扔下一笔钱跑路了，继续做他自由自在的船员，而索菲娅挺着大肚子，在南安普顿的一家条件简陋的医院中生下了乔治·伍德。"伍德"是他父亲的姓，年轻的索菲娅还是在用这种方式纪念那段刻骨铭心的爱情。

因为怀孕期间缺乏营养，又经常动气，产下乔治的索菲娅身体一直很虚弱。尽管如此，没有工作的她还要四处打工，赚钱养活自己和小乔治。但因为当初索菲娅来英国办理的是旅游签证，签证过期之后继续滞留，索菲娅并不在英国的户籍登记中，换句话说她是黑户，也就是非法移民。非法移民是不可能找到什么好待遇工作的。为找到更好的工作，住更便宜的房屋，索菲娅带着小乔治四处搬迁，他们去过朴茨茅斯、伦敦、伯明翰，最后来到了诺丁汉。

而那个负心汉，自从跑路之后再也没有联系过她，消失得干干净净，仿佛世间原本就没有这个人一样。索菲娅也渐渐忘记了他，把所有的心血都倾注在儿子身上。就这样，他们互相扶持着走过了十七年。伍德是知道他父亲存在的，但是他却对唐恩说那人已死，可见他心里多恨自己的亲生父亲。十五岁初中毕业的乔治既没有去上那些目标是大学的高中，也没有去上学一技之长的职业学校。他选择了直接进入社会工作。超市收银员、快递公司快递员、加油站加油工、搬家公司搬运工他都做过。但是他赚的钱对于有一个需要随时接受治疗的母亲的家庭来说，并不够用。唐恩也明白了为什么伍德要做职业球员，因为媒体们总是把职业球员描述成年少多金的暴发户，任谁看了都眼红。

唐恩可以看得出来索菲娅身体确实很差，说话多一点就要停下来大口喘气，偶尔还会猛烈地咳嗽。从这个母亲对过去轻描淡写的讲述中，他无法想象这个年轻的妈妈到底受了多少苦。但有一件事情唐恩可以肯定，那就是索菲娅曾经历的一切常人绝对难以承受。

我们可以想象，曾经的花季少女对爱情和未来充满了希望，跟着自己的挚爱来到人生地不熟的英国，打算开始一段全新的生活，她有梦想和目标。然而十七年后，在唐恩面前的只是一个被生活折磨得只剩一副残躯的女人。从"少女"到"女人"这种变化，真是一言难尽啊。

也许觉得这话题太沉重了，不想让索菲娅再回忆起不堪回首的过去，唐恩主动换了稍微轻松一点的话题，因为他是职业球队的主教练，自然从前几天的那场激动人心的比赛讲起了。唐恩不知道索菲娅是否喜欢足球，但她听得很入迷，当唐恩讲到他和罗德握手讲出那句话，然后西汉姆主教练一脸错愕愤怒交加的复杂表情时，索菲娅也跟着唐恩笑了起来。

乔治·伍德几乎是撞开自己家大门，一口气冲上了二楼的。然后他看到自己的母亲正和那个唐恩教练坐在餐桌旁愉快地聊天。看到他出现在门口，母亲还有些惊讶地瞟了眼墙上的钟。

"才十五分钟……乔治，你没去吗？"索菲娅起身迎向自己的儿子。

伍德将身后的塑料袋拿出来，里面放的正是妈妈要他买的马斯卡彭奶酪。

唐恩则注意到乔治面色红润，气息微喘。他心里笑了，这小子一定是跑着去跑着回来的。不过能够把平常需要四十五分钟的路程在十五分钟内就跑完，这小子的身体素质很不错啊。

低头看看表，时间不早，他觉得自己应该回去了，于是起身告辞。索菲娅也没有很热情地留他在家吃晚饭，只是让儿子把唐恩先生送出这片街区，一个看起来有钱的陌生人在这片地方出现简直就是移动小金库，谁看了都眼馋，没有本地人陪同的话很危险。

告辞了这位母亲，唐恩在伍德的陪同下向大路走去。

冬天黑得早，如今天色暗淡，街灯早已点亮。有些人家窗口中还飘出了阵阵奶香，这片混乱的地方也终于有了一些温馨。那些到处找事的流氓少了一些，要钱的小孩子却依然如故。他们看到唐恩就会上来要钱，但是看到伍德，则会对他扮鬼脸竖中指，唐恩在他们身上完全看不到小孩子的纯真。

在这种地方要求纯真？唐恩自己都笑了。

看着低头默默走路的乔治·伍德，听了有关他的故事，唐恩觉得这小子有超越他年龄的成熟。不过显然在维尔福德，他对唐恩的自我推销没有成功。

"喂，你和我妈妈……没什么吧？"伍德突然说话了。

"你母亲很好客，我们在一起聊了一些趣事。我给她讲了我的工作，她听得很高兴。另外，她也告诉了我一些有关你的事。"

伍德似乎松了口气。

唐恩接下来的话又让他紧张了起来："你母亲真漂亮，完全看不出来她会有一个十七岁的孩子。"

伍德停住脚步，回头瞪着唐恩，恶狠狠地对他说："不要对我妈妈有什么想法！"

唐恩摊开双手："怎么可能呢？"

关心妈妈的少年哼了一声，转身继续带路，但他低沉的声音还是很清晰地传到了唐恩的耳朵里："如果你敢对我妈有什么企图，我就杀了你！"

唐恩知道这小子是说真的，他爱自己的母亲胜过一切。

"你放心，我还没活够。"他耸耸肩。

来到车来车往的大路，唐恩向伍德致谢，但是伍德却没有转身回去。"我可以自己打车回去。你也回家吧。"唐恩觉得有些奇怪。

"妈妈让我把你送上车。"伍德摇摇头。

唐恩笑了笑，没有拒绝对方的好意。两人站在寒风凛冽的街边，半天都没有看到一辆出租车。伍德看着唐恩四处张望的样子，奇怪地问："你没有预约吗？"

"那是什么？"唐恩一脸迷茫。他在国内打车都是往路边一站，然后招手即停。怎么在英国打车还要预约？

"街上不会有空出租车让你坐的。"伍德更加奇怪了，这个人确定是英国人吗？"因为汽油太贵，你要坐车就要打电话给出租车公司，或者直接找熟悉的司机。你真是英国人吗？"

原来如此。唐恩脸上发烧，但是在小孩子面前还要保持自己的面子，于是他狠狠瞪了伍德一眼："我只是一时走神，忘了。实际上我有……"他从口袋里面掏出昨天坐车那司机留给自己的名片，按照上面的号码拨通，报了自己的姓名之后，对方非常热情地问了唐恩现在身处的地点，然后说十五分钟后到。

接下来就又是无言的等待。伍德不是一个喜欢主动找话说的人，唐恩也觉得没什么好说的。

司机很准时，十五分钟之后他的车子停在了唐恩面前。

完成任务的乔治·伍德转身要走，却被唐恩叫住了。

他在随身的便笺本上撕下一张纸条，写下自己的电话号码和名字，以及森林队训练基地的地址，然后递给了有些惊讶的伍德。

"拿着。明天上午九点半按照这上面的地址来找我，如果门卫问起，你就说是我让你来的。"

伍德还没反应过来，所以没接，唐恩干脆硬塞到他手中。

"我可以给你一个机会，但是能不能成为英格兰最出色的球星，那可就要看你自己的能力了，小子。"

说完这话，唐恩钻入汽车，关上了车门。球迷司机发动汽车，如一滴水珠汇入滚滚江河般，很快就融入车流中辨不出来了。

唐恩回头看到伍德还站在街头路灯下，寒风中仿佛一尊雕像。在他身后是昏暗的斯宁顿，在他对面的则是灯火辉煌的繁华闹市，一条A612公路曼弗斯大道（Manvers St.）把这座城市分割成了两个截然不同的世界。

十七岁的乔治·伍德拼命想要赚钱，好带自己的母亲逃离那里，没有高学历的他如果不想有朝一日死于街头或者被关进监狱，就只能借助足球。今天的经历见闻，让唐恩觉得真正的职业足球和他在国内酒吧茶馆中与其他人讨论争吵的欧洲足球完全不同，后者只是体育运动最漂亮的一面，就好像这条公路左边的那个世界。而前者呢，远不像国内那些球迷以为的那样可爱，是被人们刻意遗忘的一面，却真实地残酷地顽强地存在着，正如这条公路右边的斯宁顿贫民区。

那扇大门已经打开，在风光华丽的表面下，唐恩却看到以前自己并不了解的黑暗。果真是一个崭新的世界呢……他心想。

第十三章

去伦敦（上）

1月7日星期二，对于诺丁汉森林队代理主教练托尼·唐恩来说，是忙碌的一天。

结束了两天假期重新回到训练场的球员们身体状况有轻微下滑，唐恩站在场边看了一会儿，球员们的表现让他直皱眉头。干脆喊停，然后把体能教练安迪·斯托维尔和助理教练都叫来，把球队今天的训练计划改成体能恢复训练，其他什么都不做，就是恢复体能。

唐恩对于训练知之甚少，基本上他都是扔给两个助理教练德斯·沃克和伊安·鲍耶来管理，门将训练有门将教练，体能训练有体能教练，整个教练组分工明确，基本上也用不到他操心什么。他只要审核沃克提出的训练计划就行了。

这样也好，省得他这个半吊子教练露出马脚。

做完这些调整，他从康斯坦丁教授那儿"订购"的两个医师也来了，唐恩又带着他们去理疗室，将他们介绍给另外两个队医：三十五岁的爱尔兰人加里·弗莱明，五十八岁的英格兰人约翰·哈塞尔登。

新来的两个医师年龄都在五十五岁以上，刚刚从诺丁汉大学皇家医院退休下来的，他们是铁杆森林队球迷。这让唐恩很放心，国外球迷的忠诚不会让他们做出对俱乐部有害的事情。

"这两位是斯蒂夫·德文和罗格·朗利基，他们是你们的新同事，加里，你给他们介绍一些球队的情况，我得回去了。"唐恩把两个医师简单介绍了一下，又和他们分别握手，祝他们工作愉快，就转身离开了。

刚刚回到训练场边，他的手机又响了。

"我是唐恩。"

"托尼，我这里有一个孩子找你，说是你让他来的。"电话里响起门卫伊恩·麦克唐纳的声音。

唐恩低头看看手表，九点三十，一分不多，一分不少。这小子很守时嘛："没错，我让他来的，你带他进来吧。"

十分钟后，老伊恩带着一个高大的小伙子走进了训练场，将他送到唐恩面前，他就转身回去了。

唐恩看了看站在他面前的乔治·伍德，脸上比昨天干净多了，衣服也新换过，脚下是一双耐克的运动鞋，有些磨损，不过总算没寒碜到露出脚趾的地步。

"吃过早饭了吗？"很中国化的问候，有些习惯唐恩还是改不了。

伍德有些惊讶，随后他点点头："吃过了。"

"怎么来的？"意识到自己也许问错了问题的唐恩只能转移话题。

"坐车，巴士，然后跑来的。"

唐恩听到他这么说，又仔细打量了一番伍德，面色红润，额头上有细密的汗珠，但不明显，气息微喘。他想到了昨天这小子把需要四十五分钟走完的路十五分钟跑完的事，和他那个体弱多病、娇小的母亲完全不一样，乔治·伍德身高大约一米八，很强壮。也许索菲娅把自己全部的生命精华都给了儿子，才会有这么一个怪物吧。

"很好，你跟我来吧，我们要穿过这里，北边那些训练场才是你要待的地方。"

伍德奇怪地问："不是这里？这里不是训练基地？"

"这里是一线队训练的地方，我带你去的是青年队的训练基地。"唐恩在前面带路。

没想到伍德停住了脚步："青年队？我不去，我就要在这里，踢职业比赛，拿薪水和奖金。"

唐恩回头看着他道："那可不行。你从来没踢过球，这是成年队的比赛，你还不能适应……"

伍德站在原地不动："我一定要踢。"

"为什么？"

"他们说一线队踢球拿的钱多。"

如果是昨天下午听到伍德这么说，唐恩一定会笑得很开心。但是在亲眼看到他们家什么情况之后，他笑不出来。看着倔强的伍德，唐恩突然想到一个办法。

"好吧，我可以再给你一个机会。但是你要成为一线队的一员，我一个人说了不算。看到他们了吗？"唐恩指着在训练场上训练的一线队成员和教练们。

伍德点点头。

"你得证明自己有能力和他们并肩作战，说服那些眼光苛刻的职业教练，让他们同意你加入一线队。"

"要如何证明？"

鱼儿上钩了。唐恩心里偷笑，脸上却一本正经地说："很简单，和他们踢一场对抗赛，让大家来评判你的水平如何。"

唐恩算是摸清楚伍德的脾气了，这种不撞南墙不回头，不见黄河泪不流，不到长城心不死的倔驴，就要让他吃尽苦头，否则他根本听不进别人说的任何话。一个完全没踢过球的菜鸟和职业球员比赛，结果是什么，唐恩清楚得很。这不是 YY 小说，不存在这种奇迹。他就是要让伍德吃点苦头，长点记性，知道职业足球不是他想象的那么简单。

伍德点点头："好！"

于是唐恩带着他重新拐回去，站在场边大声叫停了训练。然后把德斯•沃克叫回来。

"怎么了？托尼？"沃克奇怪地看了看站在唐恩身边的乔治•伍德。

"让大家踢一场简单的对抗赛。然后把他……"唐恩指指伍德，"算进去，莱姆。"唐恩招手叫来一个教练。

"带他去更衣室换衣服。"他指着伍德对跑来的莱姆•奥坎说。

看着伍德走了，沃克才问："托尼，他是谁？"

"嗯，我在街头发现的一个……有些才华的小孩，他对我表达了成为职业球员的迫切愿望，我就带他来训练。在去青年队之前，让他先提前感受一下职业足球的气氛。"唐恩选择了一些说，他没告诉沃克全部实情。毕竟他也不知道伍德是否介意让别人知道他家的情况。

"哦，对了。德斯，把伍德分在不穿背心那组。然后告诉那些穿黄背心的，如果他们想要得到在下场比赛首发上场的机会，这场对抗赛就是一次重要的考核，表现不好会影响到他们的出场。"

森林队内的训练比赛，不穿背心就代表替补组，而主力则身穿黄色背心。沃克点头表示明白了，他反身给球员们布置去了。

很快，伍德也换好衣服重新回到了场边。唐恩打量了一下，穿上球衣的伍德，还真有些球员的样子了。

"嗯，从外形上来说，你是个职业球员了。"唐恩点点头，"去吧，你和那些没穿黄背心的人一队。德斯，你做裁判！"

接着，唐恩就双手抱胸站在场边看起比赛来。

可以很明显地看出来，伍德不会踢球，也不懂得和队友配合，给他安排的位置是前锋，他却只知道跟着球跑。哪儿有球，就往哪儿跑。跑到跟前，人家把球传出去了，他又跟着转身跑回去……十分钟过去了，连一次球都没碰到。

做裁判的沃克不断回头看场边的唐恩，他怎么也没看出来这小子有什么才华。

老实说唐恩也没看出来，除了……呃，除了，体力比较好，速度快。可是他这样的表现说明他更适合做田径运动员，而不是球员。被沃克看得心慌，唐恩干脆从大衣口袋里面掏出墨镜给自己戴上，这样就算他闭起眼睛也不会有人发现了——他是真觉得伍德这小子的表现让他目不忍睹。

沃克看到唐恩戴上墨镜，大致就能猜出一些了。接下来的比赛其实完全没用了。这小子是彻彻底底的足球新人菜鸟。

和伍德一队的队友们也觉得有些莫名其妙，这小子根本不会踢球，为什么要和他们一起训练？干脆没人传球给他了。伍德还是在埋头跑，哪儿有球，哪儿就有他的身影。

唐恩又看了十分钟，二十分钟乔治一点改变都没有。他甚至猜测这孩子都没怎么看过球赛，完全不了解足球。看他在场上气喘吁吁的样子，估计也不好受。他招手示意换人，将伍德换了下来。

伍德低着头，喘着粗气来到唐恩面前。

"乔治，感觉怎么样？"唐恩问他。

伍德只管喘气，低着头一句话都不说。唐恩清楚他已经知道职业足球的厉害了。

"这只是训练的水平，如果是正式比赛……你以为职业足球是那么简单的吗？以你现在的水平，你根本得不到职业合同，最低档次的合同都得不到。我知道你为什么要在这里训练，但是能够在这种地方训练也要看水平的。毫不客气地说，你刚才的表现真是狗屎。你觉得就凭你刚才的表现能够让我和你签职业合同吗？"

伍德仍然不说话，低着头也许还不服气吧。

"好了，跟我去青年队那边，好好接受训练吧。你不是没有机会。另外做一个青年队成员也有钱拿的。"

听到唐恩这么说，伍德这才抬起头，瞪着他问："真的？"

唐恩就知道只有说到"钱"，这个穷小子才会有反应："我骗你做什么？我是职业教练，我有信用卡，所以我的信誉是有银行担保的。"

"多少钱？"伍德的意思是他做青年球员，一个月能赚多少钱。

唐恩想了想，给这小子签一份比较好的青年合同吧。他家的情况确实困难："周薪八十英镑，如果出场比赛的话，每场比赛三十五镑出场费，如果有进球，一个球七镑，如果有助攻，一次助攻三镑。这是最好的青年合同了，那些初入队的只有五十五镑周薪。另外，俱乐部负责中午那顿饭。你是本地人，所以就不提供住宿了。"唐恩没说谎，这确实是森林青年队中最好的青年合同了，当初迈克尔·道森和安迪·里德在青年队表现优异，拿的就是这合同，只是身为后卫的道森没有进球奖和助攻奖。

他们两个到现在还是这份合同，因为他们刚刚从青年队中抽调上来。不过唐恩已经在琢磨着给他们开待遇更好的一线队合同了。毕竟这种人才要留在球队里面，要安心让他们为球队效力，就要给他们丰厚的回报。

没想到伍德听完唐恩说的话，神情反而有些犹豫。唐恩也看出来了："怎么了？"

"这真是最好的了？"伍德问。

敢情他嫌低了啊……唐恩点点头，随后指着在训练场上的道森说："看到那个高个子没有？他元旦前才刚刚升入一线队，一直拿的青年队最好的合同。如果你不相信，我可以把他叫来你自己问。需要我叫吗？"

伍德摇摇头，也许他觉得唐恩不像在骗人。

"你在搬家公司干，能拿到多少钱一个星期？"唐恩问。

伍德想了想："二百镑。"

墨镜后面的唐恩翻了一个白眼，这确实比在青年队踢球赚的多多了。唐恩也明白伍德有绝对的理由犹豫。

"青年队的待遇确实不高。但是你要知道就连鲁尼在青年队的薪水也不过一周八十英镑，和你一样。"

"鲁尼是谁？"伍德一脸迷茫。

第十三章

去伦敦（下）

　　唐恩这才发现自己犯了一个错误，伍德不是球迷，平时如果不关心足球的话，也确实不会听说这个英超新鲜出炉的天才球员的名字。2002年8月17日，十六岁的鲁尼初次代表埃弗顿出战英超，随后在10月19日和阿森纳的比赛中打入全场唯一入球，那是他职业生涯的第一个联赛进球，终结了此前枪手三十轮联赛不败的纪录，从此名震英格兰足坛。说来也巧，两年之后的2004年10月25日，刚刚十九岁的鲁尼又在和阿森纳的比赛中打入制胜球，那是他加盟曼联之后打入的第一个联赛入球，这次他终结的是枪手四十九轮联赛不败的英格兰顶级联赛连续不败纪录。

　　"呃，是现在炙手可热，以后必将加盟豪门球队，赚很多很多钱的埃弗顿天才小子，他和你一样大。"唐恩觉得这样给伍德说，他才能够将自己和鲁尼联系起来，"你知道他现在一个星期能赚多少钱吗？"

　　伍德当然不会知道。

　　"我也不知道。"唐恩咧嘴嘿嘿笑，"你知道他以后一个星期能赚多少钱吗？"

　　伍德摇头。

　　唐恩想到了他曾在网上看过的一个笑话。背景是鲁尼刚刚和曼联续约，有一家中国财团开价八亿五千万英镑收购曼联。当然现实中曼联老板格雷泽直接拒绝了。这个笑话就是假设如果中国财团收购成功，那么会发生什么：鲁尼担心自己要求的十二万英镑能否兑现，于是自作主张地跑去找中国财团大老板。那个老板坐在椅子上，嘴里叼着中南海，对鲁尼说："你现在只有两个选择，要么周薪拿十二万英镑，要么拿一百二十万人民币。你好好想想吧。"鲁尼用他那小脑袋瓜算了半天，最终选择了拿一百二十万人民币。从此以后，鲁尼每天都要关注人民币的升值情况，再也不去看脱衣舞表演也不去酒吧鬼混了，每天都在看着中国股市的情况，生怕影响到自己的周薪。弗格森看到鲁尼现在变得如此老实，拍着脑袋追悔莫及："早知道当初就给贝克汉姆的工资发人民币了，那样他就没时间去追辣妹了。"

这当然是一个笑话，不过唐恩倒是记住了那个数字：十二万。

于是他对伍德伸出两手，一手比一，一手比二："十二万……英镑。"

伍德眼睛都瞪圆了："你怎么会知道？"

"猜的。"唐恩当然不能说自己来自四年半之后的中国，那个时候随便在互联网上一搜就能知道鲁尼这种超级球星的周薪，"不过小子，我只是让你知道你以后可能拿到的周薪是多少。你在青年队用心训练，努力踢球，逐渐成长为一名球星，然后被豪门看上。到时候他们自然挥舞着支票本就找上你来了，再找个好的经纪人，帮你签一些世界知名品牌的广告代言……我告诉你，光是广告收入就比你到时候的年薪还要多得多。"

唐恩并不知道乔治·伍德最后会成为什么样的球员，也许他压根就不能成为职业球员呢。但这不重要，现在需要给年轻人一点鼓励和希望，让他看到美好的未来，然后为之奋斗。接下来的事情……那就看个人造化了。

"你是打算接受现在八十英镑一周的青年合同，然后在青年队训练，为日后成为大球星努力。还是继续回去做你的搬运工，每个星期赚两百英镑，也许一直干到你搬不动为止，也许你中途就会丢掉这份工作。你自己选吧，小子。"唐恩说完这话，转过身去看一线队的对抗赛了，留了一个很酷的背影给伍德。

两人之间陷入了一阵沉默，这里只有沃克不时响起的哨声和球员们互相提醒的吆喝声，以及足球撞击发出的嘭嘭声。

唐恩不关心伍德选什么。他给了伍德一个机会，一个选择的机会。如果伍德没有选择留下来，而是继续去做搬运工，那么他只是会在心里为那个美丽的母亲感到惋惜，稍微同情一下。也许一个星期后他就不会再记得那对母子，因为他自己也要面临生活和命运的挑战呢。他不是同情心泛滥的好人，见到要饭的就会把身上的钱全都掏出来，以前不是，现在也不是。

片刻，他身后响起了伍德的声音："带我去青年队吧。"

唐恩转过身看着他："这是你的最终选择了，不会中途反悔吧？"

伍德摇摇头。

唐恩还是不放心，于是吓唬他："我们会签合同的。如果你违约，可是要付赔偿金的。"

伍德点头："我知道。"

"那就好。回更衣室换下这身衣服，然后跟我走。"

唐恩带着乔治·伍德穿过一线队训练基地，径直来到青年队训练基地。说老实话，虽然唐恩是青年队主教练出身，但是如今的唐恩还是第一次来这里。和一线队的比起来，青年队基地感觉更新，更现代化，连大门都是电动的。门卫也是穿制服的保安，而不是热心的老球迷。

青年队基地和一线队基地一样，被成列的绿树环绕，四周空旷，附近没有高大的建筑，视野极好。再往北一些，树林之后就是诺丁汉的母亲河特伦特河了。

唐恩离开青年队之后，这里的主管换成了他曾经的助理教练大卫·克里斯拉克（David Kerslake）。既然是自己的老搭档了，就没那么多礼节性的寒暄客气。唐恩直接将伍德带到克里斯拉克面前。

"乔治·伍德。"唐恩指着伍德给克里斯拉克做介绍，"这小子身体素质很不错，让他跟着你训练，看能练成什么样吧。"

克里斯拉克打量了一番，也很赞同唐恩对这孩子的评价：身体素质很不错。看看他的肩膀，还有他的腿，粗壮得好似马腿，强健有力。

他招手让伍德过来："小伙子，你多大了。"

"十七。"

"你喜欢踢什么位置？"

"前锋。"因为前锋能进球，比较容易出名，还有进球奖，乱七八糟……总之伍德贫乏的足球知识让他认为做前锋会很有"钱途"。

"很好，去更衣室换衣服吧，然后来训练！"克里斯拉克发现唐恩在对自己使眼神，于是很干脆地打发了伍德，然后问道："托尼，有什么事吗？"

"呃……我想稍微提醒你一下，他是一个彻头彻尾的足球菜鸟。"

"菜鸟？"

"在足球水平方面，他也许连那些只在中学里面上体育课才接触足球的学生都不如。"

克里斯拉克看了看唐恩的表情，完全不像在开玩笑。他突然觉得头疼起来："托尼……"

"呃，因为他的家庭情况很复杂，比较穷……恰好他帮助了我一次。我决定给他一个机会，让他来青年队试试看，也许能够成为职业球员，也许不能……总之，你稍微照顾一下他，但能不能练出来，看他自己的。"看了伍德那二十分钟惨不忍睹的表现之后，唐恩也不愿意给自己的老搭档带来更多的麻烦……

克里斯拉克叹口气："我明白了，我会尽力的。不过他的身体素质确实很好，只是作为初学者，他的年龄实在是……"

唐恩点点头："凡事皆有例外，万一这小子成了例外呢？"

克里斯拉克继续叹气："太渺茫了。把全部青春和精力都赌在这么渺茫的可能上……森林队的青训体系很出色，但能出几个杰梅恩·耶纳斯？"

"大卫，那小子刚刚经历了一次人生中很重要的选择，不是赌上不赌上的问题，他原本也没有什么希望可言……"唐恩想到了在那个贫民区的生活，"他如果想要拥有希望，就必须这么干。我们能做的就是给他一个机会。"

克里斯拉克点了点头："你放心，托尼。我会尽我所能地教导他。"

唐恩笑着拍了拍克里斯拉克："我们都是保罗带出来的，我相信你的能力。"他们俩曾同为保罗·哈特在青年队的助教。

说话间，伍德已经穿着青年队的训练服跑了出来。唐恩叫住他，打算最后给他叮嘱几句。他以后要专心于一线队事务，来这里的时间会非常非常少。

克里斯拉克很聪明地选择了回避，他回到了训练场，继续他的工作。

"乔治。"当周围再无他人的时候，唐恩对伍德说，"我很清楚你的情况，我相信你比我更清楚。但我还是那句话：别把职业足球看扁了，否则它会惩罚你的。你在这里什么都别想，只管埋头练。有困难的话就来找我。你母亲是好人，别让她失望。"

伍德用力点点头。

"去吧，去训练吧！"

乔治·伍德转身跑向了训练场，在那里有和他差不多大的队友们，也有属于他的、目前还一片朦胧的未来。这小子究竟能踢出来个什么样呢，唐恩心里完全没底。

看着伍德的背影，唐恩和克里斯拉克一样叹了口气。尽人事，听天命，小子，看你造化啦……

接着他转身走向和伍德完全相反的方向，离开了青年队的训练基地。

回到一线队训练场的唐恩被沃克告知，刚才主席先生和他的儿子来了一趟训练场，把自己的儿子介绍给了大家认识。并且让他回来之后去一趟主席办公室。

唐恩听到这个消息心里嘀咕开了。老头子生气了？只是因为他介绍自己儿子，而自己不在这里就生气，显然不符合一个主席应有的度量啊……

"他没说什么事吗？"唐恩问沃克。

沃克摇摇头。唐恩迈开腿打算走，却听到沃克又补充了一句："不过主席先生的脸色很严峻。"

唐恩心里顿时"咯噔"一下。球队虽然足总杯输球，但是从主席专门打电话过来祝贺上可以看出来，应该不是和成绩有关。难道是更衣室的事情？唐恩知道英格兰足球到处接传统，可是也没想到一个主席这么在乎传统啊……

他忐忑不安地赶到了主席办公室——在他这个经理办公室的上面

一层，正上方。

敲开门，一眼就看到了坐在宽大办公桌后面的主席尼格尔·多格蒂。他身前的老板桌可比自己办公室的那张大多了！这房间里面只有两个人，一个是尼格尔·多格蒂，另外一个就是他的儿子埃文·多格蒂。

唐恩没想到这个"美式"英国人也在，稍微有些错愕，脸上还是迅速堆起了微笑。

"主席先生，埃文先生。"

打过招呼，尼格尔从椅子上站起来，手里还拿着一张纸，然后向唐恩走来。

唐恩紧张地看着尼格尔主席手上的纸，不会是解职信吧？他大学毕业之后找的第一份工作干了三个月就让人给辞了，当时那个经理就是这样拿着一张工资单让唐恩签字走人的。

刚刚还帮一个穷困少年找到生活的希望，如今自己就没希望了……丢了教练工作的自己能去干什么啊？他什么都不懂啊！

主席开口了："这是足总发来的传真……"

啥？唐恩以为自己听错了。自己被解职关足总什么事啊？

"他们希望你明天去伦敦参加一个听证会。"

唐恩脑袋反应了过来："是有关那场比赛后我言论的问题吗？"

尼格尔点点头。

虽然不是解职信，但是唐恩的心情并没有丝毫好转。给俱乐部惹了这么大麻烦，按照在中国的传统，也一样逃脱不了被球队解职的命运。

但是接下来尼格尔的话让唐恩觉得生命中一下充满了阳光。

"俱乐部会全力支持你的，我们已经将那场比赛的录像整理好提交给了足总。那两个球进的一点问题都没有。"

唐恩再抬头看尼格尔，主席先生一脸微笑地对他说："准备一下，明天我儿子和你一起去伦敦。"

第十四章

听证会（上）

尽管此时已经是上午九点多，车窗外面的那个世界却阴沉沉的仿佛黑夜，迎面而来的车头灯依然刺眼。密集的雨点打在车窗玻璃上发出连绵不绝的噼啪声，雨刮器停一会儿就要启动清理前窗多到影响驾驶员视线的水迹。

"这就是为什么我讨厌这个国家的原因。"埃文·多格蒂一边开车，一边对坐在副驾驶席的托尼·唐恩说。

"什么？"唐恩不明白。

"炸鱼、薯条、茶、鬼天气和烂食物的英国。"埃文嘿嘿地笑着，口气中充满了不屑，"冬天的英国就好像是从滚筒洗衣机里面提出来的羊毛衫，没有甩干的那种。"

当上车的时候发现为他开车的竟然就是主席先生的儿子埃文·多格蒂，唐恩还有些受宠若惊。不过这一路上的接触让他明白了这个中年男人其实和自己一样，也许他在美国也有自己的产业，但并不多么可怕，也会偶尔开开无伤大雅的玩笑。比如刚才这个玩笑。

唐恩哈哈大笑起来，他觉得这比喻很形象也很有趣。

"多格蒂先生……"

"叫我埃文就好了。我父亲不在这里。"

"呃，埃文……我觉得你很有趣。"唐恩说。

埃文很美国式地耸耸肩："我和那些古板守旧的英国人可不一样。"

"你不是英国人吗？"

"不不，我是美国人。你要看我的护照吗？"埃文说话一口美国腔英语。唐恩分辨不出来，因为有着中国教育背影的他甚至都不知道什么才是所谓的"伦敦腔英语"。"不过我和那些土生土长的美国佬可不一样，最起码我分得出'football'（在英国意为足球，在美国意为橄榄球）和'soccer'（在英国意为橄榄球，在美国意为足球）。我六岁就离开诺丁汉去了休斯敦，我的姑姑在那儿，我喜欢休斯敦的阳光沙滩。"唐恩第一次知道埃文·多格蒂原来如此善谈，几乎一张嘴就停不住。

"棕榈树，比基尼，灿烂的阳光，白色的沙滩……嗯，在英国你永远不可能看到这样的地方。英国的沙滩有什么？肮脏的污泥、寒风、大浪、林立的怪石，以及在那里捡贝的黑户。所以，我六岁就离开了这里，在那边上学，成家立业，只有假期才会回来，而且我很少很少会在冬天回英国……那简直是噩梦！"

唐恩忍不住又笑："埃文，我觉得你一点也不像四十五岁的样子，你像二十五岁。"

"多谢夸奖。实际上我只是因为和我那个死板的父亲待久了压抑的……"

唐恩对此深表赞同，不过他没说出来。他想到了主席先生专门打电话给他，就是为了提醒他注意更衣室的传统。英国人固执守旧，不管他们外表如何标新立异，骨子里还是注重传统，老一辈英国人更是如此。

他们为自己的历史倍感自豪，无论是足球还是其他什么方面。实际上对于唐恩来说，这份骄傲早就荡然无存了。因为他可是来自拥有五千年历史的国度。五千年前有没有英国人还是个问题呢……

相比较来说，因为缺乏悠久历史的美国人就比英国人更具有开拓精神，埃文确实很符合美国人的形象。

唐恩想到一个问题："埃文，你说你很少在冬天回来，为什么这次你会在这里？"

埃文瞟了唐恩一眼："偶尔我也会在冬天回来……"

这是很明显不过的借口了，唐恩不相信主席先生会好心到让自己的儿子给他开车，让一个在美国长大的儿子和英国的职业足球俱乐部成员见面显然也不是为了满足儿子的好奇心。既然他不愿意说，唐恩也就不再问了。

唐恩不说话，扭头看着窗外的英国乡村。冷场了，但是他没兴趣来救。他现在得想想如何应付足总那帮家伙了。

埃文似乎看出了唐恩的心思，他轻轻摇头道："别担心，俱乐部为你请了一个律师，你可以把一切都交给他处理。"

"谢谢。"唐恩礼貌地表示感谢，车厢中重归寂静。

暗红色的奥迪 A6 在 M1 高速公路上急速行驶，将英国的乡村和丘陵统统甩在身后，从诺丁汉出发两个小时之后，唐恩他们来到了这座排名世界前十的国际性大都市——伦敦。

埃文并没有直接将车开往英格兰足总所在地 SOHO 广场 25 号，而是开到了一家咖啡馆。

"兰迪律师在这里等我们。"

杰克·兰迪今年四十六岁了，是伦敦一家小事务所默默无名的律师。他戴着一副黑框眼镜，头发梳得一丝不苟，穿着米黄色的大衣，黑色公文包放在一旁，正襟危坐在咖啡馆中。当雇主走到他面前的时候，才很绅士地起身欢迎。

"两位先生早上好。"虽然只是一家小事务所的小律师，但是他派头依然十足，仅仅只是一个伸手的动作都显得优越感十足。律师在国外基本上属于上流社会的，在英国这个保守的国家更是如此，他们至今还保留着出庭要戴头套假发的习惯。

唐恩对此不屑一顾。一个没混出什么名堂的破律师，有什么好牛逼的？他在国内和律师没怎么接触过，不过这个兰迪的表现倒让他对律师没什么好感。他很敷衍地和对方握了握手。

埃文看出来了唐恩的心思，他拍拍唐恩的肩膀："好吧，让我们坐下来谈。所有有关这次事情的材料我都已经给过兰迪律师一份了。"

尽管唐恩并不喜欢俱乐部给自己找的这个律师，不过他还是得承认，兰迪律师的敬业态度和职业操守很不错。

兰迪从公文包中取出一沓资料，放在桌子上："唐恩先生，请恕我直言。1 月 5 日您在诺丁汉大学皇家医院门口的那番话的最后一句是非常不明智的。"

唐恩自己都不记得了："哪句？"

兰迪抬眼看了看唐恩："您说'有人希望超级球队晋级，而不是没钱没势的我们'。"

唐恩使劲点点头，他想起来了，自己确实说过："怎么了？"

兰迪干脆把资料推到一边，然后很认真地看着唐恩说："如果唐恩先生您只说前面对裁判的怀疑控诉，那只是很正常的一个主教练输球后的抱怨。可是您偏偏要在最后加上那么一句，就变成了怀疑英格兰足总的透明度和职业品行了。对于足总来说，这才是最让他们恼火的一点，也是让整个事情变得棘手的一句话。"

唐恩耸耸肩："如果不棘手，我们干吗请你来呢，律师先生？"

兰迪愣了一下，随后发现唐恩说得没错，如果对方自己都能解决了，还需要他吗？要知道这工作可是很不容易才得到的。不是所有人去参加足总听证会都会叫律师的。

他咳嗽一声，假装喝口咖啡，稍微缓解一下有些紧张的气氛。埃文在旁边一直没说话，而是安静地看着这两人的交锋。

这个停顿可以让双方重开话题，而不会继续在上一个令人不舒服的话题上纠缠。

"嗯，唐恩先生。我相信足总会在听证会上要求您解释那句话的，如果不想得到更严厉的处罚，您必须让他们相信您并没有针对足总。"

"天地良心，我从来没有针对他们。"

"您在这里对我说一点用都没有，您要让足总相信。问题就在这里，要让他们相信并不容易。让我来告诉您一些背景资料：英格兰足总首席执行官马克·帕利奥斯（Mark Palios）上台的宣言就是严厉打击英格兰足坛那些丑闻和不正常现象。而唐恩先生，您的话恰好给了公众一个信号：足总内部并不如他们宣传的那么干净。"兰迪看到唐恩似乎要开口辩解，他伸手阻止，"把您的话留给足总说吧。不管您有没有那个意思，经过媒体的渲染，所有人都相信您就是那个意思。"

唐恩总算领教到了英格兰媒体的厉害，他双手抓头，低声嘟囔："那群混蛋媒体！"几天前他还为自己成了媒体人物而沾沾自喜过呢。

看到他这样子，兰迪在旁边耸耸肩："您到现在才知道吗？不过您的身份对于这件事情的处理来说，有好处也有坏处。"

"我什么身份？"

兰迪看了一眼埃文，然后对唐恩说："诺丁汉森林已经不是70年代末80年代初的那支森林队了，你们在足坛没有任何影响力，作为森林队代理主教练的您人微言轻。"

唐恩和埃文同时点点头。他们两个其实对于森林队都没有多少感情的，所以兰迪这么说他们也没觉得有什么不对，事实如此嘛。

"然后呢？"唐恩问。

"人微言轻的您，既可以因此让足总不把你当回事，从轻发落；也可以让足总借机严惩你，给帕利奥斯立威的机会。"

唐恩明白了。如果他是弗格森爵士这种人，足总很可能就要顾及曼联俱乐部的英格兰足坛的影响力，而让处罚不了了之。同时，就算穆里尼奥这种大牌教练，也多次让足总作为立威的对象。有利有弊。

兰迪把话说到这份上，唐恩心里已经明白今天他应该怎么做了。

"我知道我要做什么了。"唐恩将杯中的咖啡一口喝完，仿佛他喝的是白开水。兰迪看到唐恩这样子，嘴角露出一丝不屑的微笑。

第十四章
听证会（下）

三个人从咖啡馆出来，已经是中午十二点多，他们随便找了一家饭店吃了顿午饭，稍事休息，便开车前往足总所在地：SOHO广场。

唐恩从来没去过英格兰足总，不管是身为TangEn还是身为Twain都没有来过。他按照在中国的常识沿途搜寻那个什么SOHO广场，但当车停下来，兰迪律师下车了他还坐在上面。

"唐恩先生？"

"啊？我们到了？"唐恩从车上下来，然后看着一小块绿地，上面种了几棵英国悬铃木，它们的枝干几乎覆盖住了整个广场，现在是冬天，如果是夏天，恐怕抬头只能看到茂密的树叶。

这就是广场啊？唐恩觉得这和国内那种动不动就顶上两个足球场那么大的广场相比，顶多算他老家的小坝子。

"呃，我第一次来，而且这里不太起眼……"他解释道。广场四周全都是很矮的楼房，唐恩这才注意到他自从进了伦敦，就很少看到那些高耸入云的摩天大楼。大多都是三四层的维多利亚时代老建筑。在他面前的足总大楼也差不多如此，只是外表经过了一些翻新。据说那些现代化建筑都在东边的新区，不过足总显然不在那里，足总在伦敦中心，泰晤士河北岸，著名购物胜地牛津街南侧。

"英格兰足球总会。"兰迪向两位外来客介绍这里，"1863年由英格兰十一家俱乐部在舰队街开会成立的负责管理英格兰境内所有足球事务的法定机构。它是历史上最悠久的足球事务管理机构，比欧洲足联和国际足联都还要早。"

唐恩在身后嗤笑道："可我只闻到了一股腐朽的味道。"

埃文回头看了唐恩一眼："所见略同。"

"唐恩先生。"兰迪停下脚步，在足总的玻璃大门前转身对唐恩说，"您现在的心态并不利于您面对即将举行的听证会。"

知道这个律师说得很对，不过唐恩就是受不了他那种高人一等的语气。于是他干笑道："我不知道原来兰迪先生您还兼职导游。"

兰迪第一次觉得也许在斗嘴上他这个律师赢不了一个足球教练。所以他干脆沉默不语了，毕竟人家也算他的雇主。

三人刚刚跨入足总大门，迎面走来一个打扮很职业的女人。她看到进门的三人，上前问道："唐恩先生？"

唐恩站了出来："我是唐恩。"

"您好！"女人微笑着伸出手，"我是法里娅·阿拉姆（Faria Alam），请随我来。"

唐恩在听到这个名字的时候，有些错愕。然后他重新把视线放到了对面这个女人身上，他想仔细看看，一个三十八岁的老女人如何有魅力勾引了两个大名鼎鼎的男人上床，把英格兰足总搅得天翻地覆。

黑色的披肩长发，混血特征明显的相貌，肤色，眼睛……据说她曾经是一个模特。唐恩对她的评价是——一般般，没有想象中的那么具有诱惑力，却也不难看。

"唐恩先生？"阿拉姆发现唐恩只是盯着她看，却并不跟着她走。她很高兴这个男人有这样的反应，那说明自己还风韵犹存。但她哪里知道唐恩心中真正的想法呢？

"呃，抱歉。我走神了。"唐恩摇摇头，身后的埃文嘿嘿笑了起来。

阿拉姆很满意男人们的反应，她刚刚来到足总上班才三天，她胸怀很大的梦想，她并不想做一辈子普通的秘书，这些男人看到她的表现让她对未来充满了信心：我法里娅·阿拉姆对男人还是拥有致命吸引力的呢。

唐恩跟在阿拉姆后面走向听证会现场，他在后面看着这个女人卖弄风骚的走路方式，屁股左右摇摆。不住在心中咂嘴，走路都这么风骚，可想而知以后那件事情发生得多么顺理成章了。但他怎么知道……从某种意义上来说，正是他今天面对阿拉姆这个足总新秘书的表现，成就了日后震惊英国足坛的性丑闻呢？

唐恩曾经设想过英格兰足总的听证会将是什么样子，会否像他在电视上看到的那些法庭一样。但是当阿拉姆为他拉开那扇门，他才发现不过是一个稍大的会议室而已。

"请进，唐恩先生。"站起来迎接他的人唐恩有些眼熟，正是日后和法里娅·阿拉姆擦出激情火花的足总首席执行官——马克·帕利奥斯。

帕利奥斯看到了开门的法里娅·阿拉姆，顿时一愣，然后视线就停留在了这个退役模特身上。唐恩把这大人物的一切表现都看在眼里，他心里偷笑：原来你们两个奸夫淫妇是因为我才见面的吗？甚好，甚好呀！

这么一想，他倒把听证会的烦恼抛到一边去了。颇有一种成就感：世界著名的八卦丑闻原来开始于此，开始于己。

总的来说，当唐恩事后回忆起这天的足总见闻，他唯一能够在很久之后还记忆深刻的恐怕只有帕利奥斯和阿拉姆相见的那一幕，当真是火星撞地球，干柴遇烈火啊。相反，唐恩他自己和那场听证会反而成了次要的。唐恩就在听证会上多次看到帕利奥斯眼神总往站在门口的阿拉姆身上瞟，模特的身材绝非一般，三十八岁的年龄也许让她不如妙龄少女那样鲜嫩娇美，却让她平添了一丝老练的风情。

兰迪律师在听证会刚刚开始的时候还很担心唐恩的态度，唐恩的表现倒叫他大开了眼界。在足总大楼外面还对这个机构不屑一顾的唐恩，在听证会上乖巧温顺得仿佛绵羊，不仅承认了自己用词不当，而且还对帕利奥斯领导的足总大唱赞歌，同时声明关于他接受采访时说的话都是媒体的误解，他并无心针对足总。那完全是一个新任代理主教练在输球之后压力过大的不理智表现，在清醒过来之后他已经完全认识到了自己犯了多么可怕的错误。所以早就在期待着听证会的举行。因为唐恩觉得通过媒体或者俱乐部传真，甚至电话都不能充分地表明自己的忏悔之心，必须要当面向足总表示自己的歉意。他认为历史上最悠久的足球管理机构在帕利奥斯的铁腕领导下，必将从一个辉煌走向另一个辉煌。

看着唐恩的表演，专门被俱乐部请来帮助解决棘手问题的兰迪反而成了彻彻底底的看客。他突然觉得自己被这个男人骗了。而埃文看到足总官员们受用的表情，在一旁拼命忍笑。本来严肃紧张的听证会让唐恩给整成了一出英国式的讽刺喜剧。看他一本正经地表示忏悔，说着不着边际的夸奖，真有黑色幽默的感觉。

千穿万穿，马屁不穿，唐恩的表现给足总留下了非常美好的印象。于是这处罚决定一出来，就比兰迪事先设想的要轻了许多。他原本以为足总会开出一张"禁赛八场，罚款十万英镑"的超级罚单。没想到最后只禁赛两场，罚款两万英镑。简直就像挠痒痒一样。

"唐恩先生……"听证会结束之后，唐恩和埃文要回诺丁汉，临分手的时候，兰迪却不知道应该怎么说今天这事。他是拿了雇主的钱，要用他的专业来帮助雇主解决麻烦的。没想到他最后成了观众。

唐恩很高兴看到这个趾高气扬的律师现在无所适从的表情。不过做人还是不要太绝。这是他"重生"之后领悟到的道理，以前的他为什么混不开？就是做人太绝，不留余地，结果在这个社会处处碰壁。他主动伸出手，和兰迪用力握了握。"兰迪先生，很感谢你给我的建议。希望下次……"他突然发现自己这么说不好，"……啊，见鬼！我希望我们永远都不要见面了！"说完，他嘿嘿笑了起来。

兰迪知道唐恩什么意思，他也笑了起来："恕我直言，唐恩先生。我觉得以后我们还有见面的机会，如果您需要律师，就请打我的电话。"他递了一张名片给唐恩，唐恩双手接过。

"抱歉我自己并没有名片可给你的……"

"如果我要找您，去报社一定可以知道您的联系方式。"

"嗯？"

"您以后会成为一个新闻人物的。"

唐恩耸耸肩："那真不知道是幸还是不幸。"

随后两人都哈哈大笑起来。

送走了兰迪，一直在旁边没说话的埃文对唐恩说："你们两个看起来关系好得就像多年的老友。"

唐恩拉开车门。"你知道吗，埃文。以前我根本不知道如何为人处世，完全沉浸在我自己的世界中，仿佛活在虚拟中。直到我……"他摸摸自己的后脑勺，埃文知道那是什么意思，"我开窍了！就拿这次听证会来说，如果换作以前的我，我肯定会和那些西装革履的大佬强硬到底，我不会承认我说错了话，也不会道歉，我不在乎他们如何惩罚我。但实际上，你也看到了。事情得到了完美的解决。"说完，他钻进了汽车。

埃文也坐回车中："没错，很完美。你骂了裁判和足总，发泄了心中的不满，却仿佛没有接受任何惩罚。我想等这份决定公布出来，那个被你骂了的裁判和西汉姆主教练一定会觉得他们才被强奸了。"

大笑声中，汽车缓缓驶离足总大楼，开上了回家的路。

当唐恩和埃文还在 M1 高速公路上驾车疾驰的时候，英格兰足总举行了一个简单的新闻发布会。宣布对这次事件的最终处罚决定。

帕利奥斯亲自出席了这次新闻发布会，而在他身边为他安放话筒，递水服务的正是刚刚进入足总工作三天的退役模特法里娅·阿拉姆。她微笑着面对这个场面，应付自如，让帕利奥斯好感倍增。有个记者无意间拍下了帕利奥斯微笑着和阿拉姆对视的瞬间，被照片定格的两人脸上挂着些许暧昧的笑容，当时就连拍摄者自己都很快忘记了这张照片。不过谁知道一年半之后，当他翻出这张照片的时候，已经能够卖出什么样的高价了呢……

这次新闻发布会的主角当然不是还默默无闻的阿拉姆，而是托尼·唐恩。当帕利奥斯宣布足总对森林队代理主教练处以禁赛两场，罚款两万英镑的处罚时，记者会现场响起了纷乱的议论声。事前被媒体推波助澜，足总深表震怒，没想到震怒的结果竟然如此不痛不痒。

在这场闹剧中，谁成了受益者？也许只有初次遇见阿拉姆的帕利奥斯了吧。但如果放到一年半后再来讨论这个问题，恐怕帕利奥斯要说他自己其实是最大的受害者……

第十五章

客场：考文垂（上）

英格兰媒体形容足总对于唐恩"强奸门"——英国媒体给这次事件起的名字，唐恩将之形容为"毫无想象力"，因为听起来好像自己真的强奸了谁一样——的处罚仿佛给唐恩挠痒痒一样，结果只是让唐恩更舒服了。而对于唐恩诅咒西汉姆降级这事情足总压根儿没管，罗德上蹿下跳半天，什么说法也没得到，愤怒的他指责足总办事不力，结果足总的反应相当迅速，他们马上对可怜的西汉姆代理主教练处以五千英镑的罚款。

另外一名受害者，那场足总杯比赛的当值裁判温特对此显得很无奈，不过他没有发表任何声明，也拒绝接受任何媒体的采访。在这一点上，他可比罗德聪明多了。

唐恩没有被重罚，这也成了随后一期《今日比赛》重点讨论的话题。主持人莱因克尔在和马克·汉森说到这个问题的时候，汉森讽刺地猜测是否唐恩是帕利奥斯的小舅子。这期节目播出之后，BBC收到了足总的抗议信，不过他们对此置之不理。

作为整个事件的当事人，唐恩却早就置身事外了。媒体们喜欢炒作那是他们的事，唐恩现在把全部心思都放在了训练上。球队的日常训练事务依然由德斯·沃克和伊安·鲍耶主持，唐恩每天都会戴着墨镜站在训练场，不过他说的话屈指可数。他还得继续学习呢。让唐恩最开心的是，鲍耶似乎和他尽弃前嫌了，虽然还是不怎么交流，不过日常工作上也没有在刁难自己，相反，他表现得很合作。

原来唐恩担心鲍耶会成为压垮森林队的最后一根稻草，现在看来是自己多虑了。那天在伯恩斯的森林酒吧喝酒的时候，沃克曾经说起过有关鲍耶的事情。唐恩那时才了解到这个五十一岁的老头曾经有多么辉煌的职业生涯。他可是森林队两夺欧洲冠军杯的主力功臣啊！

他的经验必将成为自己最大的帮助。唐恩决定和这个人搞好关系。

森林队下一场比赛是在1月18日下午，在此之前英甲联赛已经进行了一轮，森林队因为要打足总杯，他们的第二十八轮联赛被推迟到了25日举行。这也给了他们长达十四天的休整期。18日他们将去客场挑战考文垂队（Coventry City），这可是一场硬仗。首先球队的主教练处于禁赛期，将无法在教练席上指挥比赛。另外，考文垂现在排在联赛积分榜第六，自从联赛第二十一轮他们主场1∶2输给普雷斯顿之后，他们保持了七轮联赛不败，目前球队士气正旺，加之又是主场……更让唐恩头疼的是这支球队的风格，这是一支作风顽强的球队，拥有一种死硬的气质，正是这种气质让他们连续七轮联赛立于不败之地。这个纪录数次可能被终止，都被他们自己给救了回来。

唐恩很讨厌这样的球队，因为他自己也是这种风格。这场比赛和足总杯完全不一样。西汉姆不会放下身段和自己死拼，考文垂可是会，因为这关系到赛季结束之后他们是留在英甲还是升上英超。这些天他也不去伯恩斯的森林酒吧了，仿佛又回到了清教徒一样的生活，每天球队训练完成之后他总要把工作带回家。他必须要在比赛之前将这支球队研究透彻，清楚他们每一个球员。如果可能的话，他甚至希望看到那七轮不败的全部比赛录像。可惜森林队的情报工作并不能满足他的要求。

"对不起，托尼。我们唯一有关考文垂的比赛录像就是上半赛季他们做客城市球场的比赛，我们1∶0赢了他们。"看着很抱歉的沃克，唐恩觉得也许他应该专门找个球探负责观察球队每个下场比赛的对手，在赛前及时将一切他所能了解到的有关对手的资料放在自己的办公桌上，供他参考。就像他玩的FM2007一样。

不过球队目前只有三个专职球探，有两个长期在外，全英国地找那些具有天赋的小孩子，然后想尽办法把他们带到维尔福德的青训营。另外一个则主要负责诺丁汉区域内的球员考查工作。根本不可能帮他完成那个工作。

唐恩揉揉太阳穴，看来球队还有很多地方需要改变，可惜他现在没有精力也不敢去尝试。一个不知道自己未来会如何的主教练，自然也不敢去尝试他的计划。唐恩觉得自己现在有点像切尔西的主教练拉涅利。不同之处在于，拉涅利是对球队战术方面修修补补，而他则是对整个球队做小修补，有什么主意也不敢用，生怕自己前脚布置了计划，后脚就因为战绩不佳被开，那什么努力都白费了。

因为自己成了主教练的缘故，现在唐恩看一个队的资料，会习惯首先找球队的主教练是谁。从某种意义上来说，一个主教练在很大程度上影响着一支球队的风格、战术、气质、成绩……要了解一支球队，最好的办法就是从了解时任主教练入手。唐恩看了看如今考文垂的主教练……他看到了一个有些熟悉的名字：Gary Mcallister。

唐恩对着这个英文名字看了半天，随后犹犹豫豫地翻译成了中文：加里•麦考利斯特。

麦考利斯特？！

唐恩差点从椅子上跳起来。他记得这个老家伙上赛季还在利物浦的呀？2000—2001赛季是利物浦十四年来最辉煌的一刻，自从1984年后第一次成为三冠王，麦考利斯特在当年联盟杯决赛中打入一个点球，在加时赛的最后一分钟还用一记任意球"助攻"阿拉维斯球员格利自摆乌龙，成就了利物浦霍利尔时代最辉煌的一幕，那个赛季他们总共获得了五项冠军。

这才两年，怎么就跑到英甲球队考文垂来了？

资料上显示苏格兰人是2001—2002赛季结束之后重回考文垂的，而且他的身份是主教练兼球员。

唐恩知道身为球员的麦考利斯特很厉害，他的任意球常常帮助利物浦破门得分，不过对于主教练麦考利斯特他可就一无所知了。

唐恩盯着这个名字看了半天，似乎能够从名字中看出他需要的东西来。实际上确实如此，几分钟后他嘿嘿地笑了起来。

"球员兼主教练吗？"

考文垂曾经是英国四大城市之一，拥有一千年的历史，不过那都是昨日黄花了。而且对于唐恩这个中国人来说，在英国所谓的"大城市"，也许放在中国不过是一个县级市的规模。这座城市曾经在二战中遭到德国空军的毁灭性轰炸，几乎全部变成废墟。战后重建的考文垂成了英国汽车工业的中心，这里出产专门供给英国王室使用的汽车。

唐恩对于这个城市的了解几乎为零，他也不打算把精力放在翻旅游手册上。对于足球教练来说，了解一座城市的历史，远没有了解这座城市里面某支球队的历史来得重要和有用。

虽然森林队所在的诺丁汉市距离考文垂市只有大约三十英里，开车一个小时不到就能抵达。不过因为客场比赛，森林队还是提前一天来到这座城市，准备第二天的比赛。

唐恩坐在球队大巴上，看了看外面阴沉的天空和被吹到空中的报纸，扭头问坐在他旁边的沃克："天气预报怎么说？"

"明天有雨，温度很低。"

唐恩想到埃文那个有关英国的形容，他禁不住要骂脏话了。他讨厌在雨中比赛，讨厌一切不利于比赛的天气，雨雪大风、冰雹雷击……如果有的话。

这时，在大巴车窗外，一座奶酪色的建筑仿佛初升的太阳，从街边层层房屋后面缓缓升起。

"海菲尔德路球场。"沃克给唐恩介绍道，"考文垂的主场。"

听沃克这么一说，唐恩不禁多看了几眼这座明天他的球队将要比赛的建筑。英国的球场大多都很小，不像意大利或者西班牙、德国的那些球场看起来气势恢宏。四座低矮的看台，勉强遮住看台的顶棚，和一块绿色的草坪，就是一座球场的全部。森林队的主场城市球场能够容纳三万人，建在河边看起来就好像一所中学的附属球场，考文垂的球场同样如此。

西班牙豪门皇家马德里的主场圣地亚哥·伯纳乌球场看台有六层，相当于一幢二十层居民楼的高度，而且看台设计得很陡峭。唐恩没去过那里，不过他从电视转播中能够看出来那是一种什么气势。当你站在看台最顶层的时候，你往下望根本看不清场上球员的号码和动作，却有一种随时都可能掉下去的错觉。这种震撼人心的压迫感在英国的球场很少体会到，英国球场大多两三层看台，曼联的主场老特拉福德球场是目前英格兰最大的专业足球场，也不过容纳六万人，三层看台。

不过英格兰球场这样设计也有很大的好处，它让球迷距离球场更近，更有利于发展球迷和球员之间的良好关系。所以在英格兰的球场踢球有两种截然相反的感受：主队会认为是天堂，他们可以清晰地听到球迷们高唱的歌曲和支持他们的口号，还可以在进球后冲到场边和观众一起庆祝；而客队则会认为这是地狱，他们无时无刻都要在主队球迷的嘘声和歌声下备受煎熬，清楚地听见那些人谩骂自己的每一个单词，清楚地看到那一根根高高竖起的中指。

对此唐恩虽然只经历了一场比赛，也同样深有感触。在城市球场的那场足总杯，就让他深刻体会到了这两种感受，上半场他觉得自己在客场，下半场又回到了主场。

不知道考文垂的球迷是否友好呢……

比赛在下午两点钟举行，海菲尔德路球场外的停车场在一点钟就已经很难找到空车位了。阴沉的天空中飘着蒙蒙细雨，这却丝毫没有打扰球迷们的兴致，他们带着酒意挥舞着考文垂的天蓝色队旗，高唱着歌颂考文垂的歌曲从四面八方向球场聚集，从空中看就仿佛一大群蚂蚁奔向散发着香味的大块奶酪。

森林队的球员们显然对此习以为常了，他们在车内做着自己的事情，听音乐，闭目养神，或者四处乱看。唐恩还有些不能适应，这是他带队打的第一个客场。当十一天前他在城市球场的时候，并没有觉得球场气氛有什么特殊之处。如今他算是真的感觉自己到了客场：完全陌生的城市，陌生的球迷，陌生的球场，陌生的对手……

发现唐恩的注意力都在车外的球迷身上，沃克决定讲些什么来缓解这个代理主教练心中的紧张。

"托尼，别担心。你知道老特拉福德吗？"

"当然，鼎鼎大名。"

"老特拉福德球场有一套专门的保安系统。他们会根据历史数据划分客场球迷的安全等级。利物浦和利兹的球迷被定为 C 级，需要高度安全措施和大量警察；考文垂是 B 级，只要少量警察就行。所以他们没什么可怕的。"沃克指着外面从球队大巴旁经过的考文垂球迷说。

显然唐恩对老特拉福德球场的那套安全系统更感兴趣："那么被定为Ａ级的是哪儿的球迷？"

"温布尔登。"

听到沃克的回答，有个家伙的名字在唐恩脑海中一闪而过，随后他笑了起来："真有趣。拥有维尼·琼斯的'狂帮'的球迷竟然是最文明的……老特拉福德的那群家伙不会是把温布尔登公开赛的观众算成足球观众输入电脑里面去了吧？"

1988年那支击败利物浦而获得英格兰足总杯冠军的温布尔登队在英格兰足坛有"狂帮"的称号，仅仅看这个名字，就知道这支球队的风格了。更别提当初他们还有两个疯子领袖：帮主是英格兰足坛鼎鼎大名的恶汉维尼·琼斯（Vinnie Jones），副帮主则是同样粗暴硬朗直接的丹尼斯·怀斯。当年那场足总杯决赛开球前十几分钟，球队的队长维尼·琼斯在球员甬道里面带领自己的手下对着利物浦的大牌球员们一通谩骂咆哮，接着比赛开始不到一分钟，琼斯又把利物浦射手麦克马洪铲上了担架。最后温布尔登在比赛中1:0战胜了如日中天的利物浦，创造了一段传奇。琼斯和他的球队也被载入了史册。

类似足总杯决赛前这样的事情在"狂帮"身上数不胜数。要知道在温布尔登刚刚升上顶级联赛的那个赛季，利物浦做客温布尔登主场普劳夫巷球场（Plough Lane）的比赛之后，那些骄傲的红军球员几乎是哭着跑回休息室的，赛后他们对媒体说：温布尔登的球迷太可怕了，这个球场简直就是地狱！

地狱，就是其他球会对温布尔登球场和球迷的印象。

"地狱恶魔"般的球迷怎么可能会是安全等级Ａ的文明观众？唐恩觉得太不可思议了。

"所以……我现在不相信老特拉福德的那套安全系统了，我觉得与其相信电脑总结出来的数据，不如自己亲身体验一番。"说到这里，唐恩突然觉察到沃克没话找话地对他说这些的用意，他微笑着对沃克说，"德斯，多谢你的好意，不过我从来就没怕过谁。"

沃克也笑了："我也是。"

第十五章

客场：考文垂（下）

森林队的红色大巴停在指定的地方，当唐恩带领球员走下来的时候，他发现围在周围的球迷都是身穿红色球衣的森林队球迷，他们专门跑来这里支持自己的球队。尽管这场比赛只给他们分了大约两千张的票。

唐恩一眼就看到了迈克尔，自从那场足总杯之后，他就没有见到这个家伙了。他把手放到嘴中，对着迈克尔做了一个嘘的动作。迈克尔板着脸假装没看见他，唐恩哈哈大笑地跟着球员们走进了球场侧门。身后响起来球迷们的高呼："Forest! Forest! Nottingham Forest!!"

在双方球迷互相较劲儿的呼喊声和歌声中，球队进入了更衣室，准备换衣服准备热身。因为唐恩处于禁赛期，他不能踏入球场半步，所以球队热身他都只能待在更衣室里。

"你们只有二十分钟！"沃克像羊倌一样将球员们赶出了更衣室。他回头看了看坐在战术板前沉思的唐恩，随后也拉上门出去了。

听到门关上的声音，唐恩才从沉思中回过神来。沃克一定以为刚才他在考虑战术，实际上他想的和这场比赛一点关系都没有。这半个月来发生了太多的事情，一件接着一件，仿佛呼啸的火车向他驶来，让他根本来不及静下心梳理一番。现在好了，更衣室里一个人都没有，他可以好好想想自己面临的处境和未来。

可就在这个时候，门又开了。近来的是伊安·鲍耶。唐恩对于他出现在更衣室有些吃惊，显然这个人不是回来找东西的。

"我有话想跟你说，托尼。"

"我有话想对你说，伊安。"

两人马上意识到他们想到一块儿去了。唐恩笑了笑，然后示意鲍耶先说。

"是这样的，我决定等这个赛季结束就离开球队。"鲍耶开口第一句话就把唐恩吓了一跳。

"什么？"

"赫尔福德（Hereford United）邀请我去执教，我已经答应了他们。"

唐恩张大嘴巴，表情诧异地看着站在自己面前的鲍耶："什么时候的事？"

"一个星期前。"

听到这话，唐恩猛地从座位上站起来："伊安，你不能这样……球队需要你！"他还想让这个老头子辅佐自己呢，没想到竟然听到这个坏消息。"你的经验能够带领他们向前进……"

鲍耶摇摇头："错了，能够带领他们的是你，不是我。"

"呃，你还在为那件事情生气吗？"唐恩小心翼翼地问。

对方笑了："托尼，你真是把脑子摔坏了。"

"啊？"

"你知道我在球队里面和谁关系最好吗？"

"谁？"

"保罗，保罗·哈特。"

唐恩用看外星人的眼神看鲍耶。

"保罗经常在我面前提起你，他真的很看好你。但是对于新年后就让你接手一线队主教练的决定，我和他分歧很大。"鲍耶娓娓道来，唐恩却好像在听故事，"我得承认我很想做这支球队的主教练，我也认为我有能力。不过最重要的原因是我觉得你还没有准备好。我可是很了解你的，这一点德斯那个小家伙也不知道。老实说，如果是新年前的你，我坚决反对。我认为你还不够格做这支球队的主教练。你第一场比赛的表现真拙劣。"

唐恩想到了自己被约翰森撞翻在地的那一幕，事后想起来他自己都觉得丢人。

"不过……接下来你的表现让我大开眼界。"唐恩知道鲍耶是指足总杯那场比赛的中场休息和下半场，"也许让你摔倒在地是上帝的安排，他给了我们一个和以前完全不同的托尼·唐恩。在那个中场休息中我看到了你成为一个优秀主教练的素质。你知道，保罗看人的眼光总是很准，不管是看球员还是看同事，他认为你能够成为一名优秀的主教练，对此我总是不屑一顾。如今我相信了。你真的可以。"

"可是，伊安……"不管鲍耶怎么给自己戴高帽，唐恩还是舍不得他走。身边多一个得力助手，总胜过做光杆司令。沃克刚从球员退下来，他做教练还不能让人放心，要想成为一个合格的教练，他还有很长的路要走。想想和西汉姆的上半场，他的表现并不好。

自己可以说算是刚来一个陌生的地方，这样的经历总是缺乏安全感的。而鲍耶恰好可以给他这种安全感。他需要有人在他身边提醒他，教导他，甚至可能是批评他，总之如果他要想成为一个真正的职业教练，而不是狸猫换太子的替补，就需要鲍耶这种人。

鲍耶是很聪明的人："我知道你在担心什么，托尼。你放心，我要等到这个赛季结束之后再离开球队。在此之前，我们还有半个赛季。另外，德斯的经验也很丰富，他可以有效地帮助你调解更衣室的气氛——尽管我觉得你本身就是一个调解气氛的高手了。"

唐恩看着鲍耶没说话。

"虽然我为球队效力了很长时间，虽然我被他们尊重……但是如今的我也许已经不适合现在的森林队了。德斯距离他们更近，他们之间的关系会更融洽。我有些跟不上时代了……而你和德斯才是能够带领他们的人。而且，赫尔福德给了我一个做主教练的机会，我也很想重回埃德加·斯特雷特球场。"

唐恩依然没说话。

"好了，你有什么话要对我说吗？"

唐恩叹口气："我原本想让你留下来的……现在没必要说了。"

"没有那么坏，最起码还有半个赛季。"鲍耶拍拍唐恩的肩膀，然后转身走了出去。

看着鲍耶出去的背影，唐恩喃喃道："真混球，半个赛季之后鬼才知道我还在不在这里呢……"

二十分钟后，球队回来了，准备接下来的比赛。赛前的战术安排依然由沃克主持，鲍耶在旁边帮忙，而唐恩则沉默不语。鲍耶看了唐恩几眼，以为他还在为自己的离去而不高兴呢。

他哪知道，唐恩只是借此机会在默默学习。他已经把该说的都告诉了沃克，沃克会把这些东西再告诉给球队。当有一天唐恩觉得可以了，他会自己来取代沃克，成为真正的主教练。但现在不行。

教练组研究了他们的对手之后，决定本场比赛不做任何特殊的布置，以球队惯常的战术阵容来比赛。唐恩听了这个安排之后，没说什么，默认了这个教练组的工作。实际上他是不知道自己应该说什么，教练组的成员好歹是专业教练，自己是什么东西？

他决定像和西汉姆比赛那样，先观察半场，然后中场休息再做调整。从那场比赛中，唐恩不仅获得了极大的信心，还发现了自己一个长处，比起赛前安排来说，他更擅长临场指挥。他喜欢杀对方个措手不及的感觉。

赛前准备的时间很快过去，沃克希望唐恩这个做主教练的最后讲两句，他这是好意，让球员们清楚谁才是真正的头儿。不过唐恩看着一双双期盼的眼睛，有些犯傻，该讲什么呢？

他突然想到了4日的那场比赛，球场里面那种铺盖天地的热烈气氛和球员们在场上表现出来的斗志。

"还记得上一场足总杯的比赛吧？"

球员们都笑着点头，甚至还有人攥起了拳头。

唐恩张开双臂："我还需要说什么？就像那样去比赛！"

等球员们都跑出了更衣室，唐恩才最后一个走出去。出门就看到门口站着两个衣冠楚楚的男人："唐恩先生吗？"

"啊，是我。"唐恩有些奇怪。

"我们是英格兰足总纪律委员会的……"

听到对方报出这么一长串的名称，唐恩把头靠近了一些。"有这个机构吗？"看到对方面色不善，他连忙笑起来，"开个玩笑！我当然知道有这个机构了！你们找我什么事？"

这话把对方也问愣了，唐恩很快又笑起来："开玩笑的，我当然知道你们找我什么事！我没打算和他们一起去球场……"唐恩指着跑出去的球员们说。

两人点点头："我们负责监督您执行禁赛的情况，所以抱歉这场比赛您要和我们一起看了。"

唐恩怪叫一声："纪律委员会没有美女职员吗？"他想到了法里娅·阿拉姆，虽然当时不觉得那个女人多漂亮，起码比现在这两个大老爷们儿强。"当然，这也是开玩笑的。我会和你们在一起的……"

他拍拍两个人的肩膀，示意自己相当友好，不需要过于紧张："我们走吧。"

"首先，先生。您需要关掉手机等一切通信工具。"

唐恩从怀中掏出手机，很干脆地将电池卸了下来，然后对两人展示一番，直到他们点头。

"BP机？"

"哥们儿，如今是21世纪了。"唐恩不耐烦地晃晃头。

"对讲机？"

"听着伙计，我是足球教练，不是詹姆斯·邦德。如果你接下来还要问我有没有无线蓝牙对讲机、针孔话筒、伪装成领夹的电话、实际上是微型电脑的墨镜、可以做手枪的皮鞋或者钢笔……什么的，我的回答是：都他妈没有！"唐恩被对方板着脸问讯的态度搞起了火气，他甩开两个足总的人，径直走向了球场看台。

身后两个一身"黑衣人"打扮的足总工作人员面面相觑，然后耸了耸肩，快步跟了上去。

第十六章
坐在看台上的主教练（上）

　　唐恩和他的两个"军情六处保镖"坐在看台上，他发现东道主还真"体贴"他，把他的位置安排在了视角最不好的地方。距离森林队替补席十万八千里，看来考文垂比足总还担心他，直接把他最原始的沟通途径都切断了。

　　唐恩坐在一群穿着考文垂球衣的球迷中间，不得不低调低调再低调。英格兰的足球流氓可是出了名的，万一身边某位老兄来的时候喝多了，一冲动那可就不堪设想了。唐恩倒是不怕和人打架，他是怕被身边两个瘟神记录下来报上去，说不定自己的职业教练生涯就真的结束了……

　　他可不想成为第一个因为和球迷斗殴而断送职业生涯的足球教练。

　　比赛在下午两点钟准时开哨。当哨音响起的那一刻，海菲尔德路球场成了热火上的屉笼，看台上仿佛煮沸的水，咕嘟咕嘟冒着泡。唐恩耳边除了主队球迷的叫喊声，就什么都听不到了。

　　唐恩张了张嘴，说了一句话，他发现这句话他自己都没听到……这可比在森林队的教练席上感受到的气氛疯狂多了。

　　考文垂的球迷们站起身为自己的球员加油，唐恩也跟着站起来，高举双手，不过他可是不是给自己的对头加油助威，而是大声咒骂。

　　"该死的老特拉福德安保系统！这种球迷也能算 B 级安全程度吗？"他毫不担心引起什么骚乱，因为他身边的人此时此刻肯定听不到自己在说什么，"他妈的！考文垂的球迷一点也不友好！"

　　抱怨完，唐恩老实坐下来看比赛。身边的人一定认为这是一个忠实的考文垂球迷。

也许是他在开赛前说的那两句话勾起了森林队球员们的斗志和雄心，也许是考文垂球迷疯狂的表现刺激到了森林队全队的自尊。总之，当比赛开始之后，森林队反客为主地在海菲尔德路球场压着考文垂打起了攻势足球。

这场比赛唐恩专门让加雷斯·威廉姆斯上场首发，他是上半赛季对考文垂比赛获胜的重要功臣，他打入了全场比赛的唯一入球，帮助球队在主场获胜。今天唐恩希望借威廉姆斯的运势给球队带来好运。

看着自己的球队在客场压着主队打，唐恩嘿嘿直笑。教练组果然不是吃干饭的，制定出来的战术非常对头。看着考文垂的助理教练在场边焦急地走来走去，唐恩觉得也许这场比赛拿下也不是什么问题。

这些天他的工作也不是白做的，相比刚刚知道他们下一个对手是考文垂的时候，如今他已经自信对这支球队颇有了解。

从二十八轮的联赛数据来看，考文垂的攻击力不太令人满意。二十八轮联赛，他们只进了三十五个球，却失三十球。反观诺丁汉森林，虽然成绩不尽如人意，却在少赛一场的情况下打进了四十四球，丢了三十一球。

唐恩从这个数据里面找出了可以利用的东西，当然还需要通过比赛观察才能最终确认。只是……这该死的座位非常不适合现场观球，最起码不适合让他思维清晰冷静地看球。

考文垂队好不容易觅得反击的机会，但是他们的射门却最终打在了球门后面的广告牌上。看台上响起了巨大的叹息，唐恩身边的所有人都双手抱头，一副惋惜状。唐恩和他身边的两个人就仿佛一片蓝色海洋中的黑色礁石，有些另类。幸好球迷们注意力都在比赛上，否则他这个最近的新闻人物只怕很快就会被认出来。唐恩已经在心里盘算着在中场休息的时候让身边两个家伙去和考文垂方面交涉，给他们换一个座位，最起码得坐在靠近森林队球迷的那侧看台——他真怕自己被这些不友好的家伙认出来。

三年前当考文垂还在英超征战的时候，球队中有一位青年才俊——爱尔兰小将罗比·基恩（Robbie Keane），他在狼队出道，三个赛季表现出色，随后被考文垂以六百万英镑的价钱买去，却只为球队效力了一个赛季。三十一场比赛进了十二个球，那时他才刚满二十。一个赛季之后，考文垂面对国际米兰扔过来的一千三百万英镑的支票，无力抵抗，将小基恩卖给了意大利豪门。不过他在意大利的球星黑洞过得并不怎么愉快，联赛只出赛六场，没有一个进球。一个赛季之后就被刚刚崛起的青年近卫军利兹联以先租后买的方法带回了英国。如今他身在北伦敦的托特纳姆热刺，和自己曾经效力过一个赛季的球队早就分道扬镳。

现在考文垂的球迷一定很怀念当初那个充满激情的爱尔兰小伙子，为什么？因为他们的前锋进不了球。这支球队大部分得分竟然还要靠已经三十八岁的主教练兼球员麦考利斯特的定位球，不得不说很悲哀。

看了二十多分钟的比赛，唐恩坚信自己从数据中分析出来的结论是正确的。造成攻击不力的原因分两部分，第一考文垂球员能力不行，第二他们的教练不行。麦考利斯特是出色的球员，却不能算出色的教练，更何况这是他担任主教练的第一个赛季。不是所有人都能像罗伊·基恩（Roy Keane）那样天生领袖，刚刚被红魔赶出家门，就能带领桑德兰升上英超的。

这场比赛考文垂的先发前锋是二十七岁的黑人朱利安·乔基姆（Julian Joachim），他只有一米六八，这是一个很经典的身高，可乔基姆却没有马拉多纳和佐拉、卡洛斯等人的能力。根据唐恩的观察，这个人速度还算不错，不过射术不敢恭维，他曾有一个近在咫尺的机会打飞。那是一个打飞比打进难的机会。当时海菲尔德路球场看台上爆发出来的巨大欢呼声几乎让唐恩心脏停止跳动一秒。

乔基姆在前二十八轮联赛出场九次，只有两个球入账。这样的成绩对于一名射手来说只能用"惨淡"来形容。

和这个黑人搭档的是年仅十八岁的大卫·皮佩（David Pipe），这个赛季才从青年队升上一线队的小将，到目前为止出场十一次，无一进球。

看看这可怜的锋线组合吧。再看看森林队的锋线：大卫·约翰森出场二十次，进十球。马龙·海尔伍德出场十九次，进十一球。这是十四天前将超级球队西汉姆逼得手忙脚乱的锋线组合，唐恩觉得在对付甲级球队上同样有效。

在这两个人身后，是四个平行站位的中场，从左至右分别是安迪·里德、里卡多·斯梅卡（Riccardo Scimeca）、加雷斯·威廉姆斯、伊恩·杰斯。这四个人中，斯梅卡主要负责防守，而威廉姆斯则担负组织进攻的重任，里德和杰斯一左一右辅佐他，森林队大部分进攻出自这四个人的中场组合，也是森林队前期使用最多的中场配置。

除了在足总杯中将年龄大了的杰斯放在替补席上休息之外，他没有动过这个阵容一个地方。这是保罗·哈特留给他的财富，他相信自己的老师不是因为战术配置才导致失败的。

唐恩的这份信任很快收到了回报，在皮佩也浪费了一次机会之后，森林队迅速展开反击。门将达伦·沃德（Darren Ward）大脚将球开向前场，考文垂的防守型中场摩洛哥人沙法里争顶成功，将球顶向前，压到中场的道森半路劫杀，又把这球顶了回去。

海尔伍德以他出色的身体素质，将球控下来，等待队友们上来接应。

麦考利斯特看出来他的打算，大声招呼队友们回防，并且上来拦劫，希望干扰或者延缓森林队的攻势。三十八岁的麦考利斯特在和二十二岁的海尔伍德的身体对话中败下阵来，海尔伍德很轻松地将对方扛在身后，然后一脚漂亮的斜传转移，把球给了左路杀上来的安迪·里德。

里德在青年队的时候，他的远射和长传让他鹤立鸡群。虽然这只是他踢的第二场甲级联赛，但他已经表现出了让人兴奋的素质。他把他在青年队所擅长的全都用在了成年队的赛场上。看到考文垂的防线紧急右偏，而自己的右路却无人盯防，是真空地带，他又将球传向了右边，足球横跨球场，直接打到了考文垂防线的后方！

出现在这里的是速度奇怪让西汉姆吃足了苦头的大卫·约翰森，他将里德的球向前一磕，顺势加速，就把考文垂的后卫甩在了后面！

考文垂的右边后卫转过身来只看到约翰森的背影，他第一个反应不是启动追人，而是高举右臂，向边裁示意约翰森越位犯规！

"越你娘！"唐恩从座位上站了起来，嘴巴上不干不净地骂着。他不用担心自己成为考文垂球迷的众矢之的，因为他身边全都是从座位上惊起的天蓝球迷。

约翰森带球在边路疾奔，只几步就靠近了考文垂的禁区。他抬头看了看边裁，在跟着自己跑呢，说明没越位。再带一步，抬头看看，考文垂的人疯了一样向他扑来，两个中后卫都朝自己跑过来了……

看台上的唐恩禁不住自己做了一个交叉的手势，这是这些天来训练中演练过的进攻套路：前锋吸引对方后卫注意力，真正的杀招却是后插上的中场球员。四个中场里面除了偏重防守的斯梅卡之外，都有不错的得分能力。

约翰森右脚外侧把足球拨向了禁区中央，怎么看他都像是要横向盘带然后起脚射门。考文垂从后卫到门将的注意力都被他的一举一动所吸引，完全忘记了正在高速插上的森林队中场。

约翰森已经抵达禁区中间，在他身边有三名考文垂的后卫，他起脚……却没射门，而是把足球拨到了自己身后！那里一片空白！

所有考文垂的球员都被他骗住了，当一道红色的身影从他身边跑过的时候，考文垂的丹麦门将赫尔加德（Morten Hyldgaard）还站在球门中间。

"加雷斯·威廉姆斯！"

森林队的 8 号在小禁区角上接到了约翰森的妙传，然后毫不迟疑，抢脚就射！足球贴着草皮飞快地滚进了球门！

"Goal！！1：0！上半场三十三分钟做客的森林队领先考文垂！看起来森林队似乎已经走出了赛季上半段状态低迷的阴影，他们在客场打得积极主动，反客为主！"

看台上的考文垂球迷一片嘘声，唐恩在这嘘声中也没法表示他的激动之情，只能将两手攥成拳，放在头上佯装惋惜的样子庆祝这个进球。看着远处森林队教练席一片欢腾，他还真有些嫉妒。

唐恩这还是第一次站在球迷的视角看比赛，看着自己的球员们在场中围成一团庆祝进球，他对球队的未来感到了一丝信心。鲍耶要离开的担心也被冲淡了些。

痛骂完客队的考文垂球迷很快坐下来继续看球，嘴里还不停地骂骂咧咧。唐恩也跟着坐下来，沉默着继续看球，他都忘了自己身边还有两个"保镖"了，所以当他听到旁边那人对他说"祝贺你，唐恩先生"的时候，感觉很吃惊。

"啊，你们是……"

"……我们是英格兰足总纪律委员会的……"

"有这机构吗？"

"唐恩先生，不要开这种玩笑了。"

唐恩哈哈大笑，不再理会他们，自顾自看球了。

第十六章
坐在看台上的主教练（下）

接下来的比赛对于森林队来说，很顺利。考文垂的进攻在道森领衔的防线前面不值一提。麦考利斯特只能在场上努力，却没办法从整体上调整球队战术。这就是球员兼主教练的致命弱点了：不识庐山真面目，只缘身在此山中。他们没法在宏观上了解目前场上形势，没有时间冷静思考对策，没有办法及时做出调整。而球场上风云瞬息万变，稍有迟疑，就会被对手抓住机会。

当初唐恩看到麦考利斯特的身份职位之后，就想到了也许他可以利用这一点。如今自己的球队一球领先，他倒要看看麦考利斯特能出什么招。

两人所处的地方不同，决定了他们的视界不同，决定了他们思考问题的方式也就不同，最后可能决定比赛结果的不同……

上半场结束，做客的森林队暂时一球领先考文垂。看台上的球迷们渐渐散去，他们得趁这十五分钟的时间补充体能，然后再顺便排泄一下，为下半场的战斗做好一切准备。

唐恩也决定回更衣室去布置下半场的战术，通过半场观察，他心里大致有底了。不过走之前他得给身边的两个人找点事情做，总不能让他们跟着自己去更衣室吧。

"呃，两位先生。你们是否觉得我们上半场所处的环境很糟糕呢？"

两个人面面相觑，不知道唐恩这么说是什么意思。

唐恩见他们脑袋没开窍，便给他们描述起来："总是大吵大闹的球迷，也许他们来之前还喝了不少酒。一个个精力充沛，火气十足。他们只支持自己的球队，但是很不巧现在他们的球队一球落后，这样他们的脾气一定很不好，再加上酒精的催化……我想中场休息的这十五分钟，他们怎么也要再喝两杯吧？然后如果下半场他们的球队迟迟打不开局面，这样他们就会肝火旺盛，气血上涌……如果让他们发现旁边有三个非本队支持者的观众，你猜他们会怎么着？"

两人连忙分辩起来："我不是森林队球迷，实际上我支持的是曼城……"

"我是牛津的球迷，那可是第五级联赛的球队啊……"

唐恩摇摇头："你们就算用球场广播告诉他们也没用。要知道处于愤怒状态的球迷是没有理智可言的，不信吗？要不要我们来试验一下？"

其中一人连忙制止了唐恩："我看还是不用了。我也觉得坐在一群狂热的主队球迷中间看比赛不是什么好事。"

"我觉得你们应该向考文垂方面提出抗议，最起码让他们给我们换一个比较中立的看台——靠近森林队的看台。"

听到唐恩这么说，两人警惕起来。唐恩只好解释："你们放心，难道你们以为我会通过球迷指挥比赛吗？那就太不可思议了。"

两人对视一眼，然后点点头："好的，我们去找考文垂的人。"

"太谢谢了。你们做了一个完全正确的决定。"唐恩转身向看台通道走，"顺便问一下，足总允许我在中场休息的时候进自己球队的更衣室吧？"

"没有特殊说明的话，是可以的。"

"多谢，你们可以十五分钟后去更衣室门口找我。再见。"唐恩挥挥手，走进了通道。

主看台内部有一个很大的休息厅，里面出售各种饮料和食品，球迷们可以在这里进行短暂的休息，喝上一两杯啤酒，吃上一段烤肠，和朋友们聊聊天。不过要小心不要和明显喝醉的人发生什么冲突，因为那种人很危险，尤其是在他们支持的球队情况糟糕的时候……

唐恩低着头快速穿过这里，他不想被人认出来，自己的球队领先考文垂，他们的球迷如今正一脑门子火呢。

穿过热闹的大厅，就是人迹罕至的小巷了……这里通向客队更衣室。但是唐恩却在路口看到了一个球场保安，以及放在他身边的标志牌，上面写着：此处禁止通行。

"这是怎么回事？"唐恩奇怪地问站在他面前的保安。

保安指指牌子，那意思是"你自己不会看吗"，这态度可不怎么友好。

"很好。"唐恩点点头，然后抬起一脚将牌子踹倒在地，接着从上面踩了过去。

保安急了，他想上来拉唐恩，却被唐恩用了巧劲一把带倒。"大爷，老子好歹也是练过几年的。"他很小的时候，在老家曾跟着街边卖艺的练过几年拳脚功夫。那时候电影《少林寺》风靡全国，唐恩梦想着要做李连杰那样的武打明星，赚很多钱，让数十万人崇拜得死去活来。不过后来他发现自己实在不是那块料，就放弃了。虽然没成为李连杰第二，对付这种纸老虎还是不在话下。

不理会躺在地上狼狈不堪的保安，唐恩大步走向了自己球队的更衣室，然后推门而入。

很显然球员们都在等着他，看到唐恩进来，大家都抬起头，充满了期待。

这种眼神……唐恩知道自己肩上的担负的是什么。

"你们上半场干得很漂亮，不过下半场要小心他们的反扑。让我们来详细分析一下……"

足总纪律委员会的两个人找到考文垂的主席，亮明身份，座位的问题很快就得到了解决。主席先生承诺下半场让他们和诺丁汉的球迷坐在一起，并且保证他们的人身安全。

完成任务的两个人看了看时间还早，他们决定直接去更衣室门口等着。他们内心还是有些担心那个看起来不怎么正经的足球教练会耍什么手段……托尼·唐恩总会带给他们强烈的不安，仿佛他不是一个足球教练，而是借此隐藏身份的军情六处特工……

他们经过那个路口的时候，有些奇怪地看了看地上倒放的牌子，以及上面的"此处禁止通行"字样，不明白这是怎么回事。不过既然已经倒在地上了，估计也无效了。于是他们也踩着牌子走了过去。

"……如果下半场开始十五分钟还打不开局面的话，我认为麦考利斯特肯定会做出调整，他会让助理教练把加里·麦克谢弗雷（Gary Mcsheffrey）换上来，虽然这个人还有些轻伤。至于会换下谁，那要看考文垂场上球员的表现了。"唐恩把战术板扔在一边，滔滔不绝地讲着。在旁边听的沃克对他崇拜不已，鲍耶则一脸微笑。

"而你们……"唐恩指着球员们说，"无论何时都要牢记：1∶0是世界上最不保险的比分。一球领先会给对手无尽的遐想和冲动。想要把他们的干劲扼杀在摇篮里，就要再进更多的球，更多更多的球！下半场我们防守反击，让他们压出来攻。多长传。伊恩？"

杰斯站了起来。

"能告诉我球场草皮什么情况吗？"

"土很松，有些使不上劲的感觉。"杰斯以为主教练在怪自己上半场几个定位球质量不高，"很滑。"

唐恩点点头："全队多远射，同时注意防守对方的远射。"然后他转身对沃克说："德斯，每隔十分钟就让球员们出去热身。如果他们在开场十五分钟内就进了球，我们什么都不要变，坚持防守反击。让大家踢得耐心一些，这是他们的主场，他们肯定不甘心和我们打平，随着比赛时间的推移，他们肯定会压出来继续攻，这个时候就是我们的机会。你们一定要抓住每一个可能出现的机会，在比赛中浪费和挥霍那些机会，是会受到惩罚的。"

他看了看更衣室里面的球员，有些头疼。因为英格兰足球的要求和其他地方不一样，每场比赛只能带五名替补球员，除开必须要带的替补门将，可能选择的范围太小了。这是唐恩很不爽英格兰足球的一点，意甲、西甲都能带七人替补阵容，为什么英格兰就这么特殊……

"伊安，有什么意外变化的话，你和德斯商量着办吧。我们上半场踢得非常好，继续这么踢下去就行了。"

他低头看了看时间，差不多了，剩下的时间留给助理教练们，他得出去了。

"就这样吧，我希望四十五分钟之后，我们能带着三分回家。"

和大家告别之后，唐恩转身出了门。然后和在门外等他的两人一起走上看台。

"他们答应给我们换座位了？"发现走的并不是回去的路，唐恩问。

"是的，我们和诺丁汉的球迷坐在一起。"

"你们真是值得信赖的伙伴啊……"听不出来唐恩究竟是在赞扬对方还是讽刺，不过两人都没在意，短短几十分钟的接触，他们已经习惯了这个人说话尖酸刻薄的风格了。

说起来，尖酸刻薄也是唐恩在国内不讨人喜欢的一个原因。他总是说实话，说得在理，而实话和说得在理的话往往都不好听……

三人来到诺丁汉球迷看台，大部分球迷都已经落座了，这片地方遮阳棚的面积有限，无法照顾到这片看台的全部，最前面几层就直接淋在了雨中。唐恩看着那些缩着脖子在冬天的冷雨中坚持的球迷，轻声骂了一句："混球。考文垂得庆幸他们不用再去森林队主场比赛了，最起码是这个赛季。"

他径直走向前排，和其他球迷一起站在了雨中。旁边两个仁兄就倒了大霉了。他们缩着脖子使劲跳脚："我说，唐恩先生。他们给我们安排的座位不在这里……"其中一个人指了指上面，被顶棚笼罩着的地方。

唐恩瞟了两人一眼："你们想去就去吧，我要和我的球迷在一起。"

"这恐怕不行，我们不能让你离得太远。"两个人显得很为难。

"那你们就待在这里，和我在一起。"唐恩指指脚下，心里笑欢了。他终于找到一个合适的机会报复这两个人了。

两人抬头看看还飘着蒙蒙细雨的天空，叹了口气，只能接受这个结果。

三个人之间说话，引起了周围球迷的注意力。森林队的球迷们很快就发现了来这里的人是他们的主教练托尼·唐恩。

"唐恩先生吗？"有一个身材壮硕的球迷向他走来，用疑惑的语气询问道。当他看清楚唐恩的相貌之后，惊喜地叫了出来："真是您！您遇到麻烦了吗？"他很不友好地看了看唐恩身边站着的两个人。

这位看起来不像善茬的球迷让足总纪律委员会的两人感到一些紧

张，还好唐恩给他们解了围："没有，没有任何麻烦。我在和我的两个朋友商量在什么地方看球，这儿有人吗？"

"本来有，不过现在没了。"

"那好，我们就在这里看。"

听说森林队主教练在这里，看台上其他角落的球迷都拥了上来，他们大声叫着唐恩的名字，或尊称，或昵称，向这位代理主教练表达内心的尊敬之情。因为他的球队在上一场比赛中打出了一个荡气回肠的下半场。球迷们和唐恩之间讨论最多的话题也就是那场比赛了。虽然主裁判终止了森林队前进的脚步，不过在球迷心中，带领球队半场打进西汉姆四个球的主教练托尼·唐恩依然是英雄。

唐恩很高兴自己能够在球迷中有这样的地位，这再一次证明了自己适合走足球教练这条路。他没摆出自己是主教练的架子，拒人千里，而是和球迷们在喧闹的球场内大声聊天，放肆谈笑，好不痛快。那两个可怜的足总工作人员被挤在了外面，缩着脖子抵御冷雨侵袭，不过没人在乎他们此时的感受。

于是当比赛开始之后，坐在唐恩周围的人变成了森林队的球迷，那两个纪律委员会的人反而被挤到了两排座位之后，他们剩下来的所有时间都伸长脖子关注着唐恩的一举一动。临来考文垂之前，帕利奥斯专门吩咐他们要小心那个托尼·唐恩，他可是一个狡猾的家伙。

没错，非常狡猾！

现在这两个人同时点头。

第十七章
两连平的危机（上）

一切都在按照唐恩的布置进行着。考文垂依然攻击不力，于是十七分钟之后，他们换下了表现不佳的皮佩，上场的正是加里·麦克谢弗雷。这个只有二十岁的小将是球队锋线上到目前为止主要的得分手，出场十次进了三个球。如果不是在赛前两天的训练中拉伤了小腿肌肉，麦考利斯特肯定不会把他放在替补席上。

一头黄毛的小伙子，长得有些像鲁尼。当然如果他有鲁尼那么厉害，唐恩就要哭了。

虽然没有鲁尼厉害，麦克谢弗雷上场之后还是给森林队的后防线带来了很大的麻烦。他并没有出现在中路，而是拉到了左路，正对森林队的右后卫法国人马修·路易斯－让。

唐恩看到这个变化的时候，才发现他把麦考利斯特想简单了。球员兼主教练虽然没法在大局观上胜过场外教练，但是在很多细节的观察上他却拥有第一手资料。森林队的右边后卫确实是唐恩头疼的地方，正牌右后卫只有这个法国人，斯梅卡也能打右后卫，但显然他打防守中场效果更好。另外一个人是二十一岁的约翰·汤普森（John Thompson），虽然也可以客串右后卫，不过最合适他的位置还是防守中场和中后卫。

自己在看台上观察考文垂，考文垂的主教练就在场上观察自己的球队。

麦克谢弗雷并非盘带高手，但他在边路的速度突破让路易斯－让很头疼，加之雨天地滑，总是很容易就被对方过了，有时候只能通过犯规勉强阻拦。更让人担心的是，这个人显然比考文垂之前的两个前锋射术更佳，两次射门都打在了门框范围内。唐恩在看台上直摇头，他没想到这一点，在中场休息的时候也没给沃克他们说。这个时候如果换上防守能力更出色的汤普森，应该就能防住有伤在身的麦克谢弗雷了。

可惜……

唐恩这才发现一个更大的问题。虽然麦考利斯特在场上比赛，不能对球队做出最及时的调整。自己在看台上看球，就算看出了问题，想出了办法，也没办法通知场边的助理教练啊……结果都是一样，他们都没法最直接地对球队进行调整。

所幸十分钟后场边的鲍耶和沃克做出了唐恩心中的调整，他们用汤普森换下被麦克谢弗雷突成筛子的路易斯－让。局面又回到了平衡。

时间一分一秒流逝，第四官员在场边举起了补时三分钟的牌子，距离唐恩执教球队的第一场胜利还剩五分钟时间。看台上的森林队球迷不停地唱歌，身边的球迷已经迫不及待上来祝贺唐恩了，在他们看来这场球赢定了。

唐恩脸上再次露出了笑容，被两个纪律委员会成员和海菲尔德路球场保安折腾坏的心情也逐渐好了起来。在这个黑白世界里，没有什么东西比胜利更可爱，能令人快乐的了。

有句老话已经在很多场合被提起了无数次，听者耳朵也都磨起了老茧。不过此时此刻还是必须把这句德国足球教父约瑟夫·赫尔伯格的名言拿来老调重弹：足球是圆的。

就在第四官员刚刚放下电子告示牌，转身回去的时候。考文垂获得了一个前场任意球，位置在禁区前沿中央大约二十五米处。他们在这场比赛中获得了五个前场任意球，前四个都被麦考利斯特浪费了。他大概和伊恩·杰斯有同样的抱怨：球场草皮太滑，土太浮松，支撑脚发不上力。

不过这一次……

当麦考利斯特站在球前的时候，唐恩身边的森林队球迷还在又唱又跳，他自己却站着什么表示都没有，专注地看着场内。越是这种时刻，他就越发紧张。只要熬过这个球，剩下的就好说了。森林队可以把足球控在自己脚下，直到比赛结束。

麦考利斯特背对欢呼雀跃的森林球迷，大屏幕上也没有特写镜头，唐恩看不到这个教练兼球员此时此刻的表情，在两个人的比赛中，自己要赢了呢。

主裁判鸣哨，麦克谢弗雷虚晃一枪，麦考利斯特跟上起脚射门！

足球撕破了雨幕，越过人墙，旋转着再绕过达伦·沃德的手，然后一头撞上球网，溅起的水珠四射开来，甚至糊住了唐恩的眼。

唐恩用力眨眨眼，想确认一下。他很快就听到了震耳欲聋的呼喊声，那些声音不是从自己身边的森林队球迷中间传出来的，而是对面的天蓝方阵……

麦考利斯特被兴奋的队友们压在身下，解说员的声音在回荡着："第八十八分钟！考文垂，加里·麦考利斯特！直接任意球，漂亮！1∶1平！他们已经连续八轮不败了！"回应他的是看台上仿佛雷鸣的吼声。

"我操他大爷的！"唐恩用力一拳砸在旁边的座椅上，身边的球迷们也都沉默了。这是谁也没想到的结局，全场比赛都没有几次机会的考文垂竟然利用一个直接任意球扳平了比分。没有什么比到手的三分变成一分更令人愤怒的了。更愤怒的是唐恩不知道问题出在哪儿，他的球队表现几乎完美，仅仅因为对方一个运气球，八十八分钟的努力就泡了汤。

考文垂的球员们还在庆祝，森林队的球员们则一脸迷茫地站在场上。

雨还在下，不过唐恩已经不关心天气会给比赛带来什么影响了，在他看来，这场比赛就到此为止了，1∶1，自己和麦考利斯特打了一个平手。那个球员兼主教练的家伙，虽然没法用战术调整来挽救球队，但是他用自己的进球做到了。

他转身看着有些失望的球迷，开始后悔自己干吗要坐在这里。在他们身边，亲眼看到他们从欢喜到失望的转换，那感觉真不好受。

"回到主场，我会给你们带来一场胜利的……"他低声呢喃道。

这场比赛的最终结果就是顽强的考文垂在比赛结束前扳平了比分，做客的森林队带走了一分，可是看上去他们比主队还要遗憾和不甘。

联赛二十九轮战罢，少赛一场的森林队甚至下滑到了联赛第十四名，他们仅积三十九分。唯一可以安慰唐恩的是，联赛第十四和第六只差四分。两场球的差距而已，而且他们还少赛一场。

他的老师给自己留了一个烂摊子，唐恩好不容易让球队有那么一点斗志了，千万不能因为战绩又低迷下去。球队内部不存在太大问题，唐恩现在只剩一个任务——那就是带队打出好成绩。

好成绩需要好球员，而唐恩目前的处境却很尴尬。

第十七章
两连平的危机（下）

　　在心里把自己彻底当作一个主教练的唐恩原本是想在转会市场上叱咤风云一番的。当初他玩足球经理游戏的时候，最期待的就是每个赛季前和赛季中的两个转会期了，他可以去追逐自己感兴趣的球员，装模作样地发表一番对其感兴趣的讲话，然后看着对方"受宠若惊""心烦意乱"，让对方主教练"暴跳如雷"，真是一种别样的享受。最后把那些球员笼络在自己帐下，让他们听从自己的安排，还说自己最期待在唐恩的手下踢球了……不过多格蒂主席很残忍地掐灭了唐恩这个梦想。他告诉自己的主教练，目前俱乐部刚刚从财政危机中缓过来，不可能给他多余的资金投入转会市场。所以尽管现在是冬季转会期，他也只能看别人家热闹得像过年了。

　　好在……保罗·哈特给他留下的这副阵容也不算太差，除了个别阵容有点小问题，小修小补也能用。唐恩叹了口气，搞到最后他和拉涅利一样，只是一个补锅匠。补锅匠都没什么好下场，拉涅利在用极其愚蠢的方式输了冠军杯之后被阿布拉西莫维奇开除，随后他辗转瓦伦西亚也没获得任何好成绩，再之后听说他去了意甲执教帕尔马，而且好像还成功保级了。再之后……在之后唐恩就穿越了，不知道拉涅利下一站在哪儿。

　　说到拉涅利，唐恩仔细想了一下现在所处的时间。他发现自己对于这个时间段世界足坛的记忆竟然那么遥远，仿佛过去了很久很久一样，实际上现在距离2007年不过才四年。

　　唐恩开始注意搜集报纸杂志和广播电视上的有关新闻，他要确定自己身处的时代和记忆中的相差无几。鲍耶在比赛中和自己队友斗殴的事情，因为他的"强奸门"事件而影响小了很多，却依然给唐恩提了一个醒：他担心未来会变得和自己印象中的完全不一样，那他的穿越就毫无意义了。

历史——尽管才过去了四年，为了便于区分，唐恩还是叫现在为"历史"——上的这段时间，阿布拉西莫维奇的卢布军团还没有全面入侵英格兰足坛，你在报纸上看不到铺天盖地关于"阿布是谁""阿布有多少钱"，以及"切尔西下一个目标是谁"这类的报道。上个赛季名震欧洲足坛的利兹联青年近卫军们也还没有破产没降级，虽然卖走了几个人，但是人们还是愿意相信这支从英格兰足坛吹来一阵青春风的球队在本赛季以及以后的赛季都会有出色的表现。曼彻斯特的宠儿大卫·贝克汉姆此时也还没有远走西班牙马德里，不过他和弗格森之间的矛盾已经越来越深了，辣妹维多利亚和弗爵爷争夺贝克汉姆的战争已经进入到了白热化阶段。这也是一件唐恩很关注的事情，估计再有段时间就会上演"冲冠一怒踹飞鞋，师徒决裂终不悔"的好戏了。他得看看等夏天来临的时候，贝克汉姆会不会真去皇马……另外，自己要不要再给某些唯恐天下不乱的报纸写匿名信，装作知情人的样子给他们透露贝克汉姆要去皇马的"事实"呢？他借此发现了另外一个谋生工作，如果真的因为战绩不佳被主席辞了，他还可以靠给那些小报大报卖八卦为生嘛，虽然只能卖四年半……

他的"强奸门"和鲍耶的球场斗殴都是小事件，不足以影响到时间河流的走向。这样的事情发生再多一两件也没什么。如果半年之后唐恩打开电视报纸收音机看到听到的消息是阿布收购了托特纳姆热刺的话，他就会很认真地考虑自己脑子中领先这个世界四年的那些东西是否还有用。虽然那个俄罗斯人确实一度非常非常接近热刺，接近到了让热刺老板报价的地步，可惜热刺老板丹尼尔·列维错误地估计了形势，他要价太高，百分之二十二点九的俱乐部股份他开价一亿五千万英镑，而他自己的估价才不过五千万。最后俄罗斯人选择了价格更低、资产分布更合理的切尔西。接下来的故事地球人都知道了……

当唐恩从穿越的震惊中逐渐回过神来之后，他发现这个时期有很多有趣的东西。他用一种过来人的心态审视着、玩味着，就像期待《越狱》下一季内容那样期待着。这感觉真不错。

18日的六天之后，1月25日，诺丁汉森林在自己的主场迎来了联赛排名第十八的普雷斯顿（Preston North End）。普雷斯顿同样少赛一场，他们目前仅积三十一分。这是一场二十八轮的补赛。

说起普雷斯顿，唐恩非常陌生，不过说到另外一个人唐恩就很熟悉了。这个人就是普雷斯顿的前主帅，上个赛季三月份辞职前往古迪逊公园球场执教的大卫·莫耶斯（David Moyes），球员时代莫耶斯就曾在普雷斯顿效力五年之久，当他在普雷斯顿退役之后，作为主教练在1999—2000赛季把这支球队带到了英甲。后来去了埃弗顿，彻底成功，他成为了英格兰足坛有名的少帅，甚至一度还有传言他要接弗格森的班统治曼联，后来英格兰国家队在德国世界杯之后选帅，候选人名单中也有他的名字。

这个人并不是发现并培养鲁尼的人，但他是让全英格兰认识鲁尼的人。他为英格兰贡献了一个至宝。

他走后，普雷斯顿也重新跌回低谷，如今每年的目标就是在英甲联赛里面保级。

唐恩有"世界真小"的感叹。在低级别联赛里面都能碰到和熟悉的种种，上个对手让他看到了曾经利物浦五冠王功臣如今的情况，这场比赛又让他碰到了莫耶斯踏足教练席的第一站。在人生地不熟的英国，还能听到这些熟悉的名字，感觉真棒，也让他和这个陌生国度的距离拉近了不少。

普雷斯顿无论如何不能算强队，他们实力很弱，而且还是客场。赛前《诺丁汉晚邮报》预测这场比赛森林队就算没有主教练在场边指挥比赛，也可以轻松获胜，球迷们也对胜利充满了期待，同样期待的还有坐在VIP包厢里面和那两个纪律委员会一起看球的唐恩，他期待着自己来到这里之后的第一场胜利。

结果是什么？

开场十六分钟，大卫·约翰森就为森林队先拔头筹。城市体育场一片欢腾。但是仅仅十四分钟之后，普雷斯顿的防守型中场李·卡特怀特（Lee Cartwright）就利用角球扳平了比分。这还是他本赛季的第一个进球。

城市球场的歌声被他的进球切断，随后再次响起，然后森林队的球员在球迷们的助威声中奋勇向前，对着普雷斯顿的球门狂轰滥炸。可怜的客队主教练连换三个防守型球员，誓死都要在客场拿到一分。七十分钟之后，他如愿以偿了。

森林队全场占尽优势，控球率甚至高达百分之六十四，射门十四次，七个角球，九个进攻任意球，这数据不可谓不"攻势足球"，结果只进了一球。相反普雷斯顿只有可怜兮兮的四脚射门，百分之三十六的控球率，他们唯一胜过森林队的就是犯规次数——二十九次。不管在场上他们被森林队的球迷嘘得多惨，也不管球迷们如何羞辱他们是"不敢露头的乌龟"，最后他们成了胜利者，拿到保级路上可贵的一分笑着离开了诺丁汉。

这个结果让很多球迷都非常失望，唐恩一样失望，只是他没有在包厢里面骂脏话，他的注意力已经被另外一件事吸引了。

他在比赛结束之后，听到看台上又传出了零星的嘘声，这是一个警告。如果成绩再得不到改善，自己这个主教练也就要失去人心了。看着退场的球迷，他紧皱眉头，甚至都没有和陪了他两场比赛的"伙伴"握手告别，还是多格蒂出来帮伸出手傻站着的他们解了围。

补赛结束，森林队全部二十九场联赛积四十分，和排名第十三的米尔沃尔（Millwall）同分，依靠净胜球优势排在第十二。赛季过半，这样的成绩并不能让唐恩满意，他希望在第一个赛季留下一些证明自己的东西，没有什么比胜利和成绩更适合主教练的了。

他决定把心中的东西给沃克好好讲讲，于是他请沃克在比赛当天晚上去伯恩斯的森林酒吧喝酒聊天。

沃克同意了。

如今森林酒吧已经成了唐恩请人喝酒聚会的唯一指定场所。因为那里有诺丁汉最好的酒。

第十八章
唐恩的胜利宣言（上）

英国的冬天总是黑得很早。下午五点多，天空就已经全暗。路灯一盏接一盏亮起，比它们工作得更早的就是街头那些酒吧的霓虹灯，它们挂在透明的玻璃窗上，反射出绚烂的光彩，给人一种虚幻的感觉，倒真像酒鬼眼中的景象。

伯恩斯的森林酒吧在街角处，两条街的交会处，这两条街是酒吧和各种 Pub 聚集的地方。伯恩斯的酒吧是生意最好，名气最大的，不仅因为它位置好，更是因为它开在森林队球迷聚居的地方。

森林酒吧只听名字就知道它是什么球迷的地盘了，酒吧里里外外的主色调都是红色，暗红。外墙还有一个巨大的森林队标志，隔老远就能看到。比赛前、比赛后森林队的球迷都喜欢来这里喝上几杯，和其他人聊聊天，甚至是激烈地争论。比赛的时候没票的人会在这里看付费电视转播的森林队比赛，每当这时，就是酒吧生意最最红火的时候。

唐恩一直在酒吧里面等沃克，他甚至连晚饭都是在酒吧里吃的。在生意不太忙的时候，他就坐在角落里面和伯恩斯小声聊天。伯恩斯祝贺了唐恩在足总杯下半场的表现，然后对两场平局感到遗憾。这期间，会有来这里喝酒的球迷进来，伯恩斯去招呼他们，也会有人认出唐恩，然后上来礼貌地打打招呼，在大家都没有喝得烂醉的时候，这群英国佬还是很不错的。

沃克吃完饭才来，他可不像唐恩单身一人，随便在哪儿对付了都成。他是有老婆、有孩子的人。

"恋家的男人来了。"唐恩看到沃克出现在门口，指着他对伯恩斯说。

伯恩斯笑着迎了上去，把沃克拉过来同坐，然后自己再亲自去吧台取啤酒。

"有什么事吗？托尼。"沃克将大衣脱下来挂在椅背上。

"无聊，找人聊聊天。"唐恩给自己点上一根烟，他没给沃克递烟，那小子不抽烟，做职业球员养成的习惯。

"我觉得托尼·唐恩先生可不像是因为无聊就会找人聊天的人。"沃克笑着接过伯恩斯递来的酒，"谢谢肯尼。"

"呃，没错……我会去找女人。"

三个男人发出了会心的笑声。

"说正经的，我确实有事找你，而且我也想让肯尼给我出出主意。"等沃克喝了口酒，他才开口，"在告诉你们我的想法之前，我想问你几个问题，德斯。"

"请说。"

"以一个球迷，观众的身份，德斯你喜欢看见一场什么样的比赛？别思考，直接说答案……"

"呃……"沃克愣了一下，随后回答道，"我想应该是有很多球星，双方势均力敌，你来我往，精彩纷呈的那种比赛吧？"

"也就是对攻战喽？"唐恩追问。

沃克点点头："这样讲……也没错，对攻，双方大打攻势足球。很多很多漂亮的进球……"

唐恩嘿嘿地笑："你可真残忍啊。"

"啊？"

"德斯，你这样说可让后卫和守门员们很难堪啊。"伯恩斯也在旁边笑。

沃克明白过来。对攻固然好看，不过作为场上踢球的防守球员们来说，可就是痛苦的事情了。"呃，是托尼让我站在球迷观众的角度来说的……"

"好吧。现在你站在你自己做球员的角度，你喜欢哪种比赛？不要考虑，凭直觉说。"

"当然是我方轻松获胜，毫无悬念的那种比赛了。"这次在唐恩刚刚把问题问出来，沃克就说出了答案。

"就是说只要赢下来就好了，别管过程。"唐恩问。

"呃，也不是不管过程，要轻松获胜……不过你这么说也不错，只要获胜的比赛就是好比赛。我踢球那会儿，有时候巴不得我九十分钟汗都不出呢，有时候又宁肯自己付出一切代价，只要最后收获一场胜利。"

听到沃克这么说，唐恩打了一个响指："好了，现在是最后一个问题。德斯，如果你是一支球队的主教练，你喜欢上面两种比赛的哪一种？"

这个问题把沃克问住了，他张张嘴，不知道该怎么回答。唐恩饶有兴趣地看着沃克丰富多变的表情，他似乎在做心理斗争。过了一会儿，沃克老实地摇摇头："我不清楚，我才刚做教练半个赛季。"

伯恩斯在旁边敲敲桌子："托尼，别卖关子了。说说你怎么想的？"

唐恩对两人说："最近三场比赛给了我很大的触动。三场比赛一负两平，我们占尽优势，如果技术统计能够决定最后的结果，我们应该获得三连胜，而不是三场不胜。"

沃克知道唐恩要说什么了，他咳嗽了一声："托尼，第一场比赛我们确实应该获胜，不过输球的原因不是这个，而是裁判，是裁判让我们在足总杯第三轮就被淘汰。"

"那好吧，除开第一场比赛。两场联赛……肯尼你也看到了，我们完全处于上风，不管从哪一点来说，我们都理应是最后的胜利者。结果呢？"唐恩往后靠在椅背上，摊开双手，耸耸肩，吐出一团烟雾，"卡……"他本来打算说卡佩罗执教皇马之后那个出名的被西班牙媒体反复批斗的"控球无用论"，不过马上想起来这是在四年后，这个时候的卡佩罗还在罗马，打着意大利最漂亮最具有攻击力的攻势足球呢。这个时候和他们说卡佩罗推崇控球无用论，让皇家马德里这样的球队踢极其保守丑陋的足球，他们肯定不相信。

不过……等等！唐恩心中冒出一个计划，他不知道这个"控球无用论"在卡佩罗之前有没有人明确地提出来，但足坛应该早就有这种认识，只是似乎没听见哪位高人将它总结并且发扬光大。既然我现在领先了这个世界四年半，为什么我不可以把它归纳一下，然后正式推出来？四年之后，说不定卡佩罗得说："我很推崇托尼·唐恩教练的'控球无用论'。"这可是我唐恩的原创哦，卡佩罗大人，您可别给糟蹋了呀。

一想到这一点，唐恩就兴奋了起来，把历史玩弄于股掌之间的感觉太爽了。

"是这样的……"唐恩开始了他推广这番理论的工作，首先他得让大家从感情上认可这种理论，"我知道球迷们都喜欢看好看的比赛，喜欢对攻，喜欢更多的进球，不过你们觉得这样的比赛胜率几成？"

"阿森纳就踢得很好看，而且他们现在排名第一，曼联和他们差了五分呢。"沃克反驳道。

唐恩翻了个白眼，在问出这个问题的时候，他就知道沃克会这么回答自己。如今这支阿森纳确实在整个英格兰都算异类，如今的英超打技术流的球队越来越多，却没有人能像阿森纳这样将之发挥到极致。"教授"温格是一个很伟大的教练，唐恩从不否认这一点，尽管他并不是阿森纳球迷。不过他也清楚地记得，这个赛季，'02—'03赛季最后的英超冠军得主是谁。是曼联，是那个落后阿森纳五分的曼联。唐恩当然不能用这个事实来反驳沃克，他只能换个角度："五分也不算什么，我觉得曼联还是很有希望在赛季结束之后夺冠的。"

沃克嘿嘿笑了起来，伯恩斯都在旁边吹了一声口哨。唐恩知道他们不信，阿森纳现在状态太好了，而曼联一派颓势。他也不准备说服这两人，反正他要说的不是这个。不过……他不介意用这东西赚点好处。

"好吧，我知道你们不相信。这样吧，我们来打个赌。我赌曼联会在赛季结束的时候成为英超冠军，赌注是……随便你们选。"唐恩很有信心。

"OK，我也赌。"沃克先说。伯恩斯接过他的话头："我和沃克赌阿森纳赢得冠军。如果我们输了，我免费营业一天，还有托尼你以后来我这里喝酒不用掏一分钱。"

这个赌注不错。唐恩嘿嘿直乐:"我会把你喝穷的,肯尼。"

"我不介意。不过如果你输了,托尼,你可要完成我的要求。"

"没问题。什么要求?"

"嗯……"伯恩斯想了想,"现在没想好,等我有主意了我会告诉你。"

"好,一言为定。"

打赌的事情就这样定下来了。唐恩继续给他们推广自己的"原创"理论:"当今足坛,除了阿森纳,你还能说出哪支球队是靠打着漂亮的攻势足球、艺术足球登上巅峰的?"唐恩敢咧开嘴巴吹,是因为他知道巴塞罗那此时还一片混乱呢,小罗没去巴塞罗那,梅西也还没成名,德科还在波尔图的穆里尼奥帐下踢球,后来横扫西班牙和欧洲的攻势足球狂潮远未到来。

"别说五年了,十年之内你们能举出几支?我不要那些名声颇高,却什么荣誉都没拿到的球队,登上巅峰的意思就是拿到冠军。"

沃克和伯恩斯想了想,确实没有几个,让他们推崇的阿森纳这个赛季还没拿到冠军呢。

"这就对了。现代足球更功利了,这是事实,我觉得没什么不好。因为我是教练,我站在主教练的角度看问题,我不希望我的球队在日后被人称赞踢得多么多么漂亮,掌握了比赛主动权,大打攻势足球,令球迷和媒体兴奋,然后……我们什么也赢不了。再重复一遍,我是教练。评价一个教练好坏有什么标准?很简单——结果、成绩、胜利、冠军。不能带领球队获取胜利的教练绝对不能算优秀教练,不管他的战术风格多出色,不管他球队踢得多么华丽,他都不成功。"唐恩想到了里杰卡尔德,'06—'07赛季是里杰卡尔德艺术足球崩溃的开始,也说明了依靠艺术华丽足球是不可能取得长久成功的,"如何才能赢得胜利?我认为依靠那些场面漂亮的足球是不可能的,最起码用在森林队上不可能。"

"啊,托尼,你是保守主义的教练?"沃克指着唐恩说。

"不,我无门无派。我唯胜利论。我只追求胜利,只要能够获胜,全攻全守还是防守反击我都不在乎。"唐恩觉得这就是他比那些成天吵吵嚷嚷攻势足球胜过防守足球，或者喋喋不休防守足球才是王道的废柴们强的地方，他已经跳出了追求足球表面风格的境界了呀……

"职业足球……我说职业足球，不是学校小孩们踢来健身的东西，或者街头玩耍的消遣。职业足球最重要的是什么？终极目标是什么？在我看来，就是胜利，追求胜利的极致就是冠军。"唐恩在诺丁汉一家小酒吧中定下了自己教练生涯始终如一的追求，确立了完全属于他的风格，"我是教练，不想丢掉工作，或者被人遗忘，只有一条路可走，就是带领球队取得一场场胜利，取得一个个冠军！"他提高了音量。

"托尼，你喝醉了？"沃克脸上的笑容没了，他小心翼翼地问。

"不，我清醒着呢。"唐恩摇摇头，然后灌下半杯酒，"你觉得我说的不对吗？"

"呃，没有……"

"那很好，我说出了职业足球的本质。德斯，难道之前没有人告诉你吗？你觉得我们搞职业足球为什么？为了强身健体？为了娱乐大众娱乐自己？"唐恩做了一个嗤之以鼻的表情，"我告诉你……二十四支甲级球队每个周末来回厮杀为了什么？二十支超级球队一年里面十个月的时间都拼得你死我活为了什么？为了胜利！为了冠军！如果不是为了胜利，我们为什么要训练队伍，为什么花大把大把的钞票去买那些球员？这个时代的足球和一百多年前的足球早就是两种完全不同的运动了……"

听到唐恩这么说，沃克和伯恩斯都沉默了。别说和一百多年前不同，就是和三十年前也有了很大的不同。二十四年前，诺丁汉森林在欧洲大陆掀起了一阵红色旋风，一支没有雄厚经济基础，没有崇高声望的球队连续两年获得欧洲足坛最高荣耀——欧洲冠军杯。后来这段经历被称为"诺丁汉奇迹"。为什么会被称为"奇迹"，因为这在现代足坛越来越难以重现了。如今的欧洲足坛，有哪支没有雄厚经济基础、没有财团后盾的球队能够获得欧洲冠军杯？没有，一支都没有。这就是如今和以前的区别了。

沃克叹了口气："也许你说得对，托尼。超级联赛的建立改变了一切……"他想到了自己效力的那支森林队。

诺丁汉森林队就算在 80 年代末依然能够算一支强队，他们连续两年杀入足总杯决赛，一次因为运气不好输给了热刺，一次输给了曼联。但是超级联赛成立之后，缺乏经济支援，没有英镑的森林队一落千丈，就算可以带领球队三年从乙级球队变成欧洲冠军的神奇教练布莱恩·克劳夫，也无法和英镑大潮抗衡。他和自己的球队最终都成了新时代的牺牲品。

"是电视转播改变了一切。"唐恩说，"电视转播费的出现改变了一切。"自从了解到自己处境之后，唐恩从网络上恶补了一番对英格兰足球的了解，自信已经可以勉强算一个通晓英格兰足球历史的铁杆"英迷"了。

英格兰足球的发展大致可以分成几个阶段：足球这项运动的成立；足球俱乐部和足球联盟的成立；足球联赛的成立……然后接下来的标志就是电视的介入。

1955 年，当新成立不久的英国独立电视台公司（ITV）向英格兰足总和足球联赛提出以每场比赛一千英镑的价格购买他们选中的部分联赛比赛的时候，一个全新的时代拉开了帷幕。要知道，当时一场甲级联赛的门票收入也不过才平均三千英镑。

电视正式进入足球世界，然后一步步取得了这个世界的主导地位。

接下来就是 1992 年，英格兰超级联赛的成立，这标志着另外一个时代的开启。因为这个联赛成立的初衷正是因为大俱乐部对电视转播费平均分配法则的不满，他们需要更多的钱，他们理应获得更多的钱。

超级联赛挽救了一个人的一家公司——原本年负债四千七百万英镑的天空电视台（SKY）——因为成功买下前五年英超的转播权，第一年就盈利六千七百万的电视帝国。正因为依靠足球赚海了，之后默多克老兄才突然想要购买曼联俱乐部，他确实有那个实力，而且恰恰是以曼联为代表的英超带给他的。

名声在外的大俱乐部越赚越多，小俱乐部却逐渐失去了生存的空间。财富永远掌握在少数人手中，诺丁汉森林在英超联赛挣扎了一个赛季之后降级了，这之后起起伏伏数次，却再也难回当年盛世了。

半个多世纪以前，是电视需要足球，而现在是足球需要电视。这就是两个时代最大的不同，也是无数小俱乐部的悲哀。

当然，唐恩不是港漫里面满嘴"口胡""口桀口桀"的强者，他不想逆天。甭管这个时代好不好，悲不悲哀，既然不能推翻那就顺从。唐恩觉得在这个越来越功利的世界里，追求胜利和冠军是非常符合时代发展要求，体现和谐进步的一种思想。没什么不对。人的记忆是很奇妙的东西，在竞技体育中最终能够让人记住的，若干年后津津乐道的只有胜利者，失败者除了获得一两句无关痛痒的安慰，什么都没有。

唐恩本来不是这样的球迷，他也一样很喜欢漂亮的艺术足球，喜欢巴西，喜欢小罗，喜欢齐达内，喜欢卡卡。是什么让他的思想产生如此巨大的转变呢？其实归根结底，是和唐恩穿越之后的现状有关。唐恩总是担心自己哪天会被主席解雇，然后失去工作，失去生活来源，孤苦伶仃饿死街头……他非常没有安全感，而且这种感觉很强烈，随时伴随他左右，挥之不去。唐恩认识到了，如果想要彻底赶走这种安全感，就必须率领球队打出令人满意的成绩。什么是令人满意的成绩？自然就是胜利了。唐恩潜意识的想法很单纯：只要赢球，就有工作，有工作，就衣食无忧。生存下去才是这个世界唯一的真理，其他都是幻象啊，幻象……

他不知道，就算他没有工作……凭借英国的高福利，会过日子一点，他也能够衣食无忧地活下去，当然找女人消遣是不可能的了。

第十八章

唐恩的胜利宣言（下）

大家似乎都陷入了沉思，唐恩看着空空如也的酒杯才回过神来："我们刚才讲到哪儿了？"

"职业足球的本质。"沃克提示道。

"很好，职业足球的本质。胜利。"唐恩把沃克面前的半杯酒也拿过来一口干了，伯恩斯看见一桌子的空酒杯，干脆起身给这个精神亢奋的酒鬼拿酒去了。

"呃，你说得不错，托尼。不过漂亮的攻势足球为什么就不能夺取胜利和冠军呢？"沃克还有不同意见。

唐恩点点头："好吧，让我用事实来说服你。拿最典型的世界杯来举例，我们从远往近数，年代太久远的就算了。自从1970年那届无比华丽、无比强大的巴西国家队之后，获得冠军的都是什么球队？1974年德国，他们是踢得好看的球队吗？德国人踢球什么时候好看攻势过了？踢得好看的是荷兰队，全攻全守，开创了一个全新的流派，伟大的米歇尔斯，伟大的克鲁伊夫，伟大的荷兰，结果呢？他们是亚军。1978年，依然坚持全攻全守的荷兰还是亚军，他们输给了东道主阿根廷，你能说那届阿根廷比荷兰踢得更漂亮吗？继续，1982年意大利，意大利和德国人一样，他们靠着混凝土一样的防守和一个曾经踢假球的小子拿了冠军，他们踢得好看吗？那届世界杯后大家都说意大利是攻势足球的代表了吗？没有。1986……呃，这是一届奇怪的世界杯。"

唐恩这么说有他的理由，沃克也会深表赞同的。因为这届墨西哥世界杯对于英格兰人来说有着不堪回首的回忆，马拉多纳的上帝之手和连过五人是英格兰人无法抹去的耻辱。不管马拉多纳在中国人或者其他国家的人心目中有多崇高的地位，在不少英格兰人眼中，他就是一个骗子。

"……那届冠军是马拉多纳一个人的，不是阿根廷的。我们再往后数，1990年世界杯，亚军阿根廷，冠军德国，点球点球点球……我只记得这些。能说明什么？攻势足球的代表是点球吗？"唐恩嗤笑起来，"1994年巴西，四次夺冠的巴西队在他们国内被称为什么？'巴西足球历史上最丑陋最保守的一支国家队'，佩雷拉从来就不是什么崇尚进攻的主教练，桑塔纳才是桑巴足球的教父。但是那届世界杯结果怎么样？他为巴西带回了失去二十四年的世界杯。不管决赛踢得多么难看沉闷，他是冠军教练！他的地位无人可撼，这就说明了一切，人们只认冠军。接下来是1998年，如果没有齐达内，法国队能获得冠军吗？显然不能。但是那届法国队有了齐达内就是最优雅最漂亮的球队了吗？罗纳尔多和巴西人不会同意的。况且法国队能够进入决赛，和齐达内一点关系都没有。接下来2002年……"唐恩看到沃克一脸兴奋，嘴巴微张，欲言又止。"你想说什么？"

"没什么，我只是想提醒你，巴西队最后拿了冠军，3R，攻势足球！"沃克总算找到反驳唐恩这套"歪理邪说"的有力证据了，"罗纳尔多，里瓦尔多，罗纳尔迪尼奥，罗伯特·卡洛斯，卡福。你瞧这些人的名字和他们踢的足球。"

唐恩笑了，而且笑得很开心。伯恩斯拿着两大杯啤酒走过来，奇怪地问沃克："托尼怎么了？"

沃克耸耸肩："我不知道，我只是告诉他2002世界杯的得主是大打攻势足球的巴西。"

伯恩斯微笑着把酒递给沃克，另外一杯放在唐恩面前："你们在争论这个吗？"

看到啤酒，唐恩不笑了，他坐起来举起杯子，一口气喝掉了五分之一杯。抹抹嘴边的泡沫，唐恩决定给德斯好好上一课，他说到点子上了。

"你说得不错，那届巴西队很强大，攻击阵容要说世界第二，没人敢说自己是第一。3R是非常棒的进攻战术，再加上巅峰状态的巴西双翼，很完美。他们的奖励就是那座金光闪闪的奖杯。罗纳尔多甚至破了六球的诅咒，看上去似乎更是攻势足球大行其道的佐证。"

沃克点点头，微笑着看唐恩如何反驳。

"但是……你知道那届世界杯上巴西队十八个进球都是怎么进的吗？"

这话把沃克问愣住了，他可没在意过这些。当时他光顾着给英格兰队加油了。

"我告诉你，有百分之七十的球，在进门之前被传递的次数没有超过五脚。这是很合理的次数，多了就太繁琐，而且可能贻误战机。"百分之七十这个数字是唐恩胡说的，不过大概差得不多。唐恩在那届世界杯后看过某本专业足球杂志中详细剖析了巴西队的进攻方式，文章中援引英国某足球研究机构分析出来的这段数据，具体内容他已经记不清楚了，不过那个"五脚"他相信自己没记错。

"这说明了什么？"

"这说明了什么？！天啊……这就是现代足球的典型样本！超过五脚的进攻就太啰嗦了……效率低下，毫无用处。那些华丽的足球不就是强调更多的控球，强调更多的传递吗？巴西队用实际行动告诉了我们，足球没必要始终把球控在脚下，也没必要有更多的传递。那届世界杯上巴西队控球率可并不占优。1970年世界杯决赛上巴西队的那个进球是经典，但不适用于其他所有比赛，其他所有球队。那是在一个特殊情况下出现的特殊进球。"唐恩始终对阿根廷在2006年世界杯上的那个连续二十四脚传递的进球不屑一顾，不管外界对此球评价多高，他也坚持自己的观点：传递更多才进球，只能说明这支球队的进攻效率太低，"你连续倒脚五十次，中间尽情地展示球员们秀丽的脚法和出众的跑位，不让对手碰到一次球，然后漂亮地射入对方球门，1∶0。而我的球队呢？在你连续倒脚五十次的时间段里，每五次倒脚进一个球，10∶0。你觉得哪个好？"

沃克被唐恩问住了，他张张嘴，不知道该如何回答。其实答案很简单，傻子都知道选后者，不过沃克就是不能接受唐恩那套理论，他怎么听都觉得不对劲，哪点不对劲却又说不上来。

"你认为巴西很攻势，我也这么认为。但是这个攻势足球和我们平常意义中的攻势足球又不一样，斯科拉里的巴西队其实和传统的桑巴足球大相径庭，更欧化，更现代，更直接，也更致命。现代足球讲究效率，因为它总在不停地高速转换着攻防，节奏更快。连续长时间控球和倒脚其实都不符合现代足球的要求了，这是必然的。"唐恩其实很想给两人举例巴西的卡卡为何会被称为"现代前腰"，和鲁伊·科斯塔、里克尔梅这种"古典型前腰"有什么区别。不过此时的卡卡还在巴西国内的圣保罗踢球，欧洲人对他几乎一无所知，用他举例太过唐突，毫无用处。

"更多时间的控球和传球意味着更多的失误可能。现代足球的战术基调是尽量减少自己失误，而迫使对方犯错。我们通过严密的防守抢下对方的球，从自己开始控球起就意味着对方也可能随时随地用同样的办法抢回去，所以三传两倒，就把球送进对方大门是最经济的做法，也是最现实最有效率的战术。"借着酒精的作用，唐恩这个"票友"给两个真正的职业球员上起了现代足球战术课。

"你……你是说控球无用吗？"沃克惊讶地问道。

唐恩顺着沃克这句话，把他的"控球无用论"和盘托出："我认为多余的控球确实很没用。控球只要维持到我们进球就行了。五脚传递非常理想，多了就是浪费时间浪费效率，我理想中的足球是简单实用、直接高效的足球。这是最能够带来胜利的足球。那种从后场倒脚一直倒到对方门前然后让人家一脚踢回自己后场，接着被对方反击进了球的踢法非常愚蠢可笑。"唐恩想到了网上一个帖子，里面是各个国家版的战术板，上面画满了球队的传球方式和路线。当然这很夸张，不过却真实地反应了那些国家队的战术风格。看着一黑板都是乱七八糟、七拐八绕的传球路线，唐恩笑得最开心。而那张图是属于他很欣赏的巴西队的。

后来这支被誉为地球最强大的球队，被佩雷拉自己称为"领先世界足球三十年"的巴西队，拥有罗纳尔迪尼奥、罗纳尔多、阿德里亚诺、卡卡，号称史上最强、比3R还要强的攻击组合"魔幻四方阵"的夺冠大热门，连四强都没进，就"耻辱性"地打道回府了。

另外一支在小组赛打进了连续二十四脚传递进球的阿根廷，拥有号称当今足坛唯一的"古典前腰"里克尔梅，拥有N个"马拉多纳"的接班人，他们的成绩却和巴西一样，止步于八强。高举攻势足球大旗的球队在2006年德国世界杯上全面溃败，最后获得冠军的是发挥更稳定、更高效，防守更出色的意大利。

"我得再重申一遍，也许球迷们会非常喜欢看那种连续传了五十次都不落地的'空中接力'，但是我不喜欢。我只喜欢把球打进对方球门的结果和赢下比赛。在此之前我不管那个球是怎么进的，也不管这比赛是怎么赢得。有句话说得好：结局好的事就是好事。"

唐恩说完了，开始闷头喝酒。刚才说得他口干舌燥。

沃克从震惊中回过神来："托尼……我总觉得你的想法太极端了，你完全把控制球的踢法扔到了垃圾堆里面……"

"不不不，我没有扔到垃圾堆，我只是认为如果不能取得胜利，我们就得换个方式踢球。从我们最近两场比赛可以看出来，过多控制球并不能给我们带来胜利和进球。足球比赛的最终目的就是获胜，同样进攻的最终目的是进球。为什么现在人们都本末倒置了呢？一味强调漂亮的控球，漂亮的场面，他们以为这样就能进球？太可笑了，进球有很高的偶然性。百分之八十的控球不能说明有八个进球。我的足球很简单，抛开那些繁琐的东西，直接追求结果。德斯，我认为森林队的训练要改改了，我们应该把更多的精力放在如何让球队进球，而不是如何控球上面。"

伯恩斯在旁边一言不发，若有所思。

"我是森林队的主教练，我必须为这支球队的成绩负责。如果只是一场中立的比赛，我相信大家都喜欢看双方你来我往，大打攻势足球，我也喜欢。但是如果有森林队的比赛呢？你们希望看到什么？难道不是森林队赢球吗？只要赢球了，其他一切都不是问题。"

唐恩正在说着，门口突然响起一阵喧哗，又拥进来一批来喝酒聊天的球迷。唐恩回头看了看，发现来的正是"老熟人"——迈克尔一伙。他对沃克说："瞧，迈克尔他们是坚定地反对我的人，如果你不确定我刚才说的是否正确，我们可以去问他们对我说的话怎么看。"

说完，唐恩端起酒杯迎了上去。

迈克尔身边那个胖子最先看到唐恩，他叫了起来："喂，我们的主教练先生已经辞职做酒保了吗？"这喊声顿时让所有人的目光都聚焦到了唐恩身上。

唐恩很感谢这个胖子，因为那正是他要的效果。不过嘴巴上还是要刻薄一些："这酒是我自己喝的，胖子。"

胖子撇撇嘴："你想要做什么？"这话说出来，他旁边的人都警惕起来。

"好了，伙计，我今天不是来和你们吵架或者打架的。"唐恩看着这群一脸戒备的人，摆了摆手，"只是我有一个问题，希望听听你们的答案。"

"我们为什么要回答你的问题？"胖子顶了回去。

"回不回答随便你，我问了啊。作为球迷，你们更喜欢看到什么样的比赛？"

一群人面面相觑，不知道唐恩为什么要这么问。"当然是好看的比赛！"有人回答了。

"什么叫好看的比赛？"因为不知道声音是从哪个角落传来的，唐恩只是盯着迈克尔大声问。

"更多的进球，更漂亮的配合，花哨得过人！"那个声音也高声回答。

后面的沃克耸耸肩，对伯恩斯摇了摇头。

"那如果赢不了球呢？"唐恩大声问。

那个声音沉默了。

于是唐恩转过身对其他人问道："如果你们喜欢的漂亮华丽的足球赢不了球呢？你们还喜欢它吗？你们每个周末去体育场为球队加油，为了什么？"

"因为我们喜欢足球，我们支持森林队！"胖子说话了，他的话得到了不少人的响应。

唐恩不屑道："那为什么前段时间球队成绩不好的时候，你们要嘘自己支持的球队呢？"

"为什么不能嘘？因为你们成绩不好！"胖子指着唐恩说，这句话他一定在心里憋了很久。同样地，他得到了大家的支持。

伯恩斯看着这番问答，脸上露出了微笑。显然那些人已经跌入了唐恩挖好的坑里，却还不自知。

"可你们说了支持的是球队，没说球队成绩不好就不支持了。英格兰的球迷传统可是忠诚噢！"

这句话问得所有人都哑口无言。

"那……是为了荣耀，为了我们自己的荣耀！"胖子好不容易想出一个理由。

"荣耀？"唐恩瞪着胖子反问，"真是一个好词。那我问你荣耀哪儿来的？天空中掉下来的吗？"

胖子彻底被问得哑口无言了。他不笨，他知道唐恩为什么这么问，自己早掉进了他的圈套里。

"我告诉你们，荣耀从何而来！"就像在球场中指挥比赛一样，唐恩大声喊道，"荣耀从胜利中来！靠冠军彰显！失败的球队没有荣耀可言，支持它的球迷们也谈不上荣耀。只有胜利，只有胜利才能带给你们荣耀！"

沃克对伯恩斯说："托尼喝多了。"

伯恩斯点头表示同意。

唐恩确实喝高了，他今天的话格外多，他也想把这些话讲出来，让更多的人听。以前在成都酒吧喝酒的时候，他无论说什么都会被那些人嘲笑，然后喝高的他自然就是一场混乱的斗殴了……

如今他站在这里，他希望自己说出来的话能够得到认同。

"你们爱森林队，我毫不怀疑。但我同样清楚，没有人会无条件地爱一支只会输球输球再输球的队伍！我厌恶失败，我希望我的球队每次比赛之后都是胜利者！只有这样，才会有他妈的荣耀！荣耀不是天天挂在嘴边就有的，那需要球队用胜利去换！"

吼完，唐恩稍微歇了口气，随后他问道："现在告诉我，你们喜欢什么样的比赛？"

领头的迈克尔终于开口了："你他妈的废什么话，唐恩先生？我们当然喜欢胜利了，我们还喜欢球队这个赛季之后就回到超级联赛，我们最喜欢下个赛季就成为该死的联赛冠军，下下个赛季我们就是欧洲之王！"

　　唐恩看着这个曾经的"仇人"笑了："看来我们英雄所见略同啊，迈克尔。"随后他张开双臂，对全场球迷大声说道："没错！胜利，冠军！我喜欢这样的足球，只要是我带队，我就要求球队踢出这样的足球来。一切为了胜利，一切为了冠军！不能够获胜的球队是烂球队，不能带队获胜的主教练那简直……他妈的烂透了！"

　　"没错！"有人端着酒杯跳上了桌子，高高在上振臂呐喊，"我也他妈的喜欢胜利和冠军！"他的话得到了所有人的热情回应。

　　唐恩趁热打铁，举起酒杯："今天晚上大伙儿的酒我请了。为了胜利，干杯！"

　　"为了胜利！"

　　"喔喔喔！为了胜利！"

　　"为了——他妈的——胜利——！！"

　　"干——杯！！！"

　　酒吧仿佛变成了号叫派对现场，所有人都将手中的杯子高举，杯中的酒映出的是一张张兴奋的歇斯底里的脸。

　　看到唐恩张开双臂仿佛要把整个酒吧拥抱进去的背影，沃克轻轻摇头："伊安对我说，托尼是调动更衣室气氛的高手。但我觉得他说不对，托尼是无论何时何地都能调动气氛的高手。"

　　"同意。"伯恩斯举起酒杯和沃克碰在了一起，"我喜欢这口号。为了胜利，干杯。"

　　"干杯！"

　　酒鬼们还在号叫着"胜利"，与酒精狂欢。唐恩转身走了回来。

　　沃克先举手投降："我服了，托尼。我支持你的战术，就按照你心里想的，构建一支为了胜利的球队吧。"

　　唐恩笑笑，扭头去看伯恩斯。

　　"托尼。嗯，你知道……我是一个坚定的森林队球迷。一个忠实的森林队球迷肯定不希望看到他的球队输球对不对？”

“我知道你的答案了。肯尼，德斯，谢谢你们。”

“别高兴太早，托尼。如果你的球队还是连续输球，一蹶不振的话，我相信在场的所有人不介意把你脱光了扔大街上。”肯尼笑道。

“嘿嘿，我不会给你们这种机会的。”

伯恩斯一拳打在唐恩的胸前：“好好干，托尼。”

没有其他多余的话，唐恩感受到了一个老球员、老球迷的期盼有多重了。

“我会的，我希望下个赛季我们能在超级联赛。到时候我请你们所有人喝酒。”

第十九章
狂帮温布尔登（上）

　　唐恩是被上午灿烂的阳光晃醒的。敞开的玻璃窗将阳光反射进卧室，恰好照在唐恩的脸上，睡梦中的他顿觉眼前一片光明，随后他睁开了眼，看到墙上的钟显示此刻已经九点四十了。

　　抹去枕头上和嘴边粘连的口水，唐恩坐了起来。头还有些疼，他掐着太阳穴使劲回忆都想不起来昨天自己是怎么回来的，还光溜溜地躺在被窝里。他只记得自己和那群球迷一起疯狂地喝酒，具体喝了多少他记不清楚。从上衣口袋里面翻出钱包，发现里面的现金全都没了。他苦笑了一下，看来昨天还真喝了不少。

　　从床上蹦下来，穿着内裤站在窗前，抬头看看蓝天白云，还有灿烂的阳光，唐恩脸上露出了笑意。下了好几天的雨，终于放晴了。他的战术理论被大家所接受，接下来他需要忙碌的就是在训练中、在比赛中让这种思想扎根，让球员、球迷、教练、主席都接受他的这种想法。

　　这可不是一项简单的工作呢。

　　唐恩举起手，伸向天空中的白云，仿佛那就是银光闪闪的奖杯。

　　"为了胜利……早上好！"

　　在冬季转会窗还有几天就关闭的情况下，森林队送走了他们的一位队友。这也是唐恩身为主教练总经理之后，完成的第一笔交易。杰克·莱斯特很早就打定主意要离开诺丁汉，他的合同还有一年到期，他没有和俱乐部进行续约谈判，并且早就和俱乐部摊牌自己要走，于是诺丁汉森林的市场部这段时间都在给莱斯特找买家。本来进展并不顺利，不过那场足总杯比赛改变了一切，杰克·莱斯特在比赛中打入了一个非常漂亮的转身凌空抽射，吸引了不少球队的目光。有四家俱乐部向森林队报价。最终同在英甲联赛的谢菲尔德联（Sheff Utd）以三十万的价格赢得了莱斯特两年所有权。

对于莱斯特的离去，唐恩没有任何意外。他知道这个人迟早要走的。莱斯特还算厚道，最起码他提前通知俱乐部自己不续约，给了俱乐部缓冲的时间。如果他不声不响地去找一个下家，然后等自己合同到期了再走，森林队将一分钱都捞不到。三十万英镑不算多，但是对于刚刚经历了经济危机的森林队来说，每一分钱都需要格外重视。

倒是莱斯特在临走的时候专门到训练场边向唐恩致谢，让他有些没想到。

当时唐恩一如既往地戴着墨镜站在场边看球队训练，大多数时候保持沉默。球员们都习惯了唐恩这种风格，也不再把他当动物园的猴子看了。

刚刚宣布离开的莱斯特没有参加球队训练，他去更衣室拿走了属于自己的一些小东西，本来他应该直接离开的。但是他又拐了回来。

他径直走到唐恩面前，挡住了唐恩的视线。

唐恩把墨镜摘了下来，看着莱斯特问："杰克，有什么事吗？"

"我是来感谢你的。"

"啊？"

莱斯特本想习惯性地称呼唐恩为老板，但他很快反应过来，自己已经不算森林队一员了，这老板便也不用再喊。"是的，我感谢你在和西汉姆比赛中场休息时对我们说的话。你瞧，我听了你的话，为我自己踢球，现在我得到了一份还不错的合同。"他摊摊手，"如果不是你提醒了我，也许我现在还混日子呢。"

唐恩笑了："那就好，你还愿意听我送你一句话吗？"

莱斯特点点头。

"不管以后你在哪儿踢球，要记住：你是职业球员，你要对得起自己所赚的每一便士。"

"谢谢教练，我明白了。"

"嗯嗯，走吧。祝你好运，杰克。"唐恩低头又把墨镜戴了上去。

"也祝你好运，教练。"莱斯特转身离去。

莱斯特的离去没在森林队的更衣室中造成任何影响，大家都是职业球员，分分合合的事情见了不少，何况这两年森林队更衣室没少这么迎来送往的，习惯了。

莱斯特这么一走，倒等于帮了唐恩一把。原来莱斯特和海尔伍德、约翰森三个人都有上场机会，而且谁上场次数少了就会有意见，保罗·哈特经常让他们三个弄得焦头烂额。现在唐恩确定了球队主力锋线就是大卫·约翰森和马龙·海尔伍德，一个有速度有爆发力，一个有体能有盘带，非常接近唐恩心中的完美前锋搭配。虽然约翰森在技术方面不如莱斯特，不过唐恩很欣赏此人的职业态度，敬业、颇具团队精神，这种前锋在场上就可以忠实地完成自己的战术思想，而不会出现"将在外君命有所不受"的情况。

人员配置上，唐恩抛弃了法国右后卫马修·路易斯－让。他无法容忍这个人在右路防守上的拙劣表现，如果不是他，在考文垂唐恩就该迎来自己的首场胜利了。他把二十岁的爱尔兰人约翰·汤普森扶正，身为一个边后卫，他除了掷界外球水平太低和身体素质偏弱之外，其他方面无可挑剔。界外球可以安排别人去扔，这小子在头球方面的优势还可以让他回到中路给中后卫补防，必要时还可以顶到中场，简直太好用了。

除了右后卫，其他地方唐恩都没变。阵容就是这样，阵型是英国传统的平行站位442。唐恩原本很想改打菱形中场442，他以前不管玩哪一代足球经理游戏，执教的球队都是这个阵型，注重边路进攻，前腰插上。不过这个阵型在训练中的效果很不理想，球员们显得有些无所适从，他们已经打了很久很久很久的平行站位442，突然改打菱形中场，都不知道自己该如何跑位了。何况球队目前也没有符合唐恩菱形中场要求的那个前腰，原本唐恩以为伊恩·杰斯可以，但训练中他一旦过于靠近对方禁区，就有些不知道该怎么办了。安迪·里德的问题在于他自己更喜欢边路。

唐恩叹口气，放弃了自己这个想法。这让球队上下都松了口气。

英国人打了几十年的平行站位442，有些东西早就深入骨髓、血液中了，不是一朝一夕能够改变的。

改变不了阵型，唐恩就改变他们对战术的认识，就像改变沃克和伯恩斯那样。

在训练中，唐恩专门把中场球员分成两队，由沃克和鲍耶分别带领，在一块球场的两半边分别练习快速传接，要求从中圈开始向前推进，到禁区里面的传递次数不得超过五次。这是这段时间训练的重点内容，唐恩在场下观察，并且把所有在训练中体现出来的问题牢牢记在心里。回去之后再思考解决良方。他不奢求全队一个星期就能完全领会他的战术意图，并且在场上做到游刃有余。但他要看到变化。

2月1日，诺丁汉森林将在主场迎来联赛第三十轮的对手——"狂帮"温布尔登（Wimbledon）。唐恩要在这场比赛中看到一些改变，更重要的是，他需要一场胜利来巩固自己的这套战术思想，来证明自己没错。

失败会摧毁一切，而胜利则会挽救一切。

胜利还是失败？这真是一个问题……

当唐恩还没有穿越过来的时候，他经常会玩一种游戏，当时还叫"CM"（Championship Manager，冠军足球经理），温布尔登在CM4里面虽然身处英甲，却是一支拥有几个牛人妖人的球队，如果按照他们球员的实力来决定比赛结果的话，一个赛季之后他们理应重回英超。

不过实际情况则是……目前'02—'03赛季英格兰足球甲级联赛二十九轮战罢，少赛两场的他们积三十五分，排名第十七。

事实上，唐恩并不知道，游戏里面数据出色的温布尔登和现实里面的温布尔登有些区别。现实中这支温布尔登队实际上已经不能算严格意义上的"狂帮"了，最起码伦敦老家的温布尔登球迷不会承认他们的地位。这支球队本赛季刚刚搬离他们待了九十七年的社区温布尔登，转去位于伦敦北部的卫星城米尔顿·凯恩斯（Milton Keynes），两个赛季之后他们干脆连名字都改了，叫米尔顿·凯恩斯登斯俱乐部（Milton Keynes Dons）。

而真正被大众认可的"狂帮"继承人是刚刚成立半年多的AFC温

布尔登（AFC Wimbledon），这是由温布尔登球迷自发建立的业余俱乐部，他们沿袭了当年那支辉煌的温布尔登队的球徽与队服颜色，征战业余联赛。制作 CM 系列游戏的 SI 公司赞助了这家俱乐部，在胸前印有他们的公司标志。相信很多 CM 的老玩家都记得 CM4 游戏的封面是一个腾空跃起的门将，他球衣胸前有 SI 公司的标志，此人就是当初 AFC 温布尔登队的门将……正因为 SI 公司赞助了 AFC 温布尔登，所以游戏里面的温布尔登才会拥有那些牛人妖人。举两个例子，在 CM4 里面被称为"盘带天才"的温布尔登十五岁少年塞尔吉·马科夫（Serge Makofo），现实中不过是一个平凡得不能再平凡的普通球员，既没有 20 的速度，也没有 20 的盘带，20 的爆发力。另外一个左路妖人摩甘（Lionel Morgan）甚至在现实中二十一岁便退役成了一名教练。

唐恩不了解这些，当然这些东西对于现在的他来说也没什么用。他只需要知道如今的这个温布尔登的表现很糟糕。也许这和从温布尔登强行搬离，背井离乡有关。

最近四轮联赛球队的表现还是很不错，他们四轮不败，但也四轮不胜，二十三、二十四、二十八、二十九轮全打平了，二十六和二十七轮的比赛被延后，这也多少影响了他们的排名。

第十九章
狂帮温布尔登（下）

"狂帮是一支很危险的球队，不过这正好可以检验我们一个星期来的训练成果。"在赛前的更衣室内，唐恩对已经热身完毕的队员们做最后动员，"记住，快速、简单、直接、高效！这就是我对你们的全部要求！上场去吧，伙计们！"

如今的唐恩已经接替沃克，成为了更衣室的主导。明确了自己战术思想风格，对球队更加了解的唐恩不用再遮遮掩掩地站在幕后了。

结束两场禁赛期的唐恩重回教练席，他对此充满了期待。他喜欢在场边指挥比赛的感觉，太喜欢了！

当森林队球员从球员甬道中跑出来的时候，听到了主场球迷给予他们的巨大欢呼声。唐恩扭头对沃克说："如果我们能够持续赢球，我们就能一直听到这样的欢呼，而且比这还要大！"

"一直赢球可不怎么容易，托尼……"沃克摇头。

"错，是非常不容易。不过为什么不尝试尝试呢？"唐恩跟着球迷们一起向出场的球员鼓掌致意。

没错，如果这场比赛我们可以赢，就要赢下来，如果可以场场赢，那就一直赢下去吧！

维尔福德训练基地，大门口。伊恩·麦克唐纳准时打开收音机，收听今天在城市球场举行的第三十轮联赛。每次主场比赛日的上午，唐恩都会来训练基地，然后会在门口和老麦克唐纳聊聊天，从天气到国际形势，什么都聊，不过他们之间聊的最多的还是足球，是自己的球队。

上一次主场比赛，唐恩向他承诺会将一场胜利带给支持者们，可惜最后却是一场遗憾的平局。今天唐恩又说了这话，他让麦克唐纳到时候在收音机旁等着庆祝胜利，希望这次一切顺利吧。

　　比赛已经进行了二十多分钟，森林队确实在严格按照唐恩的要求把训练中的东西搬上了赛场。他们和之前那支讲究控球和更多细腻配合的森林队完全不同，不光是现场球迷看出来了，就连负责解说比赛的约翰·莫特森也看出来了。

　　"今天的森林队有些奇怪，如果要用一个词来形容的话……我会用'陌生'。人还是那些人，却踢着让人陌生的足球。"

　　从布莱恩·克劳夫时代起，诺丁汉森林就是英格兰足球技术流的代表之一，比阿森纳可早多了。当时的克劳夫主帅有句名言，用来表示他对英格兰足球长传冲吊传统的不屑："如果上帝想让我们在云上踢球，那么他也应该把草搬上去。"

　　而今天这支诺丁汉森林，虽说不是长传冲吊，却和讲究控球的森林队传统大相径庭。比赛进行了二十五分钟，电视屏幕上打出了到目前为止双方的控球比，做客的温布尔登甚至超过了森林队，百分之五十四对百分之四十六。

　　"真是奇怪，在我印象中的森林队，就算输球，他们的控球率也会比对手高。上一场比赛他们虽然没有取得胜利，却有百分之六十四的控球率。"莫特森解说了三十一年的足球比赛，他亲眼看着森林队从一个默默无闻的乙级球队崛起成为欧洲冠军，他对森林队的踢球方式再熟悉不过了。

　　森林队快速通过中场的打法确实是按照唐恩的要求来进行，不过这样一来丢球也更快了。往往是几次传递之后，中场把球塞给前锋的时候出问题，前锋跑不到位，中场传不到位。然后被对方断下来打反击，幸好迈克尔·道森表现出色，屡屡化解危机。已经正式成为球队队长的道森让所有人眼前一亮，他仿佛在一夜间成熟了。

　　二十五分钟，比分毫无变化。但是唐恩看出来了很多东西，就在他想和沃克商量一番的时候，身后又响起来了熟悉的大嗓门。

　　"托尼·唐恩！你在搞什么？这就是你对我们承诺的胜利吗？"

唐恩扭头就看到了迈克尔那张愤怒的脸，以及中指。

"你什么时候换过来的……你急什么？这不还平局吗？"

"可是你自己看看，你的球队踢的他妈什么足球？根本不是我们森林队的足球！森林队的足球传统是控球！控球！"

又他妈是传统……唐恩觉得很不爽，自从来了这里，总有人提醒他"传统"，可是他没觉得遵守传统能给他带来什么好处。遵守传统能赢球吗？于是他也扯着嗓子吼了回去："闭嘴，迈克尔！只要能赢球，我他妈的管他是怎么赢的！比赛才二十五分钟，你在这里鬼叫什么？再叫我就让保安把你赶出去！"

迈克尔闭上了嘴，他确实也有些心急了。但看着自己球队进攻半天没起色，哪个球迷会不着急上火呢？

唐恩坐回去，发现沃克在笑他："托尼，我记得你第二次坐在这个位置的时候，迈克尔他们骂你，你可是一句话都没敢回啊。"

唐恩摇摇头苦笑："在球队打不开局面的情况下，你还有心思取笑我吗？"

"我觉得情况不算太糟。"没想到沃克如此回答，这让唐恩换了个眼神看他，"前十分钟，我们确实很混乱。不过到目前为止，球队基本上打出了训练上的东西，失误正在减少，机会在慢慢变多。托尼，你那套说不定真有用呢。"

"德斯，我对你另眼相看了。没想到你能看出这些。没错，我们的情况在慢慢变好，目前迟迟进不了球只是因为我们根本没有把前锋和中场进行合练，前锋还不熟悉中场的这种踢法，配合不够默契。"

沃克点点头："我觉得还是不要对这场比赛抱有太高的期望好，也许我们取得成功应该还要等一段时间……"

唐恩从座位上站了起来："不，德斯。我一场比赛都等不了了，我需要胜利，这场比赛必须胜利。"说完，他走到场边，深吸一口气，然后向里面大吼。

"马——龙！！"

那声音甚至在刹那间压过了球场看台上的喧闹。

马龙·海尔伍德听到主教练叫自己的名字，连忙把视线投向场边，他看到主教练正张牙舞爪地对自己咆哮着。

"你在干什么？！你昨天晚上没睡觉，还是今天中午没吃饭？"

海尔伍德耸耸肩，指着自己，不明白主教练为什么这么说。

"跑！不停地跑！"唐恩挥舞着手臂，仿佛在抢风车，"想办法给我接到安迪他们的传球，然后射门！办不到我就换你下来！"

吼完的唐恩转身回了教练席。海尔伍德愣了愣，随后反应过来：主教练对自己的表现不满了……

尽管已经共事了一段时间，沃克还是对唐恩刚才的表现感到很不可思议。从来没见哪个教练这么指挥比赛的……

"托尼，冷静一些……这只是一场比赛，不是战争。"

唐恩咬着牙对沃克说："不，这就是战争！"

一直赢不了球老子就可能丢掉饭碗，这不是关系到生死存亡的战争是什么？

"另外，我很冷静。我冷静得就好像他妈的冰山。"唐恩坐回位置，顺口说道。沃克摇摇头，鬼才信呢。

唐恩的方式虽然粗暴，但是却很直接。前锋和中场衔接不上是训练新打法的遗留症，要想彻底根除，就需要更多的训练和比赛，但现在显然没有那么多时间给他了。非常时刻非常手段，既然接不到互相的传球，那就不惜体力地跑，总能跑到点上去。只要成功一次，就是机会。

其实虽然诺丁汉森林踢的足球不令人满意，他们自己也还有诸多问题。但是最应该抱怨的是温布尔登主教练，此时此刻的他真的很想大声骂娘。赛前他花大力气研究了森林队的战术打法，阵容阵型，希望在客场击败对手。没想到比赛一开始，他发现自己面临的竟然是一支完全陌生的诺丁汉森林，赛前一个星期的针对性训练和安排全都派不上了用场。能不令人恼火吗？

看到森林队主教练在场边一通怒吼，他也决定要做点什么了。于是他起身走到场边，示意自己的球队再向前压一些。既然森林队状况不佳，失误频繁，让他的球队获得了不少反击机会，他也没有必要死守赛前安排的防守反击策略了，让整体阵形适当前提，给对方施加更大的压力，也许会有意想不到的结果哦。

是的，意想不到的……后果。

第二十章
一定要赢（上）

温布尔登的主教练斯图亚特·默多克（Stuart Murdoch），和另外一个默多克（Keith Rupert Murdoch）可没有任何关系，尽管他们姓氏一样。后者是世界知名的媒体大亨，而前者不过是一个默默无闻的低级别球队主教练，和托尼·唐恩一样，只在球队当地拥有一定量的声望。

本赛季是他第一次作为主教练执教一支球队，温布尔登成绩惨不忍睹，和他的能力低下也有关系。他总是错误地判断了场上形势，然后再做出错误的决定，最后导致一场错误的失败……

比如现在。他刚刚示意球队压上，就被森林队打了一个反击。

诺丁汉森林队队长迈克尔·道森断下温布尔登队队长尼格尔·里奥科克（Nigel Reo-Coker）的传球，然后把球直传给边路的安迪·里德，里德带了两步，又传给正在前插的伊恩·杰斯。

看到杰斯拿球，海尔伍德想起唐恩刚才在场边的咆哮，他总觉得这个主教练真的会把自己换下去，尽管现在连三十分钟都不到。于是他不敢怠慢，在前场拼了命地寻找空当，这次他一定要接到球！

温布尔登压上之后，后面势必会有很多空当，大片大片犹如坐落在英格兰乡村中的市镇，东一块西一块的。

伊恩·杰斯看到了这些空当，他得在最短的时间里面决定传到哪一块去才能导致进球，不是说看到空当就传球，那个地方有没有人接应，可不可能接应得到，都是问题。

海尔伍德在向左路跑，他牵扯了一名温布尔登的后卫莱格特伍德

(Mikele Leigertwood），中路出现了短暂的真空，约翰森呢？

杰斯扭头找，他发现约翰森有从右路向中路插的可能。于是不再迟疑，一脚直推，足球快速滚过禁区前沿的无人区，穿透了温布尔登的防线！

约翰森同时启动，斜插中路，在所有人的后面接到了足球！

另外一个失位的中后卫迪恩·莱温顿（Dean Lewington）举手向主裁判示意约翰森越位，基本上放弃了回防。

边裁没举旗，主裁没鸣哨，城市球场的看台上爆发出了巨大的欢呼声。

"约翰森现在和戴维斯一对一！"

温布尔登的门将凯文·戴维斯是有英超经验的门将，他反应迅速，身手敏捷，尤其擅长和前锋一对一。而偏偏约翰森最不擅长的就是和门将一对一……

约翰森看到出击的戴维斯，仓促起脚射门，这脚球还算射得有点质量，奔着球门后角就去了。不过戴维斯反应更快，他在倒地扑向近角的时候，把脚伸向了远角，足球正好打在他的脚尖，弹偏了方向，没有飞进球门，而是飞向了禁区另外一侧。

寥寥数百人的客队球迷猛地欢呼起来，刚才他们心都提到了嗓子眼儿，随时可能从里面蹦出来。戴维斯挽救了球队，也挽救了他们的心脏。

不过……对他们心脏的考验还没有过去！

在杰斯把足球传向中路的时候，海尔伍德刚刚从那条路线跑过去，他以为自己这次又错过了，没想到转身就看到足球向他飞来！

门将呢？还躺在地上没起来，他甚至可以感觉到身后莱格特伍德疯狂地想要挤到自己身前断下这球。

可这他妈是我的机会，如果我进不了，就要被换下！我不会让你如愿的！

海尔伍德顾不上那么多了，拼命将莱格特伍德架在身后，然后……鱼跃冲顶！

足球毫无悬念地飞进了空门！

城市球场一直压抑的气氛终于得到了释放，红色的看台仿佛火山口，喷涌出灼热的岩浆。

体育场广播高喊着进球者的名字："马龙——"

三万名球迷便接着高呼："——海尔伍德！！"

唐恩从座位上跳起来，攥起拳头和身边的每一个人拥抱庆祝。

"几脚传递？"他问沃克，沃克很兴奋地回答道："四脚！"

"很棒！这就是证据了！"

"托尼！我们打出了训练中要求的东西……"

"嗯，一直这么下去吧。"

唐恩刚刚和沃克说完，海尔伍德就兴奋地跑了过来，他对着唐恩喊："这次不用换我下来了吧？"

"还不够，再进一个！"唐恩高兴地大声回道，"再进更多个！"

收音机里面说今天的森林队很奇怪，踢着大家都觉得陌生的足球，完全不像曾经的那支诺丁汉森林，而且迟迟打不开局面。麦克唐纳有些着急，球队出什么问题了吗？

正在忐忑不安的时候，他听到收音机里突然传出一阵尖锐的吼声。

"海尔伍德！And a Goooal！！！1:0，森林队领先！"

老麦克唐纳又跳出了小屋子，站在门前跟着收音机里面的声音振臂高呼。就仿佛他也在城市球场的看台上一样，身边全都是穿着森林队红色球衣的同伴，他们蹦蹦跳跳高呼："森林森林！"

刚刚结束完自己的庆祝，气喘吁吁的老头子准备回房间继续听比赛，就听到收音机里又传来一阵惊雷似的呐喊："It's a……？It's a Goal！！马龙·海尔伍德，梅开二度！2:0！"

当海尔伍德将里德的边路传中砸向球门的时候，解说员莫特森还有些犹豫，体育场看台的巨大呐喊声让电视转播的镜头也有些晃动，他看不太清楚这球进没进。但是他很快看到了高举双臂的大卫·约翰森和伊恩·杰斯，以及垂头丧气的温布尔登门将凯文·戴维斯，足球被挡在了这人身后，但毫无疑问球进了。

"这真是太精彩了！二十九分钟前，森林队表现得难以令人信服，但是短短三分钟，他们就打进了两个球！马龙·海尔伍德成了城市球场的英雄，他的表现令人振奋！"

唐恩在教练席对后面的迈克尔挥舞完拳头，然后转身对沃克说："快速！直接！简单！高效！温布尔登完全没有料到我们会这么干，这第二个球就是明证！马龙那家伙，我刚刚说完还不够，他就又进一个，我已经没法要求他更多了。"

沃克笑了："球员们都很棒。不过也许你自己都不知道，托尼。正是因为你在和西汉姆的那场比赛中场休息的表现，让他们对你刮目相看，并且肯全心全意地跟着你干了。能赢得球员的心，你这主教练的第一步走得很成功啊。"

唐恩有些不好意思地挠挠头，他也没想到当初心血来潮的决定会给自己带来这么大的帮助和好处。

接下来的比赛，森林队虽然控球率依然没有上去，不过大家都看出来了，局势是掌握在主队手中的，他们屡次威胁到温布尔登的球门，如果不是凯文·戴维斯的出色发挥，比分早就节节上升了。

唐恩对此还算满意，主动权在自己这边。

上半场很快过去，主队两球领先。看台上的球迷把自己的掌声毫不吝啬地送给了森林队的球员们以及教练。

第二十章
一定要赢（下）

　　中场休息的更衣室内，唐恩大力夸奖了海尔伍德上半场的表现，也夸奖了全体中场的表现，他们打出了自己赛前的要求，也打出了平时训练的成果。他没什么好说的了，只是要求队伍像上半场那样踢就好了。

　　在另外一个休息室，就是又一副景象了。

　　斯图亚特·默多克把上半场憋在心里的怒火全都发泄给了他的球员。在更衣室，他毫不留情地把所有人都痛骂一遍，就算上半场表现最好的门将戴维斯也难逃厄运。

　　"……弗朗西斯（Damien Francis）、科诺尼（David Connolly）、希普利（Neil Shipperley），你们三个在干什么？找不到对方的球门在什么地方的话我可以指给你们看！里奥科克，你是队长，这种时候你应该站出来，不管是自己射门得分，还是助攻队友，总之不是现在这样乱跑！莱温顿！这是你第一次代表一线队比赛，如果你不想这场比赛之后就回到预备队，你就给我打起精神来！"

　　训斥完球员，默多克主教练缓了口气。

　　"这个赛季我们搬了家，流失了很多球迷。但不管怎么样，我们还顶着'温布尔登'的名号！我们还是'狂帮'！狂帮什么时候怕过那些混蛋？你们他妈的在场上的表现简直就是侮辱那个伟大的名字！维尼·琼斯（Vinnie Jones）、丹尼斯·怀斯（Dennis Wise）、劳里·桑切斯（Lawrie Sanchez）、戴维·比森特（Dave Beasant）、阿兰·科克、布赖恩·盖尔……如果他们还在这里！"默多克一个一个报着那些人的名字，每念一个都要用重音，念完他愤怒地指着脚下说，"他们一定会嗷嗷叫着冲出去把诺丁汉森林的那帮杂种撕得粉碎！这才是狂帮的足球！这些年，我们已经逐渐失去了这种精神，今天这场比赛，我要你们找回来！！"

当下半场重新开始的时候，唐恩坐在教练席上和沃克谈笑风生，后面看台上的迈克尔也不再批评唐恩的足球，开始专心看比赛了。看上去一切都很美好。

不过五分钟之后，唐恩笑不起来了。这五分钟内，温布尔登总共七次犯规，吃了两张黄牌，一时间场上人仰马翻，好不热闹！看到这一幕，他脑子里闪过是森林队和西汉姆那场比赛的下半时……

他的快速推进战术在温布尔登野蛮的防守面前根本没用，失误率反而更高。球员们似乎害怕和温布尔登球员进行身体对抗，因为这帮人根本不是在踢足球，而是橄榄球……

上半场显得很无能的那个教练默多克此时也格外活跃，他站在场边，大声吼道："给我铲他们的脚！！白痴！"

这句话唐恩听得清清楚楚。"这个混蛋……"和西汉姆的中场休息，他在更衣室内说过这句话，但是也还没狂妄到在比赛场边公开吼的地步。

"这很正常，托尼。我踢球那会儿，教练们经常这么喊的。"沃克给唐恩解释，这种话他听多了，所以没有唐恩反应大。

"不，德斯。你误会我意思了。我知道这很正常，我也会这么做，不过就是不能让别人用在我的球队上。"这就是唐恩的"双重标准"了。德斯耸耸肩，不以为然，他只当这是唐恩嘴硬而已。

十分钟过去了，场面依然没有改观，温布尔登用粗野的踢法完全占据了主动权。莫特森都说如果比赛一直这么踢，森林队的队长会成为本场最佳的，因为他实在太显眼了……几乎每个镜头中都有他忙碌的身影。

这种比赛很锻炼后卫，但唐恩巴不得自己后卫一场比赛都得不到锻炼。他有些坐不住了，要怎么破对方这种野蛮踢法呢？

他想了一会儿，似乎只有指望主裁判判罚尺度严一些，尽早罚下对方几个人算了。可是……可是温布尔登的这种粗野在英格兰低级别联赛里面比比皆是，主裁判估计都习惯了吧，顶多吹停，然后口头警告一些。除非特别严重的犯规，才会出牌警告。

而且唐恩看出来了，对方主教练安排球员们轮流来犯规，不是都让一两个人完成这项艰巨的任务。这样可以分散主裁判的注意力和自己球员的得牌概率。这资本主义敌人……真狡猾呀！

不能说唐恩想不出办法就是没水准了。巅峰时期的温布尔登可以让称霸英国足坛的利物浦颜面尽失，哭着跑回更衣室，还将足总杯拱手相让；也可以让拥有吉格斯等人的曼联举手投降，这种野蛮的踢法还真的很难找到克制的办法，所以他们四年升三级联赛，五年就拿到了足总杯冠军。

当然，如今的温布尔登早已不是那支人见人怕的"狂帮"，可问题是唐恩的诺丁汉森林也早就不是横扫欧洲的红色旋风了。两队半斤对八两，碰上这样的踢法还真没辙。

十四分钟过去，温布尔登越压越靠上。看上去他们似乎不要防守了，后场大片大片的空当，只要一个大脚开过来都是单刀。可森林队的球在他们疯狂的前场逼抢下，就是过不了中线！

温布尔登连续三脚射门，最终获得一个角球，除了门将凯文·戴维斯，几乎所有人都冲到了森林队门前准备抢点。

约翰森按照预定战术留在中圈等着反击，他看看空旷的四周，一脸困惑：温布尔登这是怎么了？比赛还不到六十分钟，他们就这么拼命啊？不过这也是一个机会，如果自己利用这个机会射门得分，他们再疯狂也没用了。

他攥紧了拳头，海尔伍德已经进了两个球，自己怎么也不能一球不进啊。

于是他站在中线上，做出随时冲刺的准备，然后扭头看着自己球队拥挤的门前。

温布尔登的中场球员达梅恩·弗朗西斯开出角球，前点的莱格特伍德头球一蹭！森林队禁区里顿时一片混乱。就在这种混乱的局面下，埋伏在后点的迪恩·莱温顿突然杀出，头球冲顶！

"球进了！温布尔登扳回一球！迪恩·莱温顿！这是本赛季他打的第一场正式比赛，他为温布尔登带来了希望！"

几百名痴心不改的温布尔登球迷在他们的看台上掀起了庆祝狂潮。莱温顿被疯狂的队友压在身下，尽情庆祝这个让他们重拾信心和希望的进球。

看到对方在庆祝进球，约翰森无奈地挥了挥手。这下好了，他早就在开球点上站好了，根本不用走开，直接在这里等着开球吧。

从温布尔登准备罚这个角球开始，唐恩就将身体从教练席上探了出去，关注地盯着场内。看到莱温顿进球，他失望地摊开手耸耸肩，觉得有些遗憾。倒是隔壁那边动静实在太大了，默多克教练高举双臂冲到场边，又从场边冲回去，见人就抱，替补席上一片欢腾。

唐恩扭头看了他们好几次，然后不爽地嘟囔道："只是一个球而已，就这么高兴，真没出息！"

这个球当然也给他敲响了警钟，温布尔登攻势如潮，前场逼抢让自己的球队苦不堪言。这十几分钟里面，伊恩·杰斯毫无表现，是时候把他换下来了。

唐恩决定换上一个防守型后腰，重新控制中场，先把温布尔登的这股气焰打下去再说。他让沃克把在热身的欧根·波普叫过来。

十九岁的欧根·波普不是英国人，而是德国人，而且是生于乌克兰的德国人。拜仁慕尼黑青训学院的产品，曾经入选过德国十六岁以下国家队。他是保罗·哈特专门从德国挖来的，上个赛季刚到诺丁汉，就代表一线队出场十九次，取得一个进球。

唐恩相信保罗·哈特的看人眼光，这小子确实很不错。一米八三的身高，八十一公斤的体重，加上从小接受德国传统足球训练，让他拥有了坚忍不拔的意志和硬朗强悍的球风。而这些特点正好是本场比赛唐恩最需要的。

自从唐恩上任以来，波普只打了一场完整的九十分钟比赛，他还以为自己要在新教练任下逐渐失去位置了呢。所以当听沃克喊他的名字，他连忙跑了回来。唐恩很满意这德国小子的态度，点点头，开始交代战术："欧根，你看到场上我们现在是什么情况了吗？"

"不太妙，教练……"小伙子用不怎么标准的英语说，"他们抢得……很凶，很快。"

唐恩笑了："没错，他们抢得很凶，节奏比我们还要快。所以我让你上场，你和斯梅卡搭档在中场中路，主要任务是防守。他们的26号（里奥科克）和8号（弗朗西斯）是核心，不管防守还是进攻，都由那两个人发起，我要你上去切断他们之间的联系，同时疯狂地……比温布尔登还要疯狂地在中场进行抢截，不要害怕失误，中场越乱越好。能做到吗？"

唐恩说一句，波普就点一次头，最后他很用力地点头道："你放心，教练。我能做到。"他希望用自己的表现打动这个主教练，为自己在球队的未来赢得一片光明。

拍拍小伙子的肩，让他回去脱衣服准备上场。而唐恩则从场边捡起一瓶水，打算给自己灌一口，浇浇心头的火。刚刚把瓶盖拧开，就瞟到隔壁的教练席，那个讨厌的主教练又跳了起来。

嗯？

他猛地转身回去，看到了球场上正在庆祝的温布尔登人。

怎么回事啊，这是？还在庆祝那个进球吗？他又抬头去看球场大屏幕，上面清楚地打出了比分——2：2！

我操！这连五分钟都不到！唐恩顿时怒火中烧，将手中的水瓶用力扔了出去，溅起的水恰好喷了点在第四裁判身上，第四裁判还没有反应过来，愣在原地。唐恩连忙假装没看见，疾步走回教练席，然后问沃克刚才发生了什么。

"弗朗西斯的远射……"沃克无力地答道。

"真他妈的混蛋！"唐恩骂了一句，然后就不知道该说什么了。这个时候刚刚脱下背心的波普站在替补席上有些不知所措，他鼓起勇气问看起来心情很不好的主教练。

"教练……我，我还上吗？"

"当然！为什么不上？上去给我狠狠地铲那些杂种！"他把波普推了出去。

看到默多克在场边又蹦又跳的，唐恩的心情就更差了。两球领先变成平局，任谁都不会好受。

波普满怀期待和热情地站在场边，做最后的热身，他突然又听到主教练在叫他。

"欧根，铲他们的脚！别怕犯规，如果你被罚下，我就去足总闹！"唐恩把手拢在嘴边做喇叭状喊，"反正熟门熟路……"

他坚决不能容忍今天的胜利变成平局，也许沃克觉得没什么——我们再等一轮或者两轮好了。可唐恩一分钟都不想等。那天在森林酒吧里，他对伯恩斯说"我厌恶失败"可绝对不是装出来的，他真的真的非常非常憎恨失败，作为一个中国球迷，曾经面对的失败还少吗？

在国内不管是足球还是我的生活，都一团糟，失败透顶！现在老天爷给了我一个机会，让我重新来过，我绝对不要再尝到失败的滋味了，我要赢！一直他妈的赢下去！

第二十一章
绝杀（上）

杰斯垂头丧气地和欧根·波普握手，然后走向球员甬道。虽然有一个助攻，不过球队下半场面临的糟糕局面和他在中场控制不力是分不开的。唐恩走过去拦住了他。

"你干得足够好了，伊恩。别担心，去冲个澡然后回来看球。我们会赢的。"

也许有些不相信主教练最后的话，杰斯抬头看了看唐恩。

这位年轻的主教练咧开嘴笑道："要打赌吗，伊恩？"

"真是不可思议！当森林队两球领先的时候，大家都觉得温布尔登完蛋了，可是看看现在……上半场森林队四分钟内连进两球，确立领先优势。下半场轮到温布尔登爆发，他们同样在四分钟内连进两球，将比分扳成了平局！"莫特森在解说之余，想了这样一个问题：是不是只要有托尼·唐恩在的比赛，就一定这么富有戏剧性呢？总会发生点什么，让人们期待。

"在丢了两个球之后，唐恩做出了换人调整。他用德国小将欧根·波普换下了老将伊恩·杰斯。不过我打赌，他这个换人是针对被对方扳回一球这种情况的。温布尔登第二个进球来得太快，谁也没有想到！"

没错，谁也没有想到，就连他们自己教练默多克先生也没想到，所以他的庆祝反而没有第一个进球那么疯狂了，他只拥抱了自己的助理教练，然后就站在场边向球员们鼓掌。

唐恩瞥了眼对方，发现自己怎么看他都不顺眼了。如果真的被对手逼平的话，他都想干脆不要参加赛后新闻发布会了，他可不想看到那张沾沾自喜的老脸。如果那个老家伙在发布会上再说一点沾沾自喜的狂言，诸如"我们理应获得胜利""很可惜没有全取三分"这类的，唐恩可不敢保证自己不会当着媒体的面把话筒塞到对方嘴里。

总之，他非常不爽！好在德国小子上场之后的表现让他心情稍微好了一些。

欧根·波普上场之后很快就完成了第一次铲抢，他在中路漂亮地铲断了里奥科克的球，然后分给边路的威廉姆斯，虽然球很快又丢了。不过小伙子的表现还是得到了看台上球迷的掌声。唐恩也在场边对他竖大拇指。

得到了球迷和主教练肯定的波普表现得越发活跃。然后球迷们和解说员便看到了诸如此类的场面——

温布尔登利用自己团队凶狠的铲抢获得了控球权，但是很快就被欧根·波普断下。不善组织的波普选择将球传给安迪·里德或者加雷斯·威廉姆斯，但是球在温布尔登的逼抢下马上宣告易手。温布尔登决定一鼓作气杀入森林队的三十米区域，趁着刚刚扳平比分的气势再接再厉，反败为胜。可球刚刚进入中场，便再次被波普和斯梅卡断下……

往往在两分钟内，控球权可以在这两支球队之间来回易手三四次。

如果断不下球，波普也会想方设法犯规，拖延对方的进攻速度，中断进攻节奏。刚刚上场的他不存在体力问题，比那些逼抢了半场比赛的温布尔登球员感觉好多了。

结果就是森林队的攻势打不起来，而温布尔登的进攻也屡屡碰壁。双方在中场陷入了失误泥潭。

唐恩却很高兴这种情况，他对沃克说："我们成功地拖住了对方，波普那小子干得不错，也许我要考虑给他适当增加上场机会了。"

沃克对唐恩后半句表示赞同，却不看好球队场上局势。"波普上个赛季表现就很出色。但我觉得就算我们可以不让温布尔登攻过来，我们自己也攻不过去了。你突然满意平局了吗，托尼？"

"我当然不满意平局，不过得给球队一个缓冲的时间……"唐恩自己心里也没底，加强中场防守的代价就是削弱了进攻组织能力，伊恩·杰斯不善防守，传球和经验还是很让唐恩佩服的。现在似乎只能依靠安迪·里德了？

唐恩突然想到一点，他问沃克距离比赛结束还有多长时间。

"不算伤停补时，十七分钟。"

"还来得及。德斯，你去叫卡什回来。"

波普很努力才换来的局面上的均衡，不能就这样白白浪费掉。身为主教练，唐恩必须及时做出调整，否则一旦球队赢不了球，他就是罪人。

二十岁的爱尔兰前卫布莱恩·卡什（Brian Cash），可以踢中场的两个边路，他传球射门等能力均没有什么值得赞扬的地方，作为边路球员来说，他的传中太一般了。这是唐恩从训练中得出来的结论。不过他有一点让唐恩很赞赏，那就是出色的盘带技术。卡什不是一个靠速度突破的选手，他的突破都是实打实用技术过对方的。

因为中场基本上四个主力已经确定，卡什和波普一样都只能接受做替补的安排。这样的球员也许不是每场比赛都能上场，但绝对会有几场比赛最适合他们的发挥。比如这一场比赛。

欧根·波普的上场证明了唐恩的思路是正确的，如今在稳定了防守的情况下，他要开始反击了。

卡什回到教练席，唐恩告诉他，上场之后只需要做一件事："突破，突破，再突破。别惧怕温布尔登防守的黑脚，他们已经快不行了，你没看到他们都大口大口喘气了吗？用你的技术去尽情地戏弄他们，激怒他们，突破他们！只要他们防守线被你搅乱，我们的机会就来了……"

说到这里，卡什突然问了一句："老板，要搅得多乱才行？"

唐恩愣了一下，随后说："搅成汁！"

"我明白了！"

"你明白了？"唐恩记得自己还没说完。

"嗯，就像把苹果切碎再放进搅拌机里面那样搅。"

唐恩睁大了眼睛看着这个爱尔兰人："噢，天啊。你的形容太棒了！没错，就是这样！不过我们得把苹果换成坚果。去吧，上去搅碎他们！"

第二十一章
绝杀（下）

卡什替下的是加雷斯·威廉姆斯，在和温布尔登的中场拉锯战中，他耗费了太多体力，留在场上也没有什么帮助。

沃克看到唐恩将卡什换上场，有些疑惑："托尼，你说了你不在乎控球和场面漂亮……"

"德斯……没有任何战术是死板的，没有哪个教练是不知道变通的……如果有，那他就不是一个合格的主教练。我是说过我不需要多余的控球，不过现在球队的问题是连基本的控球都做不到，所以我让卡什上去，他能把球控住。百分之零的控球绝对赢不了球，'控球无用论'不是彻底抛弃控球，而是说抛弃多余的冗繁的控球。你明白吗？"

沃克迟疑了一下才点点头："我想我大概明白了……"

唐恩心里叹了口气，这就是为什么有人穿越过来就是主教练，有人辛辛苦苦工作一辈子也只能是助理教练的原因了。"德斯，你要记住，战术这东西的本质是什么？就是赢球的方法而已，如果一种战术不能赢球，我们就换一种。就像换衣服那样平常。也许哪天，我会抛弃'控球无用论'，重新使用控制场面的战术呢……"

"啊！我明白了，就是不管过程如何，你只追求那个赢球的结果。只要赢球，使用什么战术根本无关紧要。"

唐恩瞥了他一眼："你开窍了，德斯。"

卡什上场很快就利用一次漂亮的摆脱为约翰森创造了射门的机会，可惜后者的头球顶高了，看台上随后响起了掌声，这声音大部分是给卡什的。

温布尔登的球员在防守的时候上抢很频繁，动作也很大。也许他们只是想利用这种方式来显示自己的气势，但是在卡什眼中，这种防守是他的最爱。

喜欢上抢就意味着身后有空当，防守动作大意味着他们需要更多的时间来完成动作，破绽更多，也更容易被突破……

"卡什！又过去了！漂亮的拉球摆脱！"

连续几次这样之后，温布尔登开始针对卡什所在的右路进行重点防守，在被对方铲倒在地一次之后，唐恩在场边让卡什和里德交叉换位。温布尔登哪边防守空虚，就让卡什去哪边，甚至中路突破也行。

他就是要让卡什把温布尔登的防守搅乱，让他们盯不住人，也找不到人盯。反正卡什刚上场体能充沛，他不怕这小子跑不动。

在连续给对方球门造成几次险情之后，客队主教练坐不住了。默多克也做出了他的调整，他用了自己最后一个换人名额，而且用的非常不情愿。之前为了乘胜追击，他一口气换了两个进攻球员，颇有"狂帮"的疯子气概了，可惜现在他不得不又换回去，他用一名高大的防守型中场换下体力不支的摩甘，希望和唐恩的换人一样，起到控制中场的作用。

看到默多克这个换人，唐恩知道他想的是什么。随着时间的流逝，对于客队来说，能够拿走一分也是令人满意的结果，尤其是考虑到这场比赛他们是先落后两个球再扳平的，这一分就更难能可贵了。

但是唐恩没法满意，这场比赛是主场，在领先两个球的情况下让对方扳平，然后再喜滋滋地拿走一分，哪有这么热情慷慨的主队？

他现在手中还有最后一张牌，替补席上只剩三个人了。替补前锋韦斯特卡尔（Craig Westcarr）、替补后卫克里斯蒂安·爱德华兹（Christian Edwards）、替补门将巴里·罗切（Barry Roche）。

韦斯特卡尔的能力让唐恩很不放心，换上去也未必就能加强进攻，剩下两个人都是防守球员，而且门将沃德表现得很好，没有必要换门将。换一个中后卫又能做什么呢？

他扭头看了看还在场边热身的爱德华兹，小伙子个儿挺高嘛……提到个子高，唐恩突然想起和西汉姆的比赛中，场上队长道森曾经打入过一个头球，可惜被该死的裁判吹了出来。

为什么不可以这样呢？

于是他决定做出最后一次换人，他让爱德华兹上去顶替道森打中后卫，但并不把队长换下来。爱德华兹上场替下筋疲力尽的海尔伍德，然后把道森推上锋线。

爱德华兹听到主教练的这个决定的时候，都以为自己听错了。唐恩很明确地告诉他，让他把这些话全部转告给道森，让道森去前面争头球，有机会自己射门，没机会就摆渡给队友。

爱德华兹上场之后把唐恩的吩咐都告诉了道森，道森有些惊讶地向场边看来，唐恩给他做了一个向前的手势。

海尔伍德下来之后给唐恩道歉："对不起，老板。"

唐恩觉得奇怪："干吗要道歉，马龙？"

"我没有进更多的球……"

唐恩笑了："你已经进了两个，还想进几个？你做得足够好了，什么都别想，去冲澡换身衣服吧。"

打发走了海尔伍德，唐恩并没有回到教练席，而是站在场边，双臂环胸看球。他总是认为只有这样才能给球员们带来一些信心和坚持下去的信念。一个无论何时都坐在教练席上的主教练是不合格的。

时间在一分一秒流逝，比分依然没有变化。

"如果没有那四个进球，这场比赛可以说乏味之极。"莫特森抱怨道。

他说得不错，从场面上来看两队踢得都不是可以让中立球迷身心愉悦的足球，大多数人在看到这样的比赛肯定第一时间转台。不过对于两队的球迷来说可不一样。他们最关心的不是哪边踢得更好看、更华丽、更艺术，而是哪边能获胜。

唐恩和球迷们一样，不关心自己的球队踢得是否好看，他只关心能不能赢下这场该死的比赛。

还有五分钟，比赛就要进入伤停补时，到目前为止除了双方换人，比赛没有过多中断，伤停补时不出意外应该只有三分钟。

八分钟，得进一个球。

道森顶到前面给温布尔登带来了一阵慌乱，可惜自己的球员没有抓住这个机会。道森不是前锋，此前也没打过前锋，他除了头球外，不会射门，传球一般，带球很一般。唐恩让他上去本来就是一种赌博。如果赢了一切好说，如果输了……自己可能就要背负乱用战术、乱换人的骂名了。

足球世界就是这么残酷，胜者为王，败者为寇。

唐恩不想做寇，他要做王……谁不想做王呢？

他觉得腿脚有些发软，巨大的压力在头顶盘旋，等待着最终落下的那一刻。但表面上他什么都没显露出来，他不想让人看到他的软弱，尤其是那些讨厌的无所不在的摄像机。

又过去了三分钟。看台上森林队球迷的歌声越来越响亮，相反温布尔登球迷已经彻底沉默了。唐恩扫了一眼看台，还有无数双手臂在挥舞，几乎一片红色。球迷们还没有放弃，自己的球队就更没有理由放弃了。

"进攻！进攻！我不要平局！"唐恩站在场边吼，"平局就是他妈的失败！都给我压上去！"

他不担心会被温布尔登打反击，欧根·波普这场比赛的表现简直太完美了，从左边到右边，中场全是他控制的地盘，温布尔登根本打不过来。

第四官员已经在场边举起本场补时的牌子了，和唐恩预料的一样：三分钟。

唐恩看了眼第四官员手中的牌子，紧咬嘴唇。希望正在一点点从他身边流失，如果这样的平局那毫无疑问就是失败，领先两个球都能让对方扳平……真他妈的！

唐恩回头看了看教练席后面的看台，他想看看迈克尔此时是什么表情，一定很失望吧？对西汉姆那场比赛自己没能赢下来，这场比赛也一样……但是他看到了什么？

"Forest Go！Go！Forest！Forest！Forest Go！Go！"迈克尔和所有森林球迷一样，鼓掌高呼，为自己的球队加油。他们整齐划一，富有节奏的加油声响彻全场。唐恩突然觉得鼻子有些酸，这才是真正的传统的英格兰球迷啊，他们忠诚，无怨无悔，他们热爱自己的球队胜过一切。有这样的球迷，何愁球队前途无望？

九十分钟的比赛时间已到，比赛正式进入伤停补时。

欧根·波普以不要命的气势从温布尔登球员脚下抢到球，然后马上传给安迪·里德，如今球队组织进攻的重任都落在了这个二十岁的小伙子肩上。下半场最后阶段换上来的温布尔登挪威后腰安德森（Trond Andersen）上来找里德的麻烦，两人纠缠在一起，看上去森林队的这次进攻又要无疾而终了。

挪威人下脚狠，好几次都直接踢在了里德的脚踝上，若是平时他肯定早摔在地上痛苦得打滚了，既能让对方吃牌，还可以赚来一个任意球，一举两得。但是现在让对方吃牌自己什么便宜都占不到，一次距离球门四十多米的任意球也毫无威胁。

里德被安德森踹出了火气，他拼命把对方挡在身后，不管对方怎么踢自己，他护着球开始找人。

卡什呢？那小子在哪儿？！

卡什同样看到了里德的困境，但是他不能大声喊，因为那也会引起对方后卫的注意力。

此时波普发现球队进攻遇到了麻烦，虽然主教练只让他防守，但他还是决定上去帮里德一把。

"嘿，安迪！"波普的声音在里德斜后方传来，"把球给我！"

里德看不到他的队友，不过他凭着声音还是把足球传了出去。

波普接到足球不再迟疑，直接一脚长传踢到了它早该去的地方——在球场的右边，布莱恩·卡什后插上，他没有人盯防，漂亮地卸下了这脚长传球！但刚刚把球停稳，对方的两名防守球员就围了上来……

没人对森林队的这次进攻抱有什么希望，除了他们自己的球迷。莫特森以正常的语速和语调解说着比赛的最后三分钟。鬼知道这会不会是森林队本场比赛的最后一次进攻呢？

"布莱恩·卡什，他面对两个温布尔登的球员……噢！他过去了！"

看台上响起了巨大的欢呼声。卡什仿佛泥鳅一样从人缝中钻了过去，连人带球！前面是大段大段的空白区域！

这个时候不加速还等什么？

卡什把球向前一蹚，再也不顾在后面转身追来的对手，向底线冲去。

"莱格特伍德上来防守他，速度很快，他飞铲！卡什……漂亮！"莫特森吼了起来。

能让解说了三十一年比赛的莫特森兴奋的自然是卡什精彩的闪避，这个爱尔兰小子在莱格特伍德把脚伸过来的刹那，将足球捅到旁边，莱格特伍德铲了一个空，而卡什则顺势高高跃起，从他头顶飞了过去，接着追上球，此时他已经逼近底线了。

唐恩紧张地盯着场上，当他看到卡什躲开莱格特伍德铲抢的时候，嘴里就在反复念叨一个词了："传球，传球，传球……传球啊！"

卡什仿佛听到了他的吼声，在稍微调整了一下之后，就把足球传向了门前。

"卡什传中，迈克尔·道森！头球摆……约翰森——Yes！Yes！约翰森！约翰森！Gooooal！！！"莫特森举着话筒从座位上跳了起来。"这是第九十分钟的进球！绝杀！大卫·约翰森！3∶2，森林队！"

当约翰森把道森摆下来的球捅进球门时，城市体育场突然震动起来，看台、VIP包厢、教练席、替补席，甚至是球门后面……球场外的酒吧里，出租车里，广播电视前……所有的地方，人们一跃而起，扬起双臂，为胜利欢呼。

进球的约翰森被队友们压在身下，就连门将沃德都从门前跑到前场参与庆祝。这是他们自从去年12月21日第二十四轮联赛以来的，首场胜利！

唐恩兴奋地蹲下来，一拳砸在了草皮上。然后他起身回头看向抱成一团的教练席，他看见沃克抱着鲍耶，他还看见鲍耶原本一丝不苟的白发早就散乱在了空中。被换下场的杰斯、威廉姆斯和海尔伍德三个人从替补席上跳了下来，然后冲向正在场上庆祝的队友们，那速度……完全不像在场上奔跑了几十分钟的人。

这就是胜利的喜悦呀……

赢了！我他妈赢了！

他振臂高呼。

第二十二章
再见伊人（上）

比赛第二天的《诺丁汉晚邮报》在第九版（体育版）放了一张大幅照片，占了整个版面的一半。照片是从教练席对面拍过来的，在一片红色看台下，唐恩振臂高呼。这是他庆祝第三个进球的场面。

唐恩一边吃着简单的早餐，一边反复端详这幅照片。得承认这照片拍得很好，角度、时机选择得恰到好处。当然最好的一点是——这幅照片的主角显然是托尼·唐恩主教练。

照片下配图文字写着："当大卫·约翰森打入制胜一球的时候，在狂欢的球迷下，托尼·唐恩高举双臂庆祝。"

越看越喜欢的唐恩决定打电话去报社，找拍这照片的人，然后出钱买幅巨大的，裱好挂屋子里。这是自己的光荣时刻，得永久珍藏。

于是他从报纸上找到《诺丁汉晚邮报》报社的电话。

每个比赛日后的一天永远是英国报纸最忙碌的一天，人们跑进跑出，忙着把最近收集到的消息编写成新闻，或者将排好版的报纸送到印刷厂，电话铃声总是在报业大楼里面响个不停。

"您好，这里是《诺丁汉晚邮报》……"漂亮的接待员礼貌地对着话筒说，两秒钟后她脸上职业化的微笑没了。

在电话那头的唐恩觉得奇怪，自己只是希望知道这幅照片拍摄者的联系方式，然后找他要个放大版。为什么还要把他的电话转到社长办公室？

他听到电话那边传来一阵轻微的咳嗽声，然后就是一个老男人的声音。

"唐恩先生，您好，我是《诺丁汉晚邮报》的社长拉里·劳伦斯，您可以叫我拉里。"

"您也可以叫我托尼，拉里先生……"

接下来就是唐恩把自己的请求告诉拉里·劳伦斯，劳伦斯毫不迟疑地答应了，照片就是他们报社一个摄影记者拍摄的，别说洗一张放大的，就是洗成十张也不是问题。不过劳伦斯提出了一个条件。

"采访我？"唐恩有些吃惊，他没想到这么快就有媒体找上门来了。但是他没想过拒绝，这是一个宣传自己的好机会。唐恩不怕出名，他想要成为名帅的话，媒体的影响力不可忽视。但现在时机不好，球队刚刚拿下一场胜利，不代表形势就稳定了，他还有很多问题需要解决。如今他哪儿有空接受采访呢？

"拉里，恐怕现在不行。"

"有什么困难吗，托尼？"

从这两人的对话中，你完全感觉不到他们才不过在电话中聊了五分钟不到。

"我现在还有很多工作要做，我想这段时间我没法接受你们的采访。尽管我希望接受这种采访……"

"我理解你。"

"所以……如果你能等一段时间，我会很乐意接受你们的采访。"

劳伦斯马上表示赞同唐恩的提议："这没问题。你要的照片我们两天之后就会让人给你送去。采访的事情，你记着就行。等你觉得可以了，随时联系我们，托尼。"

挂了电话，唐恩有些沾沾自喜。没想到这么快就得到媒体青睐了，这是一个好兆头。说明只要赢了球，一切就会很美好。目前自己的目标是争取让球队保持这种状态，同时在训练中解决昨天比赛中暴露出的问题。

不过有一点是很肯定的：他要坚持自己这种"唯胜利论"的思想，而且还要让球员们切实感受到。一支从主教练到球员都为追求胜利不惜代价的球队，将是不可战胜的。

搞定照片的唐恩心情十分好，反正今天不训练。按照惯例赛后的一天肯定是要放假，让球员休息放松的。当然如果大比分输了球，唐恩也会取消这个假期，改让球队在大运动量的训练中忏悔。

他决定出去走走，这段时间一直处于忙碌紧张的环境中，是该散散心了。

诺丁汉有一所在英国排名前列的大学——诺丁汉大学（University of Nottingham），这所大学在中国宁波还有一所合作分校。因此每年都有不少中国留学生来这里求学深造镀金，在诺丁汉街头你总能看到黄皮肤，黑头发，说着汉语的中国留学生。

不过在城市球场的看台上有没有中国人，唐恩就不清楚了。

每当有假期的时候，哪怕只有半天，唐恩也绝对不会待在自己的家中，并且从不睡懒觉了。他是这么想的：好容易有次"免费出国旅游"的机会，不好好利用起来四处看看，欣赏一番异国风情，实在太对不起让自己穿越的老天爷了。当然对于唐恩本人来说，要感受最正宗、最棒的英伦风情还是得去那些形形色色的酒吧，他觉得人类最伟大的发明就是酿酒术，最伟大的职业是酿酒师，最伟大的建筑是酒吧，最伟大的玻璃制品是酒瓶……其他最伟大的请各位以此类推。

如果诸位认为唐恩今天又要去酒吧度过剩下的时光，那么就大错特错了。现在才上午九点过，全英国的酒吧都没开门，他想去也去不了呢。

一直听说诺丁汉大学的风景很美，他决定去大学校园转转，说不定还能碰到来自中国的美女留学生，然后发展出一段美好的异国恋呢……

唐恩没叫那个和自己已经熟识了的出租车司机兰迪·詹姆斯，他决定体验一下诺丁汉的公共交通系统。

诺丁汉这座城市其实挺小的，这也是英国城市的一个共同特点，除了伦敦这样的国际化大都市，大部分城市放在中国可能也就一县级市的大小，也许还不如……

这一点唐恩在带队去考文垂打比赛的时候就体会到了，曾经的英国四大城市之一和一个县差不多大。诺丁汉也是如此。二十几分钟的公交车晃荡之后，唐恩已经站在了诺丁汉大学校园的门口。诺丁汉大学有很多个校区，唐恩只知道在市中心偏西有一个很大的校园。

诺丁汉大学校区很大，也很美。如果不知道的人一定会以为他们正身处公园。远远地看到在一排树林掩映下，某个白色的方塔，走近了才发现不是单独的一座塔，而是一幢整体白色的建筑，方塔不过是中间最高的部分而已。

唐恩站在路中间，有些迷茫。这校园太大，他不知道该怎么走才好。万一迷路岂不惹人笑话？

就在他犹豫不决的时候，旁边响起一个很好听的声音，标准的英语："这是诺丁汉大学的主教学楼。"

唐恩扭头看到一个黑发女孩站在自己的旁边，微笑着看向那幢白色的房子："很漂亮吧？纯白色的，如果把方塔改成圆拱穹顶，就是放大版的白宫了。"

但是这位诺丁汉森林队的主教练，压根儿没有听到女孩接下来说的话，他整个人仿佛被雷劈中了一样，愣在原地。他看到了谁？

乌黑亮丽的头发被扎成清爽的马尾辫，就算臃肿的羽绒服也遮掩不住散发着青春气息的身体，以及那张熟悉到不能再熟悉的美丽容颜。

那是他高中的同班同学，他曾经暗恋了整整三年的班花——杨燕！

这世界真小……

"先生？先生！"发现这个外国男人总盯着自己看，杨燕有些恼火，不过她还是保持着基本的礼貌，没有给这外国色狼一耳光再转身走人。

唐恩回过神来，发现自己这么看着一个女孩子，确实很不好。他连忙道歉："真对不起，我突然想到了一些事，走了神。十分抱歉。"他略微欠身。以前的唐恩身高只有一米七，典型的四川男子身高，而杨燕在高中就有一米六五了，很标准的美女身高。如今杨燕身高没有什么变化，唐恩却成了一米八以上的鬼佬。物早已不是从前的物，人也早就不是彼此熟悉的人，唐恩在看到杨燕的刹那，真的有叫出她名字的冲动，但是心底那份理智阻止了他。如今他们应该是第一次见面的陌生人才对。

发现这男人还算很有礼节，说话彬彬有礼，刚才那份不愉快也就被杨燕抛到了一边，她微笑道："先生您是观光客吗？"

"啊？"

"我看您站在这里有些不知所措……"

"啊，对！我是观光客。"唐恩反应过来，"听说诺丁汉大学是英国最漂亮的大学之一，于是我过来看看。不过这里太大了，我不知道怎么转……而且，我怕迷路。"

杨燕捂嘴笑了，这男人坦诚得有些可爱。

唐恩又走神了……高中时候的杨燕是老师眼中的好学生，父母掌中的乖女儿，同学心里的大众情人。当时班里男生几乎都喜欢她，但是有勇气告白的没几个，好不容易鼓起勇气的革命先行者也都让杨燕微笑着拒绝了。后来就有传言说杨燕家里在准备移民，是要出国的女孩，看不起中国男人。不少男生还为此愤愤不平了很久。唐恩当时是班里不怎么受欢迎的人物，他脾气很怪，朋友都没几个，别说女人缘了。对于杨燕这样的女生就只能远远看着。

高中毕业之后，没过两年就听说杨燕真的出国了，又过了两年，大家在网络同学录上看到她从英国拍的照片，照片上的杨燕越发美丽动人，身材也发育成熟了。于是大家又都众口一词地称赞美女终长成，也会有人开玩笑地说这下可便宜老外了。对此杨燕的一贯回复是"呵呵"。

唐恩奇怪自己竟然会很清楚地记得这些，他原本以为学校生活自从大学毕业之后就和自己说拜拜了。虽然他偶尔也上同学录，不过从不留言，就算他留言，那些人也不会知道他是谁。当初他申请加入同学录的时候，还引起一次同学之间"他是谁"的大讨论，不过最后他还是通过申请了，批准他加入的人是谁呢……

他只知道杨燕全家移民英国，没想到会是诺丁汉。他该说什么？有缘千里来相会吗？

"如果你不知道该怎么转的话，我可以给你当免费的导游。"杨燕没有意识到唐恩在想什么，她看着四周人来人往的校园说，"我在这里上学，很熟悉的。"

还是那么热心啊……

唐恩点点头："好啊，你来做我的导游。"这样和杨燕"亲密"接触，唐恩还是第一次呢。这种机会怎么可能放过？

　　他想起来今天打算来诺丁汉大学的初衷：说不定还能碰到来自中国的美女留学生，然后发展出一段美好的异国恋呢。

　　如今看来，不是没有希望哦。现在的唐恩早就不是当初那个脾气怪异，还略微有些自卑的青涩男孩了。

　　老子现在可是三十四岁的老男人了……不过不知道这具身体是否还是处男呢？

第二十二章
再见伊人（下）

　　杨燕并非专业导游，她的介绍也是东一榔头西一棒子，想到什么就说。不过唐恩不在乎这些，他本来就没想增加对这所大学的了解，让他心甘情愿跟着这位蹩脚导游到处走，还走冤枉路的唯一理由就是因为她是杨燕，自己曾经暗恋了三年的女孩。

　　当他们走到一座雕像前，杨燕指着这个手捧鲜花、赤脚铜像对唐恩说："这是劳伦斯，他写过《查泰莱夫人的情人》《儿子和情人》等小说，是诺丁汉当地很有名的文学家，甚至可以和拜伦齐名哦。"

　　"啊？"唐恩一脸迷茫，完全不知道这个劳伦斯的来头有多大。不过他知道拜伦，上中学的时候偶尔听过他的一两句诗。这很正常，拜伦是个中学生可能都知道，不过 D.H. 劳伦斯（David Herbert lawernce）的书在唐恩上中学那会儿可能还是描写资本主义色情淫乱生活的禁书。

　　发现这个男的对让诺丁汉名闻世界的人物一无所知，杨燕"好为人师"的毛病又来了。"先生，您不是诺丁汉人吧？"

　　"为什么这么说？"

　　唐恩其实很想说："没错！我不是！我是中国人，我是你的同学……"

　　"我是诺丁汉西北的伊斯特伍德（Eastwood）人……"

　　杨燕睁大了眼睛看着他："先生您在开玩笑吗？就连伊斯特伍德的六岁小孩子都知道劳伦斯是谁。"

　　"谁？"

"20 世纪英国文学史上最具争议最独特的作家，他写的小说直到现在英国主流文学界都还嗤之以鼻，不肯接受和承认。"

"为什么？"

"因为他的小说都是描写矿工阶层的生活，而且嘲笑讽刺那些有钱人贵族，阶级性很强，英国文学界认为劳伦斯是共产主义作家，写的是左派文学。另外他那本《查泰莱夫人的情人》因为公然违背当时的社会风气而被禁了几十年……"

"违背社会风气？"唐恩觉得这个理由有些不可理解。

"呃……"杨燕咬着嘴唇回答，"就是很露骨地描写性和色情，以及乱伦……"她觉得在一个陌生男人面前谈论这种东西有些不合适，于是她把话题转回了正轨："您知道吗？劳伦斯是您的老乡，伊斯特伍德人。"

唐恩知道自己又出丑了，他拍拍额头，不知道该说些什么。这个时候为他解围的人来了。一群穿着大红色唐装的中国留学生迎面走来，他们大声叫着杨燕的名字。

"杨燕，杨燕！"

杨燕回头看到他们，脸上露出了灿烂的笑容。

"春节快乐，大家！"

"你也春节快乐！"

"恭喜发财，学业有成！哈哈！"

一群黑头发黄皮肤的人一起嬉笑，说着唐恩觉得已经有些陌生，但很亲切的语言，他愣住了。

春节？

今天已经春节了吗？

杨燕想起后面还有一个人，于是她扭头对唐恩用英语说："春节快乐！今天是我们中国人的传统节日哦，就像你们的圣诞节……"随后她用汉语很慢很慢地重复了一遍："春节快乐！恭喜发财！"

唐恩张张嘴，似乎想要跟着一起念。到最后他终于还是没有念出声来。

我当然知道春节意味着什么，阖家团圆，年夜饭，守岁，春节联欢晚会，父母家人陪伴身边，元宵饺子，年年有余……

想家的念头不可抑制地涌入唐恩的脑海，尤其当他看到杨燕的笑脸时，这种感觉就更加强烈了。

他低头从怀中掏出随身携带的小本子，快速地写下自己的电话号码和英文名字，然后递到杨燕手中："杨燕小姐吗？我非常钦佩你的学识，本人对中国文化仰慕已久，一直希望学习中文和中国文化，如果你不介意，我想邀请你做我的中文教师。这是我的电话，如果你考虑清楚了，可以给我打电话。我还有些急事，马上要走。非常感谢你做我的导游，非常感谢！再见，另外也祝你春节快乐！"

连珠炮似的说完，唐恩转身就走，匆匆逃离了这个充满了过节气氛的地方和这群人。

杨燕拿着手中的纸条，有些没反应过来。这时旁边的朋友才围上来。

"怎么回事？那男人是谁？"

"我觉得他长得好像年轻的阿尔·帕西诺，好帅哦！"有人开始发花痴了。

杨燕瞟了她的朋友一眼："我可不觉得……"随后她低头看着手中的纸条，缓缓念出上面潦草的英文名字："托尼……托尼·唐恩？"

有个男生听到这个名字叫了起来。

"托尼·唐恩？！他怎么会在这里？"

"你认识他吗，刘威。"杨燕问那个男生。

男生递给她一张报纸，上面一幅大照片：在汹涌的红色浪潮下，一个黑衣人振臂高呼。

"他，"男生指着照片中的黑衣人对杨燕说，"就是托尼·唐恩。诺丁汉森林队的主教练。"

杨燕盯着这张照片看了半天，然后问了一句让男生很郁闷的话："诺丁汉森林是什么？"

男生很生气地跳了起来，却不知道该如何向这个从不看足球、从不了解足球的女孩子解释森林队的辉煌成绩，及其在这座城市的地位。最后他只好这样说："总之……诺丁汉森林是这座城市最成功的足球俱乐部，并且有很辉煌的历史。托尼·唐恩是一个职业足球教练。你知道这些就好了。"

"哦，原来他还是名人呀。"杨燕对男生笑道，"刘威，你是不是很后悔没有找他要个签名什么的？"然后她把那张纸片递给了男生。"这也是签名，还有他的电话呢。"

男生拒绝了："我又不是森林队球迷，还没狂热到主动要签名的地步。你收着吧，这可是他给你的。"

旁边的女生开腔了："对呀对呀，他不是想让你去做他的什么中文老师吗？这是一个好机会啊！"

"什么机会？"

"在美丽怡静的欧洲校园中，碰到一个彬彬有礼的绅士，他向你发出了下次见面的邀请……一个冷峻的绅士，一个美丽的家庭教师，噢！多么浪漫的故事！"刚刚发花痴的女孩子才醒转过来就又痴了过去。

"阿丽，你言情小说看多了吗？"面对这群到大学才认识的朋友，杨燕唯有无奈地笑。

"不，阿丽说的是《简·爱》。"另外一个女孩子扶着眼镜一本正经道。

阿丽马上配合地伸出了手轻唤道："哦——罗切斯特！'你以为，因为我贫穷、低微、不美、矮小，就没有灵魂，没有心了吗？……要是上帝赐予我一些美貌和财富，我就要使你感到难以离开我，如同我现在难以离开你一样。……'"

大家都笑了起来，杨燕同样笑得很开心。在一片笑声中，她低头看了看这张纸条，最后还是没有扔掉，而是折起来放在了衣服口袋中。她家境殷实，不需要四处打工赚学费顺便养活自己，课余时间她有大把大把的时间做自己喜欢的事情，比如和朋友一起上街，或者找个安静的地方读书。但是……她还是把工作联系电话留了下来。

为什么呢？她自己也说不清楚。

也许因为是他的姓氏读音很像那个人的名字？

一边疾步在校园中穿行，一边在脑海中搜索今年的日历，每年开始他都要看看今年春节何时过。

想起来了！

唐恩停住了脚步。

2月1日是除夕，2月2日就是春节。没错！

昨天是除夕，他带领球队拿下自己执教一线队以来的首个胜利。今天就是春节，中国人最传统的节日，最重视的节日……春节！

这一个月来，他被穿越震惊得大脑几乎短了路，然后又忙着在这个陌生的世界生活下去，竟然忘了这件很重要的事情——我的父母如今怎么样了？他们身体是否健康，他们是否会因为丢了自己的儿子而惊慌失措？他从来没有为自己的父母考虑太多，就算是穿越前也是如此，现在他觉得自己很不孝。

他已经有多少年没有回家过春节了？两年还是三年，或者更久？

2004年他大学刚毕业一年，在成都找了一份工作。为了努力留在这座城市，他决定春节不回去，只是在除夕的时候打了个电话回去问候。2005年春节，他已经换了两份工作，在刚刚结束的同学会上，他虽然收到了请柬，去了却没有几个人还记得他，别人都混得风生水起，只有他一事无成。心情不好的他干脆决定不回家丢脸了，否则自己的父母问起来他也不知道该怎么说。2006年春节，他再次换了工作，并且在去上海出差的路上，依然用电话给父母拜年。2007年春节，他工作稳定，也不出差，却就是不想回家，这一年随便找了一个理由骗父母不回去，听着除夕的鞭炮声，再次在电话中拜年。他觉得自己对于春节这传统节日已经麻木了，过不过都一样。

不得不说，唐恩不是一个孝顺的孩子，就算平时他都很少主动给家里打电话联系，有什么话总是憋在心里，从小到大就这样过来了。他习惯了，没觉得有什么不对。

但是现在……在2003年的英国诺丁汉，他第一次有了要给家打电话的强烈念头，他想听听父母的声音，哪怕只是一句也好。

于是他掏出手机，在记忆中搜索出家中的电话号码，小心翼翼地输入，然后站在一棵大树下等着电话接通。

一段似乎是很漫长的等待之后，电话线的另外一头终于响起了一个让唐恩熟悉的声音。

"喂，哪个？"这是妈妈的声音！

他听到了，听到了自己妈妈的声音，还听到有鞭炮声和电视机的声音从听筒中隐约传来。电视中主持人在喊："过年喽！过年好！"一时间，他忘记了说话，生怕说出话来就听不到从那个遥远世界传来的声音。似乎只要抽一下鼻子，就能闻到妈妈做的饭菜香味。糖醋脆皮鱼、八宝饭、咸烧白、冰糖肘子、鱼粑粑、猪儿粑……对了，怎么可以忘了自家做的香肠腊肉呢？这些可比该死的只能用盐和米醋调味的烤鱼薯条好吃多了。唐恩咽了口口水。

电话那边的妈妈没听到有人说话，她又奇怪地问了几句，在没有得到答复的时候，终于挂了电话。

唐恩被惊醒过来，他错过了和妈妈问候的机会。不过他已经不用打了，知道父母还好好地生活着，一切如常，他就满足了。如果自己出了事，妈妈的声音绝对不会这么镇定。不管如今附在自己身上的人是谁，只要他对二老好，唐恩就满足了。

唐恩把身体靠在树干上，抬头看看碧蓝的天空，长出了口气。

今天虽然还没有过去，唐恩却觉得精彩无比，他不仅知道自己的父母目前过得还不错，而且在异国他乡遇到了高中暗恋过的班花——虽然人家已经认不出来自己了。

刚刚还思乡的心情好转过来，他决定去个地方。

第二十三章
天生教练（上）

当索菲娅打开门，发现按响门铃的人竟然是托尼·唐恩教练的时候，她有些吃惊。

"给您的礼物。"唐恩将手中的礼物塞到这女人怀里，然后不请自进。

"教练先生……"

"托尼，叫我托尼。"

索菲娅看着有些兴奋的唐恩，不知道发生了什么："托尼先生……"

"索菲娅，我最近迷上了神秘的东方文明——中国文化！您知道今天是什么日子吗？"

索菲娅茫然地摇摇头。

"春节！"唐恩提高了音量，迈上楼梯，仿佛他才是这屋子的主人一样，"旧一年过去，新一年来临，再多不高兴的事情都应该抛在脑后，开开心心庆祝的日子！所以，我给您带了点礼物来。"

索菲娅拆开礼物盒，一件紫罗兰色的连衣裙静静躺在里面。她轻轻吸了口气。

"希望您喜欢。我不太会挑女士的衣服。"唐恩抬头看看楼上，"您儿子呢？"

昨天青年队比赛，今天按理说应该休息一天，不过唐恩从进来就没看到过伍德。

"乔治出去了。"

唐恩回头看着还站在楼下的索菲娅："夫人，您不介意我中午在这里吃饭吧？"

索菲娅笑道："当然不。先生您喜欢吃山羊肉咖喱吗？那是我家乡的美食。"

"太棒了，我喜欢美食。"其实唐恩不是美食家，否则让他穿越到英国，他一定会去自杀的，"您这里有意大利面吗？"

索菲娅点点头。

"为了表示对您热情款待的谢意，我决定给您做一道我新学会的中式菜肴。来吧，我们还等什么？"他对索菲娅招招手。

到了吃午饭的时间，当乔治·伍德回到家，他发现自己的主教练正在和妈妈坐在餐桌旁，有说有笑的。

"你怎么会在这里？"伍德眼神不太友好。

唐恩回头打量这个小子，脸上有些脏，衣服也蹭破了："怎么？我就不能来吗？"

"乔治，你脸上怎么回事？去洗洗准备吃饭。"索菲娅站起来缓和了一下气氛，"托尼先生专门来看望你妈妈，还送了一件礼物。"她回身去卧室拿出裙子，比在身前问儿子："好看吗？"

乔治看了一眼，然后乖乖去洗脸洗手："牛市买的吧？"

唐恩耸耸肩，没辩解。这条裙子花了他五十英镑，而牛市上几乎肯定不会有五十英镑的裙子。

牛市曾经是诺丁汉农民进城买牛卖牛的集市，当然还交易点其他东西，就像一个大的贸易市场，非常热闹。不过现在牛市已经不卖牛了，它成了二手商品交易市场，在那里从二手电视机到旧书旧CD，你通通能买到。不少诺丁汉的普通人都会去那儿买东西，花很少的钱就能买到自己想要的商品。

索菲娅倒不介意这衣服在哪儿买的，看得出来她也经常出入牛市。"只要好看就行。"她幸福地回屋放好裙子，出来等儿子一起吃饭。

本来这只是一次普通的午餐，但是餐桌上摆放着索菲娅精心烹制的山羊肉咖喱和甜玉米粥，还有唐恩用意大利面做的中式美味"炸酱面"，肉酱是直接用剩的那点山羊肉调制而成。再加上水果、土豆等蔬菜，这顿饭倒也有些过节的气氛了，三个人围坐在餐桌旁，享受属于他们自己的轻松时光。

唐恩问了伍德在青年队的情况，伍德没多说，只是说还好，具体好到什么地步唐恩就不知道了。他最近很忙，一时半会儿也顾不上去青年队看看。只能等这段时间忙过了再去。

午饭吃完，唐恩看伍德想出去却又不放心的样子，笑了。他怎么会不知道这小子心里想的是什么。于是他很识趣地主动提出告别。

索菲娅有些失望，本来她还想留唐恩在这里喝下午茶的。唐恩借口下午还有约会就告辞了。

看着伍德松了口气的样子，唐恩暗笑。这个迷恋母亲长不大的小孩哟……

下午唐恩在森林酒吧一边喝酒，一边和迈克尔他们聊天。经过那场胜利，两人似乎已经消除了隔阂。唐恩知道迈克尔全名叫迈克尔·伯纳德，他是这附近森林球迷的头儿，在球迷中有很高的声望。甚至在森林队中都有不少球员认识他。

难怪他可以带动那么多人在场外嘘自己呢。

了解了迈克尔的身份，唐恩更觉得有必要和这个人搞好关系了。不过他们两个人似乎都有些放不下面子，下不来台阶。改善两人关系的最好方法就是胜利，只要球队不断赢球，成绩回升，这关系自然会回暖。

唐恩很清楚这一点，不光是一个迈克尔，还有其他那些至今对他怀有敌意、不信任态度的人同样如此，自己在那些人面前说什么都没用，威胁、哀求都无效。让所有人转变态度，成为自己支持者的唯一方法就是赢球，不断地赢球。

结束了一天休息，唐恩又投入到了训练中。

如果说在和温布尔登比赛之前的训练课上，球员们还对唐恩提出的这套战术思想有些疑惑的话，那么现在他们已经全盘接受，并且相信这位代理主教练是能够带领他们走向胜利，然后从一个胜利走向另一个胜利的人了。

第二十三章
天生教练（下）

2月9日，英甲联赛第三十一轮，诺丁汉森林主场迎战水晶宫（Crystal Palace），开场四分钟，森林队的年轻队长迈克尔·道森就利用一个角球顶入首球。城市球场的气氛从一开始就被点燃。

随后第五十九分钟，马龙·海尔伍德攻入锁定胜局的一球。水晶宫只在第七十五分钟由安德鲁·约翰森（Andrew Johnson）攻入挽回颜面的一球。此人后来在'05—'06赛季水晶宫冲超失败后转会去了埃弗顿，然后马上成了太妃糖的头号射手。一度还很有希望争夺英超联赛金靴。但这场比赛他在道森的防守下机会寥寥。

2∶1战胜了水晶宫的诺丁汉森林取得了两连胜，由于联赛积分榜上半区的差距并不大，森林队的排名一下跃升到了第六，他们和诺维奇同分，再次以净胜球的优势将对方压在身下。

联赛第六是一个很能鼓舞士气的排名，因为根据英格兰足总对英甲联赛升降级的规定，排名联赛第一和第二的可以直接升入英超，第三至第六都有资格参加附加赛，决定最后一个升入英超的名额。

诺丁汉森林的第三十二轮比赛被推迟到了4月16日，这给了球队休息调整的机会。唐恩继续在训练中贯彻他"少控球，快传递"的战术思想，成绩大家都看到了，没有人对此有异议。

2月22日，英甲联赛第三十三轮，诺丁汉主场迎战斯托克城（Stoke City）。这场比赛给唐恩留下了非常深刻的印象，也给三万一千名主场球迷留下了一个美好的午后记忆。

从主裁判开球哨音响起的那一秒钟，比赛就完全落入了森林队的节奏。

马龙·海尔伍德成了森林队本场比赛最大的功臣，赛后他荣获全场最佳，整个2月份，他表现稳定，还当选了本月英甲联赛最佳球员。第十三分钟，海尔伍德接到安迪·里德的传中，把球捅进了斯托克城的大门，拉开了森林队屠杀的序幕。

第二十四分钟、二十八分钟，四分钟内海尔伍德又连进两球，完成了他本场比赛的帽子戏法。

城市球场到处都是为这个二十三岁英格兰射手欢呼的声音。就连唐恩都没想到这场比赛开局会这么顺利。他的快速进攻打法完全把斯托克城打蒙了，晕头转向。

本以为完成帽子戏法的海尔伍德会休息休息了，没想到在上半场最后一分钟，他又进球了！

当海尔伍德进球的时候，唐恩突然觉得自己的座位在晃，他扭头看到替补席和教练席上的人全都跳了起来，沃克正对他傻乐呢。

"4∶0！海尔伍德势不可挡，这是他连续三场比赛的第七个进球！森林队也势不可挡，在经历了五轮不胜的尴尬局面之后，他们来了一个大逆转，三连胜！"

斯托克城完全失去了斗志，下半场刚刚开始八分钟，大卫·约翰森锦上添花，森林队五球领先。

这个时候唐恩的对手换上了一个很陌生的号码和面孔——实际上唐恩看谁都很陌生，区别在于有些人的名字他多少还听过一些。这次上来的人就连名字都很陌生——克里斯·康蒙斯（Kris Commons）。

这也许是斯托克城给森林队带来的唯一麻烦了，康蒙斯上场之后在边路非常活跃，他的突破和传中让迈克尔·道森再也不敢随便压上去进攻了，在康蒙斯主攻的左路，森林队的右后卫汤普森被他突得有些找不着北。如果不是斯托克城的前锋已经无心恋战，也许他们早就进球了。

看到危险的唐恩做出了调整，他换下威廉姆斯，让对温布尔登一战表现出色的卡什上场，用卡什出色的进攻压制康蒙斯的助攻。果然很快康蒙斯就不得不放弃进攻，转而回防了。

危机解除，比赛重新落入森林队掌控，剩下的时间内已经毫无悬念。

第八十五分钟，伊恩·杰斯利用一个直接任意球为球队将比分定格在了6：0。城市球场陷入疯狂境地。

这么酣畅淋漓的比赛，球迷们在这几年里已经很少见到了，唐恩给他们重新找回了以前的自尊和自信。而这场比赛也把斯托克城打入了降级深渊，三十三轮比赛结束，他们仅积二十八分，排名倒数第二，这场比赛之前他们还在倒数第四的。英甲联赛规定联赛最后三名降入乙级。

在和球员们拥抱庆祝鼓励过之后，唐恩站在场边，他已经不像第一次胜利那么激动了。他知道，连续三场胜利不过只是一个开始，远不是结束。

斯托克城的球员们低头匆匆离去，唐恩注意到了那个下半场才换上来小孩子，24号康蒙斯。他紧咬嘴唇，眼中似乎含着泪水。他不知道这个孩子是不是首次代表一线队出场，也许这场惨败会给他留下不可磨灭的记忆，不过经历失败对他来说也许会是一件好事。

这小子很不错，可惜不是在森林队……安迪·里德缺乏一个足够好的补充啊，万一状态不好，或者受伤的话，森林队的中场左路该让谁先发呢？

进入3月份，春天的气息越来越浓，诺丁汉森林仿佛从寒冷的冬天苏醒过来，树干中抽出了新枝，枝上开出了嫩芽。他们前进的脚步依然在继续。3月1日，森林队客场挑战沃特福德。这场比赛之前沃特福德排名联赛第八，距离森林队也不过三分差距而已。这场比赛之后森林队继续巩固了他们联赛第五的位置，而沃特福德下滑到了联赛第十二。

1：0！森林队在客场拿到了宝贵的三分，虽然过程看起来并不那么令人信服。因为主队在比赛中从头到尾占据主动，似乎就是上一场森林队打斯托克城的翻版。但是唐恩在这场比赛前给球队下的战书就是死守，然后伺机反击。他成功了，安迪·里德在第六十八分钟的一脚远射让牧师路球场（Vicarage road Stadium）一片寂静。

这场比赛森林队总共只有四脚射门，其中两脚打在门框范围内，一脚进球。其余大部分时间他们都被压在自己半场艰难地防守着对方潮水一般的攻势。

负责转播解说这场比赛的约翰·莫特森在比赛中不止一次提到："这样的森林队还是取得三连胜，上轮联赛六球狂扫斯托克城的那支森林队吗？"

在里德进球之后，唐恩一直面色凝重，沃克和鲍耶也都在担心球队大门随时会被对方攻破。幸好，道森领衔的后防线抵挡住了所有攻势，运气也帮了一点点小忙。最终，被莫特森大肆抨击的森林队取得了四连胜。

不管在场上多么狼狈，这些人在回诺丁汉的路上都可以放松下来了。

3月5日，又是一个客场。森林队在普列斯特菲尔德球场（Priestfield）以4：1漂亮地战胜了吉林汉姆（Gillingham）。这场比赛森林队的表现继续让大家吃惊，同样是客场，他们和上一场的表现却判若两队，这场比赛他们一开始就高举进攻大旗，然后在第九、十九、四十八、五十二分钟分别取得进球。四个球由四个人完成，他们分别是大卫·约翰森、马龙·海尔伍德、安迪·里德和加雷斯·威廉姆斯。

主队只在八十二分钟打进一个安慰球。

五连胜的森林队士气高涨，尽管他们的排名因为之前少赛一轮且其他球队的优异表现反而下降至第七，不过丝毫没有影响森林人的心情。如今大家都相信赛季结束的时候球队可以参加升超的附加赛，如果运气好一些，说不定还能直接升超呢。

唐恩指挥比赛和参加赛后新闻发布会的照片多次出现在各种报刊上，他更被评为了英甲联赛2月的最佳教练。如今差不多全英格兰都知道了森林队有一个被自己球员撞开了窍的最佳教练。

这是唐恩拿到的第一个个人荣誉，捧着香槟站在城市球场的教练席上，他让前来采访自己的《诺丁汉晚邮报》记者给他照相。

他兑现了和《诺丁汉晚邮报》社长的约定，在一个最合适的时刻接受了他们的采访。

负责采访唐恩的是《诺丁汉晚邮报》头牌记者詹姆斯·罗布森，和他一起来的除了一名摄影记者，还有一个唐恩的"熟人"——皮尔斯·布鲁斯，那个细皮嫩肉、文质彬彬的实习记者。显然他是来跟着罗布森学习，积累经验的，他不是这次采访的主角。

采访除了最近的五连胜，最大的焦点都集中在为什么之前那个托尼·唐恩和现在这个托尼·唐恩差别如此之大。

对于这个问题唐恩早就有所准备，所以他把已经有段时间没出场的康斯坦丁教授提前叫到了城市球场，几个人坐在教练席上听这位在英国学术界颇有名望的老头子侃侃而谈，他从一个个神秘传闻谈到了唐恩身上。

詹姆斯·罗布森等人听了很多有趣的故事，有印度的，有美国的，有西班牙，甚至还有遥远的非洲某地……却根本没有得到"是什么导致托尼·唐恩发生如此大变化"的最佳答案。到后来，这位记者也只能把一切归咎为"科学目前无法解释的神秘自然现象"以及"那次意外的撞击"。

唐恩看着对方将这些记在小本子上，他很满意。自己当初去找康斯坦丁就是为了防这一手。只是他没想到自己找上的竟然还是一个权威，说话忒有分量。刚才把康斯坦丁介绍给三位记者，从他们看老头子的眼神中唐恩就知道了。

采访很成功，唐恩也满足了一把。最近喜事连连，主席也很高兴球队的表现，一再对他承诺下个赛季他还会是球队的主教练。他更加坚定了自己要做一个足球教练的想法。

送走了三个记者，他和康斯坦丁回到球场。

唐恩站在绿草茵茵的场边，看着四周空荡荡的红色看台，三个清洁工正在打扫看台，远处有草皮维护工在修剪草皮，保持平整。他们在为下一轮联赛森林队主场迎战格林斯比做准备。

阳光不错，晒在人身上暖洋洋的。

"教授。你知道吗？"

"嗯？"

"我以前的愿望……只是做一个青年队教练，和保罗一样，以培养青年球员为兴趣。"

老教授坐在唐恩身后的教练席上，跷起二郎腿，感受了一番做主教练的滋味。

"有人一辈子直到死，都未必会发现他们真正擅长做什么，真正喜欢做什么，真正应该做什么。我比那些人幸运多了。"唐恩转身回头看着康斯坦丁东张西顾的样子，笑着问，"感觉如何？"

"啊……视野没有在上面那么好……"康斯坦丁耸耸肩，"我不太理解为什么坐在这里就能看到全局，前几场比赛我坐在包厢里面，都会有看不到的地方。"

"事实上，用眼睛看无论如何都会有死角。"唐恩指指脑袋，"主教练的全局观都在这里呢，如果够聪明的话，这里是没有死角的。就像你把那些烦琐的数据、公式都放在脑子中一样。"

康斯坦丁眯着眼睛看了一会儿站在阳光下的唐恩，然后点点头："托尼，你果然是最适合坐在这个位置上的人。"他站了起来，让出了主教练座席。

看着眼前几排座席，唐恩笑了："没错。我喜欢这个位置，我天生就是坐在这里的人。"

第二十四章

别放弃，小子！（上）

《最佳教练：托尼·唐恩！》

课堂上男生捧着报纸正看得入神，旁边冷不丁响起女生的声音：
"刘威。"

受到惊吓的男生第一反应是把报纸塞到桌子下面，然后他看到了
捂嘴笑的杨燕。"你吓死我了，杨燕，现在可是在上课……"

"原来你也知道现在在上课啊？"杨燕指指他手中的报纸，"你不
是说自己不是诺丁汉森林球迷吗？"

"呃……"男生将报纸重新铺在桌子上，"我是一个博爱的球
迷。而且既然森林队的主教练那么热爱中国文化，我当然要支持支持
了……对了，他不是邀请你去做他的中文老师吗？你没给他去电话？"

杨燕都忘记这事了，被刘威一提醒才想起来她把那张纸条放在记
事本中就再也没有翻动过。

"没有，我都忘了。"她摇摇头。

"你这人……"刘威白了她一眼，"真忍心让一个彬彬有礼的绅士
伤心呀。"

杨燕耸耸肩，把下巴架在手上："为什么你们都觉得他是彬彬有礼
的绅士呢？阿丽也这么说。"

刘威把报纸塞给杨燕："我从不认为足球教练应该是绅士，尤其是
优秀的合格的主教练，更不应该。"

说完他正襟危坐，装出一副认真听讲的样子。

杨燕觉得奇怪，她抬头就看到这节课的任课老师，她大学的导师

斯坦利·谢勒面色不善地向她走来……

瞪了装作若无其事的刘威一眼，杨燕只能尴尬地接受这个事实，她已经不可能把报纸塞到其他什么地方去了。

"杨，我想你得给我解释一下，这是……嗯？"谢勒低头看到了桌上的报纸，然后拿起来仔细看了一会儿。这个过程教室里所有人都在看着他们，杨燕低着头不敢吭声。她知道谢勒教授在学院里面是以严厉著称的，顶撞的话也许后果更糟。既然已经被看到了，干脆就承认是自己在上课时间看报纸吧。

终于等到谢勒教授放下报纸。"这是你的吗？杨。"

杨燕瞟了眼一脸正经的刘威，点点头。

"不错，我不知道原来你也是森林队的球迷。星期三上午到我办公室来一趟。"宣判完杨燕，谢勒教授又看着刘威，用冰冷的声音说，"刘，换个座位听完这节课吧。"

刘威知道自己的一举一动早就被教授看到了，他摇头耸肩，然后起身向教室后面空着的座位走去。

"对了，顺便说一声。"谢勒叫住了刘威，"我是森林队球迷。"

刚才还很安静的教室顿时爆发出了巨大的哄笑声，还夹杂着兴奋的嘘声和掌声。就连杨燕在看到刘威目瞪口呆的表情时，都忍不住笑了起来。

谢勒教授回去继续讲课，刘威也老老实实在最后一排选了个位置坐下重新听课。

杨燕低头看了看桌上的这份报纸。

醒目的标题下面有一段采访的主要内容提示：

- 一次意外造就的最佳教练。
- 令人难忘的五连胜。
- 热爱东方文明的托尼·唐恩。

热爱东方文明的托尼·唐恩……

杨燕看着报纸上的唐恩照片走了神。

球队五连胜，士气高涨，2月最佳主教练，唐恩觉得可以分心关照下另外一个人了。

虽然明天就是比赛了，但唐恩还是决定把一线队的训练扔给沃克和鲍耶，自己去青年队那边看看。希望乔治·伍德没有给自己惹麻烦才好。

二十分钟后，唐恩站在空无一人的训练场边拍了拍头。

今天是青年联赛的比赛日，森林青年队这会儿应该在城市球场比赛呢。自己这脑袋又不管用了，犯浑。

他掏出手机给兰迪打电话，说自己要用他的车去城市球场。

城市球场外面的停车场冷冷清清的，如果是一天之后的这里，你来晚了想找个停车位都很困难。下车就听到了清脆的哨音，另外还有稀疏的掌声。

看来比赛已经进行了一会儿，不知道伍德表现如何。

唐恩承认他对这个小子还有些期待呢……

当一线队主教练托尼·唐恩出现在场边的时候，最先发现他的人是场上的球员。大卫·克里斯拉克顺着球员们的目光才看到正在向自己这儿走来的唐恩。

"托尼，你怎么来了？"克里斯拉克起身迎向他。

"我来看看青年队有没有什么表现突出的球员。"唐恩说着客套话坐在大卫旁边，原来的青年队助理教练起身让座。等那个有些面生的助理教练走开之后，唐恩才低头小声问克里斯拉克："大卫，那小子没给你惹什么麻烦吧？"

克里斯拉克就知道唐恩此时来必然是为了那个人。他笑着摇摇头："刚来没几天和队友打了一架。"

听到这话，唐恩抬头惊讶地看着克里斯拉克："你怎么没通知我？为什么打架？"

克里斯拉克耸耸肩："小口角，我觉得没有必要告诉你。有个队员骂他是婊子养的，然后他突然就冲了上去，一拳把对方打倒在地，如果不是旁边的人反应快，他还要扑上去补几拳呢。四个人……托尼，你知道吗，四个人使尽全力才勉强拉住他。那小子简直就是头愤怒的公牛。"

唐恩点点头。"婊子养的"这种脏话在英国很常见，就好像在中国骂"他妈的"一样，有时候也许只是一个"语气助词"。但是偏偏索菲娅是伍德最最重视的人，绝对不允许任何人侵犯。不管是开玩笑也好，还是认真的也罢，伍德都不允许自己的母亲被侮辱。这件事也给唐恩提了醒，自己以后可千万别骂他是"婊子养的""狗娘养的"这类的，否则他一定会杀了自己的。

"这事情怎么解决的？"

"挑事的被超低价扔给了诺兹郡队。"

"这不太好吧，大卫……被卖的小伙子踢得如何？"

"很糟。毫无前途。"

"噢，你干得漂亮！我支持你这个处罚决定。伍德你怎么处置的？"

"我罚他跑圈，三十圈。"克里斯拉克压低的声音有些兴奋，"他很轻松地完成了！体能教练弗雷德都看傻了，这小子身体素质太棒了！"

唐恩点点头，他早就料到这个结果了。"大卫，如果下次你要处罚他，我建议你最好让他负重跑四十圈。好了，让我们看看比赛……踢了多久了？"

"马上七十分钟。"

两人把目光投向球场，因为有一线队主教练在场边观战，森林青年队的球员们表现得都很积极，希望给主教练留下深刻的印象，然后成为一线队的一员。就像当初的耶纳斯、道森、里德那样。

场边的记分牌上显示着到目前为止这场比赛的比分：1：0。主队诺丁汉森林青年队领先做客的西汉姆青年队。

唐恩在场上很轻易就找到了乔治·伍德。经过几个月的训练，他的基本功已经像模像样，不过……身为一个前锋他的跑位和两个月前几乎没什么太大的变化。

"大卫，你觉得伍德有做前锋的潜力吗？"他把心中一直存在的疑问说了出来。

"我正想和你谈这事呢，托尼。"克里斯拉克调整了一下坐姿，再次压低声音，"两个月的训练，大部分时间我都让他做基本练习，因为我发现他射门水平实在太糟糕了。"

"哦？"

"射门练习就算是面对空门，十脚球他也射不进一个球。别说什么跑动射门，配合射门了。他完全不知道应该怎么射门，我教过他。但是……该死，这小子的脾气太差劲了，根本不听，依然我行我素。如果不是你带来的，我早就把他赶出去了……"

这评价前后差距好大啊……刚才还说他身体素质太棒了，如今又说想把他赶出去。

"这场比赛如果不是我们的主力射手杰弗雷被对手铲伤下场，我根本不会派他上场。托尼，如果你看了他最初的几场比赛，就会同意我的看法了。上帝，让他上场打前锋只会让我们的进攻一团糟……"克里斯拉克喋喋不休地抱怨着。

唐恩听得只咋舌。

"他什么时候上的？"

"大约十分钟前。"

"有技术统计吗？"

克里斯拉克把刚才走开的助理教练叫来，问了问，然后对唐恩摇摇头："将近十二分钟，没有射门，没有成功的传球，没有头球，没有犯规，没有被侵犯，什么都没有……"

唐恩把目光转向球场，看着很卖力却不得要领的乔治·伍德，皱起了眉头。大卫·克里斯拉克的话就在自己耳边来回重复着。

这就是你的未来吗？小子。

也许自己始终没有职业教练那种敏锐的眼光吧……乔治根本不适合职业足球。这事情真是很残酷，是自己给了他一个很大很美的梦想，如今却又要告诉他梦醒了吗？装腔作势地给他说："乔治，我觉得你回去做搬运工更有前途……"这种话在见识了乔治家什么情况之后，唐恩觉得他没法说出口。

他不是一个富有同情心的滥好人。但是在看到了那个坚强乐观的母亲，唐恩总觉得无论如何也要让乔治·伍德成功，让他能够有钱给自己的母亲治病。一个干搬运工的儿子，每个星期赚两百英镑，连治病用药的钱都不够……这些绝对不应该是那位美丽母亲的未来。

但是自己又能做什么呢？一个球星不是做教练捧出来的，得靠球员自己。天赋、努力一样不可少。伍德很努力，却没有天赋。

克里斯拉克发现唐恩突然不说话了，只是皱起眉头盯着球场出神。他不知道这个人在想什么，也不好打扰，只能一起沉默地看球。

第二十四章

别放弃，小子！（下）

场外的唐恩在为伍德的命运担心，场上的伍德自己也在担心。

他不是瞎子，也不是傻子。他看到托尼·唐恩突然出现在场边，知道这是表现自己的好机会，周围的队友都在努力表现自己，他也不甘人后。但是……

没有人愿意把球传给自己，因为如果传给他，只会让球队整体表现都不好，大家都得不到表现的机会。这帮球员……平时在一起可以开开玩笑，但是到了这种时候，哪个人不是只为自己考虑？没办法，这就是职业足球的残酷性，自己没实力就不要抱怨别人不给机会！

看着自己的队友越压越靠上，而他这个中锋反而距离球门越踢越远，伍德想难道自己的表演到此结束了？脱下红色的球衣，然后回去继续做搬运工，那份活不需要什么技巧、跑位，只要有力气就能胜任，最适合他这没有学历的傻大个儿了。

但是一想到家中自己最爱的妈妈，他就不甘心认输。

这小子越踢越向后了……唐恩轻轻摇摇头，前锋距离球门足有四十米远的话还谈什么威胁？这傻小子，不冲进禁区怎么射门？不射门又怎么表现出让人信服的能力？我知道对于刚刚接触足球两个月的你来说，要求过高……但，哪怕只是一个球都能挽救你的职业生涯，混蛋！就算是用手打进的也行，只要你做得让主裁判看不到！

唐恩低头看看表，心中略微计算了一番。距离比赛结束还有五分钟不到。看伍德那状况，似乎没有什么好期待的了。

他从座位上起身，打算提前离开。他没法对伍德说"不要在这里浪费时间了"，最好的办法就是从这里逃离。

克里斯拉克抬头看了唐恩一眼："不看了吗，托尼？"

唐恩失望地摇摇头，什么也没说。然后转身向球员甬道走去。

此时的诺丁汉森林通过连续进攻终于获得一个角球，除了门将，几乎所有人都冲进了对方禁区，打算打入一球，给一线队主教练留下个良好印象。

只有乔治·伍德傻乎乎地站在禁区弧顶和中圈之间，尽管他有一米八五的个头，却没有想到要去头球争顶。

球被开出，没有一个森林队球员争到球。足球被西汉姆队员抢先顶了出来，直接飞往球场右路。

一名身披8号球衣的西汉姆球员漂亮地把足球停下，然后转身突袭！

看台上寥寥无几的森林队球迷发出了嘘声，此时森林队后场一片空虚，除了门将就再也没有其他人了。

"该死！"克里斯拉克咒骂道。

听到球迷嘘声的唐恩转过身，想看看球场上发生了什么。

然后他看到西汉姆的8号在快速带球，森林队全体球员却都在前场傻愣愣地看着，完全没有要回防的意思，也许他们自己都觉得根本追不上了⋯⋯

但是有个人出现在了他视野里。

乔治·伍德！

"这个混蛋是从哪儿冒出来的？"西汉姆青年队的主教练都没想到还有森林队的防守球员。

他斜线追向那个带球的西汉姆球员，追击的速度令人惊讶！看着他疾奔的身影，唐恩突然觉得似曾相识，仿佛在哪儿见过⋯⋯

伍德和对方带球球员的距离转瞬间就缩短了一大截。

"天哪⋯⋯"克里斯拉克旁边的助理教练惊叹道，"他的速度可真快！"

"快有什么用？"克里斯拉克下意识地回道，"他不是该死的防守球员！他从来没练过他妈的防守⋯⋯"

话音未落，就见高速跑动中的乔治腾身飞向前，头在后，脚在前。然后借着那股冲劲，狠狠地……狠狠地……踩在对方带球球员的脚上！带球的西汉姆球员被伍德这脚踹飞起来，直接飞出了边线，足球也跟着滚了出去。

"上帝！"

"真他妈的见鬼！"

两个队的主教练同时发出惊呼。因为在空荡荡的球场，他们刚才都很清楚地听到了一声脆响，那应该是骨头断裂的声音……

被踹飞的西汉姆球员摔出球场就再也没起来，他抱着右腿在地上来回打滚。西汉姆的队医已经赶了过去。

场上主裁判急促的哨音响个不停，西汉姆球员纷纷冲向肇事者，但是他们都被森林队的球员给拦了下来，双方球员还发生了一些肢体冲突。这倒不是他们为伍德着想，实际上他们是在为对方球员着想——自从亲眼看到伍德一拳就把队中最高大强壮的艾迪打倒在地，几乎休克，就再也没人敢惹他了。

顺便一提，艾迪就是那个后来被低价甩卖给诺兹郡的倒霉鬼。从英甲到英乙，命运的转折点只不过是他习惯性地骂了某个不会踢球的菜鸟新丁一句"婊子养的"。

森林队球员们认为在主教练面前没什么表现的乔治·伍德此时一定心情不好，心情不好就会脾气暴躁，那么这些冲上去的西汉姆球员不过就是猛虎眼中的羊，他们可不希望在自己的地盘来场大血战。

主裁判费了很大劲才把双方球员分开，然后走到刚从地上爬起来的乔治·伍德面前抬起手，一抹鲜红从他眼前晃过——他被罚出场了。

克里斯拉克捂着脸，不想看了。就算唐恩不说，他也知道，这小子在诺丁汉森林的日子到头了，彻彻底底到头了！

此时的伍德已经完全失去了灵魂，他低着头，机械地向更衣室走，不在乎周围西汉姆球员和教练对他的怒吼，也没看到青年队主教练大卫·克里斯拉克失望地摇头。甚至当他从唐恩身边经过的时候，他也没有停留哪怕一秒，就那样低着头走了回去。

紧跟着从唐恩身边匆匆跑过的是西汉姆的队医和一队担架，上面躺着痛苦的西汉姆8号球员。他们的目的地不是客队更衣室，而是最近的当地医院。

唐恩看着这两拨人的背影，轻轻摇摇头，然后转身向主队教练席走去。

场上好不容易才恢复了正常，克里斯拉克也不打算再做任何调整了，反正乔治·伍德在场上的时候森林队就等于只有十人。他扭头看到唐恩又走了回来，有些吃惊，不过也好，摊牌吧。唐恩领来的人，最后还得唐恩领走。

于是他也迎了上去。

看到克里斯拉克张开嘴，唐恩抢先说了："真是一团糟。"

克里斯拉克点头表示同意。

"我们和西汉姆的仇结大了，不是吗？"唐恩反问。

克里斯拉克继续点头。没错。眼前这位诅咒人家一线队降级的事情还被东伦敦人念念不忘呢，如今青年队又废了他们的主力射手。

"你打算怎么办？"

克里斯拉克毫不犹豫地对唐恩说："托尼，我觉得我们应该放弃他。"

"我和你意见相反，大卫。"唐恩笑道，"我终于找到这小子最适合的位置了。"

克里斯拉克有些吃惊，没想到这个犯规反而让唐恩改变了对伍德的看法。

"可以媲美前锋的速度，比中后卫还强壮的身体，从这个禁区跑到那个禁区来回九十分钟的体能，凶悍的铲抢……你猜是什么位置？"

青年队主教练想了想，然后说道："后腰。"

"回答正确！"唐恩高兴地拍拍手，"就是后腰！不会射门没关系，很多后腰一辈子都未必能进十个球……"

"可是，托尼。伍德他已经……"

"大卫。"唐恩正色道，"再给他一个机会，也给我一个机会。我相信我的眼光。你知道吗？虽然那是一次很不道德的犯规和很失败的防守，不过我从那上面看到了一个伟大后腰应具备的所有素质。让他做前锋是我们的失误，这责任不应该他来背！再给他一个机会！"

两人对视着，半天克里斯拉克败下阵来，他撇开了视线，然后点头道："好吧。后天恢复训练我会让他去练防守的，从头练起！"

唐恩笑了："谢谢你，大卫。伍德那边我去搞定。"拍拍克里斯拉克的肩，唐恩转身向主队更衣室走去。

克里斯拉克却叫住了他："托尼，为什么不是中后卫？"

唐恩摆摆手："那样也许我们每场比赛都会给对方几个点球的。"

乔治·伍德一个人在更衣室内冲澡，水声哗啦，他就站在喷头下面，任由水洒在身上，一动不动。

当他看到对方那个 8 号拿球突破之后，他当时只有一个念头——阻止他。但是他没想犯规的，只是当时的他不知道该怎么做最好，于是选择了最简单的方法……也是最愚蠢的。他被红牌罚下，一切都结束了。自己根本不适合踢球，想要靠职业足球赚钱给妈妈治病，养活自己，完全是痴心妄想。

算了吧，回去做搬运工……

只是想到妈妈在餐桌前微笑着说："我的乔治也是职业球员了。"他就心痛，辜负了妈妈的信任和希望，才是对他最大的打击。

关掉水龙头，伍德走出浴室，站在更衣柜前开始穿衣服。这个时候他听到身后的门响了，但他没兴致回头去看进来的是何人。

"垂头丧气的小恶汉，头发贴在额头上，还在往下滴水，就像刚刚从河里捞起来的落水狗。"唐恩靠在门框上，用嘲弄的语气说道。

伍德停下了手上的动作，但他依然没有转身。

"啧啧。领到一张红牌就好像世界末日一样。喂，纯情小男生，这是你的处子红牌吗？不说话就是默认了……我们要不要一起出去喝杯酒庆祝庆祝？哦呀，我想起来职业球员是不能喝酒的。"唐恩仿佛在演独角戏，他问出问题，却并不等伍德来回答，"瞧你现在这样……你要回家了吗？哭着喊'妈咪'回去吃奶吗……"

"嘭！"一声脆响打断了唐恩的话，他被吓了一跳，然后发现伍德旁边的更衣室柜子门已经凹了下去，要知道那柜子整体都是用铁做的呀……

"闭上你的臭嘴！"

唐恩从鼻子中哼了声，充分表示了他对这小子威胁的轻蔑："如果你觉得可以打过我，尽可以来试试。不要以为世界上所有人都和那个被你一拳就打倒的废物一样。看来你精神很好嘛……我只问你一个问题：你还想继续踢球吗？"

伍德终于转过身来，唐恩发现这小子眼睛都红了，也不知道是因为伤心沮丧还是愤怒。

"你他妈的这个骗子！你骗我说可以成为球星，然后我丢了工作来跟着你们训练！你想听我的回答？我的回答就是——去你妈的！"伍德愤怒地咆哮道。

唐恩哼道："我骗你？小子，说瞎话走路可是会被雷劈的。是哪个白痴跑到我家门口对我说'我觉得你应该签下英格兰最好的球星'？是谁？不是现在站在我面前的人，对不对？我说什么来着？'永远不要小看职业足球，否则它会惩罚你'，我说得对不对？你以为职业足球很简单，跟着训练两个月就想表现得和超级巨星那样出色了？你以为这是什么地方？！"唐恩猛地提高了音量，拿出在三万人面前指挥比赛的气势吼道："你以为你现在在哪里？！这是城市球场的更衣室，这是一线队使用的更衣室！在这里的球员都是职业球员，他们哪个不是经过了十几年艰苦训练才有这种机会的？你他妈不过是才训练两个月的菜鸟白痴！"

伍德被唐恩骂得还不了嘴，实际上他也不知道该怎么还。

"你以为这更衣室是随便给你们这种人用的吗？如果不是训练基地维护草皮，你们当中有些人也许一辈子都进不了这房间半步！一百二十多年来，有无数比你这种搞不清状况的傻瓜厉害百倍的人使用过这里，他们中有人是最棒的职业球员，功成名就，有些人不过是无名小卒，早就被人遗忘了。为什么会有这种区别？因为后者瞧不起职业足球，他们不认真对待给他们带来荣誉、金钱、美女、名声和地位的工作，所以职业足球惩罚了他们，让他们变得一文不值，金钱、美女、名声和地位一夜之间离他们远去！现在轮到你了，小子……"

唐恩看着不吭声了的伍德，眼神咄咄逼人："你被红牌逐出，表现糟糕得令人作呕，完全看不到丝毫前途，任何人都可以直接宣判你的死刑。你完蛋了，比赛结束了！但是……你认输了吗？你放弃了吗？你甘心让你母亲失望了吗？！回答我！"

伍德紧咬嘴唇，双手攥成拳头，浑身上下没有一处地方不在微微颤抖着。

"这场比赛结束了，还有下一场比赛。你在这里输掉了的，还可以在下一场赢回来。但是如果你在这里就退出，像个包皮都没割的小毛孩一样哭哭啼啼地跑回家，那我告诉你——你永远都不可能再有机会赢回你输掉的东西了！永远！"唐恩上前一步，几乎贴着伍德的脸恶狠狠地对他说。

"现在，回答我：你还打算踢足球吗？你还想成为每周赚十二万英镑的超级巨星吗？"

"告……告诉我，怎么才可以？"伍德终于又开口了，他声音颤抖。

唐恩心里松了口气，语气也缓和了许多："听我的，回去。回到训练场上去，按照教练们给你安排的新位置训练自己，听每一个教练的话，别顶嘴，别耍性子，把二十四小时当七十二小时来用。然后在比赛中重新证明自己，一步步来，不要心急，也别中途退出。你会成功的，我保证！"

看着伍德的眼神，唐恩又补充了一句："我的信誉可是有银行做担保的，小子。"然后他咧开嘴笑了。

第二十五章

别小看了……足球（上）

　　乔治·伍德的事情，这样就算是解决了。唐恩发现以前的自己犯了个很大的错误。他根本没看伍德的身体情况，技术特点适合什么位置，完全是伍德说自己想踢什么位置，就给他安排什么位置。而事实上，别说这种足球菜鸟了，有些从小接受训练的职业球员，都不知道自己究竟真的擅长什么位置。

　　比如说后来在切尔西把舍普琴科（Andri Shevchenko）挤到板凳上的科特迪瓦"魔兽"德罗巴（Didier Drogba）最早打的位置是后卫。葡萄牙射手努诺·戈麦斯（Nuno Gomes）的场上位置也经过多次变更，从后卫变成中场，又从中场变成前锋。巴西国家队队长卡福（Cafu）以及中后卫卢西奥（Lucio）出道的时候踢的都是前锋，后来才改打后卫，并且功成名就。世界著名前锋"战"巴蒂斯图塔（Gabriel Batistuta）甚至是从打篮球转行踢足球的，因为足球赚的钱比篮球更多，然后阴差阳错造就了一个阿根廷历史上乃至世界足球历史上赫赫有名的前锋，而巴蒂自己也坦承实际上他根本不喜欢足球，下了训练场，离开足球场，他在家里和朋友谈论更多的是篮球。

　　这些成功的事实给了唐恩信心，他认为自己让乔治·伍德转行做后腰是明智的，成功的。伍德根本没有打前锋的天赋，他不会捕捉战机，不知道怎么跑位才能恰好在队友传球的时候出现在空当，不知道在单独面对门将的时候如何保持冷静，以及选择何种方式射门……

　　有些东西通过训练可以做到，有些东西就真的只能自己领悟了，天赋不高的话就会在不适合自己的位置上浪费了整个职业生涯。

幸好自己心血来潮跑去看了青年队的比赛，否则伍德还要在这条错误的路上走多久？谁知道，也许两个月，也许四个月，然后发现毫无前途被球队抛弃……

第二天的《诺丁汉晚邮报》在一块不引人注意的地方报道了西汉姆联青年队的前锋弗雷迪·伊斯特伍德（Freddy Eastwood）在和诺丁汉森林队的一场青年联赛中受伤下场，赛后经诊断，右腿小腿骨折，将缺席整个赛季，预计恢复时间长达十个月。

一个青年球员也许从此前途尽毁，不过已经没人操心这事了。自从有足球运动以来，这样的事情经常发生，就像车祸一样常见。

职业足球……就是这么残酷和不近人情。

3月11日，比赛日。

已经五连胜的诺丁汉森林将在自己的主场迎战此前排名倒数第一的格林斯比（Grimsby Town）。

"三十五场比赛，赢了七场，平了八场，而输了……"唐恩看着手上的统计表格咂咂嘴，"整整二十场。进了三十九个球，丢了七十球。这就是我们的对手啊。"他禁不住吹了声口哨，甚至引起了车厢内不少球员的注意力。

"托尼，不要小看对手。"沃克提醒道，这看起来更像例行公事。

"我知道，我知道……"刚刚搞定伍德前途的唐恩心情很不错，碰上这种排名联赛倒数第一的球队，他也很放松。球队已经五连胜了，士气高涨，又是主场，碰上这么烂的对手，有什么理由不继续赢下去呢？

他起身回头对车内的球员说："我们的对手很强大！"

车内顿时响起一阵哄笑。

"你们不要有所懈怠。"唐恩说这句话的时候也没憋住笑，而回答他的自然是更大的笑声。

"干掉他们！"

"噢——！！"

看着士气高昂的球员们，唐恩重新坐下，然后对沃克耸耸肩："危险排除了。"说完他扭头望向窗外，在路边已经能够看到越来越多的森林球迷了，他们距离球场也越来越近。

当森林队的红色大巴车经过他们的时候，这些球迷就会高举手中的围巾和旗帜挥舞致意。唐恩甚至还在这些人里面看到了为自己唱赞歌的标语。两个青春靓丽的金发美女打的标语上写着：托尼，我们爱你！

唐恩隔着一层车窗向她们挥手，两个少女送出的则是飞吻。吹了声口哨，他扭头盯着她们看，直到再也看不到的地步。回过头来唐恩闭上眼还陶醉呢。

热辣辣的软妹子，外国女人就是开放啊……

报道这场比赛的媒体显然比之前任何一场比赛都多了不少。诺丁汉森林已经在联赛中五连胜，在被西汉姆淘汰出足总杯之后，他们更是七场不败。当然这些都还不是吸引媒体的全部原因。唐恩奇特的经历，同样是吸引大众眼球的重要因素，大家都想看看这个被自己球员撞出来的2月最佳教练，还会有什么神奇的表现——他在和西汉姆比赛的下半场，以及和温布尔登的联赛，这两场比赛中的临场指挥，被不少评论家都认为是相当具有代表性的。

托尼·唐恩正在享受成为全国范围名人的滋味。从大巴上跳下来开始，媒体的采访话筒几乎一直伸到了更衣室门口。大家都在问这场比赛森林队和他自己将有什么表现，唐恩一律微笑着回答："到比赛结束之后大家自然就知道了！"

到比赛结束之后大家自然就知道了……

这句话说得多棒啊，充分体现了足球比赛的不可预知性和"足球是圆的"这句老话的正确。

城市球场慢慢沉寂了下来，但比赛还没结束。倒是一千多人的格林斯比球迷很兴奋，看看记分牌，他们有足够的理由在别人的主场庆祝。

距离比赛结束还有四分钟，现在比分2：1，领先的是客队格林斯比。

唐恩坐在教练席上，他已经用光了三个换人名额，此刻除了坐在这里等待结局，什么都做不了。

没错，他成了媒体关注的焦点，他甚至可以猜到明天媒体上会是什么阵仗。场边那些记者的长枪短炮都对准了他，按快门的声音就没停过。但其实他们是从八十分钟之后就可以只拍一张照片了，因为从那以后唐恩就没有换过表情——他压根就没有任何表情。

此时此刻的唐恩在努力维持着这种面无表情的姿态，胸膛内的心脏却在加速跳动。输球没什么，可他不愿意在这场比赛，在这种背景下输掉比赛——所有人都认为他们能赢，就连他自己都没有怀疑过这一点，大家唱着赞歌等待他六连胜的大好消息。结果呢？

真他妈……唐恩又禁不住想要念 F 打头的那个词了。

森林队在场上犹如无头苍蝇乱撞，进攻防守毫无组织。随着时间的流逝，做客的格林斯比反而越发冷静了。

这些森林队的球员肯定也没想到，原本应该是轻松获胜的比赛会踢得如此糟糕。他们整场比赛都仿佛在泥潭中打转，不管有多大的力气，多漂亮的配合，多犀利的进攻，也完全发挥不出来。

唐恩斜眼瞟了眼站在场边指挥比赛的对方主教练。

保罗·格罗维斯（Paul Groves），三十七岁的中后卫，兼格林斯比队的主教练。又是一个球员兼教练！但和考文垂主教练麦考利斯特不同的是，这场比赛那个格罗维斯始终在教练席指挥比赛。踢球的时候他就是中后卫和防守型中场，大部分时间他都在球场的后面，观察比赛。他早就学会了用头脑来思考比赛进程，这对于他转职做教练非常有帮助。

唐恩没想到自己竟然会败在这个兼职教练手下，他却早就忘了自己说起来也是一个只有七场比赛经验的菜鸟教练呢。

这场比赛一开始还是让主队球迷充满了期待的，森林队在第十三分钟取得了进球，一切正在向着有利于诺丁汉森林的方向发展。但是上半场结束的最后一分钟，格林斯比攻入扳平比分的一球。接着下半场才开始三分钟，森林队再遭重创，格林斯比将比分反超了。

随后的时间就是森林队疯狂的反扑，而格林斯比全面回防，城门紧闭，让森林队徒唤奈何。如今已经到了八十八分钟，看上去扳平比分的希望越来越渺茫，更别说赢球了。

"八十八分钟！"约翰·莫特森提醒道，"我们都还记得和温布尔登比赛的那一幕，顽强的森林队在比赛第九十分钟打入制胜一球，那是他们五连胜的起点。如今，托尼·唐恩的森林队还能创造奇迹吗？"

电视机前的肯尼·伯恩斯摇了摇头，那场比赛和这场比赛有太多区别了。那场比赛森林队除了被温布尔登打入两球的时间段里，其他时候表现得非常不错，基本上把比赛节奏掌控在自己脚下。而这场比赛呢？当第十三分钟森林队进球之后，比赛节奏就一点点地落入了对方手中，森林队在前五场比赛中展示出来的快速传切完全表现不出来，结果是什么？球员为了片面追求快速，而频繁起高球，成功率低到惨不忍睹的地步。

伯恩斯用自己以前做职业球员的眼光来看这场比赛，就已经提前宣判了森林队的死刑。不过让他奇怪的是，自己能够看出来的问题，唐恩肯定也能看出来。

为什么在球队出现一味长传冲吊的时候，他没有做出什么调整，而是任由比赛状况继续恶化下去呢？

酒吧里一片死寂，球迷们都在抬头看球，比赛最后几分钟，谁都希望能够有奇迹出现。

第二十五章

别小看了……足球（下）

八十九分钟。森林队的安迪·里德策划了也许是他们下半场最后一次有威胁的进攻。一次漂亮的禁区前二过一配合，大卫·约翰森和马龙·海尔伍德吸引了几乎所有格林斯比球员的注意力，欧根·波普出人意料地后插上出现在了禁区里，然后他接到里德的直塞，单独面对门将！

全场球迷，全诺丁汉的森林队球迷都站了起来，他们等待着奇迹上演！

包括刚才还犹如木偶一般的唐恩，也从教练席上冲了下来，希望顺势就庆祝进球。

但是……欧根·波普的劲射却偏出了球门。

"呜——！"巨大的叹息声掩盖不住球迷们的失望。

唐恩更是直接将自己攥在手中的西服摔到了地上，他毫不掩饰自己内心的愤怒和失望。尽管这场失利很大程度是上他自己一手造成的。他现在心里唯一的念头就是——老子回去之后一定要让波普好好练射门！

场边的摄影记者看到唐恩这种冲动的表现兴奋起来，他们等的就是这个时刻，手指再次飞速按动快门，将唐恩的这个张扬的动作收入相机中。

"这是最好的机会！但是欧根·波普浪费了它！听听城市球场内的叹息声……奇迹没有再次上演，托尼·唐恩教练的好运到头了！"

在唐恩刚刚把衣服摔到地上的瞬间，隔壁的格林斯比主教练就猛地跳了起来，他的球队度过了这次大劫，胜利已近在眼前。没想到可以在这场比赛获得三分，也许这就是决定本赛季他们最终是留在甲级还是降入乙级的宝贵三分！

射失关键球的波普失望地躺在地上，双手捂脸，他甚至不敢去看球迷们愤怒失望的目光。对于他来说，自己失去了一个成为球队英雄，让所有球迷一夜之间爱上自己的绝好机会。而这样的机会，下一次不会再出现在他这个防守型中场面前了。

随着波普把这脚几乎势在必进的球射偏，森林队也一下子失去了斗志和信心。接下来的比赛他们在场上显得心不在焉，似乎盼着比赛早点结束。海尔伍德在前场无奈地摊着手，没有人把球传给他。尽管这场比赛他打入了一球，却无力挽救球队危局。

唐恩从地上重新拾起自己的衣服，然后走回教练席，一屁股坐下来。

"德斯，你知道吗？昨天我刚刚在这里教训一个不知天高地厚的小子，警告他不要小看职业足球，否则就会受到惩罚。如今我却犯了和他同样的错误……"他声音低沉，情绪低落地呢喃，"这场比赛责任完全在我，我输得……无话可说。"

德斯拍拍唐恩的肩，安慰道："托尼，连续胜利固然好。但是没有人从不经历失败的，看开一点。"这一刻，他仿佛一个身经百战的老教头，而唐恩不过是刚刚被换下场，对自己表现深感失望的球员。

一分钟后，当值主裁判吹响终场结束的哨音。赛前被人寄予厚望，一致看好的森林队在自己的主场1∶2输给了联赛倒数第一的格林斯比。对于不了解唐恩的外人来说，这不是他执教森林一线队比赛的首场失败，但对于唐恩自己来说，这就是他的首场失利——和西汉姆的那场足总杯比赛，他到现在都坚持认为自己赢得了比赛，却输给了主裁判。

听到哨音，唐恩从座位上起身，球员们低着头从他身边走入球员甬道，沃克在一个个安慰这些人，他们的灾难已经结束，而自己的……才刚刚开始呢。

他看了眼围在甬道两侧的媒体。这是一场艰苦的"比赛"，他得打起精神来应付尖酸刻薄的媒体。那些人可都等着看他笑话呢。

赛后，城市球场的新闻发布厅。

唐恩已经不是第一次来这种地方了，有些采访他的记者，也已经能够从人群中认出来。比如他就又看到了皮尔斯·布鲁斯。

坐在唐恩身边的就是他本场比赛的对手，格林斯比主教练，三十七岁的保罗·格罗维斯，比自己还大了三岁。他带队赢了球，心情十分不错，一脸微笑地接受记者们的提问。但是本次新闻发布会的主角不是他。

在回答了几个很平常的问题之后，他就被人冷落了。几乎所有人的火力都集中到了托尼·唐恩这边。

"托尼·唐恩教练，赛前一致认为将轻松获胜的比赛，却以失败收场，你有什么想说的吗？"对这场比赛最不满的就是诺丁汉当地媒体了，所以他们提出的问题尖锐不讲情面。别看之前还在表扬唐恩是最佳教练，只要输了球马上翻脸不认人。

唐恩瞟了提问的记者一眼，面生。不过应该是诺丁汉本地媒体，因为这个记者的英语口音有浓浓的诺丁汉味道。"我没什么好说的，输了就是输了。格林斯比的主教练干得不错，他的球队理应获胜。"

这种敷衍式的回答显然不能让媒体们满意，于是又有人站起来追问："但是赛前您和您的球员都充满了自信，还有人接受采访的时候保证球队会获得连胜……"

"狗屁！"唐恩突然爆了一句粗口，全场惊愕，"谁说这话的，你找谁去。我从来没在任何场合说过我们可以轻松获胜，还能取得六连胜。你是白痴吗？"唐恩站起来俯身探头问道："比赛还没踢，我怎么会知道结果如何，我怎么可能说出连胜这种话？你懂不懂足球？"

那个记者没想到唐恩会突然发火，他站在原地愣了一会儿，不知道该说什么，也不知道该做什么。唐恩则重新坐回去，换个坐姿，跷起二郎腿说："好了，下一个。"

皮尔斯·布鲁斯跟着罗布森去采访过唐恩，虽然两次让自己难堪，不过他还是以一个新闻从业者的角度公正客观看待眼前这个人，有优点，也有缺点。至于新闻发布会上爆粗口，他认为这是唐恩主教练输球后压力太大的原因。出于采访过他，自认比其他人更了解他的动机，布鲁斯决定把眼前这种尴尬的场面扭转过来。于是他站了起来。

"啊！"唐恩不等布鲁斯说话，自己先开口了，"詹姆斯·邦德有话要说。"

现场终于有了一些笑声，刚才的尴尬就这样被抹过去了。

布鲁斯不介意唐恩给自己安的这个绰号，他笑着问道："请问唐恩教练，这场比赛的失利会对球队升级的计划产生什么影响？"

这个问题中规中矩，不过现在的唐恩就喜欢这种问题，他不需要肝火旺盛地和记者死掐。"肯定会有影响，不过是好是坏说不准。就像比赛还没开始就不知道最终比分是多少一样，赛季还没有结束，我们也不知道这场失败会带来什么具体影响。"

唐恩对这种媒体的围攻感到了厌倦，实际上是他也不知道继续下去还会被问到什么刁钻的问题。他并不擅长对付集团作战的媒体，于是他把足球踢到了旁边的胜利者脚下。

"各位，我想你们搞错了一点。这场比赛赢球的是格林斯比，不是我的诺丁汉森林。胜利者才应该是主角，不对吗？所以……你们有什么问题就问格罗维斯先生吧！对不起，我得走了。"说完他不顾众人惊讶的目光，转身走下台子，迅速离开了现场。

布鲁斯站在原地，看着唐恩匆匆逃离的背影，苦笑着摇摇头。

回到更衣室的唐恩发现球队全都在，一个没走。看着垂头丧气的球员，唐恩笑了。他心情突然变好了。

想想两个月前在输给西汉姆联的中场休息，这里是什么样子，就知道唐恩高兴的原因了。输了球之后会心情不好的球队和球员就有前途，相反输了球还笑嘻嘻若无其事的话，唐恩这个时候估计就要抄起椅子砸更衣室柜子了。

"好了，伙计们。别这么沮丧，我们只是输了一场球而已。不是输了整个赛季，等我们输掉了这个赛季，你们再来哭吧。"唐恩拍拍手，示意他回来了。

迈克尔·道森作为队长站了出来，他要为这场失败向信任他的主教练道歉。但是刚张嘴就被唐恩用手势阻止了。

"这场比赛失败责任全在我，你们没有任何问题，你们干得很好。

我要说的就是这些。现在出门坐车回酒店，洗个热水澡，换身干净衣服，想干吗干吗去。"发现没人动，唐恩叹口气，"那好吧，今天晚上谁也不准出酒店，十点钟全部准时睡觉，明天不放假，球队封闭训练一个星期，直到下一场比赛……噢不，直到你们赢了球为止。"

"哦，不！"球员们终于有反应了，他们可没想到会是这种惩罚。

唐恩嘿嘿地笑："既然你们不愿意这样，那就给我赶快起来上车！"

一群球员连忙从座位上蹦起来，飞快地拥出了更衣室。道森路过唐恩的时候还想顺便给主教练道歉，却让唐恩一巴掌推了出去："收起你的歉意，迈克尔。过一个好假期，然后回来训练比赛。"

很快，更衣室只剩三个人了。

托尼·唐恩、德斯·沃克和伊安·鲍耶。

"托尼，我看你似乎心情变好了？"沃克很关心自己的搭档，"新闻发布会上发生了什么吗？"

鲍耶摇头："在他刚刚跨进这门的时候，我看他脸色还不太好。你是因为球队的原因吧？"

唐恩点点头："输一场而已，我不关心纪录这种东西。关键是我在这些球员身上看到了好现象，这场失败只是意外，我们没有偏离轨道，球队还在通往超级联赛的路上高速行驶。走吧，别想过去的比赛了，晚上一起去伯恩斯的酒吧喝酒，放松放松。"

锁上门，三人并肩向球场外的大巴车走去。

五连胜之后，森林队遭遇一场失利。但是对于唐恩本人来说，那不过是又一个五连胜的起点罢了。

有些人面对失败只会自怨自艾，或者垂头丧气，惶恐得仿佛世界末日来临。而有的人面对失败却能从失败中找到他需要的东西。所以等待前者的会是一场接一场，更多的失败，而迎接后者的则是新的胜利。

第二十六章

中文教师（上）

悠扬的铃声在古老的校园中响起，刚才还静谧的校园顿时热闹起来，人群从建筑物中拥出，处处充满了生机。

杨燕在低头收拾自己的课本文具，朋友们跑了过来："杨燕，反正没课了，我们去维多利亚逛逛吧！"

杨燕笑着摇摇头："今天不行，谢勒教授让我去他的办公室。"

"啊？"一众朋友十分失望。

刘威从自己的桌子下抱起足球，顶在头上吓唬杨燕："小心哦，我听说那个谢勒老头最喜欢借口训话，把年轻漂亮的女学生叫去自己的办公室非礼……啊呀！"

他被阿丽一把推了出去。

杨燕笑道："你以为别人都和你一样思想龌龊啊，刘威？"接着她对朋友们说："你们去玩吧，别管我了。谢勒教授一说起来就刹不住的，我想……没有半个小时是不会放我走的了。"

朋友们失望地告别了，又等了十分钟，杨燕才起身去谢勒教授的办公室。

马修斯·谢勒教授的办公室在大学的主教学楼第三层，东起第四个房间。而杨燕上课的教室就在这座大楼的第二层。

教授的办公室大门是敞开着的，杨燕站在门前咳嗽了一声，然后轻轻敲门，里面传来了谢勒教授低沉的声音："请进。"

杨燕这才走进去。

老教授看到是他的学生，从座位上站起来，顺便将眼镜摘下放在口袋中。

"谢勒教授，我是为我上次在课堂上违反……"杨燕打了半天的腹稿刚刚开了个头，就被教授伸手打断了。

"杨，你知道吗？那天你很幸运。"

"啊？为什么？"

"因为你遇到的是我，而不是帕兹利教授。"

杨燕越发糊涂了。帕兹利教授可是大家公认的老好人，平时总是笑眯眯一脸和善的样子，就算遇到学生，他也会彬彬有礼地打招呼，仪容一丝不苟，是不少女生心目中"迷人的老绅士"。而相反……眼前这个谢勒教授是以严格著称的，用在国内的称呼，就是"魔鬼教授"。为什么反而碰到他会比帕兹利更好呢？

看到杨燕眼神中的疑惑，谢勒笑了："很简单，帕兹利那老头子是诺兹郡的忠实球迷，如果让他知道你在他的课上看森林队主教练的专访，我打赌，他会把报纸当场撕碎。在诺丁汉，诺兹郡和我们是死敌。"

杨燕觉得撒谎不太好，哪怕会被教授骂，她也得把真相说出来："教授……我不是森林队的球迷，事实上，我连足球迷都不是。对不起……"

说完，她低着头等待责罚。

但是她却听到了更大的笑声："当然。我当然知道你不是球迷，如果我连自己的学生都不了解，还怎么为你们讲课呢？那份报纸后来我也看了，让我惊讶的是托尼那家伙竟然是一个狂热的东方文化追随者。"

杨燕听教授的语气，似乎他们两个认识了很久一样。她心中有疑问，却没敢问出来。

谢勒教授讲得兴奋，没注意到杨燕脸上露出的疑惑神情。

"你瞧，这世界就这么神奇。我喜欢诺丁汉森林，诺丁汉森林的主教练喜欢中国文化，而你……来自中国的女孩则是我的学生。"

"确实很神奇。"杨燕笑道。她在心里想：如果我告诉您我还给那个主教练当过导游，他临走的时候给我留了电话号码，希望我做他的中文老师，教授您会不会觉得这世界更神奇呢？

"所以，你不用担心我会惩罚你。你现在就可以走了。"谢勒教授伸手送客，杨燕巴不得如此呢。她告别转身，却又被叫住了。

"哦，杨。我觉得你可以尝试去喜欢一下这小东西，我发誓你会喜欢上它的。"

"谢谢教授，我会的。"

在回出租屋的路上，想到刚才自己遇到的一切，杨燕还是会忍不住笑出声来。如果当初刘威不把报纸扔给自己，而是自己承担下来，说不定下午他就会喋喋不休地炫耀自己和谢勒教授的良好个人关系。

杨燕决定把这事说给刘威听，然后让他疯狂地嫉妒去吧。

路过一个书报摊的时候，杨燕被摆放在最前排的几份报纸吸引了目光。

这些报纸不是一个名字，却有一个共同点。杨燕在上面扫到了那个熟悉的名字：托尼·唐恩。

不知道出于什么心理，杨燕停下脚步，拿起了一份有很多照片的报纸。

这是份全英销量最大的报纸，尽管名声不怎么好——《太阳报》。

体育版被翻到了最上面，显然这是为了吸引过路学生购买的一种促销手段。老板知道在英国什么体育运动最受欢迎，也知道年轻人最喜欢哪种运动。

报纸左边一排放了几张大小相同的照片，整齐得就像四格漫画。

四幅照片取景都一样，聚焦在看台下方的教练席上。一身黑色西服的托尼·唐恩是照片中的主角，每幅照片他的动作表情都不一样。

第一张，他高举双臂，咧开嘴大笑着，身后则是雀跃的人群。题图文字很简单：十三分钟，1:0。

第二张，唐恩抢脚踢向场边的水瓶。至于踢没踢到，以及踢到之后的后果，杨燕就无从得知了。题图文字：四十五分钟，1:1。

第三张，唐恩无奈地挥挥手。题图文字：四十八分钟，1:2。

第四张，唐恩非常夸张地将手中的西服摔在地上，表情狰狞。题图文字：全场结束，森林队告负。

这则图片新闻的标题是：托尼·唐恩的一场比赛。

看着照片上表情丰富到可以去做演员的唐恩，杨燕觉得这人有些意思。初次见面的时候，他留给她的是一个彬彬有礼的印象，和照片上激动愤怒的主教练可一点不像。

也许刘威说得没错：做职业足球教练的男人，都不可能是永远彬彬有礼，永远保持冷静的绅士。

这让她想到了刚刚单独见过面的谢勒教授。在公众面前的老教授永远都是板着脸，一副严苛要求所有人的样子，几乎不近人情。学生们没几个不在背后骂他的。但是杨燕却有幸在十五分钟之前看到了个完全不同的马修斯·谢勒教授，让她大开眼界。

她重新把目光投向报纸，谢勒教授和唐恩教练都有着两种完全不同的性格，而导致这种情况的原因则是足球。

中文老师么……

也许偶尔做做兼职也不错。

唐恩那个凌乱的单身汉家中，报纸被扔了一地，这让原来就足够糟糕的室内环境更恐怖了。

这些报纸几乎都是一边倒地批评托尼·唐恩教练上场比赛的战术和临场指挥，怒斥、讽刺、反衬什么手段都用，真应了那句老话"嬉笑怒骂皆文章"。

"这群狗娘养的媒体……"唐恩手里拿的正是《太阳报》，虽然在有关他的报道媒体中，这份报纸是着墨最少的，但是从那别具一格的"四幅漫画"式报道可以明显闻到讽刺的味道，很浓很浓，浓得就像昨天晚上他喝的意大利奶油蘑菇汤。

"妈的，老子赢球的时候你们一个个舔我的脚趾，说我是最佳教练，年少有为。我这只不过才输了一场比赛，就什么批评都来了……"

没错，什么批评都来了。从唐恩的用人到这几场比赛森林队坚持的新风格，都成了媒体批评他的原因。尤其是唐恩坚持的"高效率足球"被讥讽为"高失误率足球"。也不怪唐恩如此恼火，同样是这帮媒体，在森林队五连胜的时候，高呼这种快速高效的足球是符合现代足球发展方向的。

当然让唐恩最愤怒的不是被人骂了，而是看着这些人在舆论上对他大肆批评，说着完全不负责任的话，他却没有办法反骂回去。其实他肚子里面有很多反驳这帮孙子的言论，却没有途径说出去。为了此事专门让俱乐部召开新闻发布会吗？那又太小题大做了……

　　愤怒的唐恩在屋子里面转来转去，满腔怒火无处发泄的痛苦不足为外人道也……当他转到卧室，抬眼看见那巨幅照片之后，脑子终于冷静了下来。

第二十六章
中文教师（下）

《诺丁汉晚邮报》的社长老头很讲信用，在那次电话的一天半之后，就让人送来了已经裱在镜框中的照片，还专门帮他挂在卧室墙上，正对那张床。这样他每天早上起床之后，第一眼就能看到这辉煌一刻。

一片红色浪潮下，自己振臂欢呼。

这是名为"胜利"的油画，是值得永久珍藏的艺术品。

凝视着这幅照片，唐恩想到了最好的反击方式。

他点了点头。老子从来就不是被人打了右脸，还要把左脸凑上去的软柿子。现在我没办法反驳你们对我的批评，但别以为我会保持沉默。下一场……下一场比赛我会让你们继续爬回来舔我脚指头的！你们这群该死的墙头草！

唐恩高举双臂，模仿着照片中的造型，闭上眼幻想自己身处山呼海啸的球场中，提前享受胜利的喜悦和复仇的快感。就在这个时候，他听到自己放在客厅桌子上的手机响了。

一路踩着报纸跑回客厅，发现来电显示是很陌生的电话号码，稍微犹豫了一下，他还是接通了这个电话。

下一秒他就惊喜地跳了起来。

"杨燕！"

"是我，先生。我考虑了很久，决定接受您的好意，做您的中文老师。"杨燕听到电话那边的唐恩发出了孩子一样兴奋的笑声。

"你考虑得可真的很久啊，杨老师……不过答应了就好，你知道吗……"

唐恩坐下来，靠在椅背上，将双脚跷在桌子上，开始撒谎："……你知道吗，因为得不到你的指导，我就像在黑暗中失去了灯塔指引的迷航之船，原地转圈了两个月。我想如果你再不来，我就要放弃对中华文明的兴趣了。"

　　自从附身到了这个鬼佬身上，唐恩发现他自己也发生了一些变化，比如他比以前的自己更开朗了。这是理所当然的，成天都能接触到自己最喜欢的足球，确定了人生目标的唐恩，早已不是以前那个偏执孤傲的唐恩了。当然了，今天他这么兴奋也有一个很重要的原因是杨燕同意了做他的中文老师。

　　他这边说得兴高采烈，那边的杨燕则听得有些不好意思起来："先生，如果您再这么喋喋不休下去，我想我就要改变主意了……"

　　"啊不！当然……我会听话的，你不让我说我就不说话。"唐恩还夸张地捂住了嘴说话，闷声闷气地逗笑了电话那头的杨燕。

　　"为什么先生您这么兴奋？"

　　"因为我今天心情很不错。"唐恩随口胡诌。

　　马上就被杨燕察觉出了问题："咦？教练先生，您的球队不是昨天才输了球吗？"

　　"这个……当然，不过输球未必就是坏事。我们要从积极的角度看这个问题，不是吗？好了，别谈那令人扫兴的比赛了，我们需要详细谈谈你担任我中文辅导老师的事情，这种事情在电话里面通常说不清，我想我们有必要见个面……你现在在哪儿？"

　　杨燕抬头看看街对面，那儿有一家咖啡馆，于是她把名字报给唐恩。

　　"OK，我最迟三十分钟后到。"

　　杨燕听到唐恩匆匆挂了电话，她这才穿过马路推门进入那家咖啡馆。坐在靠窗的位置上，随便点上一杯果汁，她还在想自己做出这个决定是否是正确的。除了从媒体的报道上，她根本不了解这个人，不知道这个人的真实性格如何，不知道这个人的背景履历。尽管上面两个问题在那篇专访中都有提及，可是杨燕认为在如今这个信息爆炸的时代，媒体舆论的公信力已经大不如从前了，很多时候她会习惯性地怀疑媒体对一件事的看法，同样也会把这种怀疑放到媒体报道一个人的身上。

如果要做他家庭教师的话，肯定首先要有足够了解。否则……在异国他乡，和一个陌生男人，谁也说不准会否有危险。

杨燕坐在这家小咖啡馆中，心情忐忑地等待着她要见的人，这感觉真好像相亲啊……

门口的风铃响了起来，有人推门而入。杨燕抬头张望，看到一个戴着墨镜的男人正在门口东张西望。她低头看看表，距离自己挂电话正好半个小时。

"嗨。"这个男人太显眼了，杨燕只能主动站起来打招呼，把他拉过来。

"对不起，路上碰到一起车祸，稍微耽误了一点时间。没让你久等吧？"见到了真人，杨燕发现那个报纸上张狂的主教练又回到了初次见面的绅士模样，她摇摇头："没有，时间过得很快。"

唐恩坐下来，摘掉墨镜，挥手叫来服务生，礼貌地先问杨燕需要什么饮料。杨燕看了看还没有喝一口的果汁，摇了摇头。

"给我随便来一杯咖啡，谢谢。"打发走了服务员，唐恩扭头凝视着眼前的女孩。高中的时候让他朝思暮想过，让他在某个角落默默注视过的女孩子，如今坐在自己面前，脸上还带着一丝羞涩的微笑。

杨燕终于忍不住问了："先生，您在看什么？"

"啊，没什么。对不起，我走神了。呃……"侍者送来咖啡的同时，还拿来了一张白纸和一支笔。

"唐恩先生，帮我签个名吧！"满脸雀斑的英国男生兴奋地说。

"好……不过昨天我们才刚刚输了球。"

杨燕满脸微笑地看着唐恩低头在纸上写下他的名字，写完英文，他想了想，然后歪歪曲曲地又写下了自己的中文名字："唐恩"。

"这是……"那男生没搞清楚。

"嗯，你知道，我很喜欢中国文化，这是我给自己取的中国名字。你觉得怎么样？"

"虽然我看不懂，不过很漂亮……"男孩子拿着签名满足而去，唐恩回头则看到了杨燕有些惊讶的表情。

"哈哈，吃惊吧！我也有自学过噢，虽然只会写这两个字……"他在撒谎，实际上他会说一口流利的普通话和四川方言，也写得一手好字。

杨燕这才从震惊中回过神来，她有些迷茫地点点头："是啊，很吃惊……没想到你会写汉字。不过……"她在餐巾纸上写下了唐恩的英文名字"Tawin"。

"这个我觉得念成'吐温'更合适。"

"吐温？这是什么奇怪的名字？"

杨燕咳嗽了一声，这男人不知道劳伦斯，难道连另外一个著名的作家也不认识吗？"马克·吐温的吐温……"

"啊！"唐恩拍拍自己的脑门，"汤姆·索亚历险记！不过我自己更喜欢'唐恩'这个名字。"

杨燕歪头看着他问："为什么呢？"

"我不知道，我就是觉得这个好听，比什么'吐温'好听多了。"

杨燕看了唐恩半天，然后才笑道："我也觉得这个更好听，唐恩先生。"

"叫先生显得太陌生了，你可以叫我唐恩。"唐恩心里打的主意是——这本来就是我的名字。

没想到杨燕摇摇头："先生，我们只是第二次见面……"

见鬼！我们已经见过很多面了！我们是高中的同班同学！……唐恩真想这么告诉对面的女孩，可是他不能说。

杨燕一副坚持己见的样子，唐恩认输了。

"呃，随便你吧……"唐恩认输了。这是他第二次和杨燕单独相处，他缺乏经验，突然不知道该说什么了。还是杨燕提醒了他："唐恩先生，您叫我来是为了什么？不会就是我们两个坐在这里发呆吧？"

"噢，当然，我们需要仔细谈谈关于你教我中文的事情……"

半个小时之后，两人商定完了一切细节。考虑到唐恩工作的特殊性，中文学习的时间有限，所以每个星期只上两次课。周末肯定不行，因为唐恩要率队打比赛，主场比赛还好说，如果是客场比赛，那一出门就是两三天。最后确定每周一和周四的晚上，杨燕到唐恩的家中给他上课。报酬每小时十英镑。

如果有临时变动的话，要电话通知对方。

谈完了，唐恩准备请杨燕吃中午饭，但是被拒绝了。

"呵呵，真抱歉。我的朋友约好了中午等我一起吃饭的。"杨燕笑着走了。唐恩看着她的背影，觉得自己放走了一只轻灵的蝴蝶，有些怅然若失。

不过……很快他就把心情调整过来了。反正每个星期有两个晚上能够见到她，时间还多得很呢……

第二十七章
好人科佩尔先生（上）

为了证明自己真的很热爱中国文化，同时也为了给他"自学中文"这个说法找依据，唐恩当天下午席卷了诺丁汉所有新书旧书店，把能买到的有关中国的书全都买了下来，中文、英文、法文、德文……他都买。

拉着一车书回家之后，他却发愁了。因为他找不到放它们的地方，托尼·唐恩家中的两个书柜里面塞满了有关足球的东西，从报纸到期刊，再到托尼自己收集的种种资料。再没有一丝缝隙留给这些新买的书了。唐恩不想去动被分门别类放好的资料，他只好把新书全都堆在了地上。

反正自从他来了之后，这家里一直都很乱。一个单身汉住惯了，也没觉得有什么不好的。

倒是第二天晚上杨燕来了之后，看到满地板的书惊叹了很久。结果第一天的授课时间真正用来讲课的部分少得可怜，杨燕"乐于助人"的毛病又犯了，干脆动手帮唐恩收拾了房间。

唐恩帮着打下手，面对杨燕不停叹气摇头他只能报以嘿嘿傻笑。

"你知道……那个，一个单身汉生活的时候，往往都是这样……啊！其实你不用忙的，我电话找个清洁工来就可以了。"

杨燕整理完了客厅，终于可以歇口气了。她摇摇头："我不太习惯在这种环境中给你讲课，所以……算了，反正都已经清理完了。"

唐恩不好意思地笑笑，但是内心他却很享受呢。

杨燕站在卧室门口，瞟见了挂在墙上的照片，她曾经在报纸上见过，她突然来了兴趣，走进去仔细观赏起来。

唐恩看着杨燕的背影。从中学的时候开始，这个女孩子就是大家心目中的大众情人，她善解人意，乐于助人，几乎没什么缺点。那个时候的他还是一个倔强怪脾气的书呆子，但思春是任何一个少年都会做的事情，他也会幻想自己某天突然得到了大众情人的青睐。却没想过有朝一日会出现这样的情形——大家心目中的情人在自己的家中打扫卫生，单独相处……

唯一可惜的是，杨燕还是那个杨燕，自己却已经不是杨燕的同学唐恩了。他不是没想过把自己的真实身份告诉杨燕，不过这样的念头只在脑子中闪现一下就被他自己否决了。第一他不能确定这种穿越附身的故事能否被人接受，第二他不知道如果还有更多的人知道真相之后他的工作会不会丢掉。如今的他已经了解到就算是失业也能依靠政府提供的高福利生活下去，不过做足球教练是他的理想，这已经不单单是养活他自己的一个工作了。

所以，他只能面对本来熟悉的同学，却装作他们才认识不久。这滋味真不好受，有好几次在短暂冷场的时候，他都想和杨燕说起上中学的一些趣事——尽管他本人能够想起来的也不多。

回过神的唐恩决定进屋帮帮忙，走进卧室，他发现杨燕没有在忙碌，而是站在那幅照片下面，仰头端详着。

"呃，这是我让那家报社重新洗了张大的送给我的。"

"很漂亮……"杨燕叹道，"选景、构图、颜色、拍照时机、意义……都很棒。"

"我也这么认为。不过让我决定收藏的唯一原因只是因为他们拍的是我，而不是别的什么人。"

杨燕回头看着唐恩笑了："你可真不谦虚，唐恩先生。"

唐恩耸耸肩："在职业足球这个世界里面，最不需要的就是'谦虚'。"

说到足球，杨燕有了点兴趣。因为来英国两年了，最近她才突然发现身边好多熟悉的人竟然都是球迷，而且还是特别铁杆那种。原来她以为足球和自己的生活没什么交集，仿佛两个完全不同的世界。但现在这种看法正在一点点改变。

"那最需要的是什么品质呢？"

"自信。相信自己比别人出色，相信自己是最好的，然后以此为目标努力。"

"不怕自信成自大自负吗？"

"如果有那个实力，自大自负也没什么。足球世界里面这种富有个性的球员多如繁星。如果没有实力却还要自大自负，那就等死吧，这种人不值得同情，他们已经被足球世界的法则自动淘汰了，也不用我们操心什么。"

杨燕坐在椅子上，继续看着照片，嘴上问道："听你这么说，我觉得足球好像一个弱肉强食的动物世界啊……"

唐恩打了个响指："你这么说很正确。职业足球就是弱肉强食的残酷世界，有能力的生存，没能力的死亡。这里不相信眼泪，不需要同情和安慰。是纯粹的男人的世界。"

听到最后一句话，杨燕扭头问唐恩："不欢迎女人的世界吗？"

唐恩如果还听不出这话的意思他就真是傻子了："不！当然欢迎！我们欢迎任何一个喜欢足球这项运动的女性加入。在大众眼中，足球和两种东西是密不可分的。一种是音乐，另外一种就是美女。"

"我可不是美女……"杨燕耸耸肩，撇嘴道。

"我刚才说什么来着？在足球世界里面，谦虚是不需要的。你想进入这个世界吗？"

杨燕看着一本正经的唐恩，笑了："好吧，我是美女，全天下最漂亮的美女！"

喊完这句话，她和唐恩一起哈哈大笑起来。

唐恩决定趁热打铁："如果你有兴趣，可以去看看我的球队的比赛，不用买球票，我有。"

杨燕笑道："如果我有兴趣了，我就给你打电话吧。"

"嗯，提一点小建议。如果你想享受到足球的真正乐趣，了解到它真正如此吸引人的奥秘，你就必须……"说到这里，唐恩不说了，他等着杨燕来问他。但是他发现杨燕只是看着自己，就是不张嘴，只好自己投降。

"好吧……你得在心里选择一个支持的球队。站在中立的角度看足球比赛，大多数时候你会觉得索然无味，期望过高收获却寥寥无几。"

"为什么？"

"几乎所有中立球迷都喜欢看到漂亮的进球和精彩的对攻，但这是理想化的足球。"唐恩索性给这个菜鸟球迷上起了足球兴趣入门课。究竟是谁要给谁上课呀……"现实情况是，如果比赛都这么踢的话，我这种职业的人就要下课了。因为绝大多数情况下这样踢赢不了比赛，职业足球教练存在的意义是什么？就是带领自己的球队赢得胜利。所以……如果你想要感受足球最富有魅力的一点，你必须选择一个支持的队伍，然后全身心投入进去。那样看他们的比赛，你会随着他们的表现经历大喜大悲，那可是非常美妙的感受……无论是胜利还是失败，都如此。失败之后的沮丧和痛苦，胜利之后的喜悦，以及死里逃生的欣喜若狂……"

唐恩看着墙上的照片喃喃道，他仿佛回到了和温布尔登比赛的那天。那场比赛结束之后整整好几个小时，他都还心有余悸。可是心跳加速的感觉真的太棒了，就好像吸毒，一旦上瘾就忘不掉了。

杨燕发现唐恩从自己身上挪开了目光，这个男人似乎又陷入了沉思。站在自己面前的他头发有些散乱，衬衫领口的扣子也没有系好，袖子一只挽到胳膊肘，另外一只的袖口没扣扣子，大大咧咧地敞开着，家里也乱糟糟的，这形象和朋友口中的"绅士"差得也太远了……

彬彬有礼的绅士、狂放不羁的足球教练、不修边幅的邋遢单身汉……究竟哪个才是真正的他呢？

而且最让杨燕困惑不已的是，自己能够从这个人身上看到他的影子。有时候就那么一刹那，非常非常像，可事实上他们是完全不同的两个人，一个是英国人，一个是中国人。

"那好吧，我就选择你在的球队。从现在开始，我是诺丁汉森林队的球迷了。"

唐恩低头看着杨燕，女孩给了他一个迷人的微笑。

"那我肩上责任重大啊。"

"为什么？"

"因为我又多了一个支持者。而身为球队教练，是不能让支持者失望的。呃……你是不是觉得这种话很肉麻？"唐恩说这话的时候发现杨燕始终在笑，笑话自己吗？

杨燕笑着摇摇头："不，我觉得很好。唐恩先生，我也相信你不会让你的支持者失望的。"

第二十七章

好人科佩尔先生（下）

第二天，唐恩就带领球队赶赴客场了。

英甲联赛三十六轮了，因为上一场输球，森林队现在落到了第七，但是他们距离第三的差距只有四分，情况还没到山穷水尽的地步。媒体的责骂还在耳边，唐恩充耳不闻，不过和自己相反，他甚至会在训练之后给球员们读当天出版的报纸上关于森林队的评价，当然他只挑坏的讲。

沃克并不理解，唐恩告诉他到了比赛前他就知道了。

布莱顿（Brighton）是他们这场比赛的对手，在此之前球队排名联赛倒数第四，距离降级区仅一分之遥。他们急需一场胜利。

也许别人会觉得对于森林队来说，这是一场硬仗，客场挑战需要保级的球队，就算是那些豪门球队都不能言必称胜。但唐恩认为他的球队可以做到。

如果诸位以为这些天唐恩都把心思花在一个女人身上，那就大错特错了。他仔细研究过布莱顿此前十一轮比赛的成绩，三平四负四胜，而且这个三种比赛结果是相隔的，很少会有连续几场比赛获胜的情况，这说明这支球队很不稳定。上一轮联赛他们在自己的主场取得胜利，但这不能说明这支球队的主场胜率就高了，到目前为止本赛季十八个主场，他们只赢了五场，进了二十三个球，丢了二十八球。

无论从哪一点，唐恩都不相信自己的球队应该输给这样一支球队。但他学乖了，他把布莱顿形容得非常可怕，说客场比赛难打，森林队将面临布莱顿强有力的挑战，他得小心谨慎一些。在接受采访的时候称布莱顿肯定可以在赛季结束获得一个令人满意的排名，而且还说他小时候就是斯蒂夫·科佩尔（Steve Coppell）的球迷，布莱顿在科佩尔的带领下必定有一个光明的未来……

实际上呢？唐恩压根没看过这个人踢一脚球，他甚至都不知道曼联历史上有过这么一号人物——他又不是铁杆曼联球迷。至于以前那个托尼·唐恩有没有看过这人踢球，就不清楚了。前英格兰代表队和曼联球星斯蒂夫·科佩尔在 1983 年二十八岁的时候就因伤退役了，他效力于曼联的时候是曼联历史上最黑暗的几段岁月之一，当时曼联还在乙级联赛苦苦挣扎。这位边锋为曼联出场三百九十六次，进七十二球，为英格兰队出场四十二次，进七球。在他最辉煌的时刻，他就是曼联和英格兰在右边的唯一选择。

至于做主教练的成绩嘛，此人最辉煌的时刻就是 1990 年带领水晶宫杀入 '89—'90 赛季足总杯决赛，不过他们最后输给了自己的前东家曼联，接下来一个赛季他率水晶宫获得了英格兰甲级联赛（当时的英格兰最高级别联赛）的季军，这也是水晶宫历史上的最好成绩了。

虽然曼联可以算作"红军"利物浦之后英格兰历史上最成功的球队了，但是从这支优秀球队的优秀球员们走出去执教的成绩往往都惨不忍睹。曼联有培养伟大球员的传统，却没有培养伟大教练的土壤……这真的很奇怪，他们拥有英格兰足球最近二十年来最伟大的主教练阿列克斯·弗格森爵士，但是这位教练手下的弟子都不怎么争气，就连他的助手单独执教球队的时候表现也不怎么样。远的有当初颇受爵士信任的布莱恩·基德（Brian Kidd），1998 年，辅佐弗格森爵士七年之久的基德初次尝试独立执教球队，但是四十四场比赛之后，他就被布莱克本高层撤职了。近的则有葡萄牙人奎罗斯，执教皇马的那段经历也许是他和皇马球迷都永远不想回忆起的赛季，皇马建队百年历史上第一个五连败就诞生在此君手上。

在唐恩穿越的时候，曼联的前队长罗伊·基恩正在桑德兰执教，而且很有希望升上超级，不知道这个爱尔兰人能不能改变这令人尴尬的历史。

唐恩虚张声势就是要让科佩尔和他的球队以为森林队怕了他们，

所以他从出征开始，就一直很低调。媒体们只要问起这场比赛的打算，唐恩就说"如此艰苦的客场比赛如果能够拿到一分，我就很满足了"，和球队五连胜时候的信心爆棚截然相反。

然后在酒店房间里面，唐恩拿着布莱顿当地媒体的报道一条条念给沃克听。

"布莱顿信心十足，保级路上一分都不能丢！"

"再看看这个——科佩尔不怕最佳教练……啧啧！"

沃克坐在沙发上问唐恩："你觉得如何？就连诺丁汉的媒体都认为我们这场比赛凶多吉少。"

"这是我最喜欢看见的局面，德斯。我巴不得全世界都不看好我们……沃克，你现在知道我为什么会在训练之后那么做了吧？"唐恩说的"那么做"是指读报纸上的坏新闻给队员听，每次球员们听到记者和媒体说他们的坏话，就一肚子火。

沃克笑着点点头："你太坏了，托尼。"

"在这世界做好人的话，可通常没什么好下场。"好人卡还是发给对手的主教练吧，在战胜他之后握着他的手对他说，"您可真是好人啊，科佩尔教练。"为了加强语气，还可以再重复一遍"好人"这个词，直说得对方热泪盈眶为止。

布莱顿，能够容纳七千人的维斯丹球场座无虚席。布莱顿的主场球衣颜色是蓝白相间，猛地一看，唐恩还以为自己到了阿根廷的主场，只是人少了很多，可球迷气势一点不输疯狂的南美人。

"只是七千人而已，没什么好怕的。"在震耳欲聋的喧嚣声中，唐恩嘟嚷着钻进了更衣室，球员们已经整装待发，就等他下达命令了。

"你们被他们看扁了，他们把你们贬得一文不值，全世界都不相信你们能赢。"唐恩抖抖手中的报纸，"告诉我，伙计们，你们打算怎么做？"

道森带头站了起来，他吼道："去打败他们！"然后所有人都站起来这样咆哮。

"很好……"唐恩和沃克、鲍耶都笑了。

九十分钟后，比赛的终场哨音终于吹响了，跟随球队来客场采访的《诺丁汉晚邮报》的实习记者皮尔斯·布鲁斯轻轻摇头："又是一场结果令人满意，但过程惊险刺激的比赛……"

布莱顿球迷有一百个理由对这这场比赛的比分不满，因为他们的球队也许有一百个理由可以赢下这场比赛，但结果却是做客的诺丁汉森林拿走了三分。

1∶0，森林队获胜！大卫·约翰森这个牙买加人在比赛第十六分钟的一脚补射，为球队挣到了三分。

一旦获胜，唐恩在媒体面前就不用装孙子了，他在赛后的新闻发布会上表现得很傲。回答的话很少，而且吐字上还很含糊不清，含糊到让不少记者侧耳倾听都听不清楚的地步，典型一副爱理不理的样子。只有在回答皮尔斯·布鲁斯的问题时，才多说了几句话。

两个主教练，一个不愿意配合，一个因为输了球有些沮丧，话也不多。这场新闻发布会只开了十分钟就草草收场，媒体们都有些不满，但是有什么办法呢？人家不想说，你也不能逼人家说呀……

道别的时候，唐恩突然上去抓住科佩尔的手，他终于可以说出那句酝酿了两天的话了。

"你是个好人，祝你好运，科佩尔先生。好人！"他用力摇了摇对方的手。说完这话，扔下一头雾水的斯蒂夫·科佩尔，他转身消失在了众人的视线内。

拿到这场比赛胜利的森林队重新回到了升级军团，联赛第六，如果这个名次保持到联赛结束，就能保证他们获得升级附加赛的资格。对于联赛中途才接手的菜鸟教练托尼·唐恩来说，这是再好不过的成绩了。所以他赛后说科佩尔是好人，在自己最需要胜利，最需要三分的时候，这位教练就马上双手奉上，不是好人是什么？

而这场比赛的结果也再一次证明了——踢得一脚好球，未必就能成为优秀的主教练，踢球水平和执教水平之间没有任何正比关系，至少是在老特拉福德，"名将"和"名师"之间永远画不上等号。

第二十八章
乔治的球迷（上）

3月20日，诺丁汉森林第三十八轮的对手是他们的死对头德比郡（Derby County）。

不过说起这个对手，不少诺丁汉森林的球迷可谓爱恨交加，感情复杂。从俱乐部关系来说，森林和德比郡是敌对俱乐部，但是从德比郡俱乐部走出来的一个人却是森林俱乐部历史上最受人欢迎和尊重的。这个人就是创造了诺丁汉森林俱乐部历史上最辉煌篇章的布莱恩·克劳夫（Brian Clough）教练。

唐恩对于过去的历史知之甚少，他不能理解为什么德比郡会和森林队成为仇敌。还是沃克告诉了他缘由之一："1898年，德比郡第一次打入足总杯决赛，当时他们的对手就是我们森林。那场比赛的比分是3:1，我们赢了他们，我们拿到了俱乐部历史上的第一个足总杯冠军，而德比郡人哭着回家了。"

唐恩咂咂舌，这都一百多年过去了，还念念不忘旧仇呢。果真是百年积怨啊……叹口气，冤冤相报何时了呀？要宽容，要和谐嘛……

九十分钟的比赛结束了。唐恩看着记分牌上的比分，听着来自普莱德公园球场看台上的刺耳嘘声，唐恩知道森林队和德比郡队之间的百年恩怨还得继续下去。正是因为有无数个像自己这样追求胜利的人，才导致这种局面能够持续百年。

电子记分牌上的比分是0:3。按照国际通用规则，主队在前，客队在后。

森林队在德比郡的主场拿到了三个进球和三分，让排名第二十的德比郡降了一名，距离降级区仅有一名之差。

如果这个赛季德比郡最终降级，那么森林队这场比赛的表现肯定要"记一大功"。

但是唐恩从不管他对手的死活，自己的球队在客场赢下比赛，完胜，这是最好不过的事情。

海尔伍德进了两个球，另外一个球是安迪·里德进的。海尔伍德下半赛季的表现和上半赛季相比简直判若两人，他甚至很有机会竞争甲级联赛的最佳射手。

要说这场比赛唯一的缺憾，那就是后防线两名主力下一轮都将缺席。迈克尔·道森是因为累积黄牌被停赛，而他的中卫搭档乔-奥拉夫·哈杰尔德（Jon-Olav Hjelde）则是因为在比赛最后时刻受伤，赛后根据队医弗莱明诊断，脚踝扭伤，可能需要休战两个星期。

唐恩没把这情况放在心上，正好给替补球员们上场锻炼的机会，还可以让主力休息休息，何乐不为？反正哈杰尔德受的不是什么大伤。

爱德华兹在对温布尔登的比赛中表现很不错，完全可以胜任首发。二十一岁的苏格兰后卫克里斯·道伊格（Chirs Doig）实力其实也不算太弱。

但第二天下午的训练才开始了二十分钟，唐恩的人员轮换计划就宣告破产。道伊格在一次并不激烈的身体对抗中痛苦地倒下，他双手按着膝盖的位置。

唐恩扭头看了眼在他旁边不远处的队医组长加里·弗莱明，他看见弗莱明的眉头狠狠拧到了一起，于是他的心脏也猛地紧了一下。

弗莱明冲上去检查了一番道伊格的伤势，然后跑到唐恩身边，低声对他说："十字韧带，最少两个月。"

"真他妈的……"唐恩低头小声骂道。两个月基本意味着道伊格告别了本赛季。赛季在5月份就会结束，而今天已经3月21日了。"加里，带他去医疗室，好好治疗他。给他信心。"

弗莱明点点头，叫来担架，将痛苦的道伊格抬下了场。

因为他的受伤，训练被终止，唐恩示意球队继续训练，他得去一趟青训基地。一线队已经没有可用的中后卫了，顺便再去看看那小子在青年队改踢新位置之后表现如何。

　　青年基地相比一线队基地来说要安静了许多，平时来这里看球员训练的球迷不多，大多数都是小球员们自己的家人。只有在这里举行青年赛事的时候，人气才会旺一些。那时候来这里看比赛的还会有不少其他球队的球探。森林队的青训全英格兰闻名，出现球探再正常不过。

　　唐恩没有从铁丝网外面的球迷观球区域绕，他直接走了近路——从办公区直插训练场。

　　克里斯拉克看到唐恩又来，他迎上去笑道："又来关心你从街头捡回来的那个小伙子？"

　　唐恩摇摇头："这次不是。我遇到麻烦了，大卫。"

　　"说来听听。能让我们的最佳教练遇到麻烦可真不容易。"

　　唐恩无奈地笑笑，自从他拿了一个最佳教练，现在俱乐部里面的不少人都拿这个调侃他。"一线队五个中后卫，黄牌累积停赛一个，一个脚踝受伤缺战两个星期，一个刚刚在训练中十字韧带受伤，最少缺席两个月。"

　　克里斯拉克眉头也皱起来了："那真是麻烦。还有两个，足够撑一场比赛的，道森呢？"

　　"累积停赛的就是他。"

　　克里斯拉克吹了声口哨。

　　"给我推荐推荐，你这儿有什么能用的？"唐恩说话的口气仿佛在国内菜市场挑东西。

　　"正好，有个小伙子很不错，我也觉得他应该去更高级的比赛中锻炼。不过……你得自己去挑。"克里斯拉克对唐恩眨眨眼。

　　这其实是保罗·哈特还在青年队的时候，经常让他的助理教练们做的事情，让他们自己看球队训练，然后说出自己观察所得。他用这种方式来训练唐恩和克里斯拉克等人的观察能力，以及对训练课的理解。这种游戏一样的练习为唐恩后来单独执教青年队，以及提拔上一队打下了坚实的基础。因为别人都对这种方式不屑一顾，他们认为应该接受训练的是球员，而不是教练员。只有当时还很沉默寡言、性格孤僻的唐恩一丝不苟地完成了哈特的要求。这也是哈特很看重唐恩的原因之一，哈特认为"认真"是一切成功的基础，这是他的人生信条。但是能够做到这一点的很少，偏偏不合群的伊斯特伍德人托尼·唐恩做到了。

如今的唐恩已经不记得这些事情，以前很多记忆都随着那一撞消逝了。他不知道克里斯拉克这么做的理由，他把这当作一种老朋友间的游戏，他赌对了。

两个主教练站在场边，给在球场上训练的小伙子们带来了莫大的动力。那次比赛之后，托尼·唐恩没有从青年队抽调一个人上去，但这丝毫不会影响青年球员的信心和对未来的憧憬，他们能做的就是在场上尽情展现自己最棒的一面，吸引一线队主教练将目光停留在自己身上。

看了大约十多分钟，唐恩扭头第一句话就把克里斯拉克逗乐了。

"怎么没看到乔治·伍德？"

"你果然是冲他来的，托尼。"

在克里斯拉克的大笑声中，唐恩不好意思地挠挠头，他只是一时说顺嘴了。

"我让他在二号场地单独训练。从最基本最简单的练习开始，最简单的……简单到不能再简单的练习。"

"他干得怎么样？"

"目前还看不出来。不过你说得对，托尼。他更适合做那些需要体力和身体冲撞的位置，他的身体好得让人嫉妒。他小时候是吃什么长大的？"

唐恩想到了伍德家的情况，耸耸肩："谁知道，也许那时候他妈妈连一滴奶水都挤不出来呢……"这小子身体这么强壮，肯定是因为做母亲的索菲娅将一切……最好吃最有营养的食品、全部的爱、希望，甚至是生命精华都倾注在了这私生子体内。

"好了，我们还是回到正题……我都被你带跑题了，大卫。我找到我要的人了。"唐恩没有指着训练场，但他目光始终停留在一个人身上，一个黑皮肤的光头，在十多分钟的训练中他展示了一个优秀中后卫所需要的几乎一切技巧，"6号，我要了。现在就让他跟我去一线队报到。"

克里斯拉克笑道："托尼你真不愧是哈特最器重的人。没错，我要推荐给你的就是他。韦斯·莫甘（Wes Morgan），十九岁的棒小伙儿。他可是青年队的队长，接的是杰梅恩·耶纳斯、迈克尔·道森的班。"介绍完这名球员，克里斯拉克在场边大声吼道："韦斯！过来！"

然后所有人都用羡慕的眼光看着队长跑向两个主教练。

"其他人——继续训练！"克里斯拉克又吼一声，小伙子们都老实下来了，他们知道唐恩教练已经达成了来这里的目标。

莫甘很兴奋地跑到两位主教练身前。"先生，什么事？"其实他已经知道了等待自己的会是什么。

唐恩仰头看着他，这脸长得比实际年龄成熟一些，看起来仿佛比道森还要大一些呢。"你多高，小子。"

"六英尺两英寸，先生。"莫甘说话的声音有些瓮，就好像感冒没好一样。这声音和他外形还真配。

唐恩点点头，就是大约一米八八。他继续问："体重？"

"一百九十八磅，先生。"

大约九十公斤。这身材……简直就是一重型坦克啊。唐恩很满意，他要的就是这种球员，光看外形就能给对手造成心理压力的。

"OK，韦斯。我不是一个喜欢说废话的人。从今天开始你跟着一线队训练，如果你表现出色，你将会获得份一线队合同，就像迈克尔·道森和安迪·里德一样。你听明白了吗？"

莫甘点点头："明白了，先生。"

话不多，没有因为被提拔上一线队就兴奋得忘乎所以了。唐恩喜欢这种沉稳的性格，这是防守球员最重要的素质之一。

"很好，跟我走……呃，你先去更衣室拿东西，你有东西放在那儿吗？"

"只有几件衣服，先生。"

"去拿吧，我给你三分钟。"

唐恩刚刚说完，莫甘转身就跑走了。

这时候克里斯拉克才开口说话："你觉得他怎么样，托尼。"

"比我来这里之前想象得还要好。力量，弹跳，爆发力，制空能力都很出色。不过一线队和青年队不一样，你知道的……我是来找救火队员的。我想等过了这几场比赛，他还是会成为替补的，道森和哈杰尔德的搭档已经很默契了，我不可能拆散他们的。"

克里斯拉克点点头表示理解："如果他在你那儿出场机会不多的话，借给我打青年队联赛。"

"没问题。"

两人说话间，莫甘已经抱着他的衣服跑了过来。"我准备好了，先生。"

"我们走吧。"

和克里斯拉克道别之后，莫甘跟上了唐恩的脚步。两人一前一后向训练场外走去。

其他球员们目送幸运的莫甘和唐恩出去，不过克里斯拉克的吼声马上响了起来："都给我训练！与其羡慕别人，不如好好训练自己！"

第二十八章
乔治的球迷（下）

回去的路唐恩选择了从球迷区绕，因为只有从那儿走才能经过二号场。他还是放心不下伍德，打算去看看这小子练得怎么样了。

结果在空荡的二号场外面，他看到了一个小孩子正趴在铁丝网上全神贯注地看呢。全神贯注到唐恩和莫甘走过去他都没有觉察，直到他觉得天突然变阴了……

于是他疑惑地抬头看了看天空，蓝天白云，天气正好呢。

唐恩被这个可爱的孩子逗乐了，但脸上却故意板了起来，粗声粗气地喝道："嘿，小子！谁让你进来的，这里是禁区知道吗？你擅闯禁地，我要让保安来抓你！"

没想到小孩子压根儿没有被唬住，他甚至连看都没有看唐恩一眼，继续将目光投向训练场，也把嗓子粗起来说话："托尼·唐恩教练，你打算因为恐吓儿童上《太阳报》的头版头条吗？"

在两人后面的莫甘再也忍不住了，扑哧笑了出来，而且越笑越大声。唐恩回头看了这人一眼，之前的印象还让他以为这黑人不会笑呢。看到唐恩在看自己，莫甘连忙捂住嘴："对不起，先生……"

唐恩撇撇嘴，表示不介意。然后他扭头继续逗这小孩："嗯哼，好了，男孩。告诉我你的爸爸是谁，这个时候你应该在学校。逃学可不好，我让你爸爸回去打你屁股。"

小孩子不屑——千真万确，莫甘看到这孩子的表情是不屑——道："你骗谁？我早都放学了！"

唐恩没想到这孩子如此聪明，他哑口无言。就在此时，一个熟悉的男声响起："我似乎听到有人在威胁我的儿子，他嫌自己活得太久了吗？"

"真见鬼……迈克尔，你竟然会有一个这么聪明可爱的儿子。我太惊讶了！"唐恩站起身看着眼前的男人，正是当初在森林酒吧和他"不打不相识"的球迷头子迈克尔·伯纳德。

伯纳德手里拿着一瓶可口可乐，显然他刚才去给儿子买饮料了。

"我该理解成你在夸我儿子，还是骂我？"

"都可以，随便你。"唐恩眨眨眼，"你带儿子来的？"

伯纳德点头，然后把可乐递给了儿子。"我接他放学，他说想来这里看看，我就带他来了。"

"可青年队都在一号场训练呢。"唐恩觉得奇怪，小孩子都是喜欢成名球星的吧。不去一线队反而跑到这里来，而且还不在一号场那边看，他看什么呢？

伯纳德指指训练场："我儿子两个星期前在晚饭上宣布他是这个人的球迷了。"

唐恩顺着伯纳德的手看去。乔治·伍德正在空旷的训练场上进行着头球练习，专门有一个教练在配合他，把球扔给伍德，然后伍德跳起来顶回去，看了大约半分钟就是重复这一个动作，很单调很枯燥。

只是一个人就专门找个教练来，没想到大卫也很看重这小子嘛……唐恩摸摸下巴，差点被那家伙骗了。

不过唐恩还是想不明白为什么一个小孩子会成为伍德的球迷，他既没有华丽的技术，也没有名气，甚至连比赛都很少踢，每天就是在这里反复练习观众都会觉得厌烦的基础。"你喜欢他什么呢？"于是他问道。

"他很强壮！"小孩子露出自己的胳膊，比了一下。

强壮？唐恩回头瞥了眼莫甘，于是他对小孩子说："这位哥哥也很强壮。"

小孩子仰头看向莫甘，莫甘稍微弯下腰，想给小孩子留下好印象。没想到小鬼撇撇嘴："但他不够帅。"

这次轮到唐恩狂笑了。这坦克男一脸郁闷的样子太逗了。

不理会笑得都快蹲到地上的唐恩，小鬼继续说："我在这里看了很久他的训练，每天放学都会来这里。然后我发现他……"小鬼指着伍德说："总是重复做一件事情。一开始我觉得很无聊，一点也不好玩，然后我想看看他会不会也觉得无聊，不练了。就在心里和他打赌，我赌他肯定会放弃，于是我每天都来看。可是后来我发现他好像机器人一样，从来都不累，不休息，就算那个人……"他又指着教练员："就算那个人去休息了，他都还在练。所以我就很佩服他了，因为他把我打败了！我决定成为他的球迷！"

听完小孩子的一席话，唐恩看着伯纳德说："迈克尔，你有一个天才儿子，他很了不起。这可不是恭维话，我真心的。"

伯纳德点点头："这还用你说吗？我儿子是最棒的！"他嘴巴上很硬，看向儿子的眼神却充满了怜爱和骄傲。

没想到那个总是大吼大叫，还和自己打过架的球迷头头也会有这么柔情似水的一面，唐恩今天大开眼界。随后他把目光投向训练场，看着还在做着头球练习的伍德，心里被这小子感动了。

他也许只是因为听了自己在城市球场更衣室的话，于是埋头训练直到现在，真正把二十四小时当七十二小时练了。他不懂足球，没错。他是接触足球只有三个月的菜鸟，没错。他家里穷困，没法为他提供更好的生活条件，没错。他肩负着普通同龄人难以承受的压力，没错。但是他不耍滑头，他认真对待这份"工作"，他刻苦训练，付出常人难以想象的汗水和努力，他相信唐恩那被"银行担保"的信誉，他相信自己这样练下去就能够成为一名周薪十二万英镑的超级巨星。

穿越来此同样三个月了，他见识了太多各种各样的球员，他们有人希望成为大明星，有人只是因为喜欢足球，他们中有人很有才华，有人资质平平，有人鼠目寸光，也有人好高骛远。有太多太多的人……但是在看了这么多人之后，唐恩发现，也许只有这个敢于跑到自己家门口向他做自我推销，宣称自己是英格兰最好球员的小混蛋，真的会成为英格兰最好的球员。

不，是一定会。为了你的妈妈，你必须会！

所以尽管他什么都没做，只是每天枯燥地训练训练再训练，却也有了自己的第一个球迷。

唐恩突然觉得应该给还没成功的伍德一点奖赏。于是他在铁丝网外面高声叫道："乔——治！"

他的大嗓门甚至惊飞了后面树上的鸟，伍德和教练员没有理由听不到。果然他们两个停下训练，扭头看了过来。

"休息一会儿！"唐恩挥手对那个教练员说，"让伍德过来一下。"

教练员认出打断他们训练的人就是一线队主教练托尼·唐恩。于是他对伍德说了几句，接着就看到伍德满脸疑惑地跑来。他也很强壮，不过他的强壮和莫甘的不一样，莫甘那种一眼就能看出来，而伍德的强壮恐怕必须要和他亲身接触一下才能深刻了解……看着这小子跑步的架势，唐恩很满意克里斯拉克给他安排的训练计划表。

"干什么？我在训练。"虽然在场边的人有四个，但是伍德眼中只有唐恩一个人。而且说话口气很不好。

"我当然知道你在训练，让你休息一下你会死吗？"唐恩回答得也不太像主教练和球员之间说话的口气。他对伍德招招手，"过来，靠近一些。"

伍德听话地凑了上来，几乎贴着铁丝网站了。尽管他不明白为什么唐恩会叫他来，但他没有提出异议。

然后唐恩扭头问伯纳德的儿子："你有笔吗？"

小孩子从书包里面取出一杆大号的签字笔，这几乎是球迷的必备装备。唐恩接过笔，然后塞到伍德手上，接着他让小伯纳德也贴着铁丝网站，把胸前的衣服拉平拉直。

"给他签名。"

伍德听到这句话有些愣，他以为自己听错了，手握着笔没动弹。

唐恩又重复了一遍："给他签名。乔治，他可是你的第一个球迷，你不能这么冷淡地对他。蹲下来，签名！"

伍德这次乖乖照办了，他拿着笔的手似乎还有些颤抖，放在小孩子衣服上半天没画下去。

"你不会写自己的名字吗？"唐恩看着这一幕笑了。

"我……我当然……会！"伍德用力在小孩子的红色衣服前襟写下

了自己的名字：乔治·伍德。字迹歪歪斜斜。

唐恩借机嘲笑他："真丑！说不定还没有你的这位球迷写的字好看。哈哈！"

伍德没理会唐恩的嘲笑，他把笔递还回来，然后问："我可以回去训练了吗？"

这小子真不解风情啊。这个时候不是应该摸摸小球迷的头，然后说一些漂亮的场面话，一番其乐融融吗？这个时候说"我可以回去训练了吗"这种话，真是大煞风景啊。唐恩没好气地摆摆手："回去吧！"

伍德转身跑了回去，丝毫也没留恋。看着他的背影，唐恩小声嘀咕道："真是没有做大明星的潜质……"

小孩子并不在乎伍德的态度，他低头看着衣服上的名字，然后扭头对自己的父亲说："乔治·伍德！看，爸爸！"

迈克尔·伯纳德怜爱地摸摸儿子的头："喜欢就好好珍藏起来吧。"

唐恩在旁边帮腔："没错！珍藏起来，这可是伍德的第一个签名，以后等他成了大明星，你就拿出来卖钱。"

小伯纳德对唐恩做了个鬼脸："就算我没钱买森林队新球衣了，我也不会卖掉这件衣服！"

看着他认真的语气，唐恩笑了。喂，乔治，看到没有？你的头号忠实球迷，现在你必须成为巨星的理由又多了一个呀。

拿到了偶像签名的小伯纳德还要继续留下来看，他要给伍德加油。唐恩显然不能陪在这里，他和迈克尔父子告别之后，就带着莫甘离开了。

"韦斯，你有被球迷要过签名的经历吗？"走在前面的唐恩问。

"还没有，先生。"

"嗯，别担心。很快就会有了……"

当唐恩带着莫甘回到一线队训练基地的时候，一条金色的牧羊犬向他跑来，他被吓了一跳。什么时候训练基地允许遛狗了？

这狗围在他身边，使劲摇尾巴。

莫甘看到狗显得很高兴，他蹲下来递出手，狗儿伸出舌头舔啊舔

375

的，逗得莫甘呵呵直笑。

唐恩斜眼看着他："你很喜欢狗嘛……"

"难道您不喜欢吗，先生？"莫甘继续和这条莫名其妙出现的狗玩，甚至忘了看他主教练的脸色。

皱着眉头，面色阴沉。这充分反应了唐恩现在的心情。他确实不喜欢狗，在成都工作的时候满大街都是狗，出门就能踩到狗屎。不过现在的问题是——狗可以出现在公园和大街上，却不应该出现在足球训练基地。他打算找到这条狗的主人，狠狠教训他一番，让他以后再也不敢把森林队的训练基地做他遛狗的后花园。

"好了，别管那条狗了。我带你去训练场。"

莫甘本来依依不舍得地和狗告了别，却马上惊喜地发现这条狗一直跟着他。"先生，它一直跟着我们呢！它喜欢我们！"

"是的。它跟着你，喜欢你……"唐恩站住了脚步，他看到老鲍耶没在训练场边指挥球队训练，而是在外面和一个老头子聊天。在那个似乎站都站不稳的老头子面前，鲍耶低着头毕恭毕敬的态度让唐恩很吃惊，这老头子没有尼格尔·多格蒂胖，肯定不是主席先生。那么会是谁呢？

就在他疑惑的时候，谈话结束了。老头子伸出手轻轻拍了拍鲍耶的脸，而鲍耶的表现就好像是一个小孩子。这一幕太滑稽了！

接着那老头子吹了声口哨，然后本来还围在莫甘身边蹦蹦跳跳的牧羊犬猛地跑了过去，改围在那老头子身边蹦蹦跳跳摇尾巴了。

莫甘有些遗憾地看着跑远的狗，唐恩则奇怪地看着那个老人的背影。他刚才从记忆最深处搜索了一番，也没有找到任何有关这老头子的资料。难道就连托尼·唐恩都不认识吗？还是说……这段记忆被撞没了？

鲍耶目送老头子离开，这才转身往回走。刚走没两步，就撞上了唐恩。

"伊安……"唐恩本想问鲍耶那个老头子是谁，没想到鲍耶看到他很高兴。

"托尼！你回来了？"他高兴得就连声音都高了一度。

唐恩点点头："那个……"

"真遗憾，为什么每次当你去青年队的时候，就会有人来找你呢？"鲍耶没给唐恩把话说完整的机会。

"啊？"唐恩糊涂了。那陌生的老头子是来找自己的吗？

鲍耶用力点点头："头儿本来想和你见个面的，但是你不在。所以他邀请我们明天下午去他家做客！做客！你知道吗？托尼，能被头儿邀请去他家里喝茶的人屈指可数，我在球员时代都只能羡慕弗朗西斯（Trevor Francis），因为只有他被叫去喝茶了。那个令人羡慕的家伙！"

唐恩从来没见鲍耶这样子过。他就好像刚才的小伯纳德一样，因为得到了偶像的签名而兴奋不已，说起话来脚尖都是踮起的。他张大了嘴巴，仿佛看到了外星人一样。

"谁是头儿？"

这次轮到鲍耶用看外星人的眼光看他了。

"你脑袋还没好吗，托尼？还是说……你刚才又被撞了一下？"

看着鲍耶认真的表情，唐恩意识到自己肯定问了个很愚蠢的问题。可是……他真的不知道谁是"头儿"啊！

第二十九章

真正的传奇（上）

"传奇人物"这个词已被用滥了，但他是真正的"传奇"。

——阿瑟·温格（阿森纳主教练）言。

奔驰在A52公路上的是一辆2001年出厂的红色福特福克斯，车中坐着四个男人，其中三个兴高采烈，只有一个在喋喋不休地抱怨着。

"肯尼，我有个问题要问你。你的酒吧今天不营业了吗？"

伯恩斯耸耸肩："我是老板，不是酒保，我没有必要时时刻刻留在那里。"

唐恩翻了翻白眼，然后扭头看着坐在伯恩斯旁边的沃克："为什么德斯你也会在这里？"

沃克只是傻笑，并不答话。他和伯恩斯坐在后排座位，兴奋得就像去欣赏明星演唱会的追星族。

看着这两人的傻样，唐恩扭回来，看着车前怪叫道："这太不公平了，头儿邀请的是我和鲍耶，为什么你们两个也要跟来？"

"别这么小气嘛，托尼。我想头儿一定也喜欢看到我们去看他的。"

"没错，人多热闹一些。"

唐恩不知道应该说什么才好，他叹口气对开车的鲍耶说："放首歌来听吧。"

鲍耶按下了车载音响的播放键，但是从里面传出来的音乐却吓了唐恩一跳。是真的"一跳"，如果不是系着安全带，唐恩的头肯定会撞到车顶。

因为从音响里面传出来的是一群球迷的呐喊，就像他在比赛中听到的一样。

"这是音乐？"

后排的两个人哈哈大笑起来，唐恩被他们笑得不说话了。他发现自己和这三个人有很明显的"代沟"，他们三个在一起仿佛很有默契，他们知道很多唐恩不知道的事情。比如"头儿"和这"音乐"。

球迷的呐喊声结束后终于响起了音乐，但是只听了第一句，唐恩又愣住了——这就是他在球场上经常听到的那首歌，诺丁汉森林的队歌 *We've Got The Whole World in Our Hands*。

"这不是球迷的……"他疑惑地问。

鲍耶摇了摇头："你现在听到的可是我们自己唱的。"

"还有我。"伯恩斯在后面补充道。

"这是当时森林队全体球员在录音室录的。"沃克为唐恩进一步介绍，"最开始是一个电视节目请他们——那时候我还不在森林队——去，在节目上唱了这首歌，然后就被灌制成唱片发行了。"

"销量还不错。"鲍耶骄傲地说。接着他哼起了这首歌的调子，声音越来越大，随后伯恩斯和沃克也加入了这合唱当中。

汽车在男人们骄傲的歌声中驶过了标有"Derby"（德比）的路牌。

布莱恩·克劳夫。这个名字对于从中国穿越过来的唐恩来说，十分陌生。但是对于整个英格兰足坛来说都是最与众不同的名字。就算他早就退休了，也依然在这个圈子里面保持着足够的影响力。他可以随便指责自己看不惯的球员和教练，大牌如弗格森爵士被他骂了也不敢还嘴。用一句电影台词来说就是——我不在江湖，江湖却有我的传说。

从踏足足坛开始，这个名字就伴随着各种奇迹一次次出现在人们视线内。作为球员的时候，他创造了英格兰最快的两百个进球纪录，他代表米德尔斯堡和桑德兰出战二百九十六场，打进二百六十七球，其中在米德尔斯堡二百二十二场打进二百零四球，在桑德兰七十四场打进六十三球。这是一个放在现代都堪称恐怖的进球效率。不过他的球员生涯很短暂，二十九岁就因为受伤而退役，走上了教练岗位。

真正让他名满天下，成为一代"足球教父"的正是主教练这个位置。

刚刚输给唐恩的德比郡目前只在英格兰第二级别联赛排名二十一，还深陷财政危机。但别看如今的他们这么落魄，曾经也是风光过的，他们最风光的岁月被称为"布莱恩·克劳夫时代"，听这个名字就知道谁是当时那支球队的主教练了。

1965—1967赛季，克劳夫成为这支球队的主教练，他用了两年时间将在英乙（相当于现在的英甲）挣扎的德比郡带成英乙联赛冠军，然后在'71—'72赛季获得了英甲冠军。之后一个赛季他的球队杀入了欧洲冠军杯半决赛，可惜他们输给了据说是贿赂了裁判的尤文图斯。

接下来他离开这支球队，辗转到了诺丁汉森林，开创了一个全新的、称霸英格兰和欧洲足坛的"森林王朝"。而当时的德比队因为克劳夫带队所打下的坚实基础，在'74—'75赛季再次成为英甲冠军，但是他们次年在欧洲冠军杯上输给了西班牙的霸主皇家马德里。

至于克劳夫成为森林队主教练之后的成就，已经不用再多做叙述了。任何一个稍微了解70年代末和80年代初英国足坛以及欧洲足坛的人，都会知道那时期的主色调是红色，因为当时两支称霸欧洲足坛的球队都是红色球衣，一支是利物浦，一支则是克劳夫的诺丁汉森林。

如果只是因为成绩才被人记住的话，那么克劳夫和大多数主教练便没什么不同了。但实际上他是英格兰足球史上所有主教练中最特殊的一个，他的人格魅力可以和利物浦历史上最伟大的领队比尔·香克利（Bill Shankly）相媲美。

对此唐恩深表赞同，只要看看自己身边三个男人的表现就很清楚了。他觉得这很像他以前上学的经历。好的班主任老师会让他的学生们在毕业很久之后还对他念念不忘，提及之态度肯定毕恭毕敬。而反之，无能的班主任老师只会让学生在以后还会咒骂他，嘲笑他。

克劳夫就是那种非常非常优秀的班主任老师。

只是拿了一次2月最佳教练，就让唐恩沾沾自喜了很久。但他在克劳夫面前就仿佛面对一座高山的蚂蚁，只是克劳夫脚下的一粒微尘。

而今天，他就要面对这位英格兰足球历史上最有个性的名帅了。看着窗外渐渐热闹起来的街景，他突然从心底升起一股非凡的感觉——我不是去和一个从教练岗位上退休下来的老头子喝下午茶，而是去朝圣觐见一位开创森林王朝的帝王。

退休后老帅的家已不在德比的闹市区，他在德比西北郊外买下了一座类似农场的小庄园。孤零零地吊在城市外面，只有一条狭窄难走的林间小道和那繁华世界相连。

汽车在这条路上颠簸行驶。差点把唐恩颠晕车了，他可没想过那么伟大的主教练竟然会住在这种地方，瞧瞧车轮下的泥土路，估计到了雨天，这里就更加泥泞难走了。

"到了。"鲍耶突然说，唐恩发现前方低矮的树林间露出了一幢红色的砖楼，和他在这国家任何地方所见到的砖楼没任何区别。这地方太不起眼了，唐恩有些失望。

刚刚从车上下来，就听到一阵狗吠。然后他看到一条金黄色的牧羊犬从院中冲出来，直接扑向了自己。

"哇！"唐恩用手挡住脸，大叫道。他真的很怕狗……

但这条牧羊犬只是将前爪搭在他肩上，然后伸出舌头，呼哧呼哧地想要舔他的脸。

旁边三人看到唐恩这狼狈的样子，大笑起来。"嗨！托尼，它只是想和你亲热亲热。"沃克笑道。

这时一个苍老但是有些尖锐响亮的声音从院子中传来。

"看来萨姆很喜欢你，小子。"

听到这声音，除了正在被狗"亲热"的唐恩之外，另外三个人都停下笑声，毕恭毕敬地站在原地。

一个老头子步伐缓慢地从院子中走出，看了看站在车边的三个人，然后嘟囔道："真见鬼……我只准备了两副客人的茶具。沃克，你喜欢什么牌子的果汁？"

听到这话，沃克傻了："老板，我已经成年了……"

旁边两个人低着头拼命忍的笑终于还是从他们嘴里跑了出来。

老头子没管沃克的申诉，扭头打量着伯恩斯："都这么多年了，你也没有变得更帅一些，肯尼。"

伯恩斯尴尬地笑笑："老板，你知道的……我不喜欢整容手术。"当伯恩斯还是球员的时候，曾经被自己的主教练公开宣布，肯尼·伯恩斯是他所签下的最丑的球员。

听到这个回答，老头子笑了。然后他看着还在和狗"亲热"的唐恩，赞叹道："没想到你也这么喜欢萨姆啊。"他吹了声口哨，大狗马上放开可怜的唐恩，跑回了主人身边。

唐恩费力地擦掉脸上的口水，这才看清楚站在他眼前的老人。

面容憔悴，眼袋肿大，眼皮始终耷拉着，似乎没睡醒的样子。这就是当年名震欧洲足坛的那个传奇教练布莱恩·克劳夫吗？唐恩觉得现实果然和梦想相差甚远啊……

"你是不是觉得很失望？"克劳夫的话把唐恩吓了一跳。这老头子猜对了。

"哦，你现在又打算对我重新评估了吗？"克劳夫继续说。

唐恩耸耸肩："评价别人是人事部门的工作……"面对这个眼神犀利的老头子，他第一次感到不知道说什么才好。看来在来时路上他的预感是正确的。

"错了，小子。你以为主教练是做什么的？"

"带队获得胜利……"

"那只是工作的一部分而已。"克劳夫招招手，"进来吧，我想曲奇饼干应该已经烤好了，让我们边喝茶边聊。我很喜欢你在足总杯比赛中场休息时演的那出戏。"

鲍耶故意拖在最后面，等唐恩上来时小声对他说："头儿很喜欢你，不过他性格如此，你别放在心上。"

唐恩点点头："我喜欢这种性格。"

鲍耶笑了："我们也很喜欢。"

第二十九章
真正的传奇（下）

下午三点后的阳光透过巨大的玻璃窗斜射进来，照在桌上。陶瓷茶杯上镶的金圈在阳光下闪闪发光，金黄色的曲奇饼仿佛是放在阳光下天然烘烤熟的，在盘中散发着诱人的香气。加糖的红茶，温暖的午后，围坐在一起聊天的人群，这就是英国传统的下午茶时间。

克劳夫夫人忙完，就坐在自己的丈夫身边，面带微笑，安静地听着男人们聊天。今年1月，她的丈夫才做了肝脏移植手术，一直处于恢复期。医生说手术很成功，她才放心下来。老头子因为年轻的时候喜欢酗酒，抽烟，身体情况坏到一度威胁他的生命安全。

尤其是在他从森林队教练岗位上退下来时，有那么一段时间，妻子眼中的丈夫整个人都失去了生命光彩。能够看到像今天这样神采奕奕的丈夫，真是件好事。

沃克绘声绘色地给头儿讲唐恩在更衣室里面玩的那出戏，说到一群球迷冲进更衣室，然后球员们一脸惊愕的表情，鲍耶失声叫出来时，克劳夫大声笑了起来。在头儿的笑声中，鲍耶只能低着头很不好意思地默默喝茶。

之前唐恩以为他的话题会成为下午茶的主角，没想到沃克讲完这段故事之后，克劳夫很开心地笑完就把他撂在了一边，然后去问那三个老部下如今的生活，顺便一起回忆了一番当初共同战斗的岁月和更衣室的趣闻，这让唐恩这个"听众"大饱耳福。鲍耶和伯恩斯都是当年随克劳夫两夺欧洲冠军杯的主力球员，沃克在他们两个面前都只能算小字辈。而托尼·唐恩呢……别看他现在职位四人里面最高，却也是地位最低的一个。很多话题他都插不上嘴，他本身对于 70 年代末和 80 年代初的那段足球记忆几乎就是一片空白，只能借此机会补充一些相关知识了。

如果作为一个单纯的球迷，能够身在这种地方，经历这种场面，肯定是值得兴奋和骄傲的事情。他会津津有味地听着老一辈球员和教练员的谈话，不漏过任何一个单词。但是对于已经认定自己是教练的唐恩来说，他有些失落。

他原本以为自己会得到这位君王的赞赏，让整个下午话题都围绕在自己身边。他们夸奖他，肯定他，支持鼓励他……但什么都没发生。

他开始注意力不集中起来，扭头看向窗外的次数增多。尽管他以为自己做得很隐蔽很自然，却还是落在了一个人的眼中。

当最后一块曲奇饼落入沃克肚中，克劳夫在妻子的搀扶下站起来。"我想我遛狗的时间到了。"

大家都明白，这是告诉他们下午茶时间结束了。于是他们也起身礼貌地向克劳夫以及夫人告别。

唐恩瘪着嘴和他们告别，心里十分失落。这个下午什么都没有发生，他甚至觉得自己浪费了一下午宝贵的时间。

在克劳夫的家门口和牵着萨姆的头儿挥手告别后，四人开车回诺丁汉。

在回家的路上沃克注意到唐恩情绪不高，他眼珠子转了一圈，大致猜到了原因。

"托尼，想听故事吗？"

"嗯……"回答都有气无力的。这样子真像一个因为失望而赌气的小孩子，沃克在后排偷笑。

伯恩斯看到沃克的表情，他用眼神询问，沃克努嘴指向唐恩，于是伯恩斯心里也明白了。

"你知道罗伊·基恩吗？"沃克问。

"我当然知道。"这谁不知道啊？曼联现在的队长，英超、甚至是世界足坛首屈一指的后腰。

"当基恩代表森林队踢了第一场比赛时，虽然我们输了球，但是他的表现还不错。大家都在谈论这个第一次代表森林队出场的爱尔兰小子，他们都在说：'嘿，那小子是谁？'"

坐在前面的唐恩耸耸肩："除了比赛结果，很成功的处子秀。"

"所有人都这么认为的，包括基恩那小子。然后第二天上午球队训练之前，基恩在更衣室里见到了头儿。头儿先是问了基恩的名字……"

唐恩打断了沃克的话："他不可能不记得自己昨天派上场的球员名字。"

"他当然记得，但他还是问了。基恩老老实实回答说：'罗伊。'之后……之后你知道头儿做了什么吗？"

"不知道。"唐恩摇头。

沃克笑了起来："头儿脱下了他那双沾满泥土的靴子，因为他刚刚从球场上遛完狗回来。他对基恩说：'罗伊，能给我把这个弄干净吗？'罗伊没有任何犹豫，马上答应了下来。"

听到这里，唐恩扭过头去，看着满脸微笑的德斯·沃克。

"故事讲完了？"

"还有一个尾声：后来那个帮头儿擦鞋的小毛孩成了曼联的领袖，爱尔兰队的队长。"

唐恩看着沃克，沃克也看着他。过了一会儿，唐恩点头道："我明白了。谢谢你，德斯。"

"你该去谢头儿才对。但如果你一定要感谢我的话……今晚请我喝酒。"沃克用胳膊肘碰碰伯恩斯，又给他拉了一笔生意。

"没问题，你要喝多少都行！"明白了克劳夫苦心的唐恩情绪马上又好转过来，说话的声音都大了不少。

看着向前方不断延伸的公路，唐恩觉得这下午的收获够他受用终生，克劳夫告诉了他一件很重要很重要的事情。

小子，在这行里你只是出道不足半年的菜鸟，没人会重视你，现在就得意忘形？太早了！

金黄色的牧羊犬在老人前方欢快地跳跃着，它钻进一处灌木丛，接着树丛上方惊起几只黄鹂鸰，它们叽叽叫着，显然只顾自己高兴的萨姆闯入了它们的家。

谴责完牧羊犬这种"强盗行为"之后，这些黄绿色的漂亮小鸟无奈地在树丛上方盘旋一阵，然后从老人头顶上飞过，在空中划了一道弧线拐向了远方。

狗儿从灌木丛中跑了回来，老人俯下身挠挠它的脖子："你这该死的狗，吓跑了我们的客人。牛屎鸟……那可是很久都没见过的小鸟了。"

萨姆呜咽了一声，似乎有些委屈。老头子笑了笑，在狗背上用力拍了一下："好了，我知道你不是故意的。去玩吧！"

爱犬欢叫着再次跑远，老人缓缓站起身。他的眼神越过萨姆，越过这片牧场，越过小河边上的古旧风车，越过前面的树林，越过远方朦胧的城市……一直延伸到很远很远的某个地方。

低矮的树丛散落在初春的原野上，去年秋季的落叶经过一个冬天，早就融进了泥土里，嫩绿色的青草钻了出来，微风拂过，带来泥土的腥味和青草的芬芳，这是春天的味道。

第三十章

目标：超级联赛（上）

从克劳夫家回来的第二天，唐恩的球队在主场 4∶0 大胜来访的诺维奇城队（Norwich City）。这场比赛从场面到结果都无可挑剔，森林队从一开始就把比赛掌控在自己脚下，这是唐恩执教球队以后，少有的从技术统计到比分全面占优的比赛。赛后就连挑剔的英国媒体都找不出丝毫毛病。

这场比赛里最能体现唐恩卓越眼光的地方不是某个换人，而是——他前天从青年队上抽调上来的中后卫，年仅十九岁的韦斯·莫甘打入了他职业生涯中的第一个进球。虽然只是在第八十二分钟，锦上添花的进球。但对于莫甘来说这球的意义更重，价值千金。

进球后的莫甘选择了和唐恩一起庆祝，他从对方门前一路狂奔而来，然后把唐恩紧紧抱住。

"谢谢你，先生！谢谢你！"他在唐恩的耳边嘶吼着。尽管他从未怀疑过自己的能力，但唐恩最终给了他证明的机会。一个人从青年球员成长为职业球员，然后成为球星，需要走过多少路，遇到多少教练才行？而这其中领他们入门的这个教练很重要，莫甘有幸碰到了这么一个独具慧眼的领路人。

唐恩等莫甘发泄完了，然后推开他，对他笑道："小子，你练好自己的签名了吗？"

莫甘咧开大嘴只知道傻笑了。

"回去继续比赛吧，傻小子。还有……记得，以后叫我老板。"

莫甘用力点点头跑回了球场。

在旁边看到这一幕的沃克回头发现鲍耶在擦眼睛。

"你怎么了？"他大声问，因为现在周围都是欢呼声，太吵闹。

"没什么，德斯。只是……我从这场比赛一开始我就在想这样一个问题。"

"什么？"

"我很庆幸自己在头儿手下踢过球，不单单是因为我拿到了两个欧洲冠军和一个联赛冠军。我从头儿身上学到了很多东西，这些东西让我受用终生。你呢？"鲍耶问道。

沃克点点头："我也是。而且我相信当年在头儿手下踢球的很多人都会和你一样如此认为。比如皮尔斯（时任曼城助理教练，后升任主教练，以及英格兰青年队主管）、奥尼尔（时任苏格兰凯尔特人主教练）……"

"你说得不错。现在我觉得，像韦斯·莫甘和迈克尔·道森他们这样的人，能够在托尼手下踢球也真是幸运的事啊。"

沃克愣愣地看着鲍耶："你拿托尼和头儿比？"

鲍耶摇头："不是我。我心里总有一种想法，也许若干年之后，全英国都会拿他和头儿来比的……"

听到鲍耶这么说，沃克回身看着还在场边的唐恩。在城市球场巨大的欢呼声中，他一个个鼓励着围拢过来的球员，然后又亲手将他们一个个推回球场，大声提醒他们比赛还没有结束，尽管此时森林队已经四球领先诺维奇了。

"伊安，以我对托尼的了解，我认为他不会赞同你的想法。"

"为什么？"

"因为他更希望在很多年后让人们把别人拿来和他比。"

他肯定不会甘心做谁的二世，不愿意追随前辈的脚步，哪怕那个人是布莱恩·克劳夫。这个男人更愿意留下一个背影，让后人拼命地追。

头儿也一定看出来了，所以尽管他发现如今的托尼·唐恩和年轻的自己很像，他也没在昨天的见面中说过一句"你是我的接班人"这种话。

取得过伟大成就的大人物都喜欢在年老的时候给自己找接班人，

一方面是媒体大众的需求，一方面则是对自己过去成就的怀念。贝利如是，马拉多纳也不能免俗，沃克相信以后头儿也肯定会在接受采访的时候说："某人是我的接班人。""某人最像我，因为他和我年轻的时候一样帅。""我喜欢某人的执教风格，总是让我想起自己以前……"，但出现在这些话里面的那个"某人"肯定不会是这个托尼·唐恩。

头儿很特殊，托尼也很特殊。

"……五连胜之后，只经历了一场失败，就又是三连胜。托尼·唐恩的表现证明了他是一个真正的天才。如今的森林队已经把他们的排名稳定在了前六名，看上去下个赛季我们可以在英超赛场上给自己喜欢的球队加油了。

"……森林队势不可挡，下半赛季他们犹如涅槃重生。保罗·哈特的弟子完成了他的老师都不曾做到的事情——让森林队成为超级联赛名额的有力争夺者。

"马龙·海尔伍德距离最佳射手只差四球，这位下半赛季森林队的最佳射手在接受采访的时候称，他最想感谢的人是球队的代理主教练托尼·唐恩。是唐恩教练点燃了他对于胜利的渴望，而且他相信队内其他人也都会同意自己的看法……

"距离联赛结束还有六轮，诺丁汉森林少赛一场排在第六，在他上面的五个对手都感受到了这个后来者追赶的脚步正离他们越来越近。谁也不敢犯错，谁也不愿犯错。对于下个赛季超级联赛名额的争夺进入了白热化。在森林队接下来的七场联赛中，他们和排名前六的球队交手的比赛有四场，还有一场是和目前排名第七的伊普斯维奇（Ipswich）交锋，七轮联赛五场硬仗，对于唐恩和他的森林队来说，这漫长的战役还绝对没有走到终点，当赛季结束的时候，什么都可能发生。"

是的，什么都可能发生……

第三十章

目标：超级联赛（中）

"比赛马上就要进入最后十分钟了，做客的诺丁汉森林现在和对手3：3平。这个比分还是因为伊普斯维奇的中后卫理查德·内勒（Richard Naylor）在第三十三分钟的乌龙球造成的。两支球队今天打得很疯狂，在上半场他们就总共打入了五球！第六十六分钟的时候，伊普斯维奇才将比分扳回来。

"有一个对森林队很不利的消息，从罗瑟汉姆（Rotherham United）那边传来了进球消息。进球的是客队狼队，那场沉闷的比赛终于有了要分出胜负的迹象。但这对于唐恩来说绝对是坏消息。如果这个比分保持到终场，那么森林队将被联赛第五的狼队拉开五分的差距。

"……让我们看看发生了什么……噢！球进了！马龙·海尔伍德！这是他本场比赛的第一个进球，也是他本赛季的第二十一个进球！这个球一定让托尼·唐恩长出了口气！在第七十九分钟，他的球队再次领先了主队伊普斯维奇！

"比赛结束了！诺丁汉森林如愿在客场拿到了他们的连续第四场胜利！唐恩和他的球队正走在一条正确的道路上！"

4月5日，联赛第四十一轮。唐恩率领球队在客场以4：3艰难地战胜了他们冲超最直接的竞争对手伊普斯维奇，海尔伍德的进球为球队带来了价值千金的三分。

4月9日，联赛第四十轮补赛。诺丁汉森林在客场一球小负排名第二的莱切斯特城队（Leicester）。这是一场计划内的失败。唐恩有所保留，所以他对于球队只输了一个球，并且在比赛中表现得更像一个胜利者感到高兴。莱切斯特城积八十分，领先第三名的谢菲尔德联队（Sheffield United）多达十一分，在联赛还剩五轮的情况下，他们和积八十三分的朴次茅斯（Portsmouth）基本上已经锁定了直接升上英超的两个名额，剩下的球队们只能争夺由附加赛决定出来的第三名额。

由于排名第七的伊普斯维奇连续输球，已经距离第六名越来越远，唐恩倒不担心会被反超。所以他干脆保留实力对付接下来的对手——狼队（Wolverhampton Wanderers）。

这是联赛第六和第五之间的直接对话。如果唐恩胜利，森林队就将和狼队同分，然后依靠净胜球优势将狼队压在身下，取而代之。如果失败，差距将被进一步拉大。

虽然联赛第三到第六都有资格参加附加赛。但是根据英足总的规则，附加赛采取两回合淘汰赛制，半决赛为主客场制，决赛在重力场地一场定胜负。对阵双方由联赛第三对第六，第四对第五。所以排名越高，能够遇到的对手实力也就越弱。这也是为什么唐恩要想方设法战胜狼队，取得联赛第五的原因。

因为这是事关附加赛对手的比赛，唐恩如此考虑，狼队的主教练自然也会这么考虑。双方都尽遣主力，做出了最棒的战术安排，这是一场毫无花哨的正面碰撞。双方主教练都用完了三个人的换人名额，都做了自己所能做出的所有针对性调整。

比赛刚刚开始的第九分钟，狼队就由他们的前锋纳森·布拉克（Nathan Blake）先拔头筹。

随后第二十六分钟，狼队中场球员科林·卡梅隆（Colin Cameron）在森林队的伤口上撒了一把盐，0：2！城市球场陷入了一片死寂。

关键时刻站出来拯救球队的是大卫·约翰森。他在第四十分钟的进球让森林球迷看到了希望。

下半场双方调兵遣将，两个主教练把绿茵场当作了棋盘，下了一场高水平的棋赛。

终于，在第七十三分钟，唐恩不顾一切的战术取得了成效。第二次被唐恩推到锋线的队长迈克尔·道森打入了他本赛季的第三个球。

城市球场瞬间被引爆，看台上爆发出了巨大的欢呼声，大到唐恩都听不到他自己的掌声了。

接下来的比赛中，尽管唐恩倾尽全力，尽管森林队的球员们跑到抽筋，也没有办法为球迷们带来一场胜利。他们无奈地在主场和狼队握手言和。

这场比赛的平局没有改变积分榜的格局，前六名还是以前那些名字，甚至连次序都没有变过。

唐恩的坏心情在第二天早上起床的时候就烟消云散了。因为这一天晚上是杨燕来给自己上课的时间。他觉得如今的生活有两个值得期待，一个是每场比赛的胜利，一个则是和杨燕的中文课。

杨燕每次再见到唐恩都要先习惯性地惊叹一番，因为他是自己所见过的老外中学习中文和汉语，以及中国文化速度最快的！

每次听到杨燕一本正经地夸奖完之后补充说："我绝对不是恭维你。"唐恩就会使劲点头，表示同意。因为他本来就是会说中国话，会写中国字，在中国出生长大生活了二十六年的中国人。

上什么中文课只不过是接近杨燕的借口而已。

他就希望听到杨燕的声音，看到她的笑容，和她在同一间屋子里面，呼吸着相同的空气，谈着相同的话题。

基本上一节课前半部分是杨燕给唐恩讲课，后半部分就变成了唐恩给杨燕讲足球课了。

但他们两个人都没有觉得这么做有什么不对。杨燕逐渐变成了森林队的球迷，而唐恩呢……他的中文水平也"一日千里"了，这让杨燕很有成就感。

每次看到老同学成就满满的样子，唐恩就觉得好笑。不过他不能把这个说破，他绝对不能够告诉别人自己真实的身份——一方面他已经意识到自己可能永远回不到过去的那种生活；另一方面他喜欢上了做教练的感觉，就算自己是一个替代者，他也不想把这具身体还回去了。

至于杨燕……那是唯一能够让他和以前的生活还保持联系的人，过去的生活其实没有太多值得唐恩怀念的，除了这个女孩。让他偶尔还能想起自己曾经在中国上过学，认识过一些人⋯⋯

从某种意义上来说，杨燕算是他的初恋。不过初恋也大多意味着没有结果。唐恩不打算把那些陈年往事说出来，就让它们烂在心底吧。维持原状。我以前不认识你，你以前也不认识我，现在我们认识了，却不可能再有什么故事。

当初唐恩看到杨燕之后的激动，更多的是现在和过去的反差，真实与梦幻的交错带来的副作用⋯⋯

如今，那种作用逐渐消散，他也能够用更平和的心态来看待彼此了。

过去的，就让它过去吧⋯⋯

第三十章

目标：超级联赛（下）

尽管唐恩在3月份的联赛中率队拿下了五胜一负的战绩，但是在最佳教练的评选中他还是输给了六战全胜的朴次茅斯主教练哈里·雷德克纳普（Harry Redknapp）。输给这个人并没有影响唐恩的好心情，毕竟人家是英格兰足坛成名已久的人物了。

为庆祝球队这段时间的成绩，伯恩斯在酒吧里面开了一个庆祝酒会，很简单随意的那种。邀请了所有愿意来的朋友，当然球员是没法来的，就算他们想来喝酒取乐，也得看唐恩答不答应。唐恩是一个标准酒鬼，但他却不允许自己的球员沾酒，赛季结束了随便他们怎么喝都可以，但现在就是不行。

迈克尔带着他儿子来了，结果很快聪明的小伯纳德成了大家的中心，唐恩举着装满啤酒的酒杯走到小伯纳德面前，那酒杯几乎快赶上他的头那么大了。

"来，叔叔喂你喝酒……"说这话的唐恩舌头都大了，天知道他已经喝了多少酒精下肚。

他刚把酒杯递到小伯纳德面前，站在一旁的迈克尔就劈手夺过，然后一口气灌了下去。

唐恩看着迈克尔喉咙那儿一上一下，随着咕咚咕咚的吞咽声，满满一大杯的啤酒就全都进了别人肚子。他眼睛都直了："那是我的酒——！"

"我知道。"喝完的迈克尔抹去嘴边的泡沫，打了个嗝儿，很满意地说，"多谢你请我。"

"你这个……"唐恩张嘴想骂他，却被对方喝止了。

"混蛋！不许在我儿子面前骂脏话！"

唐恩彻底败了。

周围的人爆出巨大的哄笑声。在一群大老爷们儿那种沙哑粗犷的笑声中，小伯纳德脆生生的声音就格外清晰："老板，给唐恩先生一杯最新鲜的果汁，算我请的！"

刚刚才缓过劲来的众人又笑翻了。

唐恩举手投降。

胖子约翰端着酒杯高兴地喊："是谁打败了托尼？"

沃克就学着球场广播那样拉长了声音喊："加文——"

其他人则马上像在球场看球那样附和道："——伯纳德！"

酒吧里面的气氛到了一个小高潮，随后大家又各自端着酒杯继续喝酒聊天去了。迈克尔带着他的儿子坐在了唐恩他们这一桌，大家对可爱的小伯纳德表示了欢迎，倒冷落了他的父亲。

"儿子可比老子讨人喜欢多了。"唐恩这样评价。

"你也不怎么讨人喜欢。"迈克尔反唇相讥。

唐恩嘿嘿笑了："那说明我们两个应该会有共同语言。"

"谁会和你这种人有共同语言？"迈克尔·伯纳德端起酒杯向唐恩晃晃，唐恩了解他的意思，于是也端起自己的酒。两人的杯子轻轻碰在了一起。

"托尼。"

"嗯？"

"下赛季我们的球队会在超级联赛比赛吧？"

"这还用说吗？"

"很好。如果你做不到，每次主场比赛我都会去你的座位后面骂你的。"

"做梦！我不会给你这种机会的！"

两个男人将杯中的酒一饮而尽，然后看着彼此哈哈大笑了起来。

沉重的酒吧大门被推开，一个人头戴鸭舌帽的人钻了进来。尽管他刻意保持低调，但是很快就有人认出了他来。

刚才还很嘈杂的酒吧里逐渐安静下来，这种安静从门口一直扩散到了整间酒吧。

坐在最里面的唐恩和迈克尔他们也都感觉到了这种异样的气氛。

迈克尔奇怪地起身回头，然后他看到了站在门口东张西望的访客。

接下来，唐恩发现笑容从迈克尔的脸上迅速消退。于是他也跟着站了起来。他看到一个戴着鸭舌帽、年龄偏大的中年大叔。

迈克尔看到了突然闯入这场欢乐聚会的不速之客，不速之客自然也看到了他。

"迈克……"他张嘴想打招呼，却被迈克尔阻止了。

"我知道你们想干什么。我不会去管你们的事，但是你们也别来找我。我说过了，我早就和你们没有关系了！我，约翰，他们都是。"

迈克尔说完，门口的约翰就挡在了来者面前，面色不善地盯着他，那意思再明显不过了。

"约翰，你听我说……"

胖子约翰很冷漠地打断了他的话："我不认识你。"

他说这话的同时，周围几个人也围了上来。

不速之客看着大家的阵势，有些恼怒起来。他情绪激动地指着约翰和他后面的迈克尔骂道："你们这些背叛了兄弟的叛徒！"

这话让唐恩很感兴趣，"背叛""兄弟""叛徒"，《古惑仔之人到中年》吗？他踮起脚尖，希望看到被胖子挡住的对方究竟长什么样，脸上有没有刀疤之类的……

"米尔沃尔那群杂种向我们发了挑战书！这是关乎我们荣誉的大事！你们却在这里假装什么都不知道地喝酒取乐……"

伯恩斯冷冷的声音从楼梯口传来："我记得我说过这里不欢迎你这种人来的。"

来者很忌惮伯恩斯，他的怒火也在顷刻间化为乌有。唐恩不得不赞叹此人变脸之快。不过他没搞懂眼前发生的这一切是怎么回事，这戏看得莫名其妙。

"肯尼……"

"滚！"

伯恩斯毫不客气地下了驱逐令，酒吧里面的人都用厌恶的眼神盯着这个闯入他们聚会的不速之客。来人无奈地瞪了挡在自己面前的胖子约翰一眼，转身离去了。

看着酒吧的大门被重新关上，人们仿佛什么都没发生过一样，继续喝酒聊天。气氛瞬间就恢复到了原来的样子。

但是迈克尔的心情似乎很不好，他猛地将杯中的酒灌入肚中，然后含糊地嘟囔了一句。尽管周围比较吵，唐恩还是听见了。

"去他妈的荣誉……"

喝完杯中酒的迈克尔站了起来，对唐恩和沃克抱歉道："我得回家了，加文该睡觉了。"

沃克点点头，表示理解。迈克尔看着还有些犯迷糊的唐恩："记得你说过的话，托尼。如果这赛季结束之后我们还留在英甲，我会让你好瞧的！"

说完他带着自己的儿子挤出了人群。

从那个不速之客进来，再到迈克尔离开，唐恩都一头雾水。今天晚上这唱的是哪一出啊？！扭头看到沃克优哉游哉地喝着酒，唐恩觉得他一定知道内幕，于是满脸八卦地去问他："德斯，你知道刚才进来的人是谁吗？我看大家似乎都互相认识，却为什么恶言恶语的呢？"

沃克瞟了眼唐恩说："马克·霍奇，'Naughty Forty'社团的老大。"

"那是什么？"

这次沃克把杯中的啤酒全都喝下去，喘了口气才回答唐恩的问题。他一字一句道："足球流氓。"

《网络文学名家名作导读丛书》已出版书目

第一辑：

辰东与《遮天》/ 肖惊鸿 著

骷髅精灵与《星战风暴》/ 乌兰其木格 著

猫腻与《将夜》/ 庄庸 著

我吃西红柿与《吞噬星空》/ 夏烈 著

血红与《巫神纪》/ 西篱 著

第二辑：

子与2与《唐砖》/ 马文运 著

林海听涛与《冠军教父》/ 桫椤 著

忘语与《凡人修仙传》/ 庄庸 安迪斯晨风 著

希行与《诛砂》/ 肖惊鸿 薛静 著

zhtttty与《无限恐怖》/ 周志雄 王婉波 著

图书在版编目（CIP）数据

林海听涛与《冠军教父》/ 桫椤著 . -- 北京：作家出版社，2020.5

（网络文学名家名作导读丛书）

ISBN 978 - 7 - 5063 - 9592 - 2

Ⅰ.①林…　Ⅱ.①桫…　Ⅲ.①网络文学 – 长篇小说 – 小说研究 – 中国 – 当代　Ⅳ.①I207.425

中国版本图书馆 CIP 数据核字（2019）第 272858 号

林海听涛与《冠军教父》

作　　者：桫　椤
责任编辑：王　烨　袁艺方
装帧设计：天行云翼・宋晓亮
出版发行：作家出版社有限公司
社　　址：北京农展馆南里 10 号　　邮　　编：100125
电话传真：86 – 10 – 65067186（发行中心及邮购部）
　　　　　 86 – 10 – 65004079（总编室）
E – mail: zuojia@zuojia. net. cn
http: // www. zuojiachubanshe. com
印　　刷：天津中印联印务有限公司
成品尺寸：152 × 230
字　　数：360 千
印　　张：25.75
版　　次：2020 年 5 月第 1 版
印　　次：2020 年 5 月第 1 次印刷
ISBN 978 – 7 – 5063 – 9592 – 2
定　　价：48.00 元